新编高等院校经济管理类规划教材·基础课系列

经济法教程

主　编　石光乾

副主编　寇娅雯　刘　畅

清华大学出版社

北　京

内 容 简 介

　　本书紧密结合高等(职业)院校应用型人才培养目标和教学大纲要求,针对课程教学实际和内容的适用性,重点基于现代经济法学科体系——经济法基础理论、经济主体法、市场规制法、宏观调控法的划分范畴,系统介绍了经济法基础知识、企业法、公司法、企业破产法、合同法、竞争法、产品质量法、消费者权益保护法、税收法、金融法、会计法、知识产权法、劳动合同法、经济仲裁与诉讼法等最主要、最适用的经济法律内容。

　　本书定位准确、结构完整、内容全面,着力突出系统性、针对性、实务性和新颖性,可作为普通高等(职业)院校、成人高校和民办高校经济管理类各专业经济法课程教材或教学参考书,也可作为执业(职业)资格考试和岗位培训教材以及从事经济法律实务、企业经济管理人员的学习参考读本。本章课件下载网址:http://www.tupwk.com.cn。

图书在版编目(CIP)数据

经济法教程 / 石光乾　主编. —北京:清华大学出版社,2011.8
(新编高等院校经济管理类规划教材·基础课系列)
 ISBN 978-7-302-26088-2

Ⅰ. 经⋯　Ⅱ. 石⋯　Ⅲ. 经济法—中国—高等学校—教材　Ⅳ. D922.29

中国版本图书馆 CIP 数据核字(2011)第 125948 号

责任编辑:崔　伟　徐燕萍
封面设计:朱　迪
版式设计:孔祥丰
责任校对:成凤进
责任印制:李红英
出版发行:清华大学出版社　　　　　　　　地　　　址:北京清华大学学研大厦 A 座
　　　　　http://www.tup.com.cn　　　　　邮　　　编:100084
　　　　社　总　机:010-62770175　　　　邮　　　购:010-62786544
　　　　投稿与读者服务:010-62776969,c-service@tup.tsinghua.edu.cn
　　　　质　量　反　馈:010-62772015,zhiliang@tup.tsinghua.edu.cn
印　装　者:清华大学印刷厂
经　　　销:全国新华书店
开　　　本:185×260　印　张:22.5　字　数:506 千字
版　　　次:2011 年 8 月第 1 版　　　印　　　次:2011 年 8 月第 1 次印刷
印　　　数:1～4000
定　　　价:34.00 元

产品编号:043480-01

前　言

　　经济法作为调整市场监管和宏观调控关系、维护市场经济秩序平衡的法律规范，为推动我国社会主义市场经济发展发挥着重要作用。随着市场经济进一步深化和发展，现代社会对经济法律的需求更甚，经济法已成为一门集实践性、实用性的部门法律学科，也成为教育部确定的全国普通高等院校法学专业、经济管理类专业的核心课程之一。

　　为了适应全国高等(职业)院校对应用型、复合型和实践性人才培养的教学需求，通过对经济法基础理论和实践应用的系统学习，满足大学生适应市场经济环境，提高运用法律手段解决现实经济纠纷的水平和能力，我们结合长期教学实践和学生实际需要，编写了这本面向 21 世纪高等(职业)院校应用型人才培养的经济管理类规划教材——《经济法教程》。

　　本书以现行或最新修订的经济法律规范、研究成果为基础，结合最高人民法院最新出台的相关司法解释，以对大学生指导性大、应用性广、适用性强的经济主体法、市场规制法、宏观调控法等学科范畴内的法律规范按照体例进行归类编写，主要凸显出如下特色：

　　一是通过对课程教学的系统总结和概括，选取了市场经济条件下最实用的经济法律知识和内容，突出教学实务环节和特点，以培养和提升学生解决具体法律问题的能力；

　　二是力求突破注重法学理论却不唯法学理论的框架，在体系安排上根据经济法课程特点，体现了基础理论知识掌握和应用型人才培养需求的有机结合；

　　三是在课程规划上以满足选学选用为主旨，系统介绍了具有普遍适用性的二十多部法律法规，丰富了教材选编法律法规的容量和实践应用性；

　　四是在体例上充分考虑基础理论和实务训练的融合，设计了体现应用性教学的教学目的及要求、教学组织与设计、学习重点和难点、案例导入、实践思考题、案例实务训练等环节，着重开发学生综合法律能力和职业素质；

　　五是在内容编写上以注册会计师、注册税务师、司法考试、企业法律顾问、会计专业技术等资格考试的经济法律知识考点为重点，能满足适用性学习和执业(职业)资格备考的需要。

　　本书由具有多年经济法、财税法教学经验和科研工作实践的教师撰写。石光乾任主编，提出总体编写思路、设计体例并编写了主要章节内容，副主编寇娅雯、刘畅编写了相关内容。在本书编写过程中，甘肃联合大学经管学院院长安春梅教授给予了相关指正；中国政法大学教授、博士生导师，财税金融法研究所所长，金融法研究中心主任，中国法学会银行法分会副会长刘少军对部分章节内容进行了审阅。全书由石光乾最终统稿并审定。具体撰写分工如下：石光乾负责第一、三、八、十一、十三、十四章；寇娅雯负责第二、四、九、十、十二章；刘畅负责第五、六、七章。

　　本书的出版得到了甘肃联合大学和清华大学出版社的全力支持和指导，在出版过程中，得到了清华大学出版社崔伟、徐燕萍女士的大力帮助。在编写过程中参阅了国内外经济法书籍和资料，吸取了前辈学者的相关研究成果，限于篇幅未能一一列举，仅将主要参考文献附后，谨此向学校、出版单位和所有作者一并表示真挚的谢忱。因编者水平和时间所限，对本书编写中存在的疏漏或不足之处，望广大读者朋友不吝批评指正！

编　者

目　　录

第一章

经济法概论

教学目的及要求：通过学习本章，学生应掌握经济法的基础理论，正确认识经济法的法律地位以及与相关法律部门之间的关系，为经济法课程学习奠定良好的理论基础。

教学组织与设计：以课堂讲授、现场提问、案例分析并重，采取引导式、互动式、列举式教学，重在激发学生初学经济法课程的兴趣。

学习重点和难点：经济法调整对象，经济法律关系主体、内容和客体，经济法律关系产生、变更和终止，经济法表现形式及体系构成。

导入案例

2011 年 12 月底，某市地税局稽查分局接到举报，称市属某矿建公司工程处存有偷税嫌疑。后经取证核查，确认该工程处少缴税款 22 万余元。地税局依据我国《税收征收管理办法》的有关规定，责令该工程处限期补缴偷税款，同时处以 5 万元罚款。

问题：(1)本案是否属于经济法律关系？请说明理由；(2)案件适用何种法律规范进行调整？

第一节　经济法的概念及其调整对象

一、经济法的概念

(一) 经济法产生和发展

"经济法"一词最早出现在 1755 年法国空想共产主义者摩莱里(Morelly)的著作

《自然法典》中，摩莱里的《自然法典》第二部分的标题为"分配法或经济法"，这一概念将经济法调整范围仅限于分配领域，否定商品交换在社会经济生活中的作用，所谓的"分配法或经济法"是在其所设想的未来理想公有制社会中，用以"调整自然产品或人工产品的分配"的法律规定。[1] 学界认为摩莱里仅仅提出了"经济法"这一单纯名词，虽在其论述中强调了国家对社会生活进行干预的思想主张，但将经济法与分配法等同起来，并非真正符合科学的、现代意义上的经济法内涵。

法国另一位空想共产主义者德萨米(Dezamy)于1843年出版了著作《公有法典》，该书第三章以"分配法和经济法"为题用一章的内容对经济法加以论述，他对经济法的理解与摩莱里基本相同。[2] 他把"分配法和经济法"看作是《公有法典》的重要组成部分，并将两者等同起来，其平等分配只能建立在社会产品极其丰富的基础上，是一种过于简单化、理想化的超现实的分配思想。

而现代意义上的经济法概念产生于第一次世界大战前后。进入20世纪，德国学者莱特(Ritter)在1906年创刊编纂《世界经济年鉴》时首次使用了"经济法"这一概念。1916年德国学者赫德曼(Hedemann)在《经济学词典》中继而使用"经济法"概念。此后，德国的鲁姆夫、阿努斯鲍姆、海德曼和日本的金泽良雄等学者先后出版了《经济法的概念》、《德国新经济法》、《经济法基础》、《经济法概论》等法学著作，而且德国、原捷克斯洛伐克等国家也直接以"经济法"命名颁布了相关法律，如《煤炭经济法》(1919年)、《碳酸钾经济法》(1919年)和《捷克斯洛伐克社会主义共和国经济法典》(1964年)，这些法规共同的显著特征就是体现了国家对经济的干预，由此引起了学术界对经济法概念和其他理论问题的广泛研究和探讨，随着世界各国经济立法的逐渐增多，经济法已被学术界广泛接受和使用。

据考证，"经济法"一词在20世纪20年代传入第一个社会主义国家——苏联，20世纪30年代"经济法"一词传入我国，20世纪70年代末，中国法学界开始研究经济法并形成了中国现代意义上的经济法概念。从1979年至今，为促进改革开放、经济社会和战略新兴产业的发展，各类经济法律陆续出台，制定、修订的各项经济法律制度涉及企业立法、自然资源管理立法、知识产权立法、会计立法、市场规制(秩序)法、金融立法、各类单行税法和其他经济主体立法等，经济立法框架体系已趋完善。2001年9月，全国人大常委会决议指出，社会主义市场经济法律体系由宪法及宪法相关法、行政法、刑法、民商法、经济法、社会法、诉讼法和非诉讼程序法等七个法律部门构成，至此，经济法已成为我国社会主义法律体系中一个非常重要的独立法律部门。

1. 摩莱里. 黄建华，姜亚洲译. 自然法典. 北京：商务印书馆，1959
2. 德萨米. 黄建华，姜亚洲译. 公有法典. 北京：商务印书馆，1959

(二) 经济法的概念和特征

1. 经济法的概念

对经济法定义方法，不外乎从学科方法、规范调整对象、秩序角度、价值功能、利益角度等方面进行。准确定义经济法对于正确揭示经济法本质属性、明确经济法地位、阐释经济法作用都有重要意义。我国经济法是在社会主义制度前提下建立的经济法律体系，应在把握经济法自身本质特征基础上，围绕我国学界对经济法定义的各大主流论说进行分析、归纳：

(1) 北京大学杨紫煊教授的"国家协调论"：经济法是调整国家协调经济运行过程中发生的经济关系的法律规范的总称。[1]

(2) 中国政法大学徐杰教授定义：经济法是国家制定的确认和调整经济管理、经济协作、经济组织内部关系以及涉外经济关系的法律规范的总称。[2]

(3) 中国人民大学刘文华教授的"经济管理和市场运行经济法论(或纵横统一论)"：经济法是国家为了保证社会主义市场经济的协调发展而制定的，调整经济管理关系和市场运行关系的法律规范的统一体系。

(4) 清华大学王保树教授的"国家经济管理经济法论"：经济法是调整以社会公共性为根本特征的经济管理关系的法律规范的总称。

(5) 西南政法大学李昌麒教授的"需要国家干预论"：经济法是国家为了克服市场调节的盲目性和局限性而制定的调整需要国家干预的具有全局性和社会公共性的经济关系的法律规范的总称。[3]

学者们虽对经济法的定义方法各有不同，但都以揭示经济法本质为基础、强调"经济关系"为核心，以把经济法与其他法律部门尤其是与相近法律部门区分开。我们认为：经济法是国家为维护社会整体和公共性经济利益，制定的调整国家协调经济运行过程中发生的经济关系的法律规范的总称。理解这一概念须把握以下基本内涵：

(1) 经济法是调整特定社会经济关系的法律规范的总称。在我国，经济法是由计划经济向市场经济转型，确立市场经济目标的条件下产生并得以发展的，是为保障社会经济运行、维护均衡的经济秩序而制定的法律规范总和。

(2) 经济法属于国内七大部门法体系，是由许多经济法律、法规组成的一个法群。我国经济法由众多经济法律规范构成，包括经济法律和经济法规，但不包括其他非法律性的如内部规章、操作规程等规范文件。自1978年以来，我国颁布了数以百计的单行性经济法律和经济法规，是现阶段我国经济法的基本表现形式。

(3) 经济法调整对象是特定的社会经济关系。这种经济关系是在我国经济运行

---

1. 杨紫煊. 经济法. 北京：北京大学出版社，高等教育出版社，1999
2. 杨紫煊. 徐杰. 经济法学. 北京：北京大学出版社，2001
3. 李昌麒. 经济法学. 北京：中国政法大学出版社，2002

过程中发生的，体现为国家干预或调节的市场经济关系。国家不干预或不调节的，即使影响国民经济的经济关系也不属于经济法调整对象。

(4) 调整经济关系的法律规范由国家制定或认可。现代市场经济运行和秩序保障需要经济法，但这些法律规范需要国家权力部门按程序进行立法、颁布施行，我国为促进改革开放和社会经济发展，陆续制定、修订施行的各项经济法律制度，均是由国家立法部门制定并得到法律确认的。

2. 经济法的特征

经济法作为独立的法律部门，除具备法律一般特征外，与其他法律部门相比较还具有以下特征：

(1) 经济性。此特征表现为经济法的最本质特征。一方面经济法的产生与发展源于国家对社会经济活动的干预，经济关系的存在与发展直接决定着经济法的内容与发展方向；另一方面经济法是调节社会经济之法，在社会经济生活领域发挥调控作用，经济法以反映基本经济规律、揭示基本经济问题为主旨。

(2) 政策性。现代市场经济是宏观调控的市场经济，宏观调控是更高层次的调节，经济法是在国家调节社会经济活动过程中发生的社会关系，具有反映和回应社会经济生活和宏观政策的特性，其所调整的国家调节经济的活动需要根据经济政策的变化而变化。

(3) 协调性。经济法以社会整体利益为本位，同时鼓励、支持与整体利益相一致的个体利益。经济法在调整社会经济关系过程中，既要考虑社会整体利益，也要考虑社会个体利益，通过协调社会整体利益与个体利益之间的矛盾，促进社会经济结构和运行的协调、稳定和发展的目标。

(4) 综合性。经济法的综合性是由所调整的社会经济关系的复杂性所决定的。第一方面为法益的复合性，其保护经济活动主体的个体法益，不特定多数的社会法益，作为公权力者的国家的法益，而且三种法益并重；第二方面为调整手段的多样性。其在调整国家调节经济行为时将包括民事的、行政的、刑事的、程序的等传统法律调整手段有机结合起来，还采用如褒奖激励、专业和社会性调整手段等；第三方面为责任的多重性。其在法律责任上实行民事、行政和刑事责任并举的方式；第四方面为规范的多元性。其表现为实体与程序规范相结合、强制性和任意性规范相结合、公法规范与私法规范相结合、域内效力与域外效力相结合等。

二、经济法的调整对象

法律上的调整是指法律对社会关系的整顿和调控。整顿和调控既包括对已经成熟且稳定发展的社会关系的整顿和调控，又包括对尚处萌芽状态、还未充分发展的社会关系的整顿和调控。任何法律部门都有自身的调整对象，即该法调整某一独特的社会关系，经济法也不例外。

经济法是对社会主义市场经济关系进行整体、系统、全面、综合调整的一个法律部门，其调整的是国家在调节社会经济活动过程中所形成的各种社会关系，但并非调整全部社会经济关系。我们认为，经济法是我国法律体系中的一个子系统，其目标在于调整国家在管理和协调社会经济活动过程中所发生的各种社会关系，既包括横向的市场经济主体之间的关系，也包括纵向的国家对市场经济主体的管理与调控关系，只要这种关系产生于国家管理和协调经济运行活动过程中。从系统和区别角度而论，经济法主要调整以下几类社会关系。

(1) 市场主体调控关系。是指国家出于维护社会公共经济利益的目的，对市场主体的组织和行为进行必要规制时所发生的社会关系。

在现代市场经济条件下，市场主体是社会生产经济活动的参与者和经济责任的承担者，国家为了协调经济运行，实现全局性整体经济利益和社会公共经济利益，通过法律、法规对市场主体的组织行为或内部管理活动进行必要的、适度的干预和调节，这种关系主要表现在对企业设置条件、企业承担责任形式、企业内部机构职责、财务管理、税收征管、价格限制、利润分配等事项进行规制时所产生的各类社会关系。

(2) 市场秩序调控关系。是指国家为了维护社会主义市场经济秩序，规范市场主体行为，保障市场秩序的统一和竞争有序，而对市场主体的生产经营行为进行必要干预和约束所发生的国家经济调节关系。

要打破区域性产品封锁和垄断经营，维护公平竞争的市场秩序，要求国家引导、调节、控制、监督、查处和制裁市场经营主体发生的恶意竞争、假冒伪劣产品、虚假广告和其他坑害消费者、损害经营者利益的行为，正常的市场秩序和市场规制关系只能由经济法来加以调整，这些关系主要包括反垄断关系、反不正当竞争关系、产品质量关系、消费者权益保护关系等。

(3) 宏观经济调控关系。是指国家从全局和社会公共利益出发，为了实现经济总量的基本平衡，保持国民经济持续、快速、健康发展，对国民经济结构及其运行进行全局性调控过程中与其他社会组织所形成的社会关系，比如产业结构调整、经济发展规划、预算税收、金融投资和国有资产管理等方面的经济关系。

宏观经济调控涉及现实社会中的国民经济整体利益、社会公共利益和国家根本利益与长远利益，这种宏观调控是以间接手段为主，市场具有自主调节的功能，但市场调节存在自发性和滞后性，有些经济问题是市场自身调节解决不了的。比如国家经济和社会发展目标问题、产业结构布局问题、经济增长平衡问题、收入分配如何兼顾公平和效率等问题都须由国家制定或出台宏观调控政策加以规制。

综合来说，经济法调整对象主要包括以上三方面社会经济关系。而以社会整体利益为本位的经济法体系，应是对一系列经济社会关系制定的宏观政策的法律调整，由此便衍生出经济法内容全面化和特定化的基本规则，学者们也归纳出其他诸如社会保障关系、社会分配关系、资源环境关系和劳动关系等，而上述三类关系则为最本质的经济立法与之相适应的社会调整关系。

第二节　经济法的地位与基本原则

一、经济法的地位

经济法的地位，是指在我国社会主义法律体系中，经济法处于何种位置以及具体位阶如何。其判断标准或核心是：经济法能否成为一个独立的法律部门，以及在法律体系中位于哪个层次。"独立"包含两层含义：一是经济法是不是一个独立的法律部门；二是经济法独立性如何、重要性怎样。

(一) 经济法是独立的法律部门

按照法学一般理论，法律部门就是依照法律调整社会关系的领域不同所划分的，也就是说，独立法律部门的构成标准，取决于这类法律规范是否有自己特定的调整对象。而经济法具有特定的调整对象主要表现为：

(1) 调整对象有一定的范围。即只调整在国家干预国民经济运行过程中发生的经济关系，不调整其他经济关系，更不调整非经济关系。

(2) 调整对象有具体内容。主要调整的是市场主体调控关系、市场秩序调控关系、宏观经济调控关系和其他社会经济关系等。

(3) 调整对象与其他法律部门调整对象相比既明确又相互区别。就是说，经济法调整的国家干预经济关系，与其他法律部门的调整对象既不是交叉的，也不是重叠的。

由此，我们有充分理由认为：作为调整因国家对经济活动进行管理而产生的社会经济关系的经济法，其有既定的调整对象，也与其他法律的调整对象有根本区别，这是经济法成为一个独立法律部门的重要标志，是与民法、商法、行政法、刑法等法律部门一样同属国家二级法律部门，在我国社会主义法律体系中具有极其重要的地位。

(二) 经济法与其他法律部门的关系

2001 年 3 月第九届《全国人大常委会工作报告》指出，有中国特色的社会主义法律体系由七个法律部门组成，即：宪法及宪法相关法、民商法、行政法、经济法、社会法、刑法、诉讼和非诉讼程序法。我国立法机关已明确经济法的独立法律部门的地位，对经济法研究已转移到与其他法律部门的关系上，既可突出经济法本身特征，也可探究经济法与其他相近法律部门的联系与显著区别，以下主要分析经济法与民商法、行政法这两大法律部门的内在区别。

1. 经济法与民商法的区别

首先，民商法强调意思自治，而经济法则强调限制意思自治。民商法作为私法，要求市场主体在经济活动中依照个人意志决定交易内容，责任追究也以当事人行使诉权为前提；而经济法则是从社会公共利益出发，利用国家公权力对有碍社会公共利益实现的市场经济行为进行限制或禁止，即对于因行使个人权利而损害社会公共利益的，经济法将对此种权利和行使自由进行必要限制。

其次，对市场主体保护的力度不同。民商法行使私权保护不考虑市场主体强弱关系，均给予同等力度的保护；而经济法则以不同市场主体的实力因素考虑给予不同力度的立法保护，以维持市场主体的利益平衡。

再次，调整层次不同。民商法注重从个体微观层次，通过保障公平、公正自由交易来实现各方利益平衡，对某些经济关系调整均基于微观个体之间；而经济法则侧重从宏观经济层面、基于社会整体经济利益进行社会经济关系调整。

2. 经济法与行政法的区别

第一，法律主体范围不同。行政法调整的双方主体是政府及其非经济主管部门与其下属行政机关或企事业单位、团体、自然人；而经济法调整的主体双方是政府及其经济管理部门与企业、其他经济组织、自然人。

第二，调整对象不同。行政法调整的是单纯的行政管理关系，一般不具有经济方面的内容；而经济法调整的是特定的受国家干预的市场经济关系，具有上下级隶属性质的经济管理属性。

第三，调整原则不同。行政法按照民主集中制原则，按照上下级隶属关系的行政命令进行调整；而经济法则对不同经济关系采用不同原则进行调整，如上下级经济管理关系采取命令与服从、平等协商相结合原则；经济协作关系采取平等互利、等价有偿原则等。

第四，法律宗旨和手段不同。行政法主要解决政府行政失灵问题，因而要规范行政权并确保依法行政；而经济法要解决市场失灵问题，因而要运用间接市场调节手段、协调规制社会各方面经济运行关系。

二、经济法的基本原则

经济法的基本原则，是指能够体现经济法的本质和特征，贯穿于一切经济法律规范之中，并对经济立法、经济执法等各方面和全过程都具有指导作用的根本准则。

(1) 国家适度干预原则。适度干预，就是要求国家授权政府在法律规定的范围内对社会经济进行一定的调节，这种干预不能过多也不能过少，多了会削弱市场自身调节机制的作用，有束缚市场经济自由发展之嫌；少了则无法避免或克服市场机制的负面作用，不利于社会经济均衡、稳定和可持续发展。

(2) 经济效益原则。经济效益主要包括企业经济效益和社会经济效益。企业作为市场经济参与主体，其如何实现以尽量少的劳动消耗获取尽量大的劳动成果，是检验国家经济政策和经济水平的实践标准，经济立法主要任务就是为促进社会经济主体提高经济效益；而对于社会效益，经济立法也进行了全面兼顾，在现代市场经济中，企业社会责任已成为现代企业制度的必备特征。[1] 公司法则对企业承担社会责任首次进行专章规定，体现了经济立法与实现法社会价值的有机整合，经济立法的制定和实施体现了经济效益原则。

(3) 公平竞争原则。公平竞争原则是经济法反映市场经济主体参与社会整体经济利益实现的核心基础原则。经济法调整对象包括国家协调经济运行过程中一系列经济关系，涉及生产、交换、分配和消费的各个环节，这些经济主体的市场行为反映在市场经济发展规划、产业政策调整、财税金融投资和企业市场准入等方面。而法律主要只干预交易结果并不是对交易过程进行调节，实质体现了经济法自由公正、秩序调整的核心价值目标。

(4) 经济可持续发展原则。经济持续发展原则归结到底是经济可持续发展原则，要解决诸如经济快速增长与资源大量消耗、生态破坏之间的矛盾，经济发展水平提高与社会发展相对滞后之间的矛盾，区域经济社会发展不平衡的矛盾，人口众多与自然资源相对短缺的矛盾，现行政策法规与实施可持续发展战略实际需求之间的矛盾等，都需要构筑完整的经济法律体系。现代经济法就是以促进经济持续发展为本质，通过经济法治来保障、促进国家或者地区经济能够得以持续性发展。因此，经济立法符合可持续发展战略的精神和要求，如循环经济促进法、产业法、投资法、环境保护法、自然资源与能源法、国有资产管理法、财政税收法、可再生能源法等。

第三节　经济法律关系

一、经济法律关系的概念

法律的功能和作用，通常是通过法律规范对社会关系的调整来实现的，而具有权利义务内容的社会关系经法律规范调整时便上升为法律关系，即法律规范调整人

---

1. 王全兴. 经济法基础理论与专题研究. 北京：中国检察出版社，2002

们行为过程中形成的具有权利义务内容的社会关系，是根据法律规范建立的具有合法性、体现意志性的特殊社会关系。

经济法律关系是法律关系的一种表现形式，是经济法律规范对社会经济关系调整后所形成的具有经济权利和经济义务内容的社会关系。对于经济法律关系概念，可从以下三方面理解掌握：

(1) 经济法律关系是一种反映主体之间特定经济内容的关系。经济法律关系首先是一种具有经济内容的权利义务关系，直接反映经济主体之间的物质利益关系；其次构成经济法律关系的权利义务内容是国家协调经济运行过程中发生的权利义务关系，并非所有具有经济内容的权利义务关系都是经济法律关系。比如，涉及财产关系的民事法律关系、遗赠法律关系都具有经济内容，但并非经济法律关系。

(2) 经济法律关系是经济法律规范调整的一种思想意志关系。经济协作和运行关系离开经济法律规范调整是无法上升为经济法律关系的，经济法律规范是经济法律关系产生的前提和依据，经济法律关系的经济协作和运行关系是通过人们意识发生的思想意志关系，不仅在于体现和表现了经济主体的意志，而更在于集中体现了反映国家意志的经济法律规范的要求。

(3) 经济法律关系是一种具有强制性的权利义务关系。凡是符合经济法律要求，在经济法律关系主体之间所发生的经济权利义务关系，国家法律即予以确认和保护，这样就使经济法律关系的权利义务带有明显的强制性和约束力，即要求当事主体双方正确行使权利和全面履行义务。

二、经济法律关系的构成要素

经济法律关系与其他一般法律关系一样，都由必不可少的主体、内容和客体三个要素构成。主体是客体的占有者、支配者，是权利义务的体现者和承担者，没有主体就形成不了法律关系，没有客体，权利义务就失去目标，三要素缺一不可，缺少任何一个要素就非实质意义上的经济法律关系。

(一) 经济法律关系主体

经济法律关系主体，是指在经济管理和协调过程中依法独立享有经济法律权利和承担经济法律义务的当事人。经济法律主体既是经济权利的享有者，也是经济义务的承担者，是构成经济法律关系的第一位要素。

经济法律关系主体只能由国家经济法律、法规赋予或确定，即取得经济法律关系主体资格的当事人必须依照法律和相应程序确认，非法成立的组织不具有经济法律关系主体资格。在我国，合法主体资格的确认和取得途径主要包括：依照宪法和法律规定由国家各级权力机关批准成立；依照法律、法规由国家各级行政机关批准成立；依照法律、法规或章程由经济组织自身批准成立；依照法律、法规由主体自己向国家有关机关申请并经核准登记而成立；由法律、法规直接赋予一定身份而成立等形式。

(二) 经济法律关系内容

经济法律关系内容,是指经济法律关系主体享有的经济权利和承担的经济义务。它直接体现了经济法律关系主体的利益和要求。

1. 经济权利

经济权利是指经济法律关系主体在国家协调经济运行过程中,依法具有的可以实施或不实施一定行为,以及要求他人实施或不实施一定行为的资格。其涵义包括以下四个方面:

(1) 经济法律关系主体在法定范围内,有权按照自己意志实施一定的经济行为。如国家行政机关有权运用利率、税率、汇率等经济杠杆和价格政策调控和引导企业经济行为。

(2) 经济法律关系主体可以依法不实施一定的经济行为。如企业有权拒绝任何国家机关和企事业单位向本企业摊派人力、物力和财力。

(3) 经济法律关系主体可以依法要求享有义务的人实施一定行为。如会计机构、会计人员对于记载不准确、不完整的原始会计凭证,可予退回并要求对方更正、补充。

(4) 经济法律关系主体可以依法要求他人不实施一定行为。如企业有权要求任何部门不得硬性规定企业上下对口建立机构。

2. 经济义务

经济义务是指经济法律关系主体在国家协调经济运行过程中,依法必须实施或不实施一定经济行为的义务。经济义务是经济法律关系主体在依法行使权利时法律对其行为的限制和约束,主要包括贯彻执行法律法规义务、征收或缴纳税费义务等。其涵义包括以下两个方面:

(1) 经济法律主体必须依法作出一定行为,其目的是为实现对方经济权利或无碍于经济权利的实现。如企业必须履行依法订立的经济合同、企业必须保证产品质量和服务质量等。

(2) 经济法律主体必须依法不作出一定行为,即主体不得超越法律规定实施一定行为。如政府相关部门不得超越、滥用管理权限下达指令性计划并强令企业执行。

(三) 经济法律关系客体

经济法律关系客体是指经济法律关系的主体享有经济权利和承担经济义务所共同指向的目标或对象。客体是权利义务依附的目标和载体,任何主体的权利实现、义务承担必须通过这个载体来完成。经济法律关系客体具有广泛性,概括起来主要包括以下几类:

1. 经济行为

经济行为是指经济法主体为达到一定经济目的所进行的经济活动，它包括经济管理行为、经济协调行为、完成相关工作或提供一定劳务的行为等。

2. 与经济行为有直接关系的物

物是指可以为人们控制和支配的、具有一定经济价值并以物质形态表现出来的物体。物是经济法律关系中最普遍、最重要的客体，可根据实践需要进行不同类型的划分：固定资产与流动资产、允许流转物与限制流转物、特定物与种类物、动产与不动产以及货币与有价证券等。

3. 与经济行为有关的智力成果

智力成果是指能为人们带来经济价值的独创的非物质性财产，如专利权、商标权、著作权、专有技术等可转让的智力财产。

4. 经济信息

经济信息是指能够反映和记录社会经济活动发生、变化和特点的各种消息、数据、情报和资料的总称。根据载体的不同，信息资源可分为纸面信息资源和网络信息资源。电子网络没有实物形态，是通过计算机通信网络传递一定经济信息，网络经济的法律关系是以交换电子数据的方法形成、储存或传递法律关系内容的，是透过屏幕显示而被感知的。在网络空间不存在统一的维持网络秩序的主体，其运行、交易具有结构复杂性和群体性，适宜作为经济法律关系客体。网络信息资源目前已成为经济法律关系的重要客体。

5. 权利

当某种权利成为另一种权利的对象时，该权利就成为客体组成部分。比如土地使用权的客体是土地，但当进行土地出让或转让土地使用权时，土地使用权则成为这一经济法律关系的对象，此时土地使用权即构成法律关系的客体。

三、经济法律关系的产生、变更和终止

(一) 经济法律关系的产生

经济法律关系的产生，是指经济法律关系的最初形成，也是经济法律关系变更和终止的前提和基础。具体来讲，是指依据经济法律规范的条件和程序，在经济法律关系主体之间形成受法律保护的经济权利和经济义务关系。经济法律关系一经形成，对双方主体即具有法律约束力。

（二）经济法律关系的变更

经济法律关系的变更，是指经济法律关系主体、客体、内容的变化。经济法律关系的变更既可以是经济法律要素部分变更，也可以是全部变更。无论是部分变更还是全部变更，都会形成新的经济法律关系。

（三）经济法律关系的终止

经济法律关系的终止，是指经济法律关系主体之间的经济权利和义务关系的消灭。经济法律关系可依当事人协议或者履行义务完结而终止，也可依不可抗力、意外事件或一方当事人依法实施的单方宣告行为而终止。经济法律关系终止后，双方的权利义务关系也随之消灭。

第四节　经济法的渊源与体系

一、经济法的渊源

法律渊源，是指法律的存在或表现的形式。我国将法律渊源通常归纳为制定法、判例法、司法解释、习惯、政策和学理等几种主要类型。经济法渊源是指经济法律规范的外部表现形式，从制定法角度而言，主要表现为：

(1) 宪法。宪法是其他法律制定的原则性文件，具有最高法律效力，在国家法律的渊源体系中占首要地位。经济法以《宪法》和其他宪法性文件为渊源，主要是从中汲取有关我国基本经济制度规定及其他原则性规定，如"国家保障国有经济的巩固和发展"、"国家加强经济立法，完善宏观调控"等，这些规定是经济法的依据原则和立法基础。

(2) 法律和有关规范性文件。这里的法律仅指全国人大及其常委会制定的法律。如《公司法》、《反不正当竞争法》、《反垄断法》、《消费者权益保护法》、《产品质量法》、《企业所得税法》等，这些法律构成了经济法的主体和核心部分，是经济法的主要渊源。此外，全国人大及其常委会作出的规范性决议、决定、规定、办法以及立法解释等，与全国人大及其常委会制定的法律具有同等效力，也是经济法的主要渊源。在我国经济法渊源中，法律是经济法的最主要的渊源，其效力和地位仅次于宪法。

(3) 行政法规和有关规范性文件。国务院根据宪法和法律或者最高权力机关授权而制定的规范性文件即行政法规，它是经济法的重要渊源。此外，国务院发布的规范性决定和命令和行政法规具有同等法律效力，也是经济法的渊源。在我国经济法渊源中，行政法规的数量要远远多于法律，其效力和地位仅次于宪法和法律。

(4) 部委规章和有关规范性文件。国务院所属的部、委、局及直属机构根据法律和国务院行政法规、命令、决定，在本部门权限范围内发布的规章和规范性命令、指示，内容主要限于执行法律或者国务院行政法规、决定、命令的事项，也属于经济法的渊源。

(5) 地方性法规和有关规范性文件。省、自治区、直辖市以及省级人民政府所在地的市和经国务院批准的较大的市的人民代表大会及其常委会，可以根据本地具体情况和实际需要制定地方性法规，这些规章以及地方各级人大及其常委会发布的规范性决议、命令同样具有法的效力，也属于经济法的渊源。

(6) 地方政府规章和有关规范性文件。省、自治区、直辖市人民政府以及省级人民政府所在地的市和经国务院批准的较大的市的人民政府，依照法定职权和程序制定的规范性文件，这些规章以及地方各级人民政府发布的规范性决议、命令，虽不属于立法范畴，但其是在执行法律、行政法规和地方性法规的基础上制定施行的，也属于经济法的渊源。

(7) 自治条例和单行条例。民族自治地方的人民代表大会有权根据当地的特点，制定自治条例和单行条例，它们也属于经济法的渊源。

(8) 特别行政区基本法和有关规范性文件。我国宪法赋予特别行政区以立法权，特别行政区可以根据基本法的规定并依照法定程序制定、修改和废除法律，这也是经济法的渊源之一。

(9) 司法解释。最高人民法院、最高人民检察院在总结审判经验基础上发布的指导性文件或法律解释，这些关于处理经济案件的批复、指示、意见和通知等规范性文件，是处理经济活动纠纷的重要依据，具有法律效力，也是经济法的渊源之一。

(10) 国际条约和国际惯例。我国依据国际法原则所缔结的国际条约和国际规范性文件，以及我国政府认可的国际惯例，对于我国国内的国家机关、社会团体和公民及社会组织具有法律约束力。因此，国际条约和国际惯例也是我国现代经济法的渊源之一。

二、经济法的体系

法律体系，是指一个国家的全部现行法律规范，按照一定的标准和原则，划分为不同的法律部门而形成的内部和谐一致、有机联系的整体。经济法作为构成我国部门法体系的重要组成部分，也形成了自身的完整体系，这一体系是以宪法为基础，由多层次、门类齐全的具有相对同质性的经济法律规范或法律制度组成的有机联系的统一整体，主要表现为国家机关颁布的一系列涉及经济关系的法律、法规、条例、办法、规定和实施细则等，其体系构成包括如下内容[1]：

---

1. 我国法学界按照不同方法构造了经济法体系。如：有学者把经济法分为综合经济法律制度、部门经济法律制度和经济组织法律制度；也有学者把经济法分为经济组织法、经济管理法和经济活动法；还有学者把经济法分为市场组织法、市场秩序法、宏观调控法和社会保障法等。

(1) 经济主体法律制度。主要是从组织上规范市场主体的法律制度，通过对市场进入者设置法定准入条件、排除市场准入壁垒和设定公平交易规则对市场主体进行法律规制。包括公司法、合伙企业法、个人独资法和外资企业法等，在这些经济组织法律制度中，体现了国家直接对市场的干预，如直接通过法律设定企业设立条件、内部机构设置、注册资金等。

(2) 市场监管法律制度。市场监管主要是对市场行为的监管，这些法律制度主要调整、规范市场主体行为，如对金融活动监管、对市场竞争行为监管、对市场交易行为监管等。包括反不正当竞争法、消费者权益保护法、产品质量法、反垄断法等。

(3) 宏观调控法律制度。宏观调控是国家运用价格、税收、利率等调控手段对经济运行进行调节控制的过程。在此过程中必会发生诸如资金存贷、价格约束、税收征缴等相应的经济关系。包括银行法、税法、证券法、会计法等。

此外，经济法体系还包括以社会分配和保障为主体的社会分配与保障法律制度，包括工资法、社会保障法、社会救助法、社会福利法、医疗保障法、法律援助法等。任何部门法的划分和内部体系都是相对的，只能是基于一定标准、从一定角度所作的相对合理的划分。因此，以经济法基础理论部分为总则、以上述划分体系为分则，即构成我国经济法基本体系。

导入案例分析

这是一起考察经济法律关系问题的案例。(1)本案涉及的是宏观调控关系的税收法律关系，属于经济法律关系范畴。任何经济法律关系必须具备主体、内容和客体三要素。从本案可知，经济法律关系的主体分别是矿建公司工程处和市地税局。该矿建公司工程处是直接参加经济活动的市场经济主体，市地税局(税收机关)是依法行使税收征管职能经济管理主体。前者因其负有无条件纳税义务而成为税收法律关系的义务主体，地税局则依法成为行使征税职能的权利主体；其客体包括税收机关的经济管理行为和矿建公司工程处的税收缴付行为，双方主体的经济权利和经济义务才得以实现；其内容是地税局向矿建公司工程处征税，矿建公司工程处向税务局纳税的行为。(2)案件给予了责令补缴税款和罚款两种处理方式，前者运用了经济法律关系进行调整，后者运用了行政法律关系进行调整。即：责令补缴税款属于经济法调整对象，行政处罚属于行政法调整对象。由此说明，经济法作为独立的法律部门，是因其具有其他法律部门无可替代的调整对象。

实践思考题

(1) 简述经济法的概念和调整对象。
(2) 简述经济法的法律渊源和体系。
(3) 请联系实际,谈谈你对经济法法律地位的认识。
(4) 论述经济法律关系的主体、内容和客体。
(5) 试述经济法在社会主义市场经济中发挥的作用。

案例实务训练

(1) 王某邀请李某等三人合伙承包了某村集体企业,四人约定每人投资 2 万元,共同经营、共负盈亏,并推举陈某为法定代表人。承包期满后,李某等三人多次要求清算分红,陈某则一直强调当年亏损并以各种理由推诿不作清算,后李某与企业因债务纠纷发生诉争,李某申请人民法院委托事务所对其合伙承包经营期间的损益情况进行审计。审计结论表明,该企业当年实际盈利 17 万,此收益已被陈某利用职务之便所侵吞,李某遂诉之人民法院,要求陈某偿还其应得之收益(实际盈利的 1/4)。

问题:该纠纷是否属于经济法律关系?请作具体分析。

(2) 某律师在代理一起经济纠纷诉讼案件中,为请求人民法院支持自己的诉讼观点,提出:自己诉讼观点与省高级人民法院去年处理的一起类似经济纠纷案件相同,故应按本人的诉讼请求作出类似判决,但该律师提出的依据最终并未被法庭采纳。

问题:法庭为何没有采纳律师所提出的请求依据?请说明理由。

第二章

企 业 法

教学目的及要求： 通过学习，使学生掌握合伙企业财产构成，个人独资企业投资人及事务管理，"三资企业"的企业形式、出资方式、组织形式、利润分配以及亏损承担，能够灵活运用法律制度解决相关企业纠纷。

教学组织与设计： 以课堂讲授、提问讨论、案例分析、列表汇总并重，采取列举式、分类法教学，着重使学生掌握各类企业不同法律要素，强化对企业法律制度的理解。

学习重点和难点： 合伙企业事务执行、损益分配及与第三人的关系，普通合伙企业的责任形式；个人独资企业事务管理；"三资企业"组织形式、组织机构、出资方式、利润分配和亏损承担等。

第一节　合伙企业法

导入案例

2009年1月，甲、乙、丙共同设立一合伙企业。合伙协议约定：甲以现金5万元人民币出资，乙以房屋作价人民币8万元出资，丙以劳务作价人民币4万元出资；各合伙人按相同比例共享盈亏。合伙企业成立后，因经营需要，于2009年6月向银行贷款人民币5万元，期限为1年。2009年8月，甲提出退伙，乙、丙两人表示同意，当月甲办清退伙结算手续。2009年9月丁入伙，因经营环境变化，企业严重亏损，2010年5月，乙、丙、丁决定解散合伙企业，并将价值人民币3万元的财产予以分配，但对未到期的银行贷款未予清偿。2010年6月贷款到期，银行发现该企业已解散，遂向甲要求偿还全部贷款，甲称自己早已退伙，不负责清偿债务；银行向丁要求偿还全部贷款，丁称该笔贷款在自己入伙前已发生，不负责清偿；银行向乙要求偿还全部贷款，乙表示只按协议约定的比例清偿相应数额；银行向丙要求偿还全部贷款，丙则表示自己是以劳务出资的，不承担偿还贷款义务。

问题：(1)甲、乙、丙、丁各自主张能否成立？并说明理由。(2)该合伙企业所欠银行贷款应如何清偿？(3)银行贷款受偿后，甲、乙、丙、丁之间应如何分担清偿责任？

一、合伙企业法概述

(一) 合伙企业的概念

合伙，是指两个以上的民事主体共同出资、共同经营、共享收益、共担风险的自愿联合体。合伙最早起源于古罗马的家族共有制度，而合伙制度源于罗马法。我国《合伙企业法》第二条规定，合伙企业，是指自然人、法人和其他组织在中国境内设立的普通合伙企业和有限合伙企业。

(二) 合伙企业的分类

根据我国《合伙企业法》的规定，以合伙人对合伙企业承担责任形式的不同，可将合伙企业分为普通合伙企业和有限合伙企业。

普通合伙企业又可分为一般普通合伙企业和特殊普通合伙企业。一般普通合伙企业即通常所指的合伙企业，是由普通合伙人组成，合伙人对合伙企业债务承担无限连带责任的合伙企业；特殊普通合伙企业，是指以专业知识和专门技能为客户提供有偿服务而设立的合伙企业。

有限合伙企业，是由普通合伙人和有限合伙人组成，普通合伙人对企业债务承担无限连带责任，有限合伙人以其认缴的出资额为限对合伙企业债务承担责任。根据合伙人对企业承担责任的形式不同，可将其分为无限责任合伙人和有限责任合伙人。

(三) 合伙企业的特征

(1) 合伙企业的设立和内部管理以订立合伙协议为法律基础。合伙企业本质上是人的结合而不是资本的结合，合伙的信用基础是全体合伙人而不是合伙财产。合伙企业设立必须由全体合伙人协商一致并订立合伙协议，合伙企业的成立和内部管理以合伙协议为法律基础。

(2) 合伙企业是不具备法人资格的营利性经济组织。合伙企业是以自己的名义从事生产经营活动，合伙企业财产属于全体合伙人共同所有，合伙财产就是个人财产。所以，合伙企业没有对外承担责任的独立财产，因此不具有法人资格，属于非法人企业组织。

(3) 合伙企业由合伙人共同出资、共同经营、共负盈亏。合伙企业的资本由全体合伙人共同出资构成，无论是负无限责任还是负有限责任的合伙人，出资是取得合伙人资格的前提,且合伙人基于获取利益的目的共同从事经营活动,可按出资比例或合伙协议约定分享利润收益和经营风险。

(4) 合伙企业至少有一人以上的合伙人对企业债务承担无限连带责任。由于合伙企业属于人合企业,合伙企业的债务归根结底就是合伙人的债务,当合伙企业财产不足以清偿到期债务时,应由普通合伙人以其个人全部财产对合伙企业债务承担无限连带责任,当债权人向普通合伙人中的任意一人或数人要求清偿债务时,被要求的合伙人有义务清偿全部债务。

(四) 合伙企业法的概念和适用范围

1. 合伙企业法的概念

合伙企业法有广义和狭义之分。广义上的合伙企业法,是指由国家立法机关或者其他有立法权的机关制定的,调整合伙企业在设立、内部管理、合伙财产、清算、解散和破产过程中所发生的社会关系的法律规范的总称;狭义上的合伙企业法,是指我国目前调整合伙企业各种经济关系的,2006 年 8 月 27 日第十届全国人大常委会第二十三次会议修订通过的《中华人民共和国合伙企业法》。

2. 合伙企业法的适用范围

新修订的《合伙企业法》适用于自然人、法人和其他组织在中国境内设立的普通合伙企业和有限合伙企业,具体包括普通合伙企业、特殊的普通合伙企业和有限合伙企业。在掌握《合伙企业法》适用范围时,应注意区分以下问题的法律适用。

(1) 采取合伙制的非企业专业服务机构的合伙人承担责任形式的法律适用。《合伙企业法》第一百零七条规定,非企业专业服务机构依据有关法律采取合伙制的,其合伙人承担责任的形式可以适用本法关于特殊的普通合伙企业合伙人承担责任的规定。

(2) 外国企业或者个人在中国境内设立合伙企业的法律适用。《合伙企业法》第一百零八条规定,外国企业或者个人在中国境内设立合伙企业的管理办法由国务院规定。我国法律允许外国企业或者个人在中国境内设立合伙企业,但涉及设立、管理等一系列程序性问题则需由国务院作出具体规定。

二、普通合伙企业

(一) 普通合伙企业概念

普通合伙企业,是指由普通合伙人组成,合伙人对合伙企业债务依法承担无限连带责任的一种合伙企业。普通合伙企业具有以下特点:

1. 由普通合伙人组成

普通合伙人是指在合伙企业中对合伙企业的债务依法承担无限连带责任的自然人、法人和其他组织。《合伙企业法》规定，国有独资公司、国有企业、上市公司以及公益性的事业单位、社会团体不得成为普通合伙人。

2. 有合伙人协商一致的合伙协议

合伙协议是合伙企业成立前合伙人之间就合伙有关事项协商一致订立的，用以调整合伙人之间关系，规范企业及合伙人行为规则的基本法律文件。合伙协议依法由全体合伙人协商一致，以书面形式订立。

3. 合伙人对合伙企业的债务依法承担无限连带责任，法律另有规定的除外

合伙企业不同于公司法人型企业，合伙企业的合伙人对合伙企业债务承担的是无限连带责任，包括两个方面：①当合伙企业财产不足以清偿其债务时，合伙人应以其在合伙企业出资以外的财产清偿债务；②任一合伙人都负有清偿责任，不论其应承担的债务比例如何，债权人可就合伙企业财产不足以清偿的债务向任一合伙人要求全部偿还。

(二) 合伙企业设立条件

1. 有 2 个以上承担无限责任的合伙人

合伙人可以是自然人、法人和其他组织，合伙人为自然人的，应当具有完全民事行为能力。对合伙企业人数未作上限规定，但合伙的前提是以相互间的人身信任关系为基础的。实践中合伙企业人数一般不会超过 20 人，且须对合伙企业债务依法承担无限连带责任。

2. 有书面合伙协议

合伙协议是依法设立合伙企业时，由全体合伙人通过协商签订的最重要的法律文件，是决定相互间权利义务的具有法律约束力的内部合同。合伙协议必须是要式的、书面的，合伙协议经全体合伙人签名、盖章后生效。

3. 有合伙人认缴或者实际缴付的出资

合伙人应按照合伙协议的约定缴纳出资，合伙人可以用货币、实物、知识产权、土地使用权或者其他财产权利出资，也可以用劳务出资。合伙人应当按照合伙协议约定的出资方式、数额和缴付期限，履行出资义务。

4. 有合伙企业的名称和生产经营场所

合伙企业应有自己的名称，名称中应当标明"普通合伙"字样，特殊的普通合伙企业名称中应当标明"特殊普通合伙"字样，且名称中不得使用"有限责任"或"有限合伙"字样。

5. 法律、行政法规规定的其他条件

如特殊的普通合伙企业应当建立执业风险基金、办理职业保险。

(三) 合伙企业的设立登记

1. 登记申请

设立合伙企业，应当由全体合伙人指定的代表或者共同委托的代理人向企业登记机关申请设立登记，并提交全体合伙人签署的登记申请书、全体合伙人身份证明、合伙协议、出资权属证明、经营场所证明以及其他文件。

2. 核准登记

企业登记机关应当自受理申请之日起 20 日内作出是否登记的决定，对符合法律规定设立条件的予以登记，发给营业执照；对不符合法律规定设立条件的不予登记，应当给予书面答复并说明理由。

(四) 合伙企业财产

1. 合伙企业财产的构成

合伙企业财产是依附于合伙人个人的，各国立法对合伙企业财产均未明确界定，合伙财产是合伙人因出资而直接构成的共有财产和合伙经营中积累的财产。《合伙企业法》也规定，合伙人的出资、以合伙企业名义取得的收益和依法取得的其他财产，均为合伙企业的财产。合伙财产范围主要由以下三部分构成：

(1) 合伙人的出资。合伙人可以用货币、实物、知识产权、土地使用权或者其他财产权利出资，也可以用劳务出资。这些出资形成了合伙企业的原始财产，但属于全体合伙人"认缴"而非"实际缴纳"的财产。

(2) 以合伙企业名义取得的收益。合伙企业作为独立的经济实体，可依法行使企业权利，以其名义取得的收益当然归于合伙财产的一部分。主要包括：合伙企业积累资金、未分配盈余、可估价并依法转让的财产权利等。

(3) 依法取得的其他财产。即根据法律、法规规定合法取得的其他财产，如合法接受的赠与财产、财产孳息、投资收益等。

2. 合伙企业财产的分割、转让、出质

(1) 合伙企业财产的分割。合伙人在合伙企业清算前，不得请求分割合伙企业的财产，但《合伙企业法》另有规定的除外。合伙人在合伙企业清算前私自转移或者处分合伙企业财产的，合伙企业不得以此对抗善意第三人。

(2) 合伙企业财产的转让。为确保合伙企业稳定性，《合伙企业法》对合伙人财产份额的转让进行了限制性规定：①合伙企业存续期间，除合伙协议另有约定外，合伙人向合伙人以外的人转让其在合伙企业中的全部或者部分财产份额时，须经其他合伙人一致同意。②合伙人之间转让在合伙企业中的全部或者部分财产份额时，

应当通知其他合伙人。③合伙人向合伙人以外的人转让其在合伙企业中的财产份额的，在同等条件下，其他合伙人有优先购买权。但是，合伙协议另有约定的除外。

(3) 合伙企业财产的出质。合伙企业财产的出质，是指合伙人将其在合伙企业中的财产份额作为质押物转移给第三人作为债权担保的行为。合伙人以其在合伙企业中的财产份额出质的，须经其他合伙人一致同意；未经其他合伙人一致同意，其出质行为无效，由此给善意第三人造成损失的，由行为人依法承担赔偿责任。

(五) 合伙事务执行

1. 合伙事务执行的方式

合伙企业属于共同出资、共同管理、共享收益、共担风险的营利性组织，各合伙人均有权执行合伙企业的各项事务。受委托执行合伙企业事务的合伙人称为执行事务合伙人。合伙企业事务的执行方式，按照合伙协议的约定或者经全体合伙人决定，可以委托一个或者数个合伙人对外代表合伙企业，执行合伙事务。作为合伙人的法人、其他组织执行合伙事务的，由其委派的代表执行。委托一个或者数个合伙人执行合伙事务的，其他合伙人不再执行合伙事务。

根据《合伙企业法》规定，除合伙协议另有约定外，合伙企业的下列行为应当经全体合伙人一致同意：①改变合伙企业的名称；②改变合伙企业的经营范围、主要经营场所的地点；③处分合伙企业的不动产；④转让或者处分合伙企业的知识产权和其他财产权利；⑤以合伙企业名义为他人提供担保；⑥聘任合伙人以外的人担任合伙企业的经营管理人员。

2. 合伙人在执行合伙事务中的权利和义务

根据《合伙企业法》规定，合伙人在执行合伙事务中的权利主要包括：①合伙人对执行合伙事务享有同等的权利；②执行合伙事务的合伙人对外代表合伙企业；③不执行合伙事务的合伙人有权监督执行事务合伙人执行合伙事务的情况；④各合伙人有权查阅合伙企业会计账簿等财务资料；⑤合伙人有提出异议的权利和撤销委托的权利。

根据《合伙企业法》规定，合伙人在执行合伙事务中的义务主要包括：①合伙事务执行人向不参加执行事务的合伙人报告企业经营状况和财务状况；②合伙人不得自营或者同他人合作经营与本合伙企业相竞争的业务；③合伙人不得与本合伙企业进行交易；④合伙人不得从事损害本合伙企业利益的活动。

3. 合伙企业的损益分配

合伙损益即合伙利润和合伙亏损。合伙利润是以合伙企业的名义所取得的经济利益，合伙亏损是以合伙企业的名义从事经营活动所形成的亏损。合伙亏损是全体合伙人共同承担的经济责任。合伙损益的分配包括合伙企业利润分配和亏损分担。

《合伙企业法》对合伙损益分配作了原则规定:(1)合伙企业的利润分配、亏损分担,按照合伙协议的约定办理;合伙协议未约定或者约定不明确的,由合伙人协商决定;协商不成的,由合伙人按照实缴出资比例分配、分担;无法确定出资比例的,由合伙人平均分配、分担。(2)合伙协议不得约定将全部利润分配给部分合伙人或者由部分合伙人承担全部亏损。

(六) 合伙企业与第三人的关系

合伙企业与第三人的关系,是指有关合伙企业的对外关系,主要涉及合伙企业对外代表权的效力,合伙企业与债权人、与合伙人个人债权人的债务清偿关系等问题。

1. 与善意第三人的关系

善意第三人是指与合伙企业进行法律行为的人,其主观上不知合伙企业内部对合伙人执行合伙事务的权利限制。包括善意取得合伙财产和善意与合伙企业设定其他法律关系的人。《合伙企业法》第三十七条规定,合伙企业对合伙人执行合伙企业事务以及对外代表合伙企业权利的限制,不得对抗不知情的善意第三人。

合伙人设立合伙的目的是通过合伙经营活动而赢利,而合伙企业经营活动不是封闭的,必须通过市场与第三人进行相应的民事活动。合伙企业约定共同执行合伙企业事务或约定委托一名或数名合伙人执行企业事务,该约定在合伙企业内部会对合伙人执行事务实施某些限制,比如:合伙人不得越权执行事务、非执行事务合伙人不得越权代表合伙企业与第三人交易等,但这些限制只在合伙企业内部形成约束力,如对第三人发生效力须以第三人知晓为前提。否则,该内部限制不得对抗不知情的善意第三人。

2. 与企业债权人的关系

合伙企业对其债务应先以其全部财产进行清偿,合伙企业财产不足清偿到期债务的,各合伙人应当承担无限连带清偿责任。合伙人仅在总体上对合伙企业债务负责,对其他合伙人因非合伙业务而产生的债务不负连带清偿责任。当合伙企业财产不足清偿企业债务时,其不足部分由各合伙人按照合伙协议约定的比例,用其在合伙企业出资以外的财产承担清偿责任,未约定分担比例的,由各合伙人用其在合伙企业出资以外的财产平均分担债务。合伙人由于承担连带责任,其清偿数额超过协议约定部分或协议未约定而平均分担数额时,有权向其他合伙人追偿。

3. 与合伙人个人的债权人之间的关系

合伙企业中某一合伙人的债权人,不得以该债权抵销其对合伙企业的债务。合伙人个人负有债务,其债权人不得代位行使该合伙人在合伙企业中的权利。合伙人的自有财产不足清偿个人债务的,该合伙人只能以其从合伙企业中分取的收益用于清偿；债权人也可以依法请求人民法院强制执行该合伙人在合伙企业中的财产份额用于清偿。合伙人对个人债务以其在企业中的财产份额用于清偿，其他合伙人对该合伙人财产份额有优先受让的权利。人民法院强制执行合伙人的财产份额时，应当通知全体合伙人，其他合伙人有优先购买权；其他合伙人未购买、又不同意将该财产份额转让给他人的，应依法为该合伙人办理退伙结算，或者办理削减该合伙人相应财产份额的结算。

(七) 入伙与退伙

1. 入伙

入伙，是指在合伙企业存续期间，合伙人以外的第三人加入合伙企业并取得合伙人资格的行为。《合伙企业法》规定，新合伙人入伙，除合伙协议另有约定外，应当经全体合伙人一致同意，并依法订立书面入伙协议。订立入伙协议时，原合伙人应当向新合伙人如实告知原合伙企业经营状况和财务状况。入伙的新合伙人与原合伙人享有同等权利，承担同等责任。

在新合伙人的入伙条件中，关于是否对合伙企业既往债务承担连带责任的问题，《合伙企业法》规定，新合伙人对入伙前合伙企业的债务承担无限连带责任。

2. 退伙

退伙，是指在合伙企业存续期间，合伙人退出合伙，从而丧失合伙人资格的行为。根据退伙原因的不同，合伙人退伙一般分为自愿退伙和法定退伙。

(1) 自愿退伙。又称声明退伙、任意退伙，是指合伙人出于主观自愿的意思表示而退伙。自愿退伙可分为协议退伙和通知退伙两种。

一是协议退伙。协议退伙是指在合伙协议约定合伙期限的情况下的退伙。《合伙企业法》规定，合伙协议约定合伙期限的，在合伙企业存续期间，有下列情形之一的，合伙人可以退伙：①合伙协议约定的退伙事由出现；②经全体合伙人一致同意；③发生合伙人难以继续参加合伙的事由；④其他合伙人严重违反合伙协议约定的义务。合伙人违反上述规定退伙的，应当赔偿由此给合伙企业造成的损失。

二是通知退伙。通知退伙是指在合伙协议未约定合伙期限的情况下的退伙。《合伙企业法》规定，合伙协议未约定合伙期限的，在不给合伙事务执行造成不利影响的前提下，合伙人可以不经其他合伙人同意而退伙，但应当提前30日通知其他合伙人。

(2) 法定退伙。法定退伙是指合伙人因出现法律规定的事由而退伙。法定退伙可分为当然退伙和除名两类种。

一是当然退伙。当然退伙是指发生了某种客观情况而导致的退伙。《合伙企业法》规定，合伙人有下列情形之一的，当然退伙：①作为合伙人的自然人死亡或者被依法宣告死亡；②个人丧失偿债能力；③作为合伙人的法人或者其他组织依法被吊销营业执照、责令关闭撤销，或者被宣告破产；④法律规定或者合伙协议约定合伙人必须具有相关资格而丧失该资格；⑤合伙人在合伙企业中的全部财产份额被人民法院强制执行。

二是除名。除名是指在合伙人出现法定事由的情形下，由其他合伙人决议将该合伙人除名的退伙。《合伙企业法》规定，合伙人有下列情形之一的，经其他合伙人一致同意，可以决议将其除名：①未履行出资义务；②因故意或者重大过失给合伙企业造成损失；③执行合伙事务时有不正当行为；④发生合伙协议约定的事由。

(3) 退伙的效果。合伙人退伙后，合伙企业继续存续，退伙会导致退伙人在合伙企业中的财产份额和民事责任的归属变动。如是因法定原因合伙人死亡或者被依法宣告死亡而退伙的，其财产则产生如何继承的问题，即将退伙人的财产份额和民事责任归属于退伙人的继承人；如是因自愿退伙的，则要进行退伙结算，即将退伙人的财产份额和民事责任归属于退伙人本人。

一是财产继承。《合伙企业法》规定，合伙人死亡或者被依法宣告死亡的，对该合伙人在合伙企业中的财产份额享有合法继承权的继承人，按照合伙协议的约定或者经全体合伙人一致同意，从继承开始之日起，取得该合伙企业的合伙人资格。即合伙人死亡时其继承人取得合伙人资格须具备三项条件：有合法继承权、有合伙协议的约定或者全体合伙人的一致同意、继承人愿意。死亡的合伙人的继承人取得该合伙企业的合伙人资格，从继承开始之日起获得。

二是退伙结算。除合伙人死亡或者被依法宣告死亡的情形外，《合伙企业法》对退伙结算作出以下规定：①合伙人退伙，其他合伙人应当与该退伙人按照退伙时的合伙企业财产状况进行结算，退还退伙人的财产份额。退伙人对给合伙企业造成的损失负有赔偿责任的，相应扣减其应当赔偿的数额。②退伙人在合伙企业中财产份额的退还办法，由合伙协议约定或者由全体合伙人决定，可以退还货币，也可以退还实物。③合伙人退伙时，合伙企业财产少于合伙企业债务的，退伙人应当依照法律规定分担亏损，即如果合伙协议约定亏损分担比例，按照合伙协议的约定办理；合伙协议未约定或者约定不明确的，由合伙人协商决定；协商不成的，由合伙人按照实缴出资比例分配、分担；无法确定出资比例的，由合伙人平均分配、分担。④合伙人退伙后，对基于其退伙前的原因发生的合伙企业债务，承担无限连带责任。

三、特殊的普通合伙企业

(一) 特殊的普通合伙企业的概念

特殊的普通合伙企业，是指以专业知识和专门技能为客户提供有偿服务的专业服务机构。比如律师事务所、会计师事务所、设计师事务所等。特殊的普通合伙企业必须在其企业名称中标明"特殊普通合伙"字样，以区别于普通合伙企业。

(二) 特殊的普通合伙企业的责任形式

1. 责任形式

(1) 有限责任与无限责任相结合。如果合伙人因故意或重大过失造成合伙企业债务的,该合伙人应当承担无限责任或者无限连带责任,其他合伙人以其在合伙企业中的财产份额为限承担责任。

(2) 无限连带责任。如果合伙人非因故意或者重大过失造成的合伙企业债务以及合伙企业的其他债务,由全体合伙人承担无限连带责任。

2. 责任承担

在特殊的普通合伙企业中,一个合伙人或数个合伙人在执业活动中因故意或者重大过失造成合伙企业债务的,应当承担无限责任或者无限连带责任,其他合伙人则仅以其在合伙企业中的财产份额为限承担责任。特殊的普通合伙企业中的普通合伙人不一定承担无限连带责任,如果此普通合伙人对债务的形成承担责任,则需承担无限连带责任;如果此普通合伙人对债务的形成不承担责任,则仅以其在合伙企业中的财产份额为限承担有限责任。若特殊普通合伙企业的合伙人并非因为故意或者重大过失而导致合伙企业的债务,则与普通合伙企业一样,应当由全体合伙人承担无限连带责任。

3. 责任追偿

合伙人在执业活动中因故意或者重大过失造成的合伙企业债务,以合伙企业财产对外承担责任后,该合伙人应当按照合伙协议的约定对给合伙企业造成的损失承担赔偿责任。

4. 执业风险防范

特殊的普通合伙企业应当建立执业风险基金、办理职业保险。执业风险基金是指为了化解经营风险,特殊的普通合伙企业从其经营收益中提取相应比例的资金留存或者根据相关规定上缴至指定机构所形成的资金。执业风险基金用于偿付合伙人执业活动造成的债务;职业保险是指承保各种专业技术人员因工作上的过失或者疏忽大意所造成的合同一方或者他人的人身伤害或者财产损失的经济赔偿责任的保险。

四、有限合伙企业

(一) 有限合伙企业的概念及其法律适用

有限合伙企业,是指由普通合伙人和有限合伙人共同组成,普通合伙人对合伙企业债务承担无限连带责任,有限合伙人以其认缴的出资额为限对合伙企业债务承担责任的合伙组织。

关于有限合伙企业的法律适用，凡是《合伙企业法》中对有限合伙企业有特殊规定的，适用有关有限合伙企业的特殊规定；无特殊规定的，适用有关普通合伙企业及其合伙人的一般规定。

(二) 有限合伙企业的设立条件

根据《合伙企业法》规定，设立有限合伙企业，应当具备下列条件：

(1) 除法律另有规定的以外，有限合伙企业由 2 个以上 50 个以下合伙人设立，并且至少应当有一个普通合伙人。自然人、法人和其他组织可依照法律规定设立有限合伙企业。有限合伙企业中合伙人必须包括有限合伙人和普通合伙人两部分。《合伙企业法》第七十五条规定，有限合伙企业仅剩有限合伙人的，应当解散；有限合伙企业仅剩普通合伙人的，应转为普通合伙企业。

(2) 规范的有限合伙企业名称。有限合伙企业名称中应当标明"有限合伙"字样，不能标注"普通合伙"、"特殊普通合伙"、"有限公司"、"有限责任公司"等字样。

(3) 具有书面合伙协议。合伙协议应当载明下列事项：①普通合伙人和有限合伙人的姓名或者名称、住所；②执行事务合伙人应具备的条件和选择程序；③执行事务合伙人的权限与违约处理办法；④执行事务合伙人的除名条件和更换程序；⑤有限合伙人入伙、退伙的条件、程序以及相关责任；⑥有限合伙人和普通合伙人相互转变程序。

(4) 有合伙人认缴或者实际缴付的出资。《合伙企业法》规定，有限合伙人可以用货币、实物、知识产权、土地使用权或者其他财产权利作价出资。有限合伙人不得以劳务出资。有限合伙人应当按照合伙协议的约定按期足额缴纳出资；未按期足额缴纳的，应当承担补缴义务，并对其他合伙人承担违约责任。

(5) 法律、法规规定的其他条件。比如：有限合伙企业登记事项中应当载明有限合伙人的姓名或者名称及认缴的出资数额等。

(三) 有限合伙企业的事务执行

(1) 普通合伙人为有限合伙企业事务执行人。《合伙企业法》规定，有限合伙企业由普通合伙人执行合伙事务。执行事务合伙人可以要求在合伙协议中确定执行事务的报酬及报酬提取方式。如合伙协议约定数个普通合伙人执行合伙事务，这些普通合伙人均为合伙事务执行人；如合伙协议无约定，全体普通合伙人是合伙事务的共同执行人。

(2) 不视为有限合伙人执行合伙事务的行为。《合伙企业法》规定，有限合伙人不执行合伙事务，不得对外代表有限合伙企业。但有限合伙人的下列行为，不视为执行合伙事务：①参与决定普通合伙人入伙、退伙；②对企业的经营管理提出建议；③参与选择承办有限合伙企业审计业务的会计师事务所；④获取经审计的有限合伙企业财务会计报告；⑤对涉及自身利益的情况，查阅有限合伙企业财务会计账簿等财务资料；⑥在有限合伙企业中的利益受到侵害时，向有责任的合伙人主张权利或者提起诉讼；⑦执行事务合伙人怠于行使权利时，督促其行使权利或者为了本企业的利益以自己的名义提起诉讼；⑧依法为本企业提供担保。

(3) 有限合伙人同业竞止行为的除外。对于有限合伙人而言，除合伙协议另有约定的以外，有限合伙人可以同本有限合伙企业进行交易，有限合伙人可以自营或者同他人合作经营与本有限合伙企业相竞争的业务。

(4) 有限合伙人未经授权的事务执行责任。第三人有理由相信有限合伙人为普通合伙人并与其交易的，该有限合伙人对该笔交易承担与普通合伙人同样的责任。有限合伙人未经授权以有限合伙企业名义与他人进行交易，给有限合伙企业或者其他合伙人造成损失的，该有限合伙人应当承担赔偿责任。

(5) 有限合伙企业利润分配。有限合伙企业不得将全部利润分配给部分合伙人；但是，合伙协议另有约定的除外。

(四) 有限合伙企业财产的出质和转让

有限合伙人可以将其在有限合伙企业中的财产份额出质。但是，合伙协议另有约定的除外。有限合伙人可以按照合伙协议的约定向合伙人以外的人转让其在有限合伙企业中的财产份额，但应当提前 30 日通知其他合伙人。

(五) 有限合伙人债务清偿

有限合伙人的自有财产不足清偿其与合伙企业无关债务的，该合伙人可以以其从有限合伙企业中分取的收益用于清偿。债权人也可以依法请求人民法院强制执行该合伙人在有限合伙企业中的财产份额用于清偿。人民法院强制执行有限合伙人的财产份额时，应当通知全体合伙人。在同等条件下，其他合伙人有优先购买权。

(六) 有限合伙企业的入伙和退伙

1. 入伙

新入伙的有限合伙人对入伙前有限合伙企业的债务，以其认缴的出资额为限承担责任。而在普通合伙企业中，新入伙的合伙人对入伙前合伙企业的债务承担连带责任。

2. 退伙

(1) 有限合伙人当然退伙。《合伙企业法》规定，有限合伙人出现下列之一情形时，当然退伙：①作为合伙人的自然人死亡或者被依法宣告死亡；②作为合伙人的法人或者其他组织依法被吊销营业执照、责令关闭、撤销，或者被宣告破产；③法律规定或者合伙协议约定合伙人必须具有相关资格而丧失该资格；④合伙人在合伙企业中的全部财产份额被人民法院强制执行。

(2) 有限合伙人丧失民事行为能力的规定。《合伙企业法》规定，作为有限合伙人的自然人在有限合伙企业存续期间丧失民事行为能力的，其他合伙人不得因此要求其退伙。

(3) 有限合伙人的继承人权利。《合伙企业法》规定，作为有限合伙人的自然人死亡、被依法宣告死亡或者作为有限合伙人的法人及其他组织终止时，其继承人或者权利承受人可以依法取得该有限合伙人在有限合伙企业中的资格。

(4) 有限合伙人退伙的责任承担。《合伙企业法》规定，有限合伙人退伙后，对基于其退伙前的原因发生的有限合伙企业债务，以其退伙时从有限合伙企业中取回的财产承担责任。

(七) 合伙人性质转变及债务承担

《合伙企业法》规定，除合伙协议另有约定外，普通合伙人转变为有限合伙人，或者有限合伙人转变为普通合伙人，应当经全体合伙人一致同意。有限合伙人转变为普通合伙人的，对其作为有限合伙人期间有限合伙企业发生的债务承担无限连带责任。普通合伙人转变为有限合伙人的，对其作为普通合伙人期间合伙企业发生的债务承担无限连带责任。

五、合伙企业解散和清算

(一) 合伙企业的解散

合伙企业的解散是指合伙企业因某种法律事实的发生而使其民事主体资格归于消灭的行为。合伙企业解散的事由分为任意解散和强制性解散。

根据《合同企业法》规定，合伙企业有下列情形之一的，应当解散：①合伙期限届满，合伙人决定不再经营；②合伙协议约定的解散事由出现；③全体合伙人决定解散；④合伙人已不具备法定人数满 30 日；⑤合伙协议约定的合伙目的已经实现或者无法实现；⑥依法被吊销营业执照、责令关闭或者被撤销；⑦法律、行政法规规定的其他原因。合伙企业解散，应当由清算人进行清算。

(二) 合伙企业的清算

合伙企业的清算，是指合伙企业宣告解散后，为终结合伙企业各种法律关系，依法清理合伙企业债权债务的行为。合伙企业解散应当进行清算。合伙企业清算主要包括以下程序：

1. 确定清算人

清算人由全体合伙人担任；经全体合伙人过半数同意，可以自合伙企业解散事由出现后 15 日内指定一个或者数个合伙人，或者委托第三人担任清算人；自合伙企业解散事由出现之日起 15 日内未确定清算人的,合伙人或者其他利害关系人可以申请人民法院指定清算人。

2. 通知和公告债权人

清算人自被确定之日起 10 日内将合伙企业解散事项通知债权人,并于 60 日内在报纸上公告。债权人应当自接到通知书之日起 30 日内,未接到通知书的自公告之日起 45 日内,向清算人申报债权,清算人对债权进行登记。

3. 财产清偿

合伙企业财产在支付清算费用后,依照下列顺序进行清偿:①所欠职工工资、社会保险费用、法定补偿金等;②缴纳所欠税款;③清偿债务;④返还合伙人出资。合伙企业财产按照上述顺位清偿后仍有剩余时,对剩余财产依照合伙协议约定的利润分配比例进行分配;合伙协议未约定或约定不明确的,由合伙人协商决定;协商不成的,由合伙人按照实缴出资比例分配;无法确定出资比例的,由合伙人平均分配。

4. 注销登记

清算结束,清算人应当编制清算报告,经全体合伙人签名、盖章后,在 15 日内向企业登记机关报送清算报告,申请办理合伙企业注销登记。

5. 合伙企业清算后的债务处理

合伙企业注销后,原普通合伙人对合伙企业存续期间的债务仍应承担无限连带责任。合伙企业不能清偿到期债务的,债权人可以依法向人民法院提出破产清算申请,也可以要求普通合伙人清偿。合伙企业依法被宣告破产的,普通合伙人对合伙企业债务仍应承担无限连带责任。

导入案例分析

这是一起讨论合伙企业设立及其合伙人责任承担的案例。(1)甲、乙、丙、丁四人的主张不能成立。理由分述如下:根据《合伙企业法》规定,退伙人对其退伙前已发生的债务与其他合伙人承担连带责任,故甲对其退伙前发生的银行贷款应负连带清偿责任;合伙人之间对债务承担份额的约定对债权人没有约束力,故乙提出应按约定比例清偿债务的主张不能成立,其应对银行贷款承担连带清偿责任;以劳务出资的合伙人也应承担合伙人的法律责任,故丙也应对银行贷款承担连带清偿责任;入伙的新合伙人对入伙前的债务承担连带清偿责任,故丁对其入伙前发生的银行贷款应负连带清偿责任。(2)根据《合伙企业法》规定,合伙企业所欠银行贷款首先应以合伙企业的财产清偿,合伙企业财产不足清偿时,由各合伙人承担无限连带责任。

乙、丙、丁在合伙企业解散时，未清偿债务而分配财产是违法无效的，应全部退还已分得的财产，退还的财产应首先用于清偿银行贷款，贷款清偿不足的部分，由甲、乙、丙、丁承担无限连带清偿责任。(3)根据《合伙企业法》规定，合伙企业各合伙人在其内部是依合伙协议约定承担按份责任的，甲因已办理退伙结算手续，结清了对合伙企业的财产债务关系，故不再承担内部清偿份额，如在银行要求下承担了对外部债务的连带清偿责任，则可向乙、丙、丁追偿；乙、丙、丁应按合伙协议的约定分担清偿责任，如乙、丙、丁任何一人实际支付的清偿数额超过其应承担的份额时，有权就其超过的部分向其他未支付或未足额支付应承担份额的合伙人追偿。

第二节　个人独资企业法

导入案例

　　2010 年 1 月 15 日，甲个人出资 5 万元设立独资企业 A，甲聘请乙管理企业事务并规定，凡乙对外签订标的额超过 1 万元以上的合同须经甲同意。2 月 10 日，乙未经甲同意以 A 企业名义向善意第三人丙购买价值 2 万元货物。2010 年 7 月 4 日，A 企业因亏损不能支付到期的丁的债务，甲决定解散该企业并请求人民法院指定清算人，法院于 7 月 10 日指定戊作为清算人对 A 企业进行清算。经查：A 企业和甲的资产及债权债务关系情况如下：(1)A 企业欠缴税款 2 000 元，欠乙工资 5 000 元，欠社会保险费用 5 000 元，欠丁 10 万元；(2)A 企业的银行存款 1 万元，实物折价 8 万元；(3)甲在 B 合伙企业出资 6 万元，占 50% 的出资额，B 合伙企业每年可向合伙人分配利润；(4)甲个人其他可执行的财产价值 2 万元。

　　问题：(1)乙于 2 月 10 日向丙购入价值 2 万元货物的行为是否有效？并说明理由。(2)列举 A 企业的财产清偿顺序，如何实现丁的债权请求？

一、个人独资企业法概述

(一) 个人独资企业的概念和特征

　　个人独资企业，简称独资企业，是指依照《个人独资企业法》的规定在中国境内设立，由一个自然人投资，财产为投资人个人所有，投资人以其个人财产对企业债务承担无限责任的经营实体。个人独资企业具有以下特征：

　　(1) 从投资主体而言，个人独资企业是由一个自然人投资设立的。我国《合伙企业法》规定的合伙企业的合伙人是 2 人以上的自然人，公司股东通常为 2 人以上，且投资人包括自然人、法人和其他经济组织。

(2) 从企业财产性质而言，个人独资企业的全部财产为投资人个人所有。投资人是企业财产的惟一所有者，不仅企业初始的财产为投资人所有，企业存续期间积累的所有财产均归投资人所有。

(3) 从法律地位而言，个人独资企业不具有法人资格。个人独资企业能够以自己的名义从事民事活动，但不具有独立法人地位和法律人格。一是独资企业本身不是财产所有权主体，不享有独立的财产权利；二是独资企业不承担独立责任，而是由投资人承担无限责任；三是投资人可任意控制企业活动，独资企业主体意思并不独立。

(4) 从责任承担而言，投资人以其个人财产对企业的债务承担无限责任。主要包括三层意思：一是企业的债务全部由投资人承担；二是投资人承担企业债务的责任范围不限于出资，还包括独资企业的全部财产和其他个人财产；三是独资企业不能清偿到期债务时，投资人须以其个人全部财产对债权人进行清偿。

(二) 个人独资企业法概念及其适用范围

1. 个人独资企业法概念

个人独资企业法有广义和狭义之分。广义上的个人独资企业法，是指由国家立法机关或者其他有立法权机关制定的，调整个人独资企业在设立、管理、清算、解散过程中所发生的社会关系的法律规范的总称；狭义上的个人独资企业法，是指1999年8月30日第九届全国人大常委会第十一次会议通过、2000年1月1日起施行的《中华人民共和国个人独资企业法》，该法共六章四十八条，主要规定了个人独资企业的设立、个人独资企业的权利和义务、个人独资企业的投资人及其管理事务、个人独资企业的解散和清算、法律责任等内容。

2. 个人独资企业法的适用范围

《个人独资企业法》适用于依照规定在中国境内设立，由一个自然人投资，财产为投资人个人所有，投资人以其个人财产对企业债务承担无限责任的经营实体。该法不适用于具有独资特点的全民所有制企业、也不适用于一人有限责任公司、国有独资公司以及外商独资企业。

二、个人独资企业设立登记

1. 提出设立申请

投资人申请设立登记，应当向登记机关提交下列文件：①投资人签署的个人独资企业设立申请书；②投资人身份证明，主要是身份证和其他有关证明材料；③企业住所证明和生产经营场所使用证明等文件；④委托代理人申请设立登记的，应提交投资人委托书和代理人身份证明或者资格证明；⑤国家工商行政管理局规定提交的其他文件。从事法律法规规定须报批的业务，应提交有关部门的批准文件。

2. 核准登记

个人独资企业设立实行准则主义原则。登记机关应当在收到设立申请文件之日起15日内，对符合《个人独资企业法》规定条件的予以登记，发给营业执照。对不符合《个人独资企业法》规定条件的不予登记，并发给企业登记驳回通知书。

3. 分支机构登记

个人独资企业分支机构，是指个人独资企业在住所地以外设立的从事业务活动的办事机构。分支机构设立登记程序与个人独资企业大致相同。主要包括设立申请、登记备案。分支机构是个人独资企业的一部分，其产生的民事责任由个人独资企业承担。

4. 变更登记

个人独资企业存续期间登记事项发生变更的，应当在作出变更决定之日起的15日内依法向登记机关申请办理变更登记。个人独资企业分支机构的变更登记参照个人独资企业申请变更、注销登记的有关规定办理。

三、个人独资企业的投资人和事务管理

(一) 个人独资企业投资人的权利和责任

个人独资企业投资人对企业的财产享有所有权。个人独资企业成立时的出资和经营过程中积累的财产都归独资企业的投资人所有；投资人的有关权利可以依法进行转让或继承。投资人对于企业财产享有支配与处置权，可将部分财产或整个企业转让他人。出现法定事由时，其继承人可依法对独资企业行使继承权。

个人独资企业投资人对企业债务承担无限责任。如投资人在申请企业设立登记时以个人财产出资的，应以投资人个人财产承担无限责任；如投资人在申请企业设立登记时明确以其家庭共有财产作为个人出资的，应依法以家庭共有财产对企业债务承担无限责任。

(二) 个人独资企业的事务管理

(1) 个人独资企业事务管理的方式。主要有三种方式：一是投资人自行管理，即由个人独资企业投资人对本企业的经营事务直接进行管理；二是委托管理，即由个人独资企业的投资人委托其他具有民事行为能力的人负责企业的事务管理；三是聘任管理，即由个人独资企业的投资人聘用其他具有民事行为能力的人负责企业的事务管理。

(2) 委托或聘用管理规范。投资人选择委托管理或聘用管理时，须与受托人或被聘用的人员签订书面合同，明确委托的具体内容和授予的权利范围。受托人或者被聘用的人员按照与投资人签订的合同负责个人独资企业的事务管理。

(3) 委托或聘用管理职权限制。投资人对受托人或者被聘用人员职权的限制，不得对抗善意第三人。

四、个人独资企业的解散和清算

(一) 个人独资企业的解散

个人独资企业的解散是指个人独资企业因出现某些法律事由使其民事主体资格消灭的行为。解散大致分为任意解散、强制解散、法定解散三种。

根据《个人独资企业法》第二十六条规定，个人独资企业有下列情形之一时，应当解散：①投资人决定解散；②投资人死亡或者被宣告死亡，无继承人或者继承人放弃继承。此种属于法定解散原因；③被依法吊销营业执照。此种属于强制解散原因。④法律、行政法规规定的其他解散情形。

(二) 个人独资企业的清算

个人独资企业的清算是处理解散企业未了结的法律关系的程序。《个人独资企业法》对个人独资企业的清算作出如下规定：

(1) 个人独资企业解散，由投资人自行清算或者由债权人申请人民法院指定清算人进行清算。投资人自行清算的，应当在清算前15日内书面通知债权人，无法通知的，应当予以公告。

(2) 债权人应当在接到通知之日起30日内，未接到通知的应当在公告之日起60日内，向投资人申报其债权。

(3) 在清算期间，个人独资企业不得开展与清算目的无关的经营活动。在清偿债务前，投资人不得转移、隐匿财产。

(4) 个人独资企业解散后，原投资人对个人独资企业存续期间的债务仍应承担偿还责任，但债权人在5年内未向债务人提出偿债请求的，该责任消灭。

(5) 个人独资企业解散的，财产应当按照下列顺序清偿：①所欠职工工资和社会保险费用；②所欠税款；③其他债务。个人独资企业财产不足以清偿债务的，投资人应当以其个人的其他财产予以清偿。

导入案例分析

这是一起讨论个人独资企业事务管理和债务偿债顺序的案例。(1)乙于2月10日以A企业名义向丙购入价值20 000元货物的行为有效。尽管从内部管理角度看，乙行为已超出约定属越权行为，根据《个人独资企业法》规定，投资人对被聘用的人员职权的限制不得对抗善意第三人，虽然乙向丙购买货物行为超越其职权，但丙为善意第三人，故该行为有效。(2)这两个问题都涉及债务人偿债顺序。首先，A企业的银行存款和实物折价共计90 000元，除用于清偿拖欠职工的工资、社保费和拖欠国家的税款以外，剩余78 000元用于清偿所欠丁的债务；其次，A企业剩余财产78 000元全部用于清偿后，仍欠丁22 000元，可用甲个人财产清偿；再次，在用甲个人财产清偿时，可用甲个人其他可执行的财产20 000元清偿，不足部分，可用甲从B合伙企业分取的收益予以清偿或由丁依法请求人民法院强制执行甲在B合伙企业中的财产份额用于清偿(或先用甲从B合伙企业分取的收益予以清偿或由丁依法请求人民法院强制执行甲在B合伙企业中的财产份额用于清偿，如有不足部分，可用甲个人其他可执行的财产20 000元清偿)。

第三节　外商投资企业法

导入案例

　　某市A厂与国外B公司协商引进蓄电池生产技术，双方拟设立中外合资企业C。合同约定：(1)C总投资额2 000万元，全部注册资本900万元。A厂出资680万元，B公司出资220万元。(2)A厂出资方式为：场地使用权80万元、设备300万元、厂房100万元、现金200万元；B公司出资方式为：工业产权200万元、土地所有权20万元；(3)C成立2年后，双方可抽回出资的1/3；(4)优先购买B公司的原材料，产品只能销往中国；(5)C企业今后拟向社会公开发行股票方式筹集资金扩大生产。

　　问题：上述合同内容有哪些不合法之处？为什么？

一、外商投资企业法概述

(一) 外商投资企业概念和特征

　　外商投资企业是指依照中华人民共和国法律的规定，在中国境内设立的，由中国投资者和外国投资者共同投资或者仅由外国投资者投资的企业。中国投资者包括中国的企业或其他经济组织，外国的投资者包括外国的企业和其他经济组织或个人。

　　在我国，传统的外商投资企业，也就是通常所说的"三资企业"，包括中外合资经营企业、中外合作经营企业、外资企业。这些企业从设立、内部管理及运行、直至破产等都受我国相关法律调整。如果外商投资企业采用"有限责任"形式的，则适用我国《公司法》的规定，有关外商投资企业法律另有规定的，则优先适用其规定。

外商投资企业具有以下基本特征：①外商投资企业是外商直接投资举办的企业。直接投资是指投资者将资金直接投入企业，并不同程度地参与企业的经营决策，通过企业的盈利分配获取投资收益的投资方法。②外商投资企业是吸引外国私人投资举办的企业。私人投资是指以公司、企业和其他经济组织或个人名义进行的投资。③外商投资企业是依照中华人民共和国的法律和行政法规，经中国政府批准，在中国境内设立的企业。

(二) 外商投资企业法及其法律体系

外商投资企业法，从广义上讲，是指调整在国家协调我国经济运行过程中发生的关于外商投资企业的经济关系的法律规范的总称。从狭义上讲，是指我国现行的《中华人民共和国中外合资经营企业法》、《中华人民共和国中外合作经营企业法》、《中华人民共和国外资企业法》。

我国外商投资企业立法体系，是由国家立法机构制定的各专项立法和相关的单行立法组成。从国内法体系来看：《宪法》的第一位阶立法中有相关利用外资的方针和原则；全国人大常委会的第二位阶立法中颁布了《合资经营企业法》、《合作经营企业法》、《外资企业法》等单项法律，以及《中华人民共和国中外合资经营企业法实施条例》、《中华人民共和国中外合作经营企业法实施细则》、《中华人民共和国外资企业法实施细则》等配套性行政法规；省(自治区、直辖市)的第三位阶立法中制定了相关外商投资的规定。从国际条约体系来看，自20世纪80年代始，我国为鼓励外商投资，保护投资者利益以及促进外商投资市场的繁荣，对外参加或共同签署了很多双边投资保护协定、条约。

二、中外合资经营企业法

(一) 中外合资经营企业和中外合资经营企业法的概念

1. 中外合资经营企业

中外合资经营企业，简称合营企业，是指中国合营者与外国合营者，依照我国法律规定，在中国境内共同投资、共同经营，并按投资比例分享利润、分担风险和亏损的企业。合营企业具有法人资格，一般为"有限责任公司"形式，属于股份制合营。

2. 中外合资经营企业法

中外合资经营企业法是调整中外合资经营企业在设立、管理、经营和终止过程中发生的经济关系的法律规范的总称。我国现行的《中华人民共和国中外合资经营企业法》于1979年7月1日第五届全国人大第二次会议通过，1990年4月4日第七届全国人大第三次会议、2001年3月15日第九届全国人大第四次会议分别作出修正。国务院于1983年9月20日发布了《中华人民共和国中外合资经营企业法实施条例》，并分别于1986年1月15日、1987年12月21日和2001年7月22日作出修订。

(二) 中外合资经营企业的设立

1. 设立条件

在我国设立合营企业的基本条件是能够促进中国经济发展和科技水平的提高。应符合下列一项或数项要求：①采用先进技术设备和科学管理方法，能增加产品品种，提高产品质量和产量，节约能源和材料；②有利于技术改造，能做到投资少、见效快、收益大；③能扩大产品出口，增加外汇收入；④能培训技术人员和经营管理人员。

2. 申请和审批

申请设立合营企业，由中国合营者向国家商务部提交有关文件，审批机关在接到全部文件之日起3个月内决定批准或者不批准。

(三) 中外合资经营企业的注册资本和投资总额

合营企业的注册资本，是指为设立合营企业在登记管理机构登记的资本总额，应为合营各方认缴的出资额之和。合营企业的投资总额是按照合营企业合同、章程规定的生产规模需要投入的基本建设资金和生产流动资金的总和。

在合营企业的注册资本中，外国合营者的投资比例一般不低于25%；合营企业在合营期内不得减少其注册资本。因投资总额和生产经营规模等发生变化，确需减少的，须经审批机构批准；合营企业增加投资的，其追加的注册资本与增加的投资额的比例，按相关规定执行。合营企业注册资本的增加、减少，应当由董事会会议通过，并报审批机构批准，向登记管理机构办理变更登记手续。

合营企业注册资本一般以投资总额进行核定。国家根据投资总额的不同情况，具体规定了投资总额和注册资本的比例：

(1) 中外合资经营企业的投资总额在300万美元以下(含300万美元)的，其注册资本至少应占投资总额的7/10。

(2) 中外合资经营企业的投资总额在300万美元以上至1 000万美元(含1 000万美元)的，其注册资本至少应占投资总额的1/2，其中投资总额在420万美元以下的，注册资本不得低于210万美元。

(3) 中外合资经营企业的投资总额在1 000万美元以上至3 000万美元(含3 000

万美元)的,其注册资本至少应占投资总额的 2/5,其中投资总额在 1 250 万美元以下的,注册资本不得低于 500 万美元。

(4) 中外合资经营企业的投资总额在 3 000 万美元以上的,其注册资本至少应占投资总额的 1/3,其中投资总额在 3 600 万美元以上的,注册资本不得低于 1 200 万美元。

(四) 中外合资经营企业的出资方式和期限

1. 出资方式

合营企业各方可以现金、实物、工业产权等进行投资。中国合营者的投资可包括为合营企业经营期间提供的场地使用权。合营者可以用货币出资,也可以用建筑物、厂房、机器设备或其他物料、工业产权、专有技术、场地使用权等作价出资。

作为外国合营者出资的机器设备或其他物料,必须符合下列各项条件:①为合营企业生产所必不可少的;②中国不能生产,或虽能生产,但价格过高或在技术性能和供应时间上不能保证需要的;③作价不得高于同类机器设备或其他物料在当时的国际市场价格。

作为外国合营者出资的工业产权或专有技术,必须符合下列条件之一:①能生产中国急需的新产品或出口适销产品的;②能显著改进现有产品的性能、质量,提高生产效率的;③能显著节约原材料、燃料、动力的。

2. 出资期限

(1) 合营各方应当在合营合同中订明出资期限,并且应当按照合营合同规定的期限缴清各自的出资。合营合同中规定一次缴清出资的,合营各方应当从营业执照签发之日起 6 个月内缴清;合营合同中规定分期缴付出资的,合营各方第一期出资,不得低于各自认缴出资额的 15%,并且应当在营业执照签发之日起 3 个月内缴清。

(2) 合营各方未能在规定的期限内缴付出资的,视同合营企业自动解散,合营企业批准证书自动失效。

(3) 合营各方缴付第一期出资后,超过合营合同规定的其他任何一期出资期限 3 个月,仍未出资或者出资不足时,工商行政管理机关应当会同原审批机关发出通知,要求合营各方在 1 个月内缴清出资。

(4) 合营一方未按照合营合同的规定如期缴付或者缴清其出资的,即构成违约。守约方应当催告违约方在 1 个月内缴付或者缴清出资。逾期仍未缴付或者缴清的,视同违约方放弃在合营合同中的一切权利,自动退出合营企业。

(5) 对通过收购国内企业资产或股权设立外商投资企业的外国投资者,应自外商投资企业营业执照颁发之日起 3 个月内支付全部购买金。对特殊情况需延长支付者,经审批机关批准后,应自营业执照颁发之日起 6 个月内支付购买总金额的 60% 以上,在 1 年内付清全部购买金,并按实际缴付的出资额的比例分配收益。

(五) 中外合资经营企业的组织机构

1. 中外合资经营企业的董事会

合营企业的组织机构是董事会和经营管理机构。合营企业的董事会是其最高权力机构。董事会人数由合资各方协商确定但不得少于 3 人。中外合营者的一方担任董事长的，由他方担任副董事长。董事长不能履行职责时，应授权副董事长或其他董事代表合营企业。董事会会议每年至少召开 1 次，经 1/3 以上的董事提议，可以召开董事会临时会议。董事会会议应有 2/3 以上董事出席才能举行，对相关事项可根据合营企业章程载明的议事规则作出决议。但涉及以下事项，须经出席董事会会议的董事一致通过方可作出决议：①合资企业章程的修改；②合资企业的中止、解散；③合资企业注册资本的增加、减少；④合资企业的合并、分立。

2. 中外合资经营企业的经营管理机构

经营管理机构负责企业的日常经营管理工作。经营管理机构设总经理 1 人，副总经理若干人，其他高级管理人员若干人。总经理、副总经理由合营企业董事会聘请，可以由中国公民担任，也可以由外国公民担任。总会计师由合营企业董事会聘请，通常由中国公民担任。

(六) 中外合资经营企业的期限、解散和清算

1. 合营企业期限

合营企业的合营期限，根据不同行业和项目具体情况，由合营各方协商决定。一般项目的合营期限为 10 年至 30 年；投资大、建设周期长、资金利润率低的项目，由外国合营者提供先进技术或关键技术生产尖端产品的项目，或在国际上有竞争能力的产品的项目，其合营期限可以延长到 50 年；经国务院特别批准的合营期限可在50 年以上。

2. 合营企业解散

依据我国现行法律、法规，中外合资经营企业在下列情况下解散：①合营期限届满；②企业发生严重亏损，无力继续经营；③合营一方不履行合营企业协议、合同、章程规定的义务，致使企业无法继续经营；④因自然灾害、战争等不可抗力遭受严重损失，无法继续经营；⑤合营企业未达到其经营目的，同时又无发展前途；⑥合营企业合同、章程所规定的其他解散原因已经出现。

3. 合营企业清算

合营企业宣告解散时，应当进行清算。合营企业的清算由清算委员会负责。清算委员会的成员应当在合营企业的董事中选任。董事不能担任或者不适合担任清算委员会成员时，合营企业可以聘请中国的注册会计师、律师担任清算委员会的成员。

合营企业以其全部资产对其债务承担责任。合营企业清偿债务后的剩余财产按

照合营各方的出资比例进行分配，但合营企业协议、合同、章程另有规定的除外。合营企业解散时，其资产净额或者剩余财产减除企业未分配利润、各项基金和清算费用后的余额，超过实缴资本的部分为清算所得，应当依法缴纳所得税。

合营企业的清算工作结束后，由清算委员会提出清算结束报告，提请董事会会议通过后，报告审批机构，并向登记管理机构办理注销登记手续，缴销营业执照。

三、中外合作经营企业法

(一) 中外合作经营企业和中外合作经营企业法的概念

1. 中外合作经营企业

中外合作经营企业，简称合作企业，是指外国企业和其他经济组织或者个人按照平等互利的原则，依照中华人民共和国法律的规定，与中国企业和其他经济组织在中国境内共同投资，按照合作企业合同约定分配收益或者产品，分担风险和亏损的企业。

合作企业与合营企业相比，具有以下特点：

(1) 企业形态不同。合作企业属于契约式合营方式；而合营企业属于股权式合营方式。

(2) 组织形式和管理机构不同。合作企业组织机构与管理方式可以是董事会制的法人型企业，也可以是联合管理委员会制的非法人型企业，也可委托第三方管理；而合营企业组织形式是董事会制的有限责任公司，属于法人型合营企业。

(3) 出资形式不同。中外合作者的投资或者提供的合作条件，无须折算成股份，即各方投资不作价，不计出资比例；而合营企业双方以参股方式出资，出资须折算成股份。

(4) 投资回收方式不同。合作企业的外国投资者可在一定条件下先行收回投资，外方承担的风险相对较小，但合作期满企业资产全部归中方所有；而合营企业外国投资者只有企业依法终止时，才可收回出资。

(5) 利润分配方式不同。合作企业双方权利义务通过合同约定，收益或者产品分配以及风险和亏损的分担，由合作企业合同约定；而合营企业双方按股权比例分享利润、承担风险。

2. 中外合作经营企业法

中外合作经营企业法，是指调整中外合作经营企业在设立、管理、经营和终止过程中发生的经济关系的法律规范的总称。我国现行的《中华人民共和国中外合作经营企业法》于1988年4月13日第七届全国人大第一次会议通过，2000年10月31日第九届全国人大常委会第十八次会议作出修订。国务院于1995年8月7日批准了《中华人民共和国中外合作经营企业法实施细则》。

(二) 中外合作经营企业的设立

在中国境内举办中外合作经营企业，必须遵守中国的法律、法规，不得损害中国的社会公共利益。应该符合国家发展政策和产业政策，国家鼓励兴办产品出口的或者技术先进的生产型合作企业。设立合作企业由商务部或者国务院授权的部门和地方人民政府审查批准。

申请设立合作企业，有下列情形之一的，不予批准：①损害国家主权或者社会公共利益的；②危害国家安全的；③对环境造成污染损害的；④有违反法律、行政法规或者国家产业政策的其他情形的。

(三) 中外合作经营企业的组织形式和注册资本

1. 组织形式

合作企业符合中国法律关于法人条件的规定，依法取得中国法人资格，组织形式为有限责任公司，合作各方以各自出资额为限对合作企业债务负责，其组织机构一般实行董事会制；不具有法人资格的合作企业属于非法人型合伙企业，合作各方在合同中约定各自承担的债务责任比例，但合作各方对外承担连带责任，其组织机构一般采用联合管理制，由合作方委派的代表共同管理合作企业。

2. 注册资本

合作企业的注册资本以人民币表示，也可以用合作各方约定的一种可自由兑换的外币表示。合作企业的投资总额，是指按照合作企业合同、章程规定的生产经营规模，需要投入的资金总和。合作企业注册资本一般以投资总额进行核定，投资总额和注册资本的比例可参照《关于中外合资经营企业注册资本与投资总额比例的暂行规定》执行。

(四) 中外合作经营企业的出资方式和期限

1. 出资方式

合作企业注册资本并非合作双方出资总和，这种出资只是双方达成合作条件。中外合作者的投资或者提供的合作条件可以是现金、实物、土地使用权、工业产权、非专利技术和其他财产权利。在依法取得中国法人资格的合作企业中，外国合作者的投资一般不低于合作企业注册资本的25%。在不具有法人资格的合作企业中，外国合作者的投资不得低于中国和外国合作者投资额之和的25%。

2. 出资期限

合作企业的合作各方可根据生产经营需要，在合同中约定合作各方投资或者提供合作条件的期限。合作各方未按期缴纳投资和提供合作条件的，工商行政管理部门应当使其限期履行；期限届满仍未履行的，审批机构应当撤销批准证书，工商行政管理部门应当吊销其营业执照，并予以公告。

(五) 中外合作经营企业的组织机构

根据我国《中外合作经营企业法》第十二条规定，合作企业组织机构有以下三种形式：

1. 董事会制

具有法人资格的合作企业一般实行董事会制。董事会是合作企业的最高权力机构，董事长、副董事长由合作各方参照出资比例协商确定，中外合作者的一方担任董事长的，由他方担任副董事长。合作企业实行董事会领导下的总经理负责制，董事长决定任命或者聘请总经理负责合作企业的日常经营管理工作，总经理对董事会负责。

2. 联合管理制

不具有法人资格的合作企业一般实行联合管理制。联合管理机构由合作各方代表组成，是合作企业的最高权利机构。中外合作者一方担任联合管理机构主任的，由他方担任副主任。设立经营管理机构的，总经理由联合管理机构任命或聘请，负责合作企业日常经营管理工作，对联合管理机构负责。不设立经营管理机构的，由联合管理机构直接管理企业。

3. 委托管理制

委托管理制是合作企业委托一方或合作者以外的第三方对合作企业进行管理的方式。经合作各方一致同意，委托中外合作一方进行经营管理的，另一方不参加管理；也可以委托合作方以外的第三方进行经营管理，须与受托方订立委托管理合同，由受托方独立行使企业经营管理权，合作各方只参加产品分配和利润分配。委托第三方管理属于合作合同重大变更，须经董事长或者联合管理机构一致同意，并报审机构批准，向工商管理机构办理变更登记手续。

(六) 中外合作经营企业的分配收益与回收投资

合作企业中外合作者收益分配、亏损承担不以出资比例确定，而是依照合作企业合同的约定，采用分配利润、分配产品或者合作各方共同商定的其他方式分配收益。

中外合作者在合作企业合同中约定合作期满时合作企业的全部固定资产归中国合作者所有的，可以在合作企业合同中约定外国合作者在合作期限内先行回收投资。根据相关法律、法规的规定，外国合作者在合作期限内可以申请按照下列方式先行回收其投资：

(1) 扩大外国合作者的收益分配比例。外国合作者从税后利润中多分配收益，实行逐年递减，须按照投资或者提供合作条件进行分配的基础上进行，且应在合作企业合同中约定。

(2) 在合作企业缴纳所得税前回收投资。合作企业合同约定外国合作者在缴纳所得税前回收投资的，必须向财政税务机关提出申请，由财政税务机关依照国家有关税收的规定审查批准。

(3) 其他回收投资方式。此方式是指经财政机关和审查批准机关批准，允许外国合作者以分取合作企业固定资产折旧费的方式使外国合作者在合作期限内先行回收其投资。因外国合作者提取合作企业固定资产折旧费而使该合作企业资产减少的，外国合作者必须提供由中国境内的银行或金融机构(含中国境外的银行或金融机构在中国境内设立的分行或分支机构)出具的相应金额的担保函，以保证合作企业的偿债能力。[1]

外国合作者依照前款规定，在合作期限内先行回收投资的，中外合作者应当依照有关法律的规定和合作企业合同的约定，对合作企业的债务承担责任。按照第(2)、(3)项的规定提出先行回收投资的申请，应当具体说明先行回收投资的总额、期限和方式，经财政税务机关审查同意后，报审查批准机关审批。合作企业的亏损未弥补前，外国合作者不得先行回收投资。

(七) 中外合作经营企业的期限和解散

1. 合作企业期限

合作企业的期限由中外合作者协商并在合作企业合同中约定。合作企业期限届满，合作各方同意延长合作期限，应当在期限届满180日前向审批机构提出申请，同时提交合作各方就延长期间权利义务等事项达成的协议。审批机构自接到申请之日起30日内作出批准或不批准的决定。

2. 合作企业解散

合作企业出现下列情形之一时解散：①合作期限届满；②合作企业发生严重亏损，或者因不可抗力遭受严重损失，无力继续经营；③中外合作者一方或者数方不履行合作企业合同、章程规定的义务，致使合作企业无法继续经营；④已经出现合

---

1. 固定资产折旧费是维持企业资本原值的财务处理方法，从固定资产折旧费中回收投资，实际上是抽取或减少出资的行为。因此，《关于执行〈中华人民共和国中外合作经营企业法实施细则〉若干条款的说明》(外经贸法发〔1996〕第658号)第三条对此作出了严格的报批程序。(1)在合作企业设立之前，合作合同中约定外国合作者采取此项所述方式的，应先由中国合作者按程序向财政机关提出申请并报送上述担保函，经财政机关审核同意后，按《细则》第七条规定报审查批准机关审查批准。(2)在合作企业经营过程中，外国合作者采取此项规定的方式提前回收投资，应由合作企业按程序向审查批准机关提出申请并报送上述担保函。审查批准机关自收到上述有关文件之日起60日内会与财政机关审核决定批准或者不批准。(3)如果合作企业需加速折旧其固定资产以使外国合作者先行回收投资的，除应遵守前款规定外，还应根据有关法律、法规，事先经国家税务总局批准。

作企业合同、章程中规定的其他解散原因；⑤合作企业违反法律、行政法规，被依法责令关闭。

发生上述第②项、第④项解散情形时，应由合作企业的董事会或者联合管理机构做出决定，报审查批准机关批准；发生第③项所列情形，不履行合作企业合同、章程规定的义务的中外合作者一方或者数方，应对履行合同的他方因此遭受的损失承担赔偿责任；履行合同的一方或者数方有权向审查批准机关提出申请，解散合作企业。合作企业的清算事宜依照国家有关法律、行政法规及合作企业合同、章程的规定办理。

四、外资企业法

(一) 外资企业与外资企业法的概念

1. 外资企业

外资企业，又称外商独资企业，是指依照中国有关法律在中国境内设立的全部资本由外国投资者投资的企业，不包括外国的企业和其他经济组织在中国境内的分支机构。外资企业的外国投资者可以是外国的企业、其他经济组织和个人。

2. 外资企业法

外资企业法，是指调整外资企业在设立、管理、经营和终止过程中发生的经济关系的法律规范的总称。我国现行的《中华人民共和国外资企业法》于 1986 年 4 月 12 日第六届全国人大第四次会议通过，2000 年 10 月 31 日第九届全国人大常委会第十八次会议作出修订。国务院于 1990 年 10 月 28 日批准了《中华人民共和国外资企业法实施细则》，2001 年 4 月 12 日根据《国务院关于修改〈中华人民共和国外资企业法实施细则〉的决定》作出修订。

(二) 外资企业的设立

1. 设立条件

设立外资企业，必须有利于中国国民经济的发展，能够取得显著的经济效益。国家鼓励外资企业采用先进技术和设备，从事新产品开发，实现产品升级换代，节约能源和原材料，并鼓励举办产品出口型外资企业。禁止或者限制设立外资企业的行业，按照国家指导外商投资方向的规定及外商投资产业指导目录执行。

2. 设立程序

外资企业设立程序为：

(1) 外国投资者设立外资企业，应通过拟设立外资企业所在地的县级或者县级以上地方人民政府向审批机关提出申请，并报送设立外资企业申请书、可行性研究报告、外资企业章程、外资企业法定代表人(或董事会人选)名单、外国投资者的法律证明文件和资信证明文件等需要报送的相关文件。

(2) 审批机关应当在收到申请设立外资企业的全部文件之日起90日内决定批准或者不批准。

(3) 设立外资企业的申请经审批机关批准后,外国投资者应当在收到批准证书之日起30日内向工商行政管理机关申请登记,领取营业执照。外资企业营业执照签发日期为该企业成立日期。

(4) 外资企业应在企业成立之日起30日内向税务机关办理税务登记。

(三) 外资企业的组织形式和注册资本

1. 组织形式

外资企业是独立经营、独立核算、独立承担法律责任的经济实体,具备法人条件的外资企业依法取得法人资格,组织形式为有限责任公司,外资企业以其全部资产对其债务承担责任,外国投资者以其认缴的出资额为限对企业承担责任。外资企业经过批准也可以采取独资公司、合伙企业等组织形式,外资企业为其他责任形式的,外国投资者对企业的责任适用中国法律、法规的规定。

2. 注册资本

外资企业的注册资本,是指为设立外资企业在工商行政管理机关登记的资本总额,即外国投资者认缴的全部出资额。外资企业的投资总额,是指开办外资企业所需资金总额,即按其生产规模需要投入的基本建设资金和生产流动资金的总和。

关于外资企业注册资本最低要求,一般由当地审批管理机构结合本地经济发展状况自行规定,但外资企业的注册资本要与其经营规模相适应,尤其是注册资本与投资总额的比例应当符合中国有关规定。外资企业在经营期内不得减少其注册资本。但因投资总额和生产经营规模等发生变化,确需减少的,须经审批机关批准。外资企业注册资本的增加、转让,须经审批机关批准,并向工商行政管理机关办理变更登记手续。

(四) 外资企业的出资方式和期限

1. 出资方式

外国投资者可以用可自由兑换的外币出资,也可以用机器设备、工业产权、专有技术等作价出资。经审批机关批准,外国投资者也可以用其从中国境内举办的其他外商投资企业获得的人民币利润出资。

外国投资者以机器设备作价出资的,该机器设备必须符合下列要求:①是外资企业生产所必需的;②是中国不能生产,或者虽能生产但在技术性能或者供应时间上不能保证需要的;③是作价不得高于同类机器设备当时的国际市场正常价格。

外国投资者以工业产权、专有技术作价出资的，该工业产权、专有技术应当为外国投资者所有，作价应当与国际上通常的作价原则相一致，其作价金额不得超过外资企业注册资本的20%。

2. 出资期限

外国投资者缴付出资的期限应当在设立外资企业申请书和外资企业章程中载明。外国投资者可分期缴付出资，第一期出资不得少于外国投资者认缴出资额的15%，并应在外资企业营业执照签发之日起90日内缴清；第一期出资后的其他各期的出资，外国投资者应当如期缴付，无正当理由逾期30日不出资的外资企业批准证书即自动失效；外国投资者最后一期出资应在营业执照签发之日起3年内缴清。

(五) 外资企业的期限、终止和清算

1. 外资企业期限

国家对外资企业的经营期限未作限制性规定，可根据项目的行业类型、投资额、投资风险和投资回收期的长短确定，一般不超过30年。外资企业的经营期限，从其营业执照签发之日起计算。外资企业需要延长经营期限的，应当在距经营期满180日前向审批机关报送延长经营期限的申请书。审批机关应当在收到申请书之日起30日内决定批准或者不批准。外资企业经批准延长经营期限的，应当自收到批准延长期限文件之日起30日内，向工商行政管理机关办理变更登记手续。

2. 外资企业终止和清算

外资企业有下列情形之一的，应予终止：①经营期限届满；②经营不善，严重亏损，外国投资者决定解散；③因自然灾害、战争等不可抗力而遭受严重损失，无法继续经营；④破产；⑤违反中国法律、法规，危害社会公共利益被依法撤销；⑥已经出现外资企业章程规定的其他解散事由。

外资企业如存在上述第②项、第③项、第④项所列情形，应当自行提交终止申请书，报审批机关核准。审批机关作出核准的日期为企业的终止日期。

外资企业如依照第①项、第②项、第③项、第⑥项规定终止的，应在终止之日起15日内对外公告并通知债权人，并在终止公告发出之日起15日内，提出清算程序、原则和清算委员会人选，报审批机关审核后进行清算。外资企业清算处理财产时，在同等条件下，中国的企业或者其他经济组织有优先购买权。外资企业在清算结束之前，外国投资者不得将该企业的资金汇出或者携出中国境外，不得自行处理企业的财产。外资企业清算结束，其资产净额和剩余财产超过注册资本的部分视同利润，应当依照中国税法缴纳所得税。外资企业清算结束，应当向工商行政管理机关办理注销登记手续，缴销营业执照。

导入案例分析

这是一起讨论中外合资企业设立和出资是否合法的案例。该合营合同主要有以下几点不合法。(1)B股东出资220万元不合法。因在中外合资股份有限公司中，外方股东投资比例在一般情况下应不低于注册资本的25%，即最低出资限额为225万元。(2)B股东以土地所有权出资不合法。根据中外合资企业法规定，外方不能以土地所有权出资。(3)企业C成立2年后，双方可抽回出资的1/3是不合法的。按照中外合营企业法规定，双方在合营期限内不得减少其注册资本。(4)企业C优先购买B股东的原材料，产品只能销往中国是不合法的。合资企业原材料的购买可以在国内外市场购买，在同等条件下，合资企业可优先购买中国的原材料；合资企业产品销售可以在国内外市场，中国政府鼓励合营公司向国际市场销售其产品。(5)今后C企业拟向社会公开发行股票方式筹集资金是不合法的。根据《证券法》规定，C企业不能向社会公开发行股票方式筹集资金。

实践思考题

(1) 简述合伙企业财产的分割、转让与出质。

(2) 简述个人独资企业的事务管理。

(3) 论述特殊普通合伙企业的责任形式与责任承担。

(4) 论述合伙人性质转变及其债务承担。

(5) 试述中外合资经营企业注册资本和投资总额的关系。

(6) 试述中外合作经营企业的损益分配与先行回收投资。

(7) 试述"三资企业"的企业形态、组织形式、组织机构、经营期限、出资方式和要求、投资回收及损益承担方面的不同。

案例实务训练

(1) 王某与杜某、张某、李某合伙开办一合伙企业，由王某、杜某、张某各出资5万元，李某提供技术入伙，四人平均分配盈余。四人办理有关手续并租赁了房屋，但并未订立书面协议。半年后，张某想把自己一部分财产份额转让给郑某，王某和杜某表示同意，但李某不同意并表示愿意受让张某转让的那部分财产份额，因多数合伙人同意郑某成为新的合伙人，李某于是提出退伙，王某、张某和杜某表示同意。此时，企业已向银行负债2万元，因企业经营状况持续恶化，半年后散伙，又负债6万元。

问题：①该合伙关系是否成立？李某可否作为合伙人？分别陈述理由。②张某转让财产份额的行为是否有效？为什么？③李某是否可以退伙？为什么？④若企业解散后，李某有无偿还银行2万元债务的义务？为什么？⑤李某退伙后，企业所负6万元债务应由谁来承担？

(2) 2009年7月，某省A市一家VCD厂拟与日本一公司合资建立一家电有限公司。面谈协议约定：日方以技术作价20%入股，双方自订立技术转让起15日内，日方提供有关设备资料和服务，其中包括产品设计以及对合资公司技术人员、工人培训、技术作价等；中方以货币、合作场地、厂房出资。双方随后据此签订了技术转让协议，规定：①除经日方同意外，该合资公司所生产产品不能销往东亚地区，且利用日方技术每年生产的VCD不能超过30 000台；②该技术转让协议期限为3年；③技术转让协议期满后，中方无权再继续使用该项技术；④中方如改进该技术须无条件告诉日方；⑤合资企业能从日本购买所需的机器设备和零部件、原材料的，必须从日本购买。双方订立的技术转让协议未经审批机构批准，经修改批准后才依法注册登记成立。日方怕投资风险，就让公司在日本办了财产安全险。经协商中方为董事长，日本方为副董事长。半年后，经营效益好，日本方未经中方董事同意的情况下，以到会的1/2董事通过决定增加出资，经再次召开董事会合法通过，因的确是生产经营所需，中方认缴了所增加的注册资本。

问题：①日方的出资比例是否恰当？②双方所签订的技术转让协议是否符合法律规定？③公司是否可以在日本办理保险？④中方是否有权认缴所增加的注册资本？

第三章

公 司 法

教学目的及要求：通过学习，使学生了解新公司法修订背景及重大创新，理解公司法基本制度和公司设立及组织机构，准确认识和把握公司运作机制和公司事务的基本程序和要求。

教学组织与设计：以课堂讲授、新旧公司法对比、案例讨论和公司热点问题分析并重，采取引导式、对比式、列举式教学；可通过课后调查、自学与研讨相结合方式，提高学生对公司法律制度实践性理解和应用性掌握。

学习重点和难点：公司设立和组织机构，公司资本制度，公司法人治理结构，公司股份发行和转让，公司法人人格否认制度，公司解散和清算制度。

导入案例

某市甲、乙两家化工企业决定合并成立一家化工股份有限公司，两家企业签订了发起人协议，明确了在公司设立过程中和权利义务。公司章程规定：(1)公司注册资本为 400 万元；(2)甲以现金出资 250 万元，2008 年 9 月 1 日首次缴付出资 150 万元，其余 100 万元在 3 年内付清；(3)乙以土地使用权、厂房及机器设备、技术工人劳务出资(不办理财产转移手续)，出资额为 150 万元。2008 年 9 月 9 日，发起人选举了董事会和监事会，由董事会向公司登记机关报送公司章程、验资证明书等相关法律文件进行了设立登记。

问题：(1)该公司是采用什么方式设立？发起人的人数是否符合法律规定？(2)公司章程规定的条款是否符合法律规定？为什么？

第一节 公司法概述

一、公司的概念和种类

(一) 公司的概念及特征

公司是社会经济活动最主要的主体，也是最重要的企业形式。不同国家立法对公司概念表述各有不同。根据我国《公司法》相关规定，公司是指股东依照公司法规定共同出资设立，以营利为目的，股东以其认缴的出资额或认购的股份为限对公司承担责任，公司以其全部资产对公司债务承担责任的企业法人。《公司法》所指的有限责任公司和股份有限公司，包括有限责任公司的两种特殊形式：一人有限责任公司和国有独资公司。

公司是一种企业组织形式，具有以下特征：

(1) 公司是依照法定条件和程序设立的企业法人。公司只有依照法律规定的条件和程序向登记机关申请设立才能够取得法人资格。公司取得经济主体资格也必须依照《公司法》规定的条件和程序办理。

(2) 公司是以营利为目的的经济组织。公司是企业的一种组织形式，其目的在于获得投资收益和回报，这种投资的营利性是公司的基本属性，也是投资人设立公司的出发点和最终目的。

(3) 公司是具有独立法人地位的企业组织。公司与其他经济组织的最大区别就在于具有法人属性，也就具有独立的法人人格。具体体现为：公司拥有独立的财产；公司设有独立的组织机构；公司独立承担财产责任。

(4) 公司是以股东投资为基础组成的社团法人。公司是以股东的结合为基础的社团法人，其社团性表现为它通常由两个或两个以上的股东出资组成，但在我国法律规定中，存在一人有限责任公司、国有独资公司和外商独资设立的有限责任公司的例外。

(5) 公司的所有权归全体股东共同所有。公司成立后可支配由股东投资形成的公司财产，公司财产是一个整体，只能由公司依法占有、使用和处分，而每个投资的股东不能随意独立支配或分割。

(二) 公司的种类

对公司分类就需确定不同的标准，公司可按不同标准进行分类。根据主要国家和地区公司法规定，可对公司作出下划分：

(1) 以股东对公司的责任形式为标准，可分为无限公司、有限责任公司、股份有限公司和两合公司无限公司，是指全体股东对公司债务承担连带无限责任的公司；有限责任公司，是指全体股东对公司债务仅以其出资额为限承担责任，而公司以其全部资产对其债务承担责任的公司；股份有限公司，是指公司资本划分为等额股份，全体股东对公司债务仅以其所认购的股份额为限承担责任，公司以其全部资产对其债务承担责任的公司；两合公司，是指部分股东对公司债务承担连带无限责任，另一部分股东对公司债务仅以其出资额为限承担责任的公司。

(2) 以公司信用基础的不同为标准，可分为人合公司、资合公司和人合兼资合公司

人合公司，是指以股东个人条件作为公司信用基础而组成的公司。无限公司即是最典型的人合公司；资合公司，是指以公司资本和资产条件作为其信用基础的公司。股份有限公司即是最典型的资合公司；人合兼资合公司，是指信用基础取决于股东个人信用和公司资本及资产信用的公司。有限责任公司、股份两合公司是最典型的人合兼资合公司。

(3) 以公司之间的控制和支配关系为标准，可分为母公司和子公司

母公司，也称为控股公司，是指拥有另一公司一定比例以上的股份，或通过协议方式能够对另一公司的经营实际控制的公司；子公司则是其一定比例以上的股份被另一公司所拥有，或通过协议受到另一公司实际控制的公司。

(4) 以公司内部管辖关系为标准，可分为总公司和分公司

总公司，是指依法设立的具有法人资格并管辖其全部组织的公司；分公司，是指在公司住所地以外设立的受本公司管辖的分支机构。

(5) 以公司国籍为标准，可分为本国公司、外国公司和跨国公司

外国公司相对于本国公司所称，是指未依所在国(东道国)法律也未在所在国登记而成立的公司，即不具有所在国国籍的外国公司；跨国公司，是指以本国为基地，在其他国家或地区设立分公司、子公司或其他参股性投资企业，从事国际性生产经营和服务活动的大型经济组织。

二、公司法的概念和特征

(一) 公司法的概念

公司法，是指规定公司设立、组织、活动、终止以及其他对内对外关系的法律规范的总称，它是我国法律体系中的重要组成部分，是规范我国市场主体的重要法律。

我国现行的《中华人民共和国公司法》于 1993 年 12 月 29 日第八届全国人大常委会第五次会议通过，1999 年 12 月、2004 年 8 月分别由全国人大常委会作出修正，2005 年 10 月 27 日第十届全国人大常委会第十八次会议修订公布，并与 2006 年 1 月 1 日起施行。除此之外，我国还颁布了规范公司组织和活动的各个单行法规，如《公司登记管理条例》、《公司登记管理若干问题的规定》等。

《公司法》适用于在我国境内依法设立的有限责任公司和股份有限公司，而不适用于其他形式的各类公司，即只有在中国境内设立的、经注册登记的有限责任公司和股份有限公司才受《公司法》调整。

(二) 公司法的特征

1. 公司法是一种组织法

公司法规定的主要是公司的组织和活动的基本准则，不仅对公司的设立、变更、终止和公司的章程、组织机构、股东权利与义务等都做出明确规定，同时还调整公司财产关系、公司内部组织管理关系、公司与股东以及股东相互之间的关系等，体现了组织法特征，因而是调整公司内部组织结构的一部法律。

2. 公司法是一种活动法

公司法并非调整公司的所有活动，公司活动大致可以分为两类。一是与公司组织机构和公司运作发展有关的活动，如股东会的召开、股票的发行与转让、公司合并与分立、公司清算等。二是有关的公司对外业务活动。公司法明确规范并调整第一类主体行为和活动，因此是组织法和活动法相结合的法律。

3. 公司法是强制性和任意性相结合的法

公司法主要由强制性规范条款构成，不仅对违反公司设立和运作的行为追究法律责任，并通过强制性法律规范保护市场主体的合法权益，体现了国家意志和干预程度，从 1993 年制定到 2005 年修订公司法，都合理保留了强制性法律规范；同时公司投资人有选择公司种类、经营范围及有关经营决策事项等的任意性权利。因此，公司法是体现强制性和任意性法律规范的一部法律。

4. 公司法是具有一定国际性的国内法

公司法首先是一国的国内法，但同时也是本国参与国际经济交往的重要法律制度。公司法调整的对象不仅有本国公司、外国公司，也有本国与外国的合营公司，作为对商事活动主体的公司进行法律调整的公司法必然具有国际性特点，其国际性还表现在制定跨国性公司法的实践和尝试上。

第二节　公司基本制度

一、公司设立制度

(一) 公司设立概念

公司设立，就是创立公司，是指公司设立人依照法定的条件和程序，为组建公司并取得法人资格而必须采取和完成的法律行为。公司设立是发起人取得公司法人资格的一种事实状态或设立公司行为的法律后果。公司设立实质属于法律行为中的多方法律行为，一人有限责任公司和国有独资公司的设立行为属于单方法律行为。

(二) 公司的设立与成立

公司成立指公司依法完成设立，具备法律规定和实体和程序要件，经企业登记机关审核，取得公司法人资格的一种法律状态和事实。公司设立是公司成立的前提条件和必经阶段，公司成立则是公司设立追求的目的和法律后果。两者主要存在如下区别：

(1) 行为阶段不同。公司设立发生于公司成立之前，并不必然导致公司成立；公司成立通常以取得营业执照为标准，此种状态下称为公司成立，在此之前统称公司设立。

(2) 行为性质不同。公司设立是一种法律行为，它以行为主体发起人的意思表示为要素，其基本性质属于民事行为；而公司成立则不是一种行为，而是取得营业执照具有法人资格时的一种状态，是公司合法身份存在的一种表现形式。

(3) 法律效力不同。公司设立只是公司成立的准备阶段，如最终公司不能成立则须对设立行为承担连带责任；而公司成立则意味着公司主体的产生，具备完整的法人主体的权利能力和行为能力，可对外进行经营活动并独立承担民事责任。

(4) 参与主体不同。公司设立行为的参与主体主要是发起人，此外还有其他认股人，两者之间是平等的民事主体关系；而公司成立行为涉及发起人和企业登记机关，两者之间形成的是行政法律关系。

(三) 公司设立的原则

公司设立原则就是公司设立的基本依据与准则，即以怎样的程序限制、规范公司的设立。概括来讲，公司设立原则主要有以下几种：

(1) 自由设立主义，又称放任设立主义，是指公司设立不要求具备任何形式，完全听凭当事人自由意思为之，国家法律不加任何干涉。此原则盛行于欧洲中世纪早期，法律对公司设立完全不加干预和限制，但也导致设立随便，与合伙组织界限模糊等弊端。现代各国已鲜有采用此种主义的国家。

(2) 特许设立主义，是指公司设立须经过国王命令或立法机关特别法令的许可。中世纪后期，各种商会组织都想凭借国家权力干预实现对某一行业的经济垄断，而实现国家权力与商会结合的最好办法是由国王向商事组织颁发特许令，由该种获特许的公司专门从事某一特许的商事活动，依此特许令设立的公司被称为特许公司。如 1600 年成立的东印度公司、1670 年成立的哈德逊海公司等。

(3) 核准设立主义，也称许可设立主义，指公司除具备法律规定的条件之外，须经政府行政机关的审批许可，然后经政府登记机关登记注册方可设立。核准设立主义把是否准许公司设立的权力赋予了行政机关,与特许设立主义相比提高了效率,但行政机关的核准程序复杂,随着社会的发展被逐渐抛弃。

(4) 准则设立主义,是指公司设立只要满足法律规定的要件,无须行政机关或立法机关的事先批准。起初因法律规定的设立条件和准则过于简单,被称为"单纯准则主义"。单纯准则主义因规定简单而产生弊端,因而法律通过规定严格的设立程序,并加重设立人的责任,从而形成了"严格准则主义",并被多数国家所采用。

(四) 公司设立方式

1. 发起设立

又称共同设立或单纯设立,是指由发起人认购公司应发行的全部股份而设立公司的方式。发起设立对发起人的资本要求较高,且设立成本低、程序较为简便,因而一般适合中小型企业。有限责任公司和股份有限公司都可以采取发起设立的方式。

2. 募集设立

又称渐次设立或复杂设立,是指由发起人认购公司应发行股份的一部分,其余部分向社会公开募集或者向特定对象募集而设立公司的方式。募集设立既可以通过向社会公开发行股票的方式设立,也可以不发行股票而只向特定对象募集而设立。募集设立特别是向社会公开募集股份的,具有较强的资金筹集能力,故各国公司法均对其设立程序严格限制。股份有限公司的设立,可以采取发起设立或者募集设立的方式。

(五) 公司设立登记

公司设立登记,是指公司设立行为完成后,发起人依法向企业登记机关提出申请,登记机关审核认为符合法定条件而予以注册登记,并颁发营业执照的行为。在我国,公司进行设立登记,基本程序主要有下列步骤:

1. 公司名称预先核准

设立公司应当申请公司名称的预先核准。法律、行政法规或者国务院决定规定设立公司必须报经批准,或者公司经营范围中属于法律、行政法规或者国务院决定规定在登记前须经批准的项目的,应当在报送批准前办理公司名称预先核准,并以公司登记机关核准的公司名称报送批准。

2. 提交设立申请

公司设立行为完成后,就可向拟设立公司所在地工商行政管理机关提出设立登记申请。设立有限责任公司应由全体股东指定的代表或者共同委托的代理人作为申请人;设立国有独资公司应由国务院或者地方人民政府授权的部门作为申请人;设立股份有限公司应由董事会作为申请人。

3. 审查核准

除当场作出准予登记决定的外，公司登记机关决定予以受理的，应出具《受理通知书》，并在规定期限内作出是否准予登记的决定。作出准予公司设立登记决定的，应出具《准予设立登记通知书》，由公司登记机关发给《企业法人营业执照》；作出不予登记决定的，应出具《登记驳回通知书》，说明不予核准、登记的理由，并告知申请人享有依法申请行政复议或者提起行政诉讼的权利。

二、公司章程

(一) 公司章程的概念与特征

公司章程是指公司必须具备的由发起设立公司的投资者制定的，并对公司、股东、董事、监事及高级管理人员具有约束力的，调整公司内部组织关系和经营行为的基本法律文件。公司章程具有以下基本特征：

1. 法定性

法定性主要强调公司章程的法律地位、主要内容及修改程序、效力都由法律强制规定，任何公司都不得违反。公司章程是公司设立的必备条件之一，必须由全体股东或发起人订立公司章程，并须在公司设立登记时提交公司登记机关进行登记。

2. 真实性

真实性主要强调公司章程记载的内容必须是客观存在的、与实际相符的事实。

3. 自治性

公司章程的自治性主要体现为：①公司章程不是由国家而是由公司依法自行制订并经全体股东意思表示一致的自治准则；②公司章程是一种法律以外的由公司自觉主动执行的行为规范；③公司章程的效力仅及于公司和相关当事人而不具有普遍约束力。

4. 公开性

公司章程信息与其他文件提交公司登记机关后即具有公开性，公司章程的内容不仅要对投资人公开，还要对包括债权人在内的一般社会公众公开，章程的内容向社会公开，以供公众查询，国家也根据依法登记的章程，对公司进行监管。

(二) 公司章程的内容

公司章程的内容，即公司章程记载的事项。关于公司章程记载事项的规定，依据其效力不同，可分为以下几方面：

(1) 绝对必要记载事项。此事项就是根据法律规定在章程中必须记载的事项，如有缺少登记机关则不予登记。公司的名称和住所、经营范围、资本数额、股东或发起人姓名等内容是公司章程必须要记载的事项。

(2) 相对必要记载事项。此事项就是法律有规定但股东有权决定是否在章程中记载的事项，是否记载并不影响公司章程的效力。作出相对必要记载事项的法律规定为任意性规范，如发起人所得的特别利益、设立费用及发起人报酬、公司的期限、分公司的设立等。

(3) 任意记载事项。此事项法律上无明确规定，完全由股东在不违反法律前提下根据需要在章程中记载的事项。如公司法人治理结构的特殊要求、公司采购和销售制度、公积金提取等条款。

(三) 公司章程的订立与变更

公司章程的订立通常有两种方式：一是共同订立，是指由全体股东或发起人共同起草、协商制订公司章程，否则公司章程不得生效；二是部分订立，是指由股东或发起人中的部分成员负责起草、制订公司章程，而后再经其他股东或发起人签字同意制订。公司章程必须采取书面形式，经全体股东同意并在章程上签名盖章，公司章程才能生效。

公司章程的变更，是指对已经生效的公司章程的修改。原则上公司章程中的绝对记载事项还是任意记载事项，只要确属必要均可变更。但公司章程变更不得损害股东和债权人利益。具体变更程序如下：①董事会提出修改公司章程的提议；②将修改公司章程的提议通知其他股东；③由股东会或股东大会表决通过。公司章程变更后，董事会应向工商行政管理机关申请变更登记，否则不得以其变更对抗第三人。

(四) 公司章程的效力

公司章程作为公司的法定文件，只要依法制定，就应当产生相应的法律效力。《公司法》第十一条规定："设立公司必须依法制定公司章程。公司章程对公司、股东、董事、监事、高级管理人员具有约束力。"

1. 公司章程对公司的效力

公司章程是公司组织与行为的基本准则，对公司的效力表现在两方面：①是对公司内部组织和活动的约束；②是对公司经营范围的约束，可分别称为对内约束和对外约束。

2. 公司章程对股东的效力

公司章程可视为股东之间的契约，对各股东自然具有约束力，这是由公司章程的自治规则性质所决定的。对股东的效力主要表现为股东依章程规定享有权利和承担义务，如股东有权出席股东会、行使表决权、转让出资、查阅有关公开资料、获取股息红利等；同时负有缴纳所认缴的出资及公司章程规定的其他义务。

3. 公司章程对董事、监事和高级管理人员的效力

其效力表现为：公司的董事、监事和高级管理人员应当遵守公司章程，依照法律和公司章程规定行使职权，若上述人员行为超出公司章程对其赋予的职权范围，则应以其行为对公司负责。

三、公司人格制度

(一) 公司人格概述

公司人格是法人人格的典型形式，指对公司在法律上主体资格的一种抽象称谓。公司存在的基础是独立的名称、住所、资本、组织机构等，在此基础上具有相应的民事权利能力和行为能力。公司人格具有以下法律特征：

(1) 公司人格的法定性。公司人格的法定性是指公司人格并非先天具有而是按照法律程序由法律赋予的。首先，公司只有在履行了法定的注册登记程序后才能取得法律上的人格；其次，公司必须通过由公司机关形成意志、进行决策、从事行为，按照法律设立和组织是公司获得独立人格的基本条件。

(2) 公司人格的独立性。公司人格的独立性是指公司人格独立于公司股东和内部管理人员。公司人格独立是公司最为本质的特征之一，主要体现为公司财产独立、责任独立、意志独立和诉讼主体资格独立。

(3) 公司人格的平等性。公司人格的平等性是指公司之间、公司与其他主体之间都具有平等的人格。无论公司行业、性质和财产多寡，其民事主体资格一律平等，排除任何非法的控制和操纵关系，在社会交易中保障公司的意志自由。

(二) 公司名称与住所

1. 公司名称

公司名称是公司在生产经营活动中区别于其他民事主体的人格特定化的标记，是公司章程必要记载事项之一，也是公司设立的必要条件。公司名称具有标示性，而且不能随意变更；公司名称具有排他性和属地性，在一定范围内只能有一个公司可以使用经过注册的特定名称；公司名称必须能区分公司或股东承担何种财产责任；公司名称不允许单独转让而应随公司全部或部分转让。概言之，合法有效的公司名称应包括行政区划、商号、行业特点和公司类型等要素。

2. 公司的住所

公司住所，是指公司主要办事机构所在地。公司住所的确定，具有极其重要的法律意义：一是确定公司登记机关和管理机关的前提；二是诉讼中确定诉讼管理地和法律文件传达地的依据；三是确定合同履行地的重要标志。

(三) 公司的权利能力和行为能力

1. 公司权利能力

公司权利能力，是指法律赋予其享有权利和承担义务的资格。它是公司在市场经济活动中享有权利、承担义务的前提。公司权利能力产生于公司登记成立时，终止于公司消灭后。即企业法人应自其依法登记并取得营业执照之日起享有民事权利能力，自其解散并注销企业法人营业执照之日起终止其民事权利能力。公司权利能力有其固有的属性，不能随意扩张也不是无限的，法律对公司权利能力范围作出了限定，如公司行为超出权利能力范围则可认定为无效行为。

2. 公司行为能力

公司行为能力，是指公司基于自己的意思表示，以自己的行为独立取得权利和承担义务的能力。公司的行为能力与其权利能力同时产生、同时终止；公司行为能力的范围和内容与其权利能力的范围和内容相一致，公司权利能力所受到的限制，也同样适用于公司行为能力。

(四) 公司法人人格否认制度

1. 公司法人人格否认的含义

公司人格否认制度又称"刺破公司面纱"，是指为了制止公司大股东滥用公司独立法人人格，保护公司债权人利益及社会公共利益，允许在特定情况下，否认公司的独立人格和股东的有限责任，责令公司控股股东对公司的债权或公共利益直接承担责任的一种制度。

公司人格否认制度主要源于公司法人人格的异化和股东有限责任的滥用，它强调只有当公司人格被滥用而损害到债权人和社会公共利益时，法院可以对公司法人人格予以否认，能够对债权人利益给予最大化保护。该制度是对公司法人人格制度的修正和完善，是对失衡的公司利益的一种事后补救措施。

2. 公司法人人格否认的条件

(1) 公司资本显著不足。这里所说的资本显著不足，是指公司成立时股东实际投入的资本额与公司生产经营所隐含的风险相比明显不足。公司资本是公司取得独立人格的前提之一，因而，资本显著不足是公司法人人格否认制度适用的情形之一。

(2) 利用公司人格规避合同义务。如股东设立公司仅是利用公司法人人格逃避合同义务，则会丧失公司人格独立性的价值。公司被用来规避合同义务的情形主要分为以下三种：①当事人为逃避契约上的特定不作为义务而设立新公司或利用旧公司掩盖事实的行为，如竞业禁止义务、商业保密义务和不得制造特定商品义务等；②通过设立新的公司、解散公司或宣告公司破产来逃避巨额债务，主要是将公司财产转移到新的公司来逃避原公司债务，也称为"脱壳经营"、"空壳公司"，实际是滥用公司人格的行为；③利用公司名义对债权人进行诈欺以逃避合同义务。

(3) 滥用公司法人格规避法律义务。股东利用公司规避法律所规定的强制性义务，如为逃税、洗钱等非法目的而成立公司，母公司设立境外子公司使收入从高税区向低税区转移，以与外国投资者合作为名虚拟股东人数或出资骗取国家优惠政策等。以上行为均系公司法人人格的滥用，应适用法人人格否认制度揭开公司法人面纱，责令背后的股东承担责任。

(4) 公司法人人格的形骸化。实质上是指公司与股东完全混同，公司仅仅是股东的另一个形象和行为工具，形成股东即公司、公司即股东的情况，因此失去独立存在的价值。具体表现在以下几个方面：①股东对公司的不正当控制。股东通过对公司的控制而实施不正当影响，使公司成为股东谋利的工具。②财产混同。公司财产不能与公司股东或其他公司财产清楚分离，则缺乏作为独立人格存在的基础。财产混同可表现为：公司财产与股东财产的同一或不分、公司与股东或公司与其他公司利益的一体化等。③业务混同。主要表现在公司与股东从事同一业务，且开展业务的内容无法区分，使交易方无法分清是公司还是股东的交易行为，从而剥夺公司的利益机会。④组织机构混同。公司与股东在组织机构上存在严重的交叉、重叠，如"一套班子、两块牌子"，尽管组织机构在形式上独立，但人员相互兼任实质上是互为一体的，公司也因此缺乏独立性。⑤人格混同。表现为子公司是母公司一部分，经营活动完全由母公司实际控制，公司行为完全依附于母公司，即丧失了作为法人独立的主体意志和财产支配权。

四、公司资本制度

(一) 公司资本的概念和特征

公司资本，又称股本，是指由公司章程确定并载明的全体股东的出资总额。公司资本是公司成立的基本条件，也是公司进行经营活动、对外承担责任的物质基础和保障。公司资本主要有以下法律特征：

(1) 资本是公司自有的独立财产。公司成立时就要求必须有独立财产，其表现形式就是公司资本。公司法上的公司资本即单纯指由股东出资构成由公司拥有的独立财产，不包括借贷资本。

(2) 资本表现为一定的数额。资本额一般都有最低限度的法律规定，而对于以实物、知识产权、土地使用权等出资的，应进行评估换算成相应数额后才可计入资本金中。

(3) 资本是由公司章程确定并载明的相对确定的数额。公司成立时发起人或认股人通过协商，确定资本额并写入公司章程，公司资本如需增加或减少时，应依照增加资本或减少资本的法定程序，修改公司章程资本额度并办理变更登记。

(二) 公司资本的形式

因各国所实行资本制度的不同，资本的具体含义和表现形态也不相同，公司资本的具体形态主要有以下几种：

(1) 注册资本。又称核定资本，是指公司成立时登记注册的资本总额。《公司法》第二十六条规定，有限责任公司的注册资本为在公司登记机关登记的全体股东认缴的出资额；第八十一条规定，股份有限公司采取发起设立方式设立的，注册资本为在公司登记机关登记的全体发起人认购的股本总额；股份有限公司采取募集方式设立的，注册资本为在公司登记机关登记的实收股本总额。

(2) 发行资本。是指公司全部或分期发行股份时，已向股东实际分派发行的资本总额。在法定资本制下，公司章程所确定的资本应一次全部认足，发行资本一般等于注册资本，但股东全部认缴资本后可分期缴纳；在授权资本制下，一般不要求注册资本都能得到发行，发行资本通常会小于注册资本。

(3) 认购资本。是指公司成立时股东同意认购股本的出资总额。

(4) 实缴资本。又称实收资本，是指公司成立时股东已经向公司缴纳的资本。我国公司法虽仍采用法定资本制，但允许有限责任公司和发起设立的股份有限公司的资本，可采取分期缴纳的方式。因此，公司注册资本等于全体股东认缴资本总额，但实缴资本可能小于注册资本。

(5) 待缴资本，又称催缴资本，是指公司已发行、股东已认购但尚未缴纳的资本。对于待缴资本，公司有权随时向股东催缴，股东有义务按约定或公司要求缴纳。

(三) 公司资本三原则

公司资本三原则，是指公司在设立、运行及管理全过程中，为确保公司资本真实安全必须遵循的法律准则，即资本确定、资本维持和资本不变三项资本立法原则。

1. 资本确定原则

该原则是指公司设立时应在章程中载明公司资本总额，并由发起人认足或募足，否则公司不能成立。我国现公司法在降低有限责任公司、股份有限公司法定最低资本额度同时，允许其设立时只需认足注册资本并可分次缴纳，同时通过规定首次出资比例、出资缴纳时间、强调出资责任等方式，以保证资本确定原则的实现。

2. 资本维持原则

该原则是指公司在存续过程中，应当经常保持与其资本额相当的财产。我国公司法为保持公司偿债能力，通过规定若干强制性规范确保公司拥有充足的财产：①禁止股东退股；②公司股票不得折价发行；③限制非货币出资；④禁止回购本公司股份；⑤不得接受以本公司股份提供的担保；⑥无盈利不得分红。

3. 资本不变原则

该原则是资本维持原则的必然要求,是指公司资本总额一旦确定,非经法定程序不得任意变动。我国公司法对资本不变原则主要体现在对公司增加或减少注册资本的严格程序上:须编制资产负债表和财产清单;须经股东大会作出决议;须于减资决议后的法定期间内向债权人发出通知并且公告;债权人有权在法定期间内要求公司清偿债务或者提供相应担保;公司减少后的注册资本数额不得低于法定最低限额;须向公司登记机关办理变更登记。

五、公司债券

(一) 公司债券的概念

公司债券,是指公司依照法定程序发行、约定在一定期限内还本付息的有价证券。公司债券是公司债的表现形式,投资者通过购买公司债券而成为公司债权人,同时也享有公司债券投资收益。

公司债券与股票属于有价证券,两者主要区别表现在以下方面:①债券是公司债权凭证,债券持有人是公司债权人;股票是股东持有公司所有权凭证。②债券持有人获得无风险的、固定的利息收入;而股票持有人以公司分配红利获得收益且存在收益风险。③债券到期应归还本金,而股票不能抽回股本。④公司解散或破产时,债券持有人比股票持有人优先获得债务清偿。

(二) 公司债券的分类

公司债券可依据不同的标准分为不同种类,按照我国公司法规定,公司债券的主要种类有:

(1) 以是否记载持有人姓名或名称,可将公司债券分为记名债券和无记名债券。记名债券的债权人行使权利主体是确定的,且债权人资格一般不会因债券灭失而丧失;无记名债券由债券持有人将该债券交付给受让人后即发生转让的效力。

(2) 以是否可以转换为发行公司的股票为标准,可将公司债券分为可转换公司债券和不可转换公司债券。可转换公司债券实际上给予债权持有人一种选择权,债券到期偿还时,持有人可选择兑现本金也可选择将债权兑换为公司股份。

(3) 以公司对其发行的债券是否提供担保为标准,可将公司债券分为担保公司债券和无担保公司债券。担保公司债券是公司以其全部或部分资产,或者由第三人对清偿公司债券本息提供特殊保证而发行的债券;无担保公司债券是仅以公司信用为担保,并无其他财产或财产权利为担保而发行的债券。

(三) 公司债券的发行

根据我国《证券法》规定,公司公开发行公司债券,一般必须具备以下条件:

(1) 必须符合一定数额的净资产。股份有限公司净资产额不低于人民币 3 000 万元,有限责任公司净资产额不低于人民币 6 000 万元。

(2) 累计债券余额不超过限额。累计债券余额不超过公司净资产的 40%,这一限制性规定能有效确保公司偿债能力和保护债权人利益。

(3) 可分配利润应达到要求。最近 3 年平均可分配利润足以支付公司债券 1 年的利息,可排除某些特殊因素对公司盈利水平的影响。

(4) 筹集的资金投向符合国家产业政策。对资金投向的限制旨在优化产业结构,合理配置社会资源,能确保公司债券所募资金发挥应有的经济效用。

(5) 债券的利率不超过国务院限定的利率水平。根据国务院规定,企业债券的利率不得高于银行同期居民储蓄定期存款利率的 40%。债券利率过低难以吸引投资者,过高会冲击银行储蓄业务,破坏金融秩序。

(6) 国务院规定的其他条件。此授权条款为国家进一步规范和管理发行公司债券提供了立法空间。

六、公司合并、分立与变更

(一) 公司的合并

公司合并,是指两个或两个以上的公司通过订立合并协议,依照公司法的规定,不经过清算程序直接合并为一个新公司的法律行为。

公司合并可分为吸收合并和新设合并。吸收合并也称为兼并,是指一个公司兼并其他公司,兼并公司的法人资格继续存在,被兼并的公司解散,法人资格消灭,即 A+B+C=A;新设合并,是指两个以上公司合并后,原合并各方解散,重新创设一个新的公司,即 A+B+C=D。

公司合并的程序:由董事会或执行董事提出合并方案、公司股东会作出特别决议、签订公司合并协议、编制公司资产负债表和财产清单、通知(公告)债权人、清偿债务(或提供担保)、实施合并、办理合并登记手续。

公司合并的法律效果:

(1) 公司消灭。无论是吸收还是新设合并,必有一方或双方公司解散,解散公司需办理注销登记,其权利义务均由存续(或新设)公司全部承受并无须清算,被解散公司法人人格直接灭失。

(2) 公司变更与设立。吸收合并中因存续公司继受了被合并公司的权能而发生了组织变更,比如注册资本增加、章程修改、股东变化等均应办理变更登记;新设合并中新成立的公司应办理设立登记。

(3) 债权债务的转移。公司合并时，被合并各方的债权债务应由合并后存续(或新设)的公司承继。合并完成后，即使被合并的公司未办理工商注销手续，其债权债务仍由存续(或新设)的公司承担。

(二) 公司的分立

公司分立，是指一个公司通过签订协议，不经过清算程序，分为两个或两个以上公司的法律行为。公司分立可分为新设分立和派生分立。新设分立也称解散分立，指一个公司分解为两个或两个以上的公司，原公司解散并设立两个以上新的公司，即 A=B+C+D；派生分立也称存续分立，指一个公司分解为两个或两个以上的公司，本公司继续存在，并设立一个以上的新公司，即 A=A+B+C。

公司分立的程序：公司分立决议与批准、财产分割(编制表册、通告债权人)、实施分立、变更登记。

公司分立的法律效果：

(1) 公司的变更、设立和解散。在新设分立中，原公司解散，但新设立的两个或两个以上公司应进行工商登记；在派生分立时，原公司继续存在，新分立的公司应进行设立登记。

(2) 股东和股权发生变化。在新设分立中，股东对原公司股权可转换为对新公司的股权；在派生分立时，股东可根据自己意愿或协议留在原公司，也可以成为新公司的股东。

(3) 分立后的公司应按照分立协议约定和法律规定，承受原公司债权债务。《公司法》第一百七十七条规定，公司分立前的债务由分立后的公司承担连带责任。

(三) 公司的变更

公司的变更是指公司登记成立后，因公司经营活动需要对相关登记事项进行一项或数项的改变。公司变更事项内容包括：公司的名称、住所、法定代表人、注册资本、企业类型(组织形式)、经营范围、营业期限、股东等。其中，最主要的是企业组织形式的变更，但公司组织形式变更并非任意，一般只允许股东责任相同的公司互相变更，股东责任不完全相同的公司进行变更时，须保持一部分股东责任在变更后不发生变化。

七、公司解散和清算

公司的解散和清算是公司退出市场的重要法律机制，因公司在退出阶段要保障各方利益。因此，《公司法》规定了严格的市场退出规范措施和程序。

(一) 公司解散

公司解散是指公司因发生章程规定或法律规定的解散事由而停止业务活动，并进行清算的状态和过程。根据《公司法》第一百八十一条规定，公司会因下列原因解散：①公司章程规定的营业期限届满或者出现公司章程规定的其他解散事由；②股东会或者股东大会决议解散；③因公司合并或者分立需要解散；④依法被吊销营业执照、责令关闭或者被撤销；⑤人民法院应持有一定比例股份的股东请求而解散公司。

公司解散可以分为自愿解散和强制解散，公司解散分类及原因包括：

(1) 自愿解散。是指公司依照章程或股东决议而解散。这种解散取决于股东意志，与外界强制力无关，但自愿解散须依法定程序进行。自愿解散原因：①公司章程规定的营业期限届满或者出现公司章程规定的其他解散事由；②股东会或者股东大会决议解散；③因公司合并或者分立需要解散。

(2) 强制解散。是指公司因违反有关法律法规的规定，由于政策有关部门或法院的强制命令而发生的公司解散。这种解散股东无可选择，只有依法执行。强制解散原因：①公司被依法被吊销营业执照、责令关闭或者被撤销；②破产解散；③司法解散。

(二) 公司清算

公司清算是指公司解散或被宣告破产后，依照一定程序终结公司债权债务关系，处理剩余财产，最终使公司法人资格归于消灭的法律程序。公司清算是公司消灭的必经程序。

根据《公司法》第一百八十四条规定，除"因公司合并或者分立需要解散"外，符合其他任何规定原因而解散的，应当在解散事由出现之日起15日内成立清算组，开始清算。公司清算的程序：

(1) 组成清算组。有限责任公司的清算组由股东组成，股份有限公司的清算组由董事或股东大会确定的人员组成。公司逾期不组织清算的，清算组由人民法院依照债权人申请指定有关人员组织成立。

(2) 通知、公告债权人并进行债权登记。《公司法》规定，清算组自成立10日内通知债权人，并在60日内进行公告；债权人自接到通知30日内，未接到通知的自公告之日起45日内，向清算组申报债权。

(3) 清理公司财产，编制资产负债表和财产清单。公司财产清理包括固定资产和流动资产，有形资产和无形资产、债权和债务，通过资产清理后编制资产负债表和财产清单。

(4) 特殊情况下，向人民法院申请宣告公司破产。在编制资产负债表和财产清单后，如公司财产不足以清偿债务时应立即向人民法院申请进入破产程序。公司如经人民法院宣告破产后，清算组应将解散清算事务移交人民法院，进而转向破产清算。

(5) 制定清算方案并经相关部门、组织确认。清算组在清理公司财产、编制资产负债表和财产清单后提出合理的财产估价方案，计算出公司可供分配的财产数额，在充分征求和听取股东、债权人、职工等相关者意见和建议基础上提出清算方案，并报股东会、股东大会或人民法院确认。

(6) 分配财产。公司清算方案经确认后，清算组即可依此方案来分配财产，财产法定分配顺序依次为：①支付清算费用；②支付职工工资和社会保险费用；③清偿所欠税款和清算过程中产生的税款；④清偿公司债务；⑤以上四项清偿完毕后的公司剩余财产，有限责任公司按照股东出资比例分配，股份有限公司按照股东持有的股份比例分配。

(7) 制作清算文件。清算结束，清算组应制作清算报告和清算期间收支报表及各种财务账簿。

(8) 报告确认。按照公司法规定，公司清算结束后，清算组应制作清算报告报股东会、股东大会或者人民法院确认。

(9) 注销登记。清算报告经有关部门确认后，报送公司登记机关，申请注销公司登记，公告公司终止。

第三节 有限责任公司

一、有限公司的概念和特征

有限责任公司，是指依照公司法设立的，由法律规定的一定人数的股东出资组成，每个股东以其出资额为限对公司承担责任，公司以其全部资产对公司的债务承担责任的企业法人。有限责任公司具有如下特征：

(1) 有限责任公司股东人数有法定上限。在各国或地区公司立法中，对有限责任公司的人数上限都有规定。我国《公司法》规定，有限责任公司由 50 个以下出资人组成，限定股东人数不能超过 50 人。

(2) 有限责任公司资本不必分为等额股份，不发行股票。有限责任公司股东出资的权利证书不可流通转让，有限责任公司不能成为上市公司，也不能通过发行股票来筹集资金。

(3) 有限责任公司股东以出资额为限对公司承担责任。股东出资额由股东协议或公司章程决定，股东出资交予公司后则成为公司财产，由公司统一使用和支配，股东对公司的责任仅以其出资为限。

(4) 有限责任公司设立程序简便，管理机构灵活。有限责任公司只能经发起设立，除法律另有规定外可直接核准登记。且设立操作程序简便灵活，如签订设立协议、制定章程、出资缴纳等均由发起人自主决定。

(5) 有限责任公司具有封闭性。我国有限责任公司封闭性的主要表现：公司只能发起设立且出资总额全部由发起人认购；不能向社会公开募集股份和发行股票；股东的出资证明书不能流通转让；股东的出资转让须经其他股东同意，其他股东具有优先购买权；经营事项和财务状况无须向社会公开等。

二、有限责任公司的设立

（一）设立条件

1. 股东符合法定人数

这里的股东实际应是指发起人，法定人数包括两重含义。一是法定资格。国家、企业法人、事业单位和社会团体法人、公民个人和外商投资者均具备发起人资格，但国家公务员除外。二是法定人数。有限责任公司由 50 人以下股东共同出资设立，并未作下限规定，主要是国家允许法人或自然人投资设立一人有限责任公司。

2. 股东出资达到法定资本最低限额

有限责任公司注册资本最低限额为 3 万元，法律、法规对注册资本最低限额有较高规定的，从其规定。一人有限责任公司最低注册资本为 10 万元且须一次足额缴纳。即设立有限责任公司，对公司资本要在章程中明确规定且出资须达到法定最低限额。

3. 股东共同制定公司章程

公司章程是公司自治性文件，有限责任公司的公司章程是记载公司组织规范及其行为准则的基本规章，须由全体出资者在自愿协商的基础上制定，经全体出资者同意，所有股东应在公司章程上签名、盖章。

4. 有公司名称、建立符合有限责任公司要求的组织机构

公司名称可使公司的法人人格具有特定性，其名称应符合企业法人名称的规定。有限公司内部组织机构分为股东会、董事会和监事会，但可根据有限责任公司的具体形式、股东人数、经营规模等不同进行灵活设置。

5. 有公司住所

公司要有自己的经营场所，也要有自己的住所，公司的住所是公司经济活动的中心，公司以其主要办事机构所在地为其住所，其住所可与场所一致也可不一致。

(二) 设立程序

有限责任公司是一种非公众性的、封闭性的法人组织，其设立只能由参与人共同发起。根据法律规定，有限公司设立应当经过以下程序。

1. 发起人发起并签订设立协议

也称为发起人协议或投资协议，主要内容应包括：公司经营宗旨、经营项目、范围和生产规模、注册资本、投资总额及各方出资额、出资方式、公司组织机构、利润分配和风险分担的原则等。

2. 草拟公司章程

公司章程主要是规范公司成立后股东之间、公司机构之间以及它们相互之间的关系和行为，也可记载发起人协商一致的事项，章程须经全体股东同意并签名盖章，报经工商行政管理机关审查批准后，才能生效。

3. 公司名称预先核准

根据《公司登记管理条例》第十七条、《企业名称登记管理实施办法》第三十二条规定，设立公司应当申请名称预先核准，可使公司名称在公司申请设立登记前具有合法性和确定性，确保公司名称质量和公司设立登记顺利进行。

4. 设立审批

办理审批手续并非设立有限责任公司的必经程序，只有法律、法规规定必须报经审批的才须经过此程序。主要有两种情况：一是某行业的公司由某特定的政府机关审批并进行监督管理；二是公司业务范围中涉及的相关事宜应经某机关的审查批准。

5. 股东缴纳出资

缴纳出资是公司设立过程中履行设立协议或公司章程所规定的出资义务的行为。如不履行出资协议，应当对已经缴足出资的股东承担违约责任。

(1) 出资方式。我国公司法规定，凡是可以用货币来估价并可以依法转让的非货币财产都可用来出资，但法律、法规规定不得作为出资的财产除外。各股东可以货币方式出资，也可用实物、知识产权、土地使用权作价出资。

(2) 出资要求。①股东以货币出资的，应将货币出资足额存入准备设立的有限责任公司的账户上。②股东以实物、知识产权、土地使用权出资的须进行评估作价，不得高估或低估。③股东现金出资比例不得低于注册资本的30%。④有限责任公司登记后，各出资人不得抽逃出资。⑤公司全体股东首次出资额不得低于注册资本的20%，也不得低于法定注册资本最低限额，其余部分由股东自公司成立之日起2年内缴足；其中投资公司可在5年内缴足；一人有限责任公司的股东应一次足额缴纳公司章程规定的出资额。

6. 验资

公司法要求股东足额缴纳章程中规定的各自所认缴的出资额,股东全部缴纳出资后,须经法定验资机构进行检验,并出具证明才具有法律效力。

7. 确立公司组织机构

有限责任公司意志的形成和实现均依赖于内部组织机构及其成员的活动,公司在成立登记前,须对公司权力机关、业务执行机关和监督机关的组成及其成员的具体分工作出符合法律规定的决定。

8. 法人登记

由全体股东指定的代表或共同委托的代理人向公司登记机关申请设立登记,申请时应提交所有法定文件,如设立登记申请书、公司章程、验资证明、股东的法人资格证明等。

9. 审核发照

企业登记机关对公司申请登记材料审查后,认为符合法律规定的应给予登记并发放营业执照,有限责任公司即告成立,自营业执照签发日期之日起取得法人资格,可对外从事经营活动。按照《公司法》第三十二条规定,有限责任公司成立后,应当向股东签发出资证明书,应载明下列事项:①公司名称;②公司登记日期;③公司注册资本;④股东的姓名或名称、缴纳的出资额和出资日期;⑤出资证明书的编号和核发日期。

三、有限责任公司的组织机构

(一) 股东会

1. 股东会性质与组成

股东就是指有限责任公司的实际出资人。股东资格取得有两种方式:一种是在公司成立或增资时通过出资认购而取得,即原始取得;一种是通过合法继承死亡股东的出资或从某一股东处接受转让而取得,即继受取得。有限责任公司股东会是由全体股东组成、形成公司意思的必要的非常设机构,是公司权力机构和最高决策机构。股东会对外不代表公司,对内不执行业务,但公司其他机构必须执行股东会决议,对股东会负责。

2. 股东会的职权

股东会是公司的最高权力机构,其行使职权的方式包括直接决定和股东会会议两种。如全体股东对公司事项以书面形式一致表示同意的，可以不召开股东会会议直接作出决定，并由全体股东在决定文件上签名、盖章。公司股东会行使职权一般都是针对以下重大决策事项：①决定公司的经营方针和投资计划；②选举和更换非由职工代表担任的董事、监事，决定有关董事、监事的报酬事项；③审议批准董事会的报告；④审议批准监事会或者监事的报告；⑤审议批准公司的年度财务预算方案、决算方案；⑥审议批准公司的利润分配方案和弥补亏损方案；⑦对公司增加或者减少注册资本作出决议；⑧对发行公司债券作出决议；⑨对公司合并、分立、变更公司形式、解散和清算等事项作出决议；⑩修改公司章程；⑪公司章程规定的其他职权。

3. 股东会会议制度

(1) 股东会会议种类。股东会会议种类因召开的原因、召开的时间不同而有所不同。根据《公司法》规定，股东会会议分为首次会议、定期会议和临时会议。

首次会议是公司成立后的第一次会议，由出资最多的股东召集和主持；定期会议又被称为年度会议，一般公司章程都规定一年召开一次；临时会议是根据公司实际情况，依照法定程序随时召开的股东会会议。《公司法》规定，如代表 1/10 以上表决权的股东提出、1/3 董事提出、监事会(或不设监事会的监事)提出召开临时会议的，股东会应当召开临时会议。

(2) 股东会会议的主持和召集。公司设立董事会的，股东会会议由董事会召集、董事长主持。董事长不能履行职务或者不履行职务的由副董事长主持，副董事长不能履行职务或者不履行职务的，由半数以上董事共同推举一名董事主持；公司不设董事会的，股东会会议由执行董事召集并主持。董事会或者执行董事不能履行或者不履行召集股东会会议职责的，由监事会或者不设监事会的公司的监事召集和主持；监事会或者监事不召集和主持的，代表 1/10 以上表决权的股东可以自行召集和主持。

(3) 股东会会议的表决。《公司法》在此方面仅作了原则性规定，允许公司对股东会议规则和表决程序作出切合实际的规定；股东会会议由股东按出资比例行使表决权，股东会对于一般事项所作的决议须经代表 1/2 以上表决权的股东通过；对于重要事项所作出的决议，比如修改公司章程，增加或减少注册资本，公司合并、分立、解散或变更公司形式等，须经出席会议的 2/3 以上绝对多数表决权的股东通过方为有效决议。

(二) 董事会

1. 董事会的概念

公司董事会是按照公司立法有关规定设立的，由公司的全体董事参加的法定的常设的经营决策和业务执行机关。董事会与股东会相比较有以下区别：①从职能上讲，股东会是公司权力机构，决定公司一切重大事项。董事会则是具体事务经营决策和业务执行机关，后者与前者有隶属关系；②从设立程序上讲，股东会是自然形成的公司的法定机关，即公司成立就有股东会，无须特别程序设立；董事会虽也是法定机关，但必须通过公司股东会选举产生；③从存在形式上讲，股东会属非常设机构，以会议形式行使权力；董事会是公司常设机构，其成员可在一定时期进行更换，但机构始终存在不发生变化。

2. 董事会的组成和职权

有限责任公司设立董事会，由公司股东会选举的董事3～13人组成；两个以上的国有企业或者其他两个以上的国家投资主体投资设立的有限责任公司，其董事会成员中应当有公司职工代表；其他有限责任公司董事会成员中也可以有公司职工代表。董事会中的职工代表由公司职工通过职工代表大会、职工大会或者其他形式民主选举产生；董事会设董事长1人，可以设副董事长；如有限责任公司规模较小或股东人数较少的，可以不设董事会，设立1名执行董事，执行董事可以兼任公司经理。

董事会对股东会负责并行使其职权，具体行使职权如下：①召集股东会会议，并向股东会报告工作；②执行股东会的决议；③决定公司的经营计划和投资方案；④制订公司的年度财务预算方案、决算方案；⑤制订公司的利润分配方案和弥补亏损方案；⑥制订公司增加或者减少注册资本以及发行公司债券的方案；⑦制订公司合并、分立、解散或者变更公司形式的方案；⑧决定公司内部管理机构的设置；⑨决定聘任或者解聘公司经理及其报酬事项，并根据经理的提名决定聘任或者解聘公司副经理、财务负责人及其报酬事项；⑩制定公司的基本管理制度；⑪公司章程规定的其他职权。执行董事的职权由公司章程规定。

3. 董事会会议制度

(1) 董事会会议种类。董事会是通过召开会议形成决议的方式来行使职权。一般来说，董事会会议与股东会会议分类相一致，也分为普通会议和特别会议，这两种会议的议事方式和表决程序，除法律另有规定的外也可由章程自行规定。

(2) 董事会会议的召集。为保证董事会会议效率，一般国家公司立法都会确定会议的召集人和主持人。《公司法》第四十八条规定，董事会会议由董事长召集和主持；董事长不能履行职务或者不履行职务的，由副董事长召集和主持；副董事长不能履行职务或者不履行职务的，由半数以上董事共同推举一名董事召集和主持。

(3) 董事会会议的表决。董事会的议事方式和表决程序，除《公司法》有规定的以外，由公司章程规定。这就要求公司股东制定公司章程时，对此必须作出具体的规定。如对于公司董事会普通决议应当以简单多数通过，对于特别决议应当以2/3以上的董事同意方可通过。

(三) 监事会

1. 监事会性质及组成

监事会是有限责任公司的监督机构。监事会是依法由股东和职工分别选举产生的监事组成的，对公司董事、高管人员的经营管理行为及公司财务进行专门监督的常设机构。

根据《公司法》第五十二条规定，有限责任公司设立监事会，其成员不得少于3 人。如果股东人数较少或者公司规模较小的，可以设 1 至 2 名监事，不设立监事会；监事会应当包括股东代表和适当比例的公司职工代表，其中职工代表的比例不得低于 1/3。监事会中的职工代表由公司职工通过职工代表大会、职工大会或者其他形式民主选举产生；监事会设主席 1 人，由全体监事过半数选举产生；董事、高级管理人员不得兼任监事。

2. 监事会的职权

有限责任公司的监事会或监事，主要负责审核、查阅公司的财务状况和经营成果，对董事的业务行为进行监督。监事会、不设监事会的公司的监事行使下列职权：①检查公司财务；②对董事、高级管理人员执行公司职务的行为进行监督，对违反法律、行政法规、公司章程或者股东会决议的董事、高级管理人员提出罢免的建议；③当董事、高级管理人员的行为损害公司的利益时，要求董事、高级管理人员予以纠正；④提议召开临时股东会会议，在董事会不履行本法规定的召集和主持股东会会议职责时召集和主持股东会会议；⑤向股东会会议提出提案；⑥可依照公司法规定，对董事、高级管理人员提起诉讼；⑦公司章程规定的其他职权。

3. 监事会会议制度

监事会每年度至少召开 1 次会议，监事可以提议召开临时监事会会议。监事会的议事方式和表决程序，除《公司法》有规定的外，由公司章程规定；监事会决议应当经半数以上监事通过。监事会应当将所议事项的决定作成会议记录，出席会议的监事应当在会议记录上签名。

第四节 一人有限责任公司

一、一人有限责任公司的概念和特征

一人有限责任公司，是指只有一个自然人股东或者一个法人股东的有限责任公司。一人有限责任公司是特殊的有限责任公司，其与有限责任公司、股份有限责任公司最根本区别在于股东人数只有一人，与个人独资企业的根本区别在于以出资额为限承担责任。一人有限责任公司基本特征如下：

(1) 股东具有惟一性。无论是自然人发起设立的，还是有限责任公司股份转归一人持有形成的一人有限责任公司，在其成立或存续期间，公司股东只有一人。

(2) 承担责任具有有限性。一人有限责任公司的股东以其出资为限对公司债务承担责任，公司以其全部资产为限对公司债务独立承担责任。

(3) 公司所有权与经营权具有难以分离性。所有权与经营权相分离是现代公司法人制度的最大特征，一人公司特别是自然人成立的一人公司，其经营权与所有权是很难分离的，各国公司法对一人有限责任公司都作了特别规定，以防止公司独立人格和有限责任被一人股东滥用。

二、一人有限责任公司的设立

一人有限责任公司的设立，除适用特别规定外，其他方面都与一般有限责任公司的设立条件和程序相同。

1. 最低资本额要求

设立一人有限责任公司注册资本最低限额为 10 万元，且股东应当一次足额缴纳公司章程规定的出资额。对一人公司数额下限和缴纳方式作出规定，是充分考虑到一人有限责任公司可能出现损害债权人利益的欺诈的投机行为的弊端。

2. 对投资主体同时设立一人公司的数量作出限制

一个自然人只能投资设立一个一人有限责任公司。该一人有限责任公司不能投资设立新的一人有限责任公司。

3. 公司登记的特别要求

一人有限责任公司应在公司登记中注明是自然人独资或是法人独资，其目的在于能使第三人明确判断公司惟一股东是自然人还是法人，从而决定是否与其进行交易。

4. 公司章程的制定

一人有限责任公司只有一个股东，因而公司章程只能由股东制定。

三、一人有限责任公司的组织机构

一人有限责任公司不设股东会。股东决定公司的经营方针和投资计划时，应当采用书面形式，并由股东签字后置备于公司；一人有限责任公司的组织机构法律未作规定的，适用有限责任公司组织机构的规定；对于自然人为惟一股东的一人公司可以不设董事会，只设一名执行董事，由惟一股东来担任，作为公司的法定代表人；应当设立监事会，对公司的经营动作进行监督；一人公司须以书面形式记载其运营状况，单一股东的决议或由股东自己和由其代表公司签定的交易合同，应以书面形式记录入档。

四、一人有限公司法人人格否认

根据《公司法》总则第二十条规定，公司股东应当遵守法律、行政法规和公司章程，依法行使股东权利，不得滥用股东权利损害公司或者其他股东的利益，不得滥用公司法人独立地位和股东有限责任损害公司债权人的利益；公司股东滥用股东权利给公司或者其他股东造成损失的，应当依法承担赔偿责任。公司股东滥用公司法人独立地位和股东有限责任，逃避债务，严重损害公司债权人利益的，应当对公司债务承担连带责任。以上规定适用于一人有限责任公司。同时，《公司法》第六十四条规定，一人有限责任公司的股东不能证明公司财产独立于股东自己的财产的，应当对公司债务承担连带责任。

第五节　国有独资公司

一、国有独资公司的概念和特征

国有独资公司是指国家单独出资、由国务院或者地方人民政府委托本级人民政府国有资产监督管理机构履行出资人职责的有限责任公司。国有独资公司较之于一般的有限责任公司具有以下特征：

(1) 国有独资公司是特殊的有限责任公司。国有独资公司采取有限责任公司形式，国有独资公司的组织制度、股权行使等方面都不同于一般的有限责任公司。除有特别规定外，《公司法》关于有限责任公司的设立和组织机构的一般规定也适用于国有独资公司。

(2) 国有独资公司是特殊的一人有限责任公司。除国家授权投资的机构或国家授权的部门可以代表国家向国有独资公司出资外，不允许其他任何单位和个人单独投资设立公司。因此，国有独资公司因其股东的特定性而属于特殊的一人有限责任公司。

(3) 国有独资公司属于国有公司。国有独资公司是由国家授权投资的机构或国家授权的部门代表国家单独投资设立的，国家是公司的惟一股东，并由投资主体代表国家拥有并行使股权。

(4) 国有独资公司的出资人须经国家特别授权。代表国家设立国有独资公司的投资人必须是经国家授权投资的机构或者经国家授权的部门，国家授权投资的机构主要包括国家投资公司、国家控股公司、国有资产经营公司、符合法律规定的大型国有独资公司以及企业集团中的集团公司。

二、国有独资公司的组织机构

(一) 权力机构

国有独资公司不设立股东会。国有独资公司实质上没有法律意义上的权力机构，其决策职能只能由国有资产监督管理机构代为行使股东会职权，即代表国家履行出资人职责。但国有资产监督管理机构本身具有独立性，不参与公司经营管理。因此，国有资产监督管理机构可以授权公司董事会行使股东会的部分职权，决定公司的重大事项。但涉及公司合并与分立、注册资本增减、发行公司债券、解散等重大事项，须经国有资产监督管理机构决定。

(二) 执行机构

国有独资公司设立董事会。董事会是国有独资公司的常设经营管理机构。由于投资者授权，董事会具有一定决策权；董事会由3～13名董事组成，董事由国有资产监督管理机构委派，但董事会中的职工代表由公司职工代表大会民主选举产生；董事会设董事长一人，可以设副董事长。董事长或副董事长由国有资产监督管理机构从董事会成员中指定；国有独资公司设立经理，其职权与职责与有限责任公司相同。

(三) 监督机构

我国 1993 年《公司法》没有规定国有独资公司设立专门的监督机构，1999 年《公司法》修订时规定了国有独资公司设立监事会。2005 年《公司法》修订时对此进行了更为明确的规定：国有独资公司监事会成员不得少于 5 人，由国有资产监督管理机构委派，其中职工代表人数不得低于 1/3，监事会中的职工代表由公司职工代表大会选举产生；监事会主席由国有资产监督管理机构从监事会中指定。

第六节 股份有限公司

一、股份有限公司的概念和特征

股份有限公司是指全部资本分为等额股份，股东以其所持股份为限对公司承担责任，公司以其全部资产对公司债务承担责任的企业法人。与有限责任公司相比，股份有限公司具有以下法律特征：

1. 公司信用基础的资合性

股份有限公司是最典型的资合公司，公司对外的信用基础完全取决于公司的资本而不在于股东个人，股东的身份地位财力等对公司不甚重要，股份可以自由转让，任何合法持有股份的人都是公司的股东。

2. 公司全部资本分成等额股份

股份有限公司的全部资本划分为等额股份，由发起人或股东认购并持有，以此适应公开发行股份，募集社会资金的需要，有利于确定股东的权利，使股东更加方便地行使自己的权利。

3. 股东人数有最低限制而无最高限制

股份有限公司发起人数为 2 人以上 200 人以下，且须有半数以上发起人在中国境内有住所。但对于发起人的上限规定并不是对股东的上限规定，因为发起人可通过募集设立公司，即由发起人认购公司应发行股份的一部分，其余股份向社会公开募集或者向特定对象募集而设立公司，其余股份持有者则成为公司股东，其人数是不可确定的。

4. 股东责任的有限性

股份有限公司的股东以其所持股份对公司承担有限责任。股东对公司仅以其认购的股份数为限承担责任，公司则以其全部资本对公司债务承担责任。《公司法》第二十条第三款规定，公司股东滥用公司法人独立地位和股东有限责任，逃避债务，严重损害公司债权人利益的，应当对公司债务承担连带责任。

5. 股份有限公司的公开性与社会性

股份有限公司通过对外公开发行股票向社会募集资金，任何投资者都可通过购买股票而成为股份有限公司的股东，从而使股份有限公司具有最广泛的社会性。公司股票可以通过证券交易所或金融机构流通，股东可以自由转让其持有的公司股份，法律规定公司的财务账目必须公开，使股东及时了解公司的生产经营情况。

6. 所有权与经营管理权分离

股份有限公司设有权力机构(股东大会)、经营决策机构(董事会)、监督机构(监事会)和业务执行机构(行政)。股东委托董事会负责资产的使用和收益，所有者不负责资产的经营管理，由代表股东利益的董事会及其管理人员专门从事经营管理。公司的日常行政业务活动由董事会聘任的总经理全面负责，总经理对董事会负责。

二、股份有限公司的设立

(一) 设立特点

股份有限公司的设立，是指设立人为使股份有限公司成立，依照法定条件和程序所进行的一系列法律行为的总称。股份有限公司的设立具有以下特点：

1. 设立主体较为复杂

在有限责任公司中因只能发起设立，全体出资人共同进行订立章程等设立活动；但股份有限公司在募集设立中，设立人可分为发起人和认股人，发起人进行签订发起人协议、订立公司章程、出资等活动，而认股人则进行股份认购及缴纳股款，并与发起人共同参加公司创立大会。

2. 可分为发起设立和募集设立

有限责任公司只能由公司股东缴纳所有出资而设立公司，限发起设立方式；而股份有限公司与有限责任公司设立方式的区别，在于可以采取募集设立的方式，当公司规模因发起人自身资金不足时，募集设立方式是最理想选择，这种方式更能体现股份有限公司的集资优势。

3. 设立条件与设立程序更为严格

一般而言，有限责任公司规模较小，法律对有限责任公司设立条件和程序要求并不十分严格；而股份有限公司属于典型的资合公司，公司资本和资产条件是公司信用的基础，公司设立对社会经济和市场交易秩序会产生较大影响，法律对其设立条件和程序要求更为严格。

(二) 设立条件

(1) 发起人符合法定人数。发起人既可以是自然人，也可以是法人。设立股份有限公司，应当有 2 人以上 200 人以下的发起人，其中须有半数以上的发起人在中国境内有住所。

(2) 发起人认缴和向社会公开募集的股本达到法定的最低限额。股份有限公司资本最低限额不得低于 500 万元人民币。发起人可以用货币出资，也可以用实物、知识产权、土地使用权等可以用货币估价并可以依法转让的非货币财产作价出资，且应当依法办理其财产权的转移手续。

(3) 股份的发行、筹办事项符合法律规定。这是设立股份有限公司所必须遵循的原则。

(4) 发起人制定公司章程，采用募集方式设立的经创立大会通过。股份有限公司章程应当载明下列事项：①公司名称和住所；②公司经营范围；③公司设立方式；

④公司股份总数、每股金额和注册资本；⑤发起人的姓名或者名称、认购的股份数、出资方式和出资时间；⑥董事会的组成、职权、任期和议事规则；⑦公司法定代表人；⑧监事会的组成、职权、任期和议事规则；⑨公司利润分配办法；⑩公司的解散事由与清算办法；⑪公司的通知和公告办法；⑫股东大会会议认为需要规定的其他事项。

(5) 有公司名称，建立符合公司要求的组织机构。公司名称必须符合企业名称登记管理的有关规定，股份有限公司的名称还应标明"股份有限公司"字样；股份有限公司组织机构是股东大会、董事会、监事会和经理，对公司实行内部管理和对外代表公司。

(6) 有固定的生产经营场所和必要的生产经营条件。

(三) 设立程序

股份有限公司的设立程序因发起设立和募集设立的不同而有所区别，主要设立程序分为两种：

1. 发起设立程序

发起设立比较简单，不需要向社会公众募集股份，主要程序和有限责任公司设立程序基本相同：①发起人签定发起协议；②发起人制订公司章程；③发起人认缴股款；④选举董事会和监事会；⑤申请设立登记。

2. 募集设立程序

募集设立的程序稍显复杂。其基本程序为：①发起人签定发起协议；②发起人制订公司章程；③发起人认购部分股份；④公告招股说明书，并制作认股书；⑤呈报国务院证券监督管理部门核准；⑥公告和招募股份；⑦召集由认股人组成的创立大会；⑧申请设立登记。

三、股份有限公司的组织机构

(一) 股东大会

1. 股东大会的性质和职权

股份有限公司的股东大会是由全体股东组成的公司权力机构，是公司的意思决定机关，公司的其他机关都隶属或服从于股东大会。根据《公司法》第一百条规定，对于有限责任公司股东会职权的规定，适用于股份有限公司，即股份有限公司股东大会职权与有限责任公司股东会的职权相同。

2. 股东大会会议制度

(1) 股东大会的种类。股东大会按召开的期限和内容的不同，可分为定期会议和临时会议两类。

定期会议也称股东年会，主要决定股东大会职权范围内的例行重大事项，股东大会应当每年召开一次年会；临时会议也称特别会议，有下列情形之一的，应当在2个月内召开临时股东大会：①董事人数不足法定的人数或公司章程所定人数的2/3时；②公司未弥补的亏损达实收股本总额1/3时；③单独或合计持有公司股份10%以上股份的股东请求时；④董事会认为必要时；⑤监事会提议召开时；⑥公司章程规定的其他情形。

(2) 股东大会的召集和主持。股东大会会议由董事会召集，董事长主持；董事长不能履行职务或者不履行职务的，由副董事长主持；副董事长不能履行职务或者不履行职务的，由半数以上董事共同推举1名董事主持。董事会不能履行或者不履行召集股东大会会议职责的，监事会应当及时召集和主持；监事会不召集和主持的，连续90日以上单独或者合计持有公司10%以上股份的股东可以自行召集和主持。

(3) 股东大会的决议。股东投票实行一股一票原则，即股东出席股东大会，所持每1股份有一个表决权。但公司依法持有的本公司股份没有表决权。股东对股东大会决议事项的计票方式可分为直接投票制和累积投票制。

股东大会的决议均采用资本多数决原则，即决议必须由出席股东大会的代表表决权多数的股东通过方为有效。股东大会决议因其决议方法、程序的不同分为普通决议和特别决议。普通决议只须经出席会议的代表1/2以上表决权的股东通过即为有效，特别决议必须经出席股东大会的代表绝对多数表决权的股东通过方为有效，在我国绝对多数为2/3以上。

根据公司法规定，适用特别决议的事项主要有：①修改公司章程；②增加或者减少注册资本；③公司合并、分立、解散或者变更公司形式。即股东大会作出修改公司章程、增加或者减少注册资本的决议，以及公司合并、分立、解散或者变更公司形式的决议，必须经出席会议的股东所持表决权的2/3以上通过。此外，上市公司在1年内购买、出售重大资产或者担保金额超过公司资产总额30%的，也应当由股东大会以特别决议方式作出。

(二) 董事会和经理

1. 董事会的性质和组成

股份有限公司的董事会是由董事组成的股份有限公司的决策和管理机关，它对内管理内部事务，对外代表公司从事活动。董事会成员为5～19人，董事会设董事长1人，董事长是公司的法定代表人，可设副董事长1或2人，董事长和副董事长由董事会以全体董事的过半数选举产生。

2. 董事会的职权

股份有限公司董事会行使下列职权：①负责召集股东大会，并向股东大会报告工作；②执行股东大会的决议；③决定公司的经营计划和投资方案；④制订公司的年度财务预算方案、决算方案；⑤制订公司的利润分配方案和弥补亏损方案；⑥制订公司增加或者减少注册资本的方案以及发行公司债券的方案；⑦拟订公司合并、分立、解散的方案；⑧决定公司内部管理机构的设置；⑨聘任或者解聘公司经理，根据经理的提名，聘任或者解聘公司副经理，财务负责人，决定其报酬事项；⑩制定公司的基本管理制度。董事会作为公司代理人，在行使职权的同时，不得从事公司业务活动范围以外的活动，不能超越公司章程授予的具体权限范围。

3. 董事会会议

董事会职权主要通过董事会会议形成决议的方式体现。董事会会议每年度至少召开 2 次，每次会议应当于会议召开 10 日前通知全体董事和监事；董事长应当自接到提议后 10 日内，召集和主持董事会会议，董事会会议应有过半数的董事出席方可举行。董事会作出决议，必须经全体董事的过半数通过；董事会应当对会议所议事项的决定作成会议记录，出席会议的董事应当在会议记录上签名；代表 1/10 以上表决权的股东、1/3 以上董事或者监事会，可以提议召开董事会临时会议；董事会召开临时会议，可以另定召集董事会的通知方式和通知时限。

4. 经理

股份有限公司必须设经理，由董事会聘任或解聘，对董事会负责。董事会也可以决定由董事会成员兼任经理。经理职权适用有限责任公司的规定。经理作为公司业务的具体执行者，列席董事会会议。

(三) 监事会

1. 监事会性质与职权

监事会是股份有限公司的必设机构，对股东大会负责。监事会不参与公司业务决策和具体管理，对外也不代表公司。其职权主要包括：①检查公司财务；②对董事、经理执行公司职务时违反法律、法规或者公司章程的行为进行监督；③当董事和经理的行为损害公司利益时，要求董事和经理予以纠正；④提议召开临时股东大会；⑤公司章程规定的其他职权。

2. 监事会的组成

监事会应当包括股东代表和适当比例的公司职工代表，其中职工代表的比例不得低于 1/3。监事会中的职工代表由公司职工通过职工代表大会、职工大会或者其他形式民主选举产生。监事会设主席 1 人，可以设副主席。监事会主席和副主席由全体监事过半数选举产生。监事会主席召集和主持监事会会议，监事会主席不能履行职务或者不履行职务的，由监事会副主席召集和主持监事会会议；监事会副主席不能履行职务或者不履行职务的，由半数以上监事共同推举 1 名监事召集和主持监事会会议。

3. 监事会会议与决议

监事会每 6 个月至少召开 1 次会议，监事可以提议召开临时监事会会议。监事会的议事方式和表决程序，除本法有规定的外，由公司章程规定。监事会决议应当经半数以上监事通过。监事会应当对所议事项的决定作成会议记录，出席会议的监事应当在会议记录上签名。

四、股份的发行和转让

(一) 股份与股票

股份是构成公司全部资本的最基本的计量单位，是股东权利、义务产生的根据。股份表现为证券的形式就是股票，它是股份有限公司签发的证明股东所持股份的凭证。股份根据不同标准可以进行不同分类：

(1) 根据股份是否标明股东姓名，分为记名股与无记名股。公司向发起人、国家授权投资的机构、法人发行的股票，应当为记名股票；对社会公众发行的股票，可以为记名股票，也可以为无记名股票。公司发行记名股票，应当备置股东名册。

(2) 根据股东的权利，分为普通股和优先股。普通股是股东享有平等权利的股份，也是最基本的股份；优先股是比普通股享有优先权的股份，其预定的优先股股息率一般高于企业债券的利率，分配顺序优先于普通股。发行优先股的目的是为了吸引保守的投资者。

(3) 根据投资主体不同，我国公司设置国家股、法人股、个人股和外资股。国家股为有权代表国家投资的部门机构以国有资产向公司投资形成的股份，国家股不允许自由买卖和流通；法人股为企业法人以其依法可支配的资产投入公司形成的股份，或具有法人资格的事业单位和社会团体以国家允许其用于经营的资产向公司投资形成的股份；个人股是个人以合法财产投入公司形成的股份；外资股是指外国和港澳台地区的企业、其他组织或个人向准许外商投资的公司投资而形成的股份，分为人民币特种股(B 股)和境外上市外资股(H 股、N 股、S 股)两种。

(4) 根据股份发行的先后，可分为原始股和新股。

(二) 股份发行

股份发行，是指股份有限公司以募集资本为目的，分配或出售公司股份的行为，由于股份有限公司股份采取股票的形式，股份发行在形式上即为股票发行。

(1) 股份发行原则。股份发行实行公开、公平、公正的原则，必须同股同权、同股同利。同次发行的股票，每股发行条件和价格应当相同。任何单位或者个人所认购的股份，每股应当支付相同价格。

（2）股票发行价格。股票发行价格可以按票面金额，也可以超过票面金额，但不得低于票面金额。以超过票面金额为股票发行价格的须经国务院证券管理部门批准，以超过票面金额发行股票所得溢价款列入公司资本公积金。

（3）股票的形式。股票采用纸面形式或者国务院证券管理部门规定的其他形式。股票应当载明下列主要事项：公司名称；公司登记成立的日期；股票种类、票面金额及代表的股份数；股票的编号。股票由董事长签名、公司盖章。发起人的股票应当标明发起人股票字样，股份有限公司登记后即向股东正式交付股票。

（4）新股的发行。公司发行新股，必须满足下列条件：①前一次发行的股份已募足，并间隔1年以上；②公司在最近3年内连续盈利，并可向股东支付股利(公司以当年利润分派新股除外)；③公司在最近3年内财务会计文件无虚假记载；④公司预期利润率可达到同期银行存款利率。

（三）股份转让

股份转让，是指以转移股票所有权而转移股东权利的法律行为。股份转让自由是股东权的重要内容和股份公司的本质属性。

（1）股份转让的方式。股东转让其股份必须在依法设立的证券交易所进行。记名股票由股东以背书方式或者法律、行政法规规定的其他方式转让，转让后由公司将受让人的姓名或者名称及住所记载于股东名册；无记名股票转让由股东将该股票交付给受让人后即发生转让的效力。

（2）股份转让的限制。①发起人持有本公司股份，自公司成立之日起3年内不得转让；②公司董事、经理、监事持有本公司股份，在任职期间内不得转让；③国家授权投资的机构转让其持有的股份，应遵守相应法律、法规规定的程序和条件；④公司不得收购本公司的股票，但为减少公司资本而注销股份或者与持有本公司股票的其他公司合并时除外。

导入案例分析

这是一起讨论股份有限公司设立条件和是否合法问题的案例。(1)根据《公司法》第七十八条规定，股份有限公司的设立，可以采取发起设立或者募集设立的方式。发起设立是指由发起人认购公司应发行的全部股份而设立公司。本案中，甲以现金出资250万元、乙以非货币财产出资150万元，共同认购了公司发行的全部股份，采用了发起设立的方式。《公司法》第七十九条规定，设立股份有限公司的发起人，必须是2人以上200人以下，其中须有半数以上的发起人在中国境内有住所。本案中，甲、乙两家是国内化工企业，符合发起人的最低下限要求，可以共同发起设立股份有限公司。(2)在公司章程中，下列条款内容不符合法律规定：①公司注册资本为400万元的条款不合法。股份有限公司注册资本的最低限额应为500万元；②甲企业首次缴付出资额和资本交付期限不合法。对于采用发起设立的股份有限公司，公司全体发起人的首次出资额不能低于注册资本的20%，其余部分由发起人自公司成立之日起2年内缴清。③首先，乙的出资方式不合法。乙可以土地使用权、厂房及机器设备等非货币财产出资，但必须办理财产转移手续；其次，以技术工人劳务出资不合法。发起人可以用货币或者实物、土地使用权、知识产权等非财产货币出资，但因劳务难以估价，具有人身属性且无法转让，因此不能作为非货币财产出资。

实践思考题

(1) 试述我国新公司法的修订背景及其重大创新。

(2) 简述公司设立方式以及登记程序。

(3) 简述公司章程的内容及其效力。

(4) 论述公司合并、分立与变更及其法律效果。

(5) 论述公司解散及其清算程序。

(6) 论述公司法人人格否认制度及其条件。

(7) 论述股份有限公司的股份发行和转让。

案例实务训练

(1) 某市甲、乙、丙三企业经协商决定共同投资设立一家从事日化生产的公司，三企业订立了发起人协议，部分内容如下：公司组织形式为有限责任公司，公司名称为光华实业公司；公司注册资本150万元，甲出资70万元、乙出资30万元、丙出资50万元(其中以非专利技术出资折价36万元)；委托甲办理公司设立的申请登记手续。甲到当地工商行政管理局申请公司设立登记，工商行政管理局指出申请人在公司名称、出资方面的不合法之处，甲与乙、丙商妥后均予以更正。2009年5月，光华公司拟与美国丁公司在本市投资设立一家中外合资经营企业，初步达成如下协议：合资企业注册资本200万元，光华公司以现金及实物出资160万元，丁公司出资折合人民币40万元；双方各派一名代表组建董事会。2010年10月，光华公司发生严重财务危机，为此，董事会决定解散公司。

问题：本案有哪些不符合法律规定的地方？请说明理由。

(2) 2010年9月，某市A房地产开发有限责任公司与其他六家国内企业共同筹划建立振龙开发股份有限公司，资本总额为1200万元，七家发起企业认购500万元股份，其余700万元向社会公开募集股份。同年10月，发起企业认足500万元股份，其出资方式有现金、厂房、设备、土地使用权等。由于发起人投资的厂房需装修，由发行人共同协商成立的振龙公司筹建处向 B 装潢公司洽购了一批总计人民币 100 万元的装饰材料，双方商定振龙公司一经成立即向 B 公司一次性付清全部货款。一周后，B 公司按约将货物运至筹建处指定仓库。在筹建各项准备工作均已完成情况下，经国务院证券监督管理机构批准，A 公司等七家发起企业在当地报纸上发布招股说明书，进行公开募股。但 4 个月募股期限后仅募集到 620 万元，公司无法成立。B 公司向 A 公司等七家发起企业要求偿付装饰材料及办公用品货款 100 万元，七家企业以种种理由拒付货款，B 公司遂以七家企业为被告向当地人民法院提起诉讼。

问题：(1)振龙公司以募集方式设立是否符合《公司法》的有关规定？为什么？(2)A 公司等七家发起企业认购股份比例是否符合《公司法》有关规定？为什么？(3)振龙公司在筹建期间是否可以对外发生法律关系？为什么？(4)振龙公司在筹建期间所欠 B 装潢公司的 100 万元货款应由谁承担偿还责任？为什么？

第四章

企业破产法

教学目的及要求：通过学习，使学生了解企业破产意义，理解企业破产适用范围和破产条件，掌握重整、和解、清算制度以及破产财产、破产债权构成范围，熟悉破产清算基本程序。

教学组织与设计：以课堂讲授、案例分析、课堂提问和讨论并重，采取引导式、列举式教学，同时可通过课后调查、法庭旁听相结合方式，提高学生处理破产法律事务的水平和能力。

学习重点和难点：破产界限、债务人财产、破产费用和共益债务清偿、债权申报、重整与和解、破产程序、破产清算规则以及破产财产变价和分配。

导入案例

某国有企业因经营管理不善造成严重亏损，企业实有资产 500 万元，所欠外债 800 万元。一债权人以该企业资不抵债为由，向居住所在地人民法院提出破产申请。法院在受理该案后第 15 日向已知的债权人发出通知，并在第 30 日发出公告；债权人 A、B 分别在收到通知第 15 日时和 35 日后向法院申报债权，债权人 C、D 没有收到通知，分别于公告之日后两个月和三个半月向法院申报债权，而债权人 E 一直没有申报债权。债务人于法院受理该案三个半月时向法院提出和解整顿申请，请求在三年时间内进行企业整顿以清偿债务，避免破产。

问题：本案有哪些做法不符合《企业破产法》的规定？

第一节　企业破产法概述

一、破产概念和特征

"破产"有多种不同的含义，就一般意义而言，破产是指债务人不能清偿债务的事实状态，即事实上的破产；而法律意义上的破产，通常是指企业不能清偿到期债务，并且资产不足以清偿全部债务或者明显缺乏清偿能力时，由法院依法定程序宣告其破产，并通过对债务人全部财产强制管理和变价使债权人得到公平清偿，或通过和解与重整使债务人恢复企业再建的一种特殊法律制度。这一概念表明破产具有以下特征：

(1) 破产是一种特殊的偿债手段。与一般偿债不同，破产还债是通过消灭债务人的主体资格来实现的，即债务人以全部资产向债权人清偿后就丧失主体资格；而一般的债务履行行为则不会消灭债务人主体资格。

(2) 破产适用的前提是债务人不能清偿到期债务。不能清偿到期债务的原因，可能是资不抵债，也可能是债务人资产虽大于债务，只有通过破产程序维护多数债权人利益。

(3) 破产的主要目的在于使债权人获得公平清偿。债务人不能清偿到期债务，如只有一个债权人，适用民事诉讼的强制执行程序即可满足债权人的债权目的。如有多个债权人，且债务人的资产不足以清偿所有债权人的债务时，则需适用破产程序，按清偿顺位和比例将债务人所有财产公平合理地分配给债权人。

(4) 破产是一种特殊的执行法程序。适用破产程序后，必须受法院的概括性执行程序所支配，破产的申请、受理、审理和执行都须在法院的介入和主持下进行，即破产是通过国家司法强制力实施的。

二、企业破产法的概念和特点

(一) 企业破产法的概念

破产法是商品经济社会法律体系的重要组成部分。实质意义上的企业破产法，是关于调整企业破产关系的法律规定的总称，主要表现为法律、行政法规以及行政规章等多种法律形式；形式意义上的企业破产法，专指 2006 年 8 月 27 日我国第十届全国人大常委会第二十三次会议通过的《中华人民共和国企业破产法》，该法自 2007 年 6 月 1 日起施行，1986 年 12 月全国人大常委会通过的《中华人民共和国企业破产法(试行)》同时废止。

《企业破产法》共分十二章一百三十六条，分别为总则、申请和受理、管理人、债务人财产、破产费用和共益债务、债权申报、债权人会议、重整、和解、破产清算、法律责任、附则。该法的内容创新和重大突破主要表现在以下方面：适用范围扩大到所有企业法人、对所有企业法人适用统一的破产原因、增加管理人制度、新增了重整制度、首次规定了金融机构的破产事宜、增加了域外效力的规定、增加了债权人委员会制度、完善了破产清算制度等。

(二) 企业破产法的特点

1. 破产法具有综合性质

破产法要解决债务人无力偿债，特别是企业无力偿债问题，就要涉及多种社会关系和多方利益诉求，同时也关系到经济发展和社会的安定，要实现多重价值目标，就需要运用多种法律机制进行综合调整，破产法规范类型的综合性，决定了其作用的多重性。

2. 破产法是特别法

破产法是以无力偿债事件为对象，依据特定政策目标而制定的法律规范，要在基本概念和法律原则上与普通法保持一致。同时破产法又必须有不同于普通法的特殊规则，并在处理破产案件处于优先适用的地位。

3. 破产法具有强制性与灵活性

破产法实施必须遵循的基本指导思想，是公平而妥善地处理无力偿债情况下的债务清偿问题，该法允许当事人自行协商解决，且鼓励当事人通过谈判和妥协协商解决，但需严格遵守破产法程序规则，此强制性是维护公平清偿秩序的保障。

三、《企业破产法》的适用范围

我国现行的破产法律和法规并非单纯的债务清偿法，一方面通过和解、重整等企业拯救制度避免债务人破产，使债务人经营条件得以重生，为债权人利益实现提供更为有利的条件；另一方面通过破产清算，淘汰无法挽救的企业，将其现有财产用于对债权人的公平分配。

《企业破产法》第二条规定，企业法人不能清偿到期债务，并且资产不足以清偿全部债务或者明显缺乏清偿能力的，依照本法规定清理债务；第一百三十五条规定，其他法律规定企业法人以外的组织的清算，属于破产清算的，参照适用本法规定的程序。可见，《企业破产法》适用所有的企业法人，包括国有企业、集体所有制企业、非公有制企业、"三资企业"等具有法人资格的企业。无论是有限责任公司还是股份有限公司，上市公司还是非上市公司，甚至还包括商业银行、证券公司、保险公司等金融机构(须取得国务院金融监督管理机构许可)，其破产程序都适用该法。

第二节 破产申请与受理

一、破产原因

破产原因也称为破产界限，是指人民法院进行破产宣告所依据的特定法律事实，也就是破产宣告的法律标准。破产原因是启动破产程序和宣告破产的前提，是判断能否作出破产宣告、重整、和解等裁定的法律依据。

破产原因直接涉及债务人和债权人甚至社会整体利益，已成为各国破产法最基本、最重要内容之一。《企业破产法》第二条规定了两个破产原因。一是规定企业法人不能清偿到期债务，并且资产不足以清偿全部债务，这主要适用于债务人自己申请破产的情况。二是规定企业法人不能清偿到期债务，并且明显缺乏清偿能力的，这主要适用于债权人申请破产的情况。

二、破产申请、形式和效果

(一) 破产申请

破产申请是破产申请人请求人民法院受理破产案件的意思表示，是破产请求权的具体行使。在我国，破产程序的开始不以破产申请为准而是以破产案件受理为准。因此，破产申请的提出不是破产程序开始的标志，而是破产程序开始的准备阶段和前提条件。

破产申请人是与破产案件有利害关系、依法具有破产申请资格的民事主体。并非所有与破产案件有利害关系的人都具有破产申请资格。《企业破产法》第七条规定表明，有权提出破产申请的主体包括：债务人、债权人和清算人。

根据我国现行法律规定，只有当债务人不能清偿到期债务，并且资产不足以清偿全部债务或者明显缺乏清偿能力的，债务人可向人民法院提出破产重整申请、破产和解申请或破产清算申请；债权人则可向人民法院提出破产重整申请或破产清算申请，但不能提出破产和解申请；清算人应当在企业法人已解散但未清算或者未清算完毕，资产不足以清偿债务时向人民法院申请破产清算。

(二) 破产申请形式

债务人、债权人以及对企业负有清算责任的人向人民法院提出破产申请，应当提交破产申请书和有关证证据。其中；债权人提出破产申请时，应当提交债权债务关系证明以及债务人不能清偿到期债务的有关证据；债务人提出破产申请时，应当提交其存在破产原因的证据，还应当向人民法院提交财产状况说明、债务清册、债权清册、有关财务会计报告、职工安置预案以及职工工资的支付和社会保险费用的缴纳情况。

(三) 破产申请效果

1. 对撤回破产申请的限制

申请人提出破产申请后，可在人民法院受理破产案件前请求撤回。是否准许，由人民法院决定。经人民法院准许撤回破产申请的，申请人可再次提出破产申请；人民法院受理破产案件后，因破产程序是涉及众多当事人利益的集体受偿程序，只有具备法定事由时才可予以终止，而申请人请求撤回破产申请不是破产程序终止的法定事由，故在人民法院受理破产案件后，申请人不得撤回破产申请。

2. 诉讼时效中断

债权人提出破产申请，具有请求人民法院保护其民事权利的性质。债务人提出破产申请，具有承认一般债务的性质。根据《民法通则》第一百四十条规定，破产申请具有中断诉讼时效的效力。债权人申请破产，诉讼时效中断的效力仅及于申请人的请求权；债务人申请破产，诉讼时效中断的效力及于申请人当时已有的所有债权人的请求权。

三、破产申请受理

(一) 破产申请受理概念及条件

破产申请的受理，又称为破产案件的受理或立案，是指人民法院经审查认为破产申请符合法定条件而予以接受并开始破产程序的司法行为。破产案件的受理是破产程序开始的标志。

我国破产法程序开始制度，对于破产申请实行的是审查受理制而非当然受理制。人民法院收到破产申请后，应当在法定期限内对破产申请进行形式审查和实质审查。形式审查内容主要包括：申请人是否属于破产申请的主体、破产申请是否向有管辖权的人民法院提出、是否以书面形式提出破产申请及其他材料是否齐备、是否预交了破产费用等；实质审查即审查破产原因是否存在，这是启动破产程序的前提条件和根本原因，如不具备破产原因，则不能对其实施破产。

(二) 破产申请受理程序

债权人提出破产申请的，人民法院应当自收到申请之日起 5 日内通知债务人。债务人对申请有异议的，可在收到人民法院的通知之日起 7 日内向法院提出。法院在异议期满之日起 10 日内应裁定是否受理。除上述规定外，人民法院在收到破产申请之日起 15 日内裁定是否受理。

人民法院受理破产申请的，在裁定作出之日起 5 日内送达申请人。经裁定不受理破产申请的，在裁定作出之日起 5 日内送达申请人并说明理由，申请人对裁定不服的，可在裁定送达之日起 10 内向上一级人民法院提起上诉。人民法院受理破产申请后至破产宣告前，经审查发现不符合法定受理条件的则应驳回破产申请。申请人对驳回破产申请裁定不服的，可在裁定送达之日起 10 日内向上一级人民法院提起上诉。法院应当自裁定受理破产申请之日起 25 日内通知已知债权人，并予以公告。

(三) 破产申请受理的效力

人民法院受理破产申请，标志着破产程序的开始。破产申请受理的法律效力表现为：①债务人负有财产保全义务、说明义务和提交义务；②债务人对个别债权人实施的清偿行为无效；③有关债务人财产保全措施应当解除；④中止对债务人财产的执行程序；⑤中止已开始而尚未终结的有关债务人的民事诉讼或仲裁；⑥债权人不得优先行使担保债权；⑦债务人须妥善保管其占有管理的所有财产、印章和账簿文书等资料；⑧债务人开户银行具有协助义务；⑨债务人企业职工须履行保护企业财产的义务；⑩排斥其他法院对新诉讼案件的管辖。

第三节　破产管理人

一、管理人的概念和特征

(一) 管理人的概念

管理人也称为破产管理人，是指在破产程序中依法成立的，负责债务人财产的清理、保管、估价、处理、分配、业务经营以及破产方案拟定和执行的专门机构。自破产宣告开始到破产程序的终止，所有有关破产的管理和处分都要经过破产管理人。

破产管理人制度是《企业破产法》新增加的一项制度。破产管理人是由人民法院指定成立的独立于债权人和债务人的专门机构，是为债权人和债务人双方利益进行活动的，要接受债权人会议和债权人委员会的监督。在破产程序进行过程中，管理人具有法定职权，通过对债务人财产清理、保管、估价、处理和分配，以及在特定情况下的重整与和解，一方面形成我国破产程序管理中的管理人中心主义的结构模式，另一方面又要综合平衡债权人、债务人和社会整体利益。当管理人行为损害债权人或债务人合法权益时则要承担相应法律责任。

(二) 管理人的特征

1. 独立性

管理人具有独立性，是指在破产程序进行中，任何一方利害关系人都不适宜出任管理人，管理人须是一个独立机构且不受任何干预。管理人和债务人、债权人之间不应具有利害关系，管理人报酬由人民法院决定。

2. 专业性

《企业破产法》规定管理人由有关部门、机构的人员组成的清算组或者依法设立的律师事务所、会计师事务所、破产清算事务所等社会中介机构以及具备相关专业知识并取得执业资格的人员担任，从而提高破产清算效率，降低破产费用。

3. 全程参与性

破产程序启动后，破产人财产就应由人民法院指定的管理人管理和处分，以防止债务人转移财产或者造成损失浪费而损害债权人利益。

4. 职责明确性

管理人依照法定职责，负责管理债务人全部财产以及对财产进行清算、估价、变价等工作，并且接受债权人会议和债权委员会监督。如管理人因故意或者重大过失给当事人造成损失的，依法承担赔偿责任，构成犯罪的，应依法追究其刑事责任。

二、管理人的选任方式和条件

(一) 管理人的选任方式

世界各国破产法关于管理人选任方式，主要分为法院指定、债权人会议选任、债权人会议选任和法院指定相结合三种立法模式。《企业破产法》对管理人采取人民法院指定的立法模式，但并非完全由法院决定，而是赋予债权人会议一定的否决权。首先，管理人由人民法院指定。其指定的管理人应当依照《企业破产法》规定行使权利和承担责任，在执行职务时向人民法院负责。如管理人违反其法律职责，人民法院则有权解除其管理人身份而另行指定管理人。其次，债权人会议可申请人民法院更换管理人。如债权人会议认为法院指定的管理人不能依法、公正执行职务或者有其他不能胜任职务情形的，可以申请人民法院予以更换。

我国人民法院对管理人采取的是管理人名册制度，即人民法院在辖区内对符合担任管理人的中介机构或具有专业执业资格的个人，建立管理人名册，由人民法院在审理破产案件时在名册中具体指定管理人。管理人名册相当于其资质，管理人名册以外的中介机构或者个人，除法律规定的特殊情况外，不得担任管理人。最高人民法院出台的司法解释《关于审理企业破产案件指定管理人的规定规定》规定了一整套关于管理人名册建立、管理和调整的制度，完善了《企业破产法》管理人制度的规定。

(二) 管理人的选任条件

管理人选任条件可分为积极条件和消极条件。积极条件是指符合何种资格的人可以担任管理人，消极条件是指何种人不能够担任管理人。

1. 积极条件

一是自然人担任管理人积极条件。①具有相关专业知识并且取得专业执业资格。如取得律师执业资格、注册会计师执业资格、破产清算师执业资格等。②取得专业执业资格的自然人应有其所属的社会中介机构。如属于律师事务所、会计师事务所、破产清算事务所成员等。③应当参加职业责任保险。自然人作为管理人时，应当参加职业责任保险，以保证对管理人违法失职行为的法律责任追究。

二是清算组或是社会中介机构担任管理人积极条件。必须是由有关部门机构组成的清算组，或者是依法设立的律师事务所、会计师事务所、破产清算事务所等社会中介机构。

2. 消极条件

自然人、社会中介机构具有下列情形之一的，不得担任管理人：①因故意犯罪受过刑事处罚；如因过失犯罪而受到刑事处罚的，不在此范围之列。②曾被吊销相关专业执业证书；律师、注册会计师因违反有关规定被吊销执业证书，则不得担任管理人。③与本案有利害关系；破产案件中债务人的债权人、债务人、担保人等利害关系人，均不能够担任管理人。④人民法院认为不宜担任管理人的其他情形。此项规定主要是赋予法院对有关部门机构的人员、构成的清算组成员或者是中介机构中已经有执业资格的人担任管理人，因职业道德、诚信和身体健康等方面问题给予一定的限制。

三、管理人的指定和更换

(一) 管理人的选择

《企业破产法》第二十四条规定："管理人可以由有关部门、机构的人员组成的清算组或者依法设立的律师事务所、会计师事务所、破产清算事务所等社会中介机构担任。人民法院根据债务人的实际情况，可以在征询有关社会中介机构的意见后，指定该机构具备相关专业知识并取得执业资格的人员担任管理人。"可见，管理人可以是法人、自然人或其他组织。

根据最高人民法院《关于审理企业破产案件指定管理人的规定》第十六条、十七条和第十八条的规定，受理破产案件的人民法院，一般应指定管理人名册中的社会中介机构担任管理人；对于资产处置简单的破产案件，可指定自然人担任管理人；对于特殊类型的破产案件，可指定清算组担任管理人。

(二) 管理人的更换

债权人会议在法定条件下，可以要求更换人民法院指定的管理人。人民法院指定管理人后，因管理人存在法定事由时，也可以依职权主动更换。更换管理人是债权人会议程序性权利，应当根据债权人会议决议向人民法院提交更换申请并说明理由。申请理由成立的，人民法院应当决定更换管理人；申请理由不成立的，可不予更换。

根据《最高人民法院关于审理企业破产案件指定管理人的规定》，中介机构和清算组成员有下列情形之一的，人民法院可根据债权人会议申请或依职权更换管理人：①执业许可证或者营业执照被吊销或者注销；②出现解散、破产事由或者丧失承担执业责任风险的能力；③与本案有利害关系；④履行职务时，因故意或者重大过失导致债权人利益受到损害；⑤有重大债务纠纷或者因涉嫌违法行为正被相关部门调查的。

个人管理人有下列情形之一的，人民法院可根据债权人会议申请或依职权更换管理人：①执业资格被取消、吊销；②与本案有利害关系；③履行职务时，因故意或者重大过失导致债权人利益受到损害；④失踪、死亡或者丧失民事行为能力；⑤因健康原因无法履行职务；⑥执业责任保险失效；⑦有重大债务纠纷或者因涉嫌违法行为正被相关部门调查的。

第四节　债务人财产

一、债务人财产的概念和范围

(一) 债务人财产的概念

债务人财产是《企业破产法》新增的概念，是指破产申请受理时属于债务人的全部财产，以及破产申请受理后至破产程序终结前债务人取得的财产。在破产法中，"债务人财产"与"破产财产"概念不同。后者是指在破产过程中扣押的，由管理人依照破产程序分配给债权人的全部财产。破产法对债务人财产实行全程化统一管理，并尽可能提供企业拯救机会，即使是被申请破产清算的案件，受理后也存在重整或和解可能性。在破产宣告前，债务人的财产管理均因服从于债务清理和企业拯救的目的，企业破产宣告后，债务人财产才成为以清算分配为目的的破产财产。

(二) 债务人财产的范围

根据《企业破产法》规定，破产申请受理时属于债务人的全部财产，以及破产申请受理后至破产程序终结前债务人取得的财产，属于债务人财产。其范围主要包括：

(1) 破产申请受理时属于债务人的全部财产。从广义上来讲，主要包括以下情形：①有形财产、无形财产、货币和有价证券、投资权益和债权。其中，无形财产包括土地使用权、知识产权、专有技术、特许经营权等；②未成为担保物的财产和已成为担保物的财产；③位于中华人民共和国境内的财产和位于中华人民共和国境外的财产。

(2) 破产申请受理后至破产程序终结前债务人取得的财产。主要包括以下情形：①破产程序开始后债务人财产的增值，包括孳息、经营收益和其他所得；②破产程序开始后收回的财产，如追收的债款、追回的被侵占财产、接受返还的财产等；③债务人的出资人在尚未完全履行出资义务情况下补交的出资款。

二、撤销权和追回权

(一) 撤销权

撤销权，是指因债务人实施的减少其财产的行为危机债权人的债权时，管理人可请求人民法院依法撤销该行为的权利。

《企业破产法》第三十一条规定了一般撤销权：人民法院受理破产申请前 1 年内，涉及债务人财产的下列行为，管理人有权请求人民法院予以撤销：①无偿转让财产的行为；②以明显不合理的价格进行交易的行为；③对没有财产担保的债务提供财产担保的行为；④对未到期的债务提前清偿的行为；⑤放弃债权的行为。这里应明确，行使一般撤销权应由管理人向人民法院提出请求，其他任何人不得行使此权利；可撤销的行为是自人民法院受理破产申请前 1 年内发生的行为，超过 1 年的，即使发生上述行为，也不属于可撤销的行为。

《企业破产法》第三十二条规定了特殊撤销权：人民法院受理破产申请前 6 个月内，债务人不能清偿到期债务，并且资产不足以清偿全部债务或者明显缺乏清偿能力的，仍对个别债权人进行清偿的，管理人有权请求人民法院予以撤销。但是，个别清偿使债务人财产受益的除外。但在破产程序开始前，债务人从事正常经营时不免会发生债务清偿，即"使债务人财产受益的个别清偿受到法律保护，"使债务人财产受益"是指给债务人财产带来相应利益。比如为维持企业经营支付电费、通信费，为购买维持生产所需原材料而支付货款，为对外追索债务而支付律师费等。

(二) 追回权

追回权是指破产企业高级管理人员利用职权获取非正常收入或侵占企业财产时，管理人可依法追回财产的权利。

《企业破产法》第三十六条规定，债务人的董事、监事和高级管理人员利用职权从企业获取的非正常收入和侵占的企业财产，管理人应当追回。此规定是针对我国企业，特别是国有企业管理层在企业处于困境时仍领取高额薪金所作的规定，目的在于遏制企业高层管理人员不正当自利行为，以维护企业利益和改善法人治理。

三、取回权和抵销权

(一) 取回权

取回权，是指相关权利人从管理人接管的财产中取回不属于债务人的财产的权利。

《企业破产法》第三十八条规定了一般取回权：人民法院受理破产申请后，债务人占有的不属于债务人的财产，该财产的权利人可以通过管理人取回。但是，本法另有规定的除外。实践中，作为取回权标的物的"不属于债务人财产"主要包括两项：①债务人合法占有的他人财产。包括共有财产、委托管理的财产、租赁财产、借用财产、加工承揽财产、寄存财产、寄售财产以及基于其他法律关系由债务人占但未转移所有权的他人财产。②债务人不法占有的他人财产。如非法侵占的财产、受领他人基于错误所为之给付而取得的财产、债务人据为己有的他人遗失财产等。

《企业破产法》第三十九规定了特殊取回权：人民法院受理破产申请时，出卖人已将买卖标的物向作为买受人的债务人发运，债务人尚未收到且未付清全部价款的，出卖人可以取回在运途中的标的物。但是，管理人可以支付全部价款，请求出卖人交付标的物。原则上规定出卖人可以取回，但管理人支付全部价款时，出卖人不得再行使取回权。管理人行使该权利，应考虑有利于债务人财产价值最大化，并依法及时报告债权人委员会。

(二) 抵销权

抵销权是指破产债权人和债务人在破产宣告前，互负债务又互享债权的，无论债的种类和清偿时间，在清算分配前各自以债权抵销对方所负债务的权利。

根据《企业破产法》规定，破产抵销权的行使应当符合以下条件：①债权人对债务人负有债务，且所负债务产生于破产申请受理之前；②抵销权只能由债权人行使，并由债权人向管理人明确提出；③抵销权的行使应以债权申报为必要。

《企业破产法》第四十条规定了不适用破产抵销的三种情形：①债务人的债务人在破产申请受理后取得他人对债务人的债权，不得用于抵销。②债权人已知债务人有不能清偿到期债务或者破产申请的事实，而对债务人负担的债务，不得抵销。但是，债权人因为法律规定或者有破产申请1年前所发生的原因而负担债务的除外。③债务人的债务人已知债务人有不能清偿到期债务或者破产申请的事实，而对债务人取得的债权，不得抵销。但是，债务人的债务人因为法律规定或者有破产申请1年前所发生的原因而取得债权的除外。

第五节　破产费用和共益债务

一、破产费用和共益债务范围

(一) 破产费用

破产费用，是指破产程序开始后，为破产程序顺利进行以及全体债权人的共同利益而从债务人财产中优先支付的费用。

《企业破产法》第四十一条规定：人民法院受理破产申请后发生的下列费用，为破产费用：①破产案件的诉讼费用；②管理、变价和分配债务人财产的费用；③管理人执行职务的费用、报酬和聘用工作人员的费用。

(二) 共益债务

共益债务也称为财团债务，是指破产程序中为全体债权人的共同利益而管理、变价和分配破产财产而负担的债务。与之相对应的权利为共益债权。

《企业破产法》第四十二条规定：人民法院受理破产申请后发生的下列债务，为共益债务：①因管理人或者债务人请求对方当事人履行双方均未履行完毕的合同所产生的债务；②债务人财产受无因管理所产生的债务；③因债务人不当得利所产生的债务；④为债务人继续营业而应支付的劳动报酬和社会保险费用以及由此产生的其他债务；⑤管理人或者相关人员执行职务致人损害所产生的债务；⑥债务人财产致人损害所产生的债务。

二、破产费用和共益债务清偿

根据《企业破产法》第四十三条规定，破产费用和共益债务的清偿，可采用以下原则：

(1) 随时清偿。破产费用和共益债务由债务人财产随时清偿，在债务人财产足以清偿破产费用和共益债务时，两者清偿顺序不分先后。

(2) 破产费用优先清偿。在债务人财产不足以清偿所有破产费用和共益债务的情况下，先行清偿破产费用。

(3) 按比例清偿。债务人财产不足以清偿所有破产费用或者共益债务的，按照比例清偿。

(4) 不足清偿时的终结程序。债务人财产不足以清偿破产费用的，管理人应当提请人民法院终结破产程序，人民法院应当自收到请求之日起 15 日内裁定终结破产程序，并予以公告；如果此时尚未宣告债务人破产，则无须再宣告。

第六节 破产债权

一、债权申报范围

债权申报是指债权人在破产程序开始后，向人民法院指定的机关呈报债权，以明确其依据破产程序获得债务清偿的意思表示。债权申报是债权人参加破产程序并行使程序权利的前提。根据我国立法和实践，债权申报的范围须符合以下两种类型的规定。

(一) 一般规定的债权

(1) 须为以财产给付为内容的请求权。给付标的为劳务或者不作为的请求权不能申报，但因其不履行或者不适当履行产生的赔偿请求权，为可申报债权。

(2) 须为以债务人财产为受偿基础的请求权。此处的债务人财产是受破产程序拘束的财产，至于请求权所指向的财产是债务人一般财产还是特定财产，不影响申报资格；有财产担保的债权和无财产担保的债权均在申报之列。

(3) 须为人民法院受理破产申请前对债务人享有的债权。债权到期期限不影响申报资格；未到期债权在破产案件受理时视为已到期。

(4) 须为平等民事主体之间的请求权。对债务人的财产性行政处罚不得申报，但在破产程序终结后，如债务人因重整或和解继续存续，处罚机关可视情况决定是否执行原处罚决定。

(5) 须为合法有效的债权。由此排斥以下债权申报：①存在合同法或者其他法律规定无效原因的债权；②诉讼时效已经届满的债权；③无证据或者证据虚假的债权、有相反证据被证明为虚假的债权。

(二) 特别规定的债权

(1) 职工债权。债务人所欠职工工资和医疗、伤残补助、抚恤费用，所欠的应当划入职工个人账户的基本养老保险、基本医疗保险费用，以及法律、行政法规规定应当支付给职工的补偿金，职工不必申报。由管理人调查后列出清单并予公示，职工对清单记载有异议的可要求管理人更正。

(2) 利息请求权。附利息的债权自破产申请受理时起停止计息，破产申请受理前的利息随本金一同申报。

(3) 待定债权。又称"或然债权"，是指其效力有待确定的债权，包括附条件、附期限债权以及诉讼、仲裁未决债权，这些债权可以申报但须说明其待定状况。

(4) 连带债权。连带债权人可由其中一人代表全体连带债权人申报债权，也可共同申报债权，申报的债权是连带债权的应予说明。

(5) 连带债务人的代位求偿权。债务人的保证人或者其他连带债务人，已代替债务人清偿债务的以其对债务人的求偿权申报债权；尚未代替债务人清偿债务的，除债权人已向管理人申报全部债权外，以其对债务人将来求偿权申报债权。

(6) 连带债务的债权人。连带债务人之一破产时，其债权人在破产程序中享有申报债权的权利；连带债务人数人被裁定适用破产程序的，其债权人有权就其全部债权分别在各破产案件中申报债权。

(7) 待履行合同相对人的赔偿请求权。管理人或者债务人依法解除合同的，对方当事人以因合同解除所产生的损害赔偿请求权申报债权。

(8) 善意受托人的请求权。债务人作为委托人被裁定适用破产程序，受托人不知该事实并继续处理委托事务的，受托人以由此产生的请求权申报债权。

(9) 票据付款人的请求权。破产债务人是票据的出票人，该票据付款人继续付款或者承兑的，付款人以由此产生的请求权申报债权。

二、债权申报的方式和期限

(一) 债权申报的方式

债权申报强调的是债权人提出参加破产程序的意思表示，并提供债权证明的相关证据资料。债权申报阶段对债权只进行程序审查，管理人不得以债权人提供证据不充分为由拒绝接受申报。

债权申报一般采用书面申报的原则，应当书面说明债权的数额和有无财产担保，并提交如下证据：(1)债权证明；(2)身份证明；(3)担保证明。

(二) 债权申报的期限

债权申报期限是允许债权人向人民法院申报其债权的固定期间。因只有在债权人人数和债权数额确定时，才可召开债权人会议并进行清算分配，为防止破产程序无限拖延，各国破产法一般均对债权申报的最后期限作出限定。

我国《企业破产法》采用法定和法院酌定主义相结合的立法，即人民法院受理破产申请后，确定债权人申报债权的期限。该期限自人民法院发布受理破产申请公告之日起计算，最短不得少于 30 日，最长不得超过 3 个月。由此可见，我国立法在债权申报期限的确定上，不作已知和未知债权人的区分，债权申报的期限自人民法院发布受理破产申请的公告之日起算，债权人未按此期限申报债权的，不得参加破产程序行使权利。

（三）逾期申报和未申报

债权人在债权申报期限内未申报债权的，可在破产财产最后分配前补充申报。补充申报产生的费用由补充申报人承担。补充申报前已进行的分配，对其不再恢复。

债权人未依照规定申报债权的，不得依照法律规定的程序行使权利。其法律后果表现为：①债务人破产清算的，除非债务人有保证人或者其他连带债务人，该未申报债权成为永久履行不能；②债务人重整的，该未申报债权在重整计划执行期间不得行使权利，在重整计划执行完毕后，可按照重整计划规定的同类债权的清偿条件行使权利；③债务人和解的，该未申报债权在和解协议执行期间不得行使权利，在和解协议执行完毕后，可按照和解协议规定的清偿条件行使权利。

三、特殊类型债权申报

债权申报是一项程序制度，对于一般债权申报及权利行使等问题，各国法律规定基本一致，但对几种特殊类型的债权申报，各国立法和实务操作略有不同。我国立法对特殊类型的债权申报作出如下特别规定：

(1) 未到期的债权。对未到期的债权应当视为到期并申报债权，该类债权人与到期债权人享有参加破产程序的同等权利。

(2) 附期限、附条件的债权和在诉讼或仲裁程序中未确定的债权。对于此类债权，债权人可以申报债权。如法院能为其行使表决权临时确定债权额的，债权人可以该份额行使相应的表决权；如法院不能确定的，则不能在债权人会议中行使表决权。

(3) 有财产担保的债权人申报债权。有财产担保的债权人申报债权应当首先提交有关担保的相关证据材料，然后才能参加破产程序；对破产人的特定财产享有担保权的权利人，对该特定财产享有优先受偿的权利；未能完全受偿或放弃优先受偿权利的，其未受偿的债权和放弃优先受偿的债权均作为普通债权，应当在破产程序中实现权利。

(4) 连带债权人的申报。连带债权人可以由其中一人代表全体连带人申报债权，也可以共同申报债权，但只能以一名债权人身份计算出席债权人会议人数；如连带债权可以分割，连带债权人之间协议按份申报的，以各自名义和份额参加破产程序。

(5) 连带债务人破产时的债权申报。连带债务人之一或数人破产的，债权人可就全部债权向该债务人或各债务人行使权利，申报债权；债权人未申报的，其他连带债务人可就将来可能承担的债务申报债权；连带债务人数人被裁定适用破产程序的，其债权人有权就全部债权分别在各破产案件中申报债权。

(6) 因解除合同申报的债权。管理人选择继续履行合同，可按原约定内容实现权利和承担义务，相对人不需参加破产程序；管理人选择解除合同的，相对人因解除合同产生经济损失的，享有损害赔偿请求权，可作为破产债权申报。

(7) 受托人申报债权。债务人的受托人在债务人破产后，因不知该事实，为债务人的利益继续处理委托事务的，受托人可以由此产生的请求权申报债权。

(8) 票据付款人的申报。票据出票人(债务人)被宣告破产，票据付款人继续付款或者承兑的，付款人以由此产生的请求权申报债权。

(9) 直接参加破产程序的债权。对于债务人拖欠职工薪金、依法应支付给职工的补偿金等劳动债权无需申报而优先于普遍债权受偿；税收债权无需申报而优先于普遍债权受偿；对于破产程序开始后形成的破产费用和共益债务，相对人无需申报，由管理人或债务人按照法律规定随时支付。

(10) 申报不予受理且不能参加破产程序的债权。对于罚款、罚金、赏金等未列入分配顺位的除外债权，不允许其申报债权；非法活动产生的债权不能申报；启动破产程序后发生的债权，法律没有特殊规定的不能申报；丧失司法强制执行请求权的债权不能申报。

第七节　债权人会议

一、债权人会议的法律地位

(一) 债权人会议的性质

债权人会议是在破产程序中，由全体债权人组成的、代表全体债权人参加破产程序并集体行使权利的决议机构。从性质上讲，债权人会议是债权人团体在破产程序中表达债权人意思的机构，在破产程序中具有独立的程序主体地位和权利，债权人会议是债权人行使破产参与权的自治性组织，它不是执行机关也非民事权利主体，不能以其名义对外进行民事活动，但可协调、平衡债权人之间的利益关系，就他们的权利行使和权利处分作出共同意思表示，债权人会议本质上是一个组织体，而非临时的集会活动。

(二) 债权人的自治原则

债权人自治是指全体债权人通过债权人会议，对破产程序过程中涉及债权人利益的重大事项作出决定，并监督破产财产管理和分配的一系列权利，以及保障这些权利实现的有关程序制度。

债权人自治原则是确定债权人会议法律地位的基本依据。依据此原则，有关债权人权利行使和权利处分事项，均应由债权人会议独立地作出决议。债权人在债权人会议上享有充分的自由表达和自主表决权。债权人会议作出的关于债权确认、与债务人和解、破产财产变价和分配等重大事项的决议，是破产程序进行的重要根据。债权人会议享有监督破产财产管理和处分的权利。

二、债权人会议的组成和职责

(一) 债权人会议的组成

债权人会议应当由所有债权人组成，包括：有财产担保的债权人、无财产担保的债权人、可能代替债务人清偿债务的保证人，以及金融机构破产案件中代替债务人清偿公众投资人债务的基金组织等，均有权利和资格参加债权人会议。

依法申报债权的债权人为债权人会议的成员，有权参加债权人会议，享有表决权；但债权尚未确定的债权人，除法院能够为其行使表决权而临时确定债权额的以外，不得行使表决权；对债务人的特定财产享有担保权的债权人，未放弃优先受偿权利的，其对通过和解协议和破产财产的分配方案的事项不享有表决权；债权人可以委托代理人出席债权人会议，行使表决权。

(二) 债权人会议的职责

关于债权人会议职责的规定，实质反映了赋予债权人参与破产程序的职权程度。根据《企业破产法》第六十一条规定，债权人会议依法行使下列实体权利：

(1) 决策职权。继续或者停止债务人的营业，直接涉及债权人利益，应由债权人会议作出决议；安排讨论通过重整计划、和解协议、债务人财产的管理方案、破产财产的变价方案、破产财产的分配方案，属于债权人会议行使决策职能的权力。

(2) 监督职权。申请人民法院更换管理人，审查管理人的费用报酬和监督管理人，体现了债权人会议的监督职权。

(3) 其他职权。比如核查债权，为解决债权人内部问题，实务中有些信息可通过债权人会议进行通报。

债权人会议行使的上述第 1 类、第 2 类职权，需经债权人会议投票表决形成决议，代表债权人的整体意思表示；行使的第 3 类职权，不需债权人表决，仅限于债权人在内部组织中沟通信息。

三、债权人会议的召集和表决程序

(一) 债权人会议的召集

(1) 召集人。第一次债权人会议由人民法院召集，以后的债权人会议经向债权人会议主席提议时召开。

(2) 召集时间。第一次债权人会议为法定会议，在债权申报期限届满之日起 15 日内召开；以后的债权人会议，在人民法院认为必要时召开；或者在管理人、债权人委员会、占债权总额 1/4 以上的债权人向债权人会议主席提议时召开。

(3) 召集通知。召开债权人会议，管理人应当提前 15 日将会议时间、地点、内容、目的等事项通知已知的债权人。

(二) 债权人会议的表决程序

根据债权人会议决议事项的不同，债权人会议的表决程序主要分为：一般事项的表决和特殊事项的表决。

一般事项的表决：由出席会议的有表决权的债权人过半数通过，并且其所代表的债权额占无财产担保债权总额的半数以上。

特殊事项的表决包括两种：①和解协议的表决。通过和解协议的决议，由出席会议的有表决权的债权人过半数同意，并且其所代表的债权额占无财产担保债权总额的 2/3 以上。②重整计划的表决。出席会议的同一表决组的债权人过半数同意重整计划草案，并且其所代表的债权额占该组债权总额的 2/3 以上的，即为该组通过重整计划草案。

第八节 重整与和解

一、重整制度

重整，又称"重组"或"司法康复"，是指当企业法人不能清偿到期债务时，不对丧失或可能丧失偿付能力的债务人立即进行破产清算，而是在人民法院主持下由债务人与债权人达成协议，制定重整计划，债务人在一定期限内全部或部分清偿债务，并可重获企业经营的一种特殊法律程序。

(一) 重整申请

(1) 尚未宣告破产前，债务人或者债权人可以直接向人民法院申请对债务人进行重整。

(2) 债权人申请对债务人进行破产清算的，在人民法院受理破产申请后、宣告债务人破产前，债务人或者出资额占债务人注册资本 1/10 以上出资人可向人民法院申请重整。

(3) 人民法院经审查认为重整申请符合本法规定的，应当裁定债务人重整，并予以公告。

(二) 重整期间

重整期间是指自人民法院裁定债务人重整之日起至重整程序终止的期限。在重整期间，经债务人申请、人民法院批准，债务人可以在管理人的监督下自行管理财产和营业事务；对债务人的特定财产享有的担保权暂停行使；债务人或者管理人为继续营业而借款的，可以为该借款设定担保；债务人的出资人不得请求投资收益分配；债务人的董事、监事、高级管理人员不得向第三人转让其持有的债务人的股权，但经人民法院同意的除外。

(三) 重整程序终止

在重整期间，有下列情形之一的，经管理人或者利害关系人请求，人民法院应当裁定终止重整程序，并宣告债务人破产：①债务人的经营状况和财产状况继续恶化，缺乏挽救的可能性；②债务人有欺诈、恶意减少债务人财产或者其他显著不利于债权人的行为；③由于债务人的行为致使管理人无法执行职务。

二、和解制度

和解，是指具备破产原因的债务人，为避免破产清算而与债权人团体协议一致达成的了结债务的协议，并经人民法院认可后生效的法律程序。和解制度是使债权人有可能获得比通过破产程序更多清偿的一种法律制度。

(一) 和解申请

债务人可以直接向人民法院申请和解；也可以在人民法院受理破产申请后、宣告债务人破产前，向人民法院申请和解。根据《企业破产法》规定，和解申请须符合以下三项条件：①申请和解的案件必须是债权人提出破产申请的案件；②被申请破产的企业在申请和解时必须有债务人上级主管部门提出的整顿申请；③被申请破产的企业在申请和解时必须向债权人会议提交和解协议草案。

(二) 和解协议成立和生效

1. 和解协议的成立

和解协议成立方式是债务人提出和解协议草案向债权人团体发出要约，债权人会议以通过和解协议草案的决议形式作出承诺。

债权人会议通过和解协议的决议，由出席会议的有表决权的债权人过半数同意，并且其所代表的债权额占无财产担保债权总额的 2/3 以上，即为达成和解协议；和解协议草案经债权人会议表决未获得通过，或者已经债权人会议通过的和解协议未获得人民法院认可的，人民法院应当裁定终止和解程序，并宣告债务人破产。

2. 和解协议的生效

债务人和债权人达成和解协议，必须经人民法院认可方能生效，和解协议自公告之日起具有法律效力；经债权人会议通过的、提交人民法院认可的和解协议，人民法院应从协议内容和会议程序两方面进行审查。如未发现违法情事，则予认可；如发现违法情事(如同一顺序债权未按比例减让或未按比例分配、未经权利人同意处分有财产担保的债权或担保权标的物)，人民法院可责令债权人会议纠正或裁定不予认可并宣告债务人破产。

第九节　破产宣告和清算

一、破产宣告和程序

(一) 破产宣告和终结

破产宣告，是指人民法院依据当事人的申请或法定职权，通过司法程序裁定宣告债务人破产的法律制度。对于法人或者其他经济组织而言，宣告破产是法人或者其他经济组织解散或者解体的法定事由；对于自然人来说，被宣告破产意味着用其可供扣押的全部财产清偿债务，但不消灭其民事主体资格。《企业破产法》仅对企业法人宣告破产，被宣告破产的企业，在破产程序终结后，管理人应当向工商行政管理机关注销其法人资格。

有下列情形之一的，人民法院应当以书面裁定宣告债务人破产：①企业不能清偿到期债务，又不具备法律规定的不予宣告破产的条件的；②企业被人民法院依法裁定终止重整程序的；③人民法院依法裁定终止和解协议执行的。人民法院依法宣告债务人破产的，应当自裁定作出之日起 5 日内送达债务人和管理人，自裁定作出之日起 10 日内通知已知债权人，并予以公告。

(二) 破产宣告的法律后果

破产宣告的裁定，除具有人民法院生效裁判文书的一般效力外，根据其裁定内容，将产生如下法律后果。

(1) 对破产案件的效果。在破产案件受理后至破产宣告前，债务人可通过和解或者取得担保、短期内清偿债务等其他方式避免破产清算；而一旦破产宣告，则破产案件不可逆转地进入清算程序。

(2) 对债务人的效果。破产宣告对债务人身份、财产发生一系列法律后果，主要包括：①债务人成为破产人；②债务人财产成为破产财产；③债务人丧失对财产和事务的管理权；④债务人的法定代表人承担与清算有关的法定义务。

(3) 对债权人的效果。破产宣告后，其债权请求权得依照破产程序规定接受清偿，有以下特别规定：①未到期的债权视为到期；②有财产担保的债权人可以随时由担保物获得清偿；③对破产企业负有债务的债权人享有破产抵销权；④无担保债权人依破产分配方案获得清偿。

(4) 对第三人的效果。破产宣告后，与破产人有其他民事关系的第三人，应按照民事关系性质享有权利或承担义务。主要包括：①破产人占有的他人财产，其权利人有权取回；②破产人的债务人应向清算组清偿债务；③持有破产人财产的人应向清算组交付财产；④破产人开户银行应提供破产人银行账户供清算组专用；⑤待履行合同解除或继续履行时，相对人享有相应的权利；⑥破产无效行为的受益人应返还其受领的利益。

二、破产财产范围

(一) 破产财产及构成

破产财产，是指人民法院受理破产申请时属于债务人的全部财产，以及破产申请受理后至破产程序终结前债务人取得的财产。

凡构成破产财产的，均应具备以下条件：①破产企业可以独立支配；②在破产程序终结前取得；③可依破产程序强制清偿。

(二) 破产财产范围

根据我国立法规定，破产财产的范围主要包括：①宣告破产时破产企业经营管理的全部财产；②破产企业在破产宣告后至破产程序终结前所取得的财产；③应当由破产企业行使的其他财产权利。但已作为担保物的财产不属于破产财产，担保物的价款超过其所担保的债务数额的，超过部分属于破产财产。

(三) 破产财产的除外

根据我国立法和司法实践，下列财产不属于破产财产：①债务人基于仓储、保管、加工承揽、委托交易、代销、借用、寄存、租赁等法律关系占有、使用的他人财产；②抵押物、留置物、出质物，但权利人放弃优先受偿权的或者优先偿付被担保债权剩余的部分除外；③担保物灭失后产生的保险金、补偿金、赔偿金等代位物；④依照法律规定存在优先权的财产，但权利人放弃优先受偿权或者优先偿付特定债权剩余的部分除外；⑤特定物买卖中，尚未转移占有但相对人已完全支付对价的特定物；⑥尚未办理产权证或者产权过户手续但已向买方交付的财产；⑦债务人在所有权保留买卖中尚未取得所有权的财产；⑧所有权专属于国家且不得转让的财产；

⑨破产企业工会所有的财产。

三、破产财产变价和分配

(一) 破产财产的变价

破产财产变价是指清算人将非现金破产财产通过合法方式加以出让，使之转化为便于清算分配的现金形态。破产清算以现金分配为原则、实物分配为例外。

管理人应当及时拟订破产财产变价方案，提交债权人会议讨论；管理人应当按照债权人会议通过的或者人民法院依法裁定的破产财产变价方案，适时变价出售破产财产；变价出售破产财产应当通过拍卖进行；破产企业可以全部或者部分变价出售，并可将其中的无形资产和其他财产单独变价出售；破产企业有限制拍卖或者限制转让的财产，应当按照国家规定的方式处理。

(二) 破产财产的分配

破产财产的分配，是指清算组将破产财产按照一定的顺序和比例，公平地清偿给债权人。它是破产清算的最后阶段和实质性的阶段。

清算组应当根据清算结果制作破产财产明细表、资产负债表，并提出破产财产的分配方案。分配方案经债权人会议通过，由清算组负责执行。

破产财产分配制度的核心问题是权利人对破产财产的分配顺位，破产财产在优先清偿破产费用和共益债务后，依照下列顺序进行分配：①破产人所欠职工的工资和医疗、伤残补助、抚恤费用，所欠的应当划入职工个人账户的基本养老保险、基本医疗保险费用，以及法律、行政法规规定应当支付给职工的补偿金；②破产人欠缴的除前几项规定以外的社会保险费用和破产人所欠税款；③普通破产债权。

四、破产程序终结

破产程序的终结，是指正在进行的破产程序因某种法定事由的出现不可逆转地归于结束，以后不再继续进行。破产程序终结后，可能意味着破产程序预期目标实现，也可能意味着预期目标不能实现。

根据我国立法相关规定，破产程序终结的法定事由有：①债务人有法律规定的不予宣告破产的法定事由；②债务人与债权人团体达成并执行和解协议的；③债权人财产不足以清偿破产费用的；④破产人无财产可供分配的；⑤破产财产最后分配完结的。

上述几种破产程序终结事由，第①种、第②种属于破产宣告前终结事由，第③种、第④种属于破产宣告时或宣告后的终结事由，第⑤种属于破产宣告后终结事由。

导入案例分析

这是一起考察企业破产受理和清算程序问题的案例。(1)破产原因不合法。我国《企业破产法》第二条规定了适用于债权人申请破产的破产原因，即企业法人不能清偿到期债务并且明显缺乏清偿能力。因此，债权人不能以资不抵债为理由申请该企业破产。(2)破产受理的管辖法院不合法。破产案件的债权人应当向债务人所在地的人民法院提出破产申请，而不能由债权人所在地人民法院受理。(3)发出通知和公告的时间违法。人民法院应该在立案后 10 日以内发出通知和公告。(4)债权人主张债权的时间不合法。根据企业破产法规定，接到通知的债权人应该在 1 个月内主张债权，没有接到通知的债权人应该在公告后 3 个月内主张债权。本案中，债权人 B、D 主张债权的时间不合法。(5)企业整顿的时间不合法。根据法律规定，企业整顿的期间不能超过 2 年。

实践思考题

(1) 简述破产宣告的条件、方式及效力。
(2) 简述债务人财产及其范围。
(3) 论述债权申报的种类和方式。
(4) 简述破产和解的法律效果。
(5) 论述破产宣告及其法律后果。
(6) 论述破产财产范围及其除外情形。
(7) 论述破产财产的清偿顺序。

案例实务训练

(1) 某汽车修配厂实有资产 3 820 万元，欠债 3 735 万元，但该厂以"实有资产 1 280 万元、欠债 3 735 元"为由向当地人民法院提交破产申请书，同时将 2 540 万元转移隐蔽。法院接到申请书后立即作出以下裁定：宣告该厂破产还债，并公告该厂所有债权人自公告之日起 2 个月内申报债权，逾期一律视为放弃债权。市工商银行见公告后立即申请债权并说明其债权具有财产担保(该厂半年前向该银行贷款时以厂房作为抵押)，但法院认为破产还债所有债权人都应平等对待，裁定 1 280 万元财产由全体债权人按比例平均分配。

问题:本案做法与我国现行破产法律制度有无不相符之处？请指出并说明理由。

(2) 2010 年 12 月 10 日，债权人某银行分行向市中级人民法院申请 A 酒厂破产。经查明：该酒厂仅有资产 73.7 万元，债务为 159.7 万元，亏损额达 86 万元，资产负债率为 46.1%。法院立案后在规定时间内通知债权人，并与 2011 年 1 月 5 日公告要求债权人申报债权，规定 2 月 10 日召开第 1 次债权人会议。有些债权人担心自己的债权得不到全额清偿，通过各种途径抢先清偿，例如从仓库提走产品抵债等。2 月 10 日主持召开第 1 次债权人会议确认：该酒厂共有 24 家债权人，各种债务累计 159.7 万元；银行的部分债务具有抵押权。2 月 11 日法院裁定破产，3 月 9 日成立破产清算组，清算组提出财产分配方案，债权人会议通过：所有财产集体拍卖，全体债权人按比例受偿。清算组委托拍卖公司公开拍卖，最终包括手续费以 59．7 万元成交。银行提出异议，不同意含有抵押债权的财产加入整体拍卖产要求优先受偿。法院裁定异议不成立，扣除破产费用，按原方案分配后，裁定终止破产程序。

问题：①银行有部分无财产担保债权，申请破产合法吗？②根据我国《企业破产法》和《民事诉讼法》，破产还债程序包括什么？③作为债权人某银行分行申请破产应向法院提交材料包括什么？④国有企业破产原因是什么？⑤如果是 A 酒厂作为债务人提出破产申请，应向法院提交材料包括什么？⑥债务人申请破产是否要得到他人同意？⑦债权人会议召开和清算组成立时间有无不妥？⑧进入破产程序后，个别清偿是否有效？⑨银行有部分抵押债权，以上处理合法吗？你认为应该如何处理？

第五章

合　同　法

教学目的及要求：通过学习，使学生了解合同法及其配套法规和规章，掌握合同订立一般程序和合同履行、变更、转让和终止，以及合同担保、合同违约责任；防范合同无效与合同纠纷发生，培养理论分析和解决实践问题的能力。

教学组织与设计：以课堂讲授、案例讨论和实践运用并重，采取列举式、写作式教学，强化对合同内容、形式和规范的把握；可通过网络搜集整理不同类型合同，提高合同订约能力和规范使用合同的法律意识。

学习重点和难点：合同订立、成立与生效，合同担保，缔约过失责任，合同履行抗辩，合同变更，违约责任承担和免除。

导入案例

某年 3 月 5 日，甲公司给乙公司发出传真称：本公司有一批盐酸欲出售，每吨5 000 元。如贵公司有意购买，请速与本公司销售部联系。乙公司接传真后认为价格较合算，遂向甲公司发出订单，订购盐酸 100 吨，总价款 50 万元，并请甲公司在 3 月 30 日前给予正式答复。但直到 4 月中旬甲公司才发来传真，称盐酸已售完并请谅解，等等。由于乙公司为准备购货款及租仓库花去近 2 万元费用，遂将甲公司起诉到法院，要求甲公司承担违约责任，并赔偿其经济损失 2 万元。

问题：(1)乙公司能否要求甲公司对其承担违约责任？ (2)对于乙公司的 2 万元的损失，甲公司应承担什么责任？

第一节　合同法概述

一、合同的概念和分类

(一) 合同的概念

合同又称契约、协议，我国合同法规定：合同是平等主体的自然人、法人、其他组织之间设立、变更、终止民事权利义务关系的协议。在这里，合同仅指民事合同，它被视为财产交易的法律形式，凡是不以反映财产交易关系为内容的任何协议，如行政合同、劳动合同等均不属于合同法上的合同范畴。由此可见，我国合同法上的合同概念是以狭义合同概念为基础的，但却又不完全等同于狭义的合同概念，对于以调整身份关系为目的的合同则不受我国合同法规范，婚姻、收养、监护等有关身份关系的合同，适用其他法律的规定。

(二) 合同的分类

1. 有名合同与无名合同

根据法律是否规定合同有确定的名称与调整规则划分，可将合同分为有名合同与无名合同。有名合同是立法上规定有确定名称与规则的合同，如运输合同、仓储合同等；无名合同是立法上尚未规定有确定名称与规则的合同。

2. 单务合同与双务合同

根据合同当事人是否互相享有权利和负有义务划分，可将合同分为单务合同与双务合同。单务合同是指仅有一方当事人承担义务而他方只享有权利的合同，如赠与、无息借贷等合同；双务合同是指缔约双方相互享受权利、承担义务的合同。如买卖合同、承揽合同等。

3. 有偿合同与无偿合同

根据合同当事人的权利义务是否互为对价划分，可将合同分为有偿合同与无偿合同。有偿合同是指合同一方通过履行合同规定义务而给对方某种利益，对方要得到该利益必须支付相应代价的合同，如买卖合同、互易合同等；无偿合同是指一方给付某种利益，对方取得该利益并不支付任何对价的合同。如借用合同、赠与合同等。

4. 诺成合同与实践合同

根据合同的成立是否须交付标的物划分，可将合同分为诺成合同与实践合同。诺成合同是指当事一方的意思表示经对方同意便产生法律效力的合同；实践合同是双方当事人意思表示一致后，还需交付标的物才能成立的合同，如寄存合同、定金合同。

5. 要式合同与不要式合同

根据合同的成立是否以一定的形式为要件划分，可将合同分为要式合同与不要式合同。按照法律规定应当采取特定方式订立的合同为要式合同，法律对合同订立未规定特定形式的合同为不要式合同。

二、合同法的概念和基本原则

(一) 合同法概念

合同法是调整合同关系的法律规范的总称，主要调整平等主体之间设立、变更、终止民事权利义务的法律关系。合同法主要规定了合同的订立、合同的效力及合同的履行、变更、解除、保全、违约责任等法律规范。

狭义的合同法即指我国第九届全国人大第二次会议1999年3月15日通过，1999年10月1日施行的《中华人民共和国合同法》；广义的合同法则指除合同法外，还包括其他法律、行政法规、司法解释、国际条约、国际惯例中关于合同的相关规范。

(二) 合同法基本原则

合同法的基本原则是指贯穿于合同法制度和规范的根本准则，是指导合同立法、合同司法和进行合同活动的基本行为准则。合同法主要包括以下基本原则：

(1) 平等原则，也称为当事人法律地位平等原则。主要包括两层含义：一是合同当事人法律地位一律平等，无论法人或自然人、经济实力强或弱，均为平等法律主体；二是合同当事人订立合同须经平等协商，任何一方不得利用行政、经济优势将自己意志强加给另一方，只有在平等基础上才可能订立双方共同意思表示一致的协议。

(2) 自愿原则。现代合同的精髓就是当事人意思表示的合意，是民事法律关系中的三大原则之一。《合同法》第四条规定，当事人依法享有自由签订合同的权利，任何单位和个人不得非法干预。主要表现在当事人可选择与谁订立合同、可决定合同内容、可选择合同方式、可变更和解除合同等，但须以遵守法律、尊重道德、不损害他人合法利益为前提。

(3) 公平原则。公平公正是法律的基本精神，也是合同法追求的价值目标。合同法要求当事人应遵守公平原则，确定当事人权利和义务，订立合同显失公平时应进行变更，合同双方在承担违约和风险责任时更要体现公平公正等。

(4) 诚实信用原则。诚实信用原则是民法基本原则之一，同时又是债法、合同法原则，西方国家称之为"帝王规则"。当事人在合同订立、履行、终止和发生纠纷的各个阶段，都应诚实守信，以善意方式履行其义务，不得滥用权利或规避法律义务。

(5) 合法原则和公序良俗原则。《合同法》第七条规定，当事人订立、履行合同，应当遵守法律、行政法规，尊重社会公德，不得扰乱公共秩序，损害社会公共利益。

三、合同法适用的范围和溯及力

(一) 合同法适用范围

合同法是调整平等主体之间的交易关系的法律，它主要规范合同的订立、合同的有效、合同的无效及合同的履行、变更、解除、保全、违反合同责任等问题。

合同法的适用范围包括：①适用于平等主体之间订立民事权利义务关系的协议；②适用于包括各类民事主体基于平等自愿等原则订立的民事合同；③适用于包括当事人设立民事权利义务的协议，也包括当事人变更、终止民事权利义务的协议。

这里所说的民事权利义务关系主要指财产关系，不属于平等主体之间民事法律关系的其他活动不适用合同法。

(二) 合同法的溯及力

法的溯及力，是指法溯及既往的效力，即新法颁布施行后，对于该法生效前所发生的事件和行为是否适用的问题。如果适用则该法有溯及力，如果不适用则该法就不具有溯及力。目前各国采用的通例是"从旧兼从轻"的原则，即新法原则上不溯及既往，但是新法不规定为犯罪或者处罚较轻的，则溯及以往适用新法。

《合同法》本身并未规定是否有溯及既往的效力，根据最高人民法院《关于执行<中华人民共和国民法通则>若干问题的意见(试行)》第一百九十六条规定的精神，合同法原则上没有溯及既往的效力。即：合同法实施以后成立的合同发生纠纷起诉到人民法院的，适用合同法的规定；合同法实施以前成立的合同发生纠纷起诉到人民法院的，除本解释另有规定的以外，适用当时的法律规定，当时没有法律规定的，可以适用合同法的有关规定。合同成立于合同法实施之前，但合同约定的履行期限跨越合同法实施之日或者履行期限在合同法实施之后，因履行合同发生的纠纷，适用合同法中合同的履行的有关规定。人民法院确认合同效力时，对合同法实施以前成立的合同，适用当时的法律合同无效而适用合同法合同有效的，则适用合同法。合同法实施以后，人民法院确认合同无效，应当以全国人大及其常委会制定的法律和国务院制定的行政法规为依据，不得以地方性法规、行政规章为依据。人民法院对合同法实施以前已经作出终审裁决的案件进行再审，不适用合同法。

第二节 合同订立、成立与生效

一、合同订立的内容和形式

(一) 合同的订立

合同的订立是指两个或两个以上的当事人，依法就合同主要条款经过协商一致达成协议的合同缔约行为。

合同的订立是建立在合同内容的基础上，即合同当事人订立合同的各项意思表示，具体体现为合同的各项条款。合同条款一般由当事人依法约定，尽管不同性质的合同的具体条款各不相同，作为明确合同当事人基本权利和义务并具有共同性特点的主要条款，对合同的成立和履行具有重要意义。

(二) 合同的内容

从合同关系的角度讲，合同的内容是指合同权利和合同义务。合同当事人之间的权利义务关系是通过合同中的具体条款加以明确的，合同的条款反映合同的具体内容。

1. 一般合同的内容

《合同法》第十二条规定，合同的内容由当事人约定，一般包括以下条款：当事人的名称或者姓名和住所，标的，质量和数量，价款或者报酬，履行期限、地点和方式，违约责任，解决争议的方法。

2. 格式条款

格式条款是指当事人为了重复使用而预先拟定、并在订立合同时未与对方协商的条款。格式条款一般是提供商品或服务的一方所拟订的、在订立合同时重复使用的固定的合同条款，如保险合同、招标合同等都是格式合同。

格式条款有利于节省缔约时间，但存在拟定者利用其优势地位制定不利于相对方条款的弊端，《合同法》从维护公平、保护弱者角度出发，对格式条款作出以下严格的限制。①采用格式条款订立合同的，提供格式条款的一方有提示、说明的义务，并采取合理的方式提请对方注意免除或者限制其责任的条款，按照对方的要求对条款予以说明。②格式条款不得具有为法律规定所禁止出现的情形，如有违反则条款无效。这些情形主要包括：一方以欺诈、胁迫的手段订立合同，损害国家利益；恶意串通，损害国家、集体或者第三人利益；以合法形式掩盖非法目的；损害社会公共利益；违反法律、行政法规的强制性规定。③如格式条款有免除提供格式条款一方当事人责任、加重对方责任、排除对方主要权利的内容，该条款无效。④格式条款不能设定造成对方人身伤害的、因故意或者重大过失造成对方财产损失的免责条款，否则该条款无效。⑤对格式条款的理解发生争议的，应当按照正常理解予以解释。对格式条款存在两种以上解释的，应当作出不利于提供格式条款一方的解释。格式条款与非格式条款不一致的，应当以非格式条款为准。

(三) 合同的形式

合同的形式，是指双方对合意协商的合同内容用什么方式来表现出来，是合同当事人意思表示一致的外在表现形式。根据《合同法》规定，当事人订立合同，可分为书面形式、口头形式和其他形式。

(1) 书面合同形式。不仅限于合同书形式，也包括数据电文，也就是电报、电传、传真、电子数据交换和电子邮件等各种可以有形地表现所载内容的形式。

(2) 口头合同形式。是当事人经过当面交谈或以电话交流方式达成的双方协议，口头合同订立快捷，但合同履行容易发生争议，对于不能即时结清或数额较大的合同，一般不宜采用此形式订立。

(3) 其他形式。也称为默示合同或事实合同，是指根据当事人的行为，或者通过特定情形来推定合同成立。如当事人之间没有书面或口头约定，但双方都实际履行了各自义务，便可推定双方存在合同关系。

二、合同订立的一般程序

合同的成立必须基于当事人的合意，即意思表示一致。合同订立过程就是当事人双方意思表示一致的过程，此过程在合同法上称为要约和承诺。

(一) 要约

1. 要约概念及其要件

要约又称为发盘、报价，是指一方当事人向他人作出的以一定条件订立合同的意思表示。发出要约的当事人称要约人，接受要约的人则称为受要约人。要约是订立合同的首要环节，要约发生法律效力须具备如下要件：

(1) 要约必须有具有订约能力的特定当事人作出的意思表示。(2) 要约必须具有订立合同的意图。(3) 要约必须向要约人希望与其缔结合同的受要约人发出，即要有明确的对象作为受要约人。(4) 要约的内容必须具体、确定。

2. 要约邀请

要约邀请也称要约引诱，是希望他人向自己发出要约的意思表示。要约邀请只是引诱他人发出要约，是当事人订立合同的预备行为。要约邀请不是合同订立的必要程序，对行为人不具法律约束力，不能因相对人的承诺而成立合同。实务中，可从以下方面对要约和要约邀请作出区分：

(1) 依法律的规定进行区分。如《合同法》第十五条规定：寄送的价目表、拍卖公告、招标公告、招股说明书、商业广告等为要约邀请。

(2) 根据当事人的意愿来作出区分。即根据当事人已经表达出来的意思来确定当事人对自己作出的行为主观上认为是要约还是要约邀请。

(3) 根据订约提议的内容是否包含合同主要条款来进行区分。要约是要让相对方作出意思承诺的，内容应包含合同的主要条款；而要约邀请只是希望对方当事人提出要约，是不包括合同主要条款的。

(4) 根据平常做法和交易习惯来区分。

3. 要约的形式

要约作为意思表示可以以书面形式作出，也可以以对话形式作出。书面形式包括信函、电报、电传、传真等函件。法律规定某种要约必须采用书面形式的，应依照法律规定；无法律规定的，当事人可视具体合同自由选择要约形式。

4. 要约的生效

要约的生效是指要约从什么时间开始发生法律效力。要约生效因其所采取口头或书面形式的不同而有所区别：对于以口头形式发出的要约，要约的效力从相对人知悉要约时开始生效；对于非对话形式的要约，即书面形式的要约何时生效，各国立法存在发信主义和到达主义两种截然不同的立法体例。[1] 我国学理及司法实践均采到达主义，《合同法》第十六条规定：“要约到达受要约人时生效。采用数据电文形式订立合同，收件人指定特定系统接收数据电文的，该数据电文进入该特定系统的时间，视为到达时间；未指定特定系统的，该数据电文进入收件人的任何系统的首次时间，视为到达时间。”到达主义中的“到达”，是指送到了受要约人及其代理人实际控制的地方，即视为到达。

5. 要约的撤回与撤销

(1) 要约的撤回。要约的撤回，是指要约人在要约发出之后，要约生效之前取消要约的行为。要约撤回的生效条件：①撤回要约的通知须先于要约到达受要约人。此时要约尚未生效，受要约人不会因要约作出任何准备，撤回要约对受要约人不会造成任何损害；②撤回要约的通知与要约同时到达受要约人。此时的要约撤回通知足以抵销要约。

以直接对话或口头形式表现的要约，要约一经发出即发生法律效力，故直接对话的要约是无法撤回的；以电子数据形式发出的要约，该要约立即会进入收件人的接收系统中，发出和收到要约时间间隔可忽略不计，此种要约也难以撤回；要约撤回只能是针对非直接对话式要约和非电子计算机数据传递方式的要约而言，主要是针对书面形式的要约。

(2) 要约的撤销。要约的撤销，是指要约在发生法律效力之后，要约人欲使其丧失法律效力而取消该项要约的意思表示。

要约的撤销应在要约生效后合同成立前为之，因受要约人一旦作出承诺，合同成立后则无撤销要约的余地。虽然要约生效后对要约人有约束力，但在有些情况下，考虑到要约人利益，在不损害受要约人的前提下，要约是可以撤销的，这些情况包

---

1. 所谓发信主义，是指要约人发出要约后，只要要约已处于要约人控制之外即产生法律效力；所谓到达主义，是指要约必须到达受要约人才能发生法律效力。

括：①要约要素不全或者存在缺陷；②要约人对受要约人缺乏依赖；③要约人已经向两人以上发出要约而其中一人已经承诺等。

撤销要约的通知应当在受要约人发出承诺通知之前到达受要约人，但要约撤销并非是随意的。《合同法》第十九条规定，在下列情形下，要约不得撤销：①要约人确定了承诺期限或者以其他形式明示要约不可撤销；②受要约人有理由认为要约是不可撤销的，并已经为履行合同作了准备工作。

6. 要约的失效

要约的失效是指已经发生法律效力的要约因某种事由的发生而其效力归于消灭。《合同法》第二十条规定了要约失效的 4 种情形：

(1)拒绝要约的通知到达要约人。(2)要约人依法撤销要约。(3)承诺期限届满，受要约人未作出承诺。(4)受要约人对要约的内容作出实质性变更。

(二) 承诺

1. 承诺的概念及其生效条件

承诺，是指受要约人向要约人作出的同意要约的意思表示。承诺只能以明示的方式作出，要约一经合法有效的承诺，合同就告成立。合法有效的承诺须具备如下条件：

(1)承诺必须是由受要约人或其代理人作出。(2)承诺必须向要约人作出。(3)承诺必须在要约的有效期内作出。(4)承诺内容必须与要约内容一致。

2. 承诺的形式

承诺的形式，是指受要约人应当采取何种方法作出其同意要约的意思表示。《合同法》第二十二条规定："承诺应当以通知的方式作出，但根据交易习惯或要约表明可以通过行为作出承诺的除外"。此规定包含两方面内容：①一般情况下，承诺应当采取通知的方式。②例外情况下，根据交易习惯或要约表明可以通过行为作出承诺的可采取行为的方式，此种行为须是依照交易习惯或要约规定能判断或视为是受要约人作出承诺的行为。

3. 承诺生效时间

承诺生效时间是承诺产生法律效力的时间。对于承诺生效时间有两种不同的立法主张：英美法系采用发信主义，认为受要约人以书面形式作出承诺时，在承诺通知的信件发出时承诺即生效；大陆法系一般采用到达主义，认为在承诺通知到达要约人支配的范围内承诺才能生效。我国立法采用到达主义，《合同法》第二十六条规定："承诺通知到达要约人时生效。承诺不需要通知的，根据交易习惯或者要约的要求作出承诺的行为时生效。"采用数据电文形式订立合同的，承诺到达的时间与采用此种形式的要约到达时间相同。

4. 逾期承诺

当受要约人超过承诺期限发出承诺，会产生两种法律效力。一是逾期承诺原则上不具有承诺的效力，而是一项新要约。逾期承诺的受要约人具有主观过错，要约人接到逾期承诺时可不受约束，而可视其为新要约。二是要约人认可情况下，逾期承诺具有承诺的法律效力。要约人认为逾期承诺可接受的应承认其效力，但应以与承诺方式相同或不低于承诺方式的形式声明认可，如未及时认可则不发生承诺效力。

逾期承诺的特例。①迟延的承诺。受要约人超过承诺期限发出承诺的，除要约人及时通知受要约人该承诺有效的以外，应视为新要约。②迟到的承诺。受要约人在承诺期限内发出承诺，按照通常情形能够及时到达要约人，但因其他原因使承诺到达要约人时超过承诺期限的，除要约人及时通知受要约人因承诺超过期限不接受该承诺的以外，该承诺有效。

5. 承诺撤回

承诺撤回，是指承诺人在承诺发出之后生效之前，通知要约人消灭其承诺的行为。承诺撤回是合同法规定承诺消灭的唯一原因。撤回承诺通知必须先于或同时于承诺到达要约人。承诺撤回一般只适用于书面形式的承诺，对于口头、电子数据形式的承诺，因承诺一经作出即发生法律效力，因此不具备撤回承诺的有效时间。

三、合同订立的特殊方式

(一) 招标投标

招标投标，是一种竞争缔约方式，是指由招标人向数人或公众发出招标通知或公告，在诸多投标中选择最优者与其订立合同的方式。

招标投标程序一般包括以下几个阶段：①招标阶段。招标是指招标人采取招标公告或招标通知的形式向数人或公众发出的投标邀请，分为公开招标和邀请招标，其性质为要约邀请。②投标阶段。投标是投标人按照招标文件的要求向招标人提出报价的行为，其性质为要约。③开标、评标、定标阶段。开标是招标人在其召开的投标人会议上当众启封标书，公开标书内容。评标是由招标人依法组织的评标委员会对有效标书进行评审，并推荐合格的中标候选人。定标是招标人根据评标委员会提出的评标报告，从其推荐的中标候选人中确定中标人。定标若是对投标的完全接受即构成承诺。

(二) 拍卖

拍卖，是指以公开竞价的方式，将特定物品或者财产权利转让给竞价者的买卖方式。拍卖体现了以要约、承诺方式订立合同的过程。

依照我国《拍卖法》的规定，拍卖要经过以下程序：①委托人与拍卖人签订委托拍卖合同。②拍卖人于拍卖日 7 日前发布拍卖公告，并在拍卖前展示拍卖标的，并提供查看拍卖标的的条件及有关资料。拍卖标的的展示时间不得少于 2 日。拍卖公告在性质上属要约引诱。③竞买。竞买是以应价的方式向拍卖人作出应买的意思表示。应价的意思表示在学说上一致被认为属要约。④竞买人的最高应价经拍卖师落槌或者以其他表示买定的方式确认后，拍卖成交。拍卖标的有保留价的，竞买人的最高应价未达到保留价时该应价不发生效力，拍卖师不应确认，而应当停止拍卖标的的拍卖。拍卖成交后，买受人和拍卖人应当签署成交确认书。

(三) 悬赏广告

1. 悬赏广告的概念

悬赏广告，是广告主(广告人)以广告形式声明对完成广告中规定行为的任何人给予广告中约定报酬的意思表示。结合《合同法》第二十二条和第二十六条规定，应将悬赏广告解释为要约。对悬赏广告不能以通知本身为承诺，而应以完成规定的行为为承诺。

2. 悬赏广告的效力

广告主对于完成广告要求行为的人负有给付报酬的义务。对于不知有该广告但完成广告规定行为的人，也应支付报酬。在数人分别完成广告规定的行为，而行为没有差别时，广告主对于最先通知的人给付报酬。同时，对其他完成行为的人给付报酬的义务消灭。最先完成行为的人可向获取报酬的人主张权利。

3. 悬赏广告的撤销

悬赏广告发布之时，即应视为意思表示送达，一般不存在撤回的问题。但广告主在广告规定的行为完成之前，可再以广告的形式撤销悬赏广告。广告受众开始实施广告规定的行为，但未完成，仍可要求广告主予以适当的补偿，但其要证明自己已经开始实施广告规定的行为。

四、合同的成立和生效

(一) 合同的成立

合同的成立，是订约当事人就合同的主要条款达成合意，即合同因承诺生效而成立，故合同成立条件一般即是承诺生效的条件。《合同法》第八条规定："依法成立的合同，对当事人具有法律约束力。"

1. 合同成立的时间

《合同法》针对当事人订立合同的不同形式，规定了确认合同成立的不同时间标准：①一般情况下，承诺生效时合同成立；②当事人约定采用合同书形式订立合同的，自双方当事人签字或者盖章时合同成立；③当事人采用信件、数据电文等形式订立合同的，可在合同成立之前(即作出承诺之前)要求签订确认书，合同在签订确认书时成立，而非承诺生效时成立。

2. 合同成立的地点

一般情况下，承诺生效时合同成立，所以承诺生效的地点为合同成立的地点。当事人采用合同书形式订立合同的，双方当事人签字或者盖章的地点为合同成立的地点。如双方当事人未在同一地点签字或盖章，则以当事人中最后一方签字或盖章的地点为合同成立的地点。

3. 合同实际履行与合同成立的关系

(1) 法律、行政法规规定或者当事人约定采用书面形式订立合同，当事人未采用书面形式，但一方已经履行合同主要义务且对方已接受的，该合同成立。

(2) 法律、行政法规规定或者当事人约定采用合同书形式订立合同，在签字或者盖章之前，当事人一方已经履行主要义务且对方已接受的，该合同成立。

(二) 合同的生效

合同生效是指已经成立的合同在合同当事人之间发生了法律拘束力。合同生效后即对合同当事人产生了法律拘束力，当事人必须依合同约定履行义务，不得擅自变更或者解除合同；任何一方当事人不按照合同约定履行其义务都要承担违约责任，受损害的一方可以向人民法院或者仲裁机构提起诉讼或仲裁。

1. 合同生效的要件

合同的生效要件是判断合同是否具有法律约束力的标准。根据《合同法》立法精神以及合同法实践，并结合《民法通则》第五十五条规定，合同的一般生效要件包括：①当事人在缔约时具有缔约能力；②意思表示真实；③不得违反法律和社会公共利益；④合同必须具备法律所要求的形式。

2. 合同生效的时间

①依法成立的合同，自成立时生效；②法律、行政法规规定应当办理批准、登记等手续生效的，依照其规定办理批准、登记等手续后生效；③当事人对合同的效力可以约定附条件生效；④当事人对合同的效力可以约定附期限。

五、缔约过失责任

(一) 缔约过失责任的概念

缔约过失责任，可简称为缔约责任，是指合同当事人在订立合同的过程中，因违反法律规定、违背诚实信用原则，从而导致合同不成立，被确认无效或被撤销时，使对方当事人遭受损失而应承担的损害赔偿责任。

(二) 缔约过失责任的构成要件

当事人承担缔约过失责任的形式是进行损害赔偿，除过失行为须是发生在合同订立过程中这一必备要件外，应具备如下要件：①缔结合同的当事人违反先合同义务；②缔约过失行为人有过错，即缔约过失一方缔结合同之际有故意或过失行为；③缔约对方因缔约过失人的过失行为受到损失；④缔约过失行为与损失之间存在因果关系，即缔约人一方的过失是造成缔约对方损失的直接原因。

(三) 缔约过失责任的适用

《合同法》第四十二条和第四十三条规定，当事人在订立合同过程中有下列情形之一，给对方造成损失的，应当承担损害赔偿责任：①假借订立合同，恶意进行磋商；②故意隐瞒与订立合同有关的重要事实或提供虚假情况；③有其他违背诚实信用原则的行为；④当事人违反保密义务。

(四) 缔约过失责任的赔偿范围

承担缔约责任的方式主要是赔偿损失，缔约责任制度主要保护当事人的信赖利益，因此赔偿范围不包括《合同法》第一百一十三条所说的履行利益(即合同履行后可以获得的利益)。即是说，赔偿损失的范围原则上不得超过实际损失。其具体赔偿内容包括：

(1) 缔约费用。包括可行性调查、差旅费、合同草案审查费等。

(2) 为准备履行合同产生的费用。当事人有理由信赖合同能够有效成立，为履行合同作出必要准备而发生的费用。

(3) 履行合同而发生的费用。当事人签订了合同，有理由信赖合同有效而履行了合同，但合同被撤销、被确认无效，一方履行合同发生的费用，过错方应当赔偿。

(4) 丧失合同机会产生的损失。基于赔偿范围原则上不超过实际损失的原则，丧失合同的机会带来的损失一般不予赔偿。如机会是惟一的或者是难以替代的，过错方对相对人丧失合同机会产生的损失应当予以赔偿，其赔偿数额可与违约数额相等。

第三节　合同的履行

合同的履行，是指合同生效以后，合同当事人按照约定全面、适当地完成合同义务以实现合同权利的行为。从实务角度讲，只有合同得到履行，当事人订立合同的目的才能实现；从法律角度讲，合同的履行是依法成立的合同所必然发生的法律效果。

一、合同履行的原则和规则

(一) 合同履行的原则

合同履行的原则，是指法律规定的合同当事人在履行合同过程中所必须遵循的一般性准则。根据我国合同立法及司法实践，合同在履行过程中除应遵守公平公正、诚实信用等基本原则外，还应遵循以下特有原则：

(1) 适当履行原则。是指当事人应按照法律规定或合同约定全面、正确的履行债务，故又称为全面履行或正确履行原则。这一原则要求：①履行主体适当；②履行标的物及其数量和质量适当；③履行期限适当；④履行地点适当；五是履行方式适当。

(2) 协作履行原则。是指合同的当事人在合同履行中应相互协作共同完成合同义务的原则。此原则是诚实信用原则在合同履行方面的具体体现：①债务人履行合同债务时，债权人应适当受领给付；②债务人履行合同债务时，债权人应创造必要便利条件；③债务人因故不能履行或不能完全履行合同义务时，债权人应积极采取措施防止损失扩大，否则，增加的损失由自己承担。

(3) 经济合理原则。是指在合同履行过程中应讲求经济效益，以最少的成本取得最佳的合同效益。如我国《纺织品、针织品、服装购销合同暂行办法》第十条规定，供需双方应商定选择最快、最合理的运输方法。如供方改变运输方式未经需方同意时，由此增加的运输费用则由供方负责。

(4) 情势变更原则。是指合同有效成立之后至履行前，如出现某种不可归责于当事人原因的客观情况，仍按原合同履行则对另一方当事人显失公平时，当事人可不依原合同履行而变更或解除合同。情势变更原则的目的在于消除合同因情势变更所产生的不公平后果。

(二) 合同履行的规则

合同履行规则，是指在合同履行过程中，当事人必须遵循的各种具体行为准则。主要包括以下履行规则。

1. 合同内容约定不明确时的履行规则

《合同法》第六十一条和第六十二条规定，合同生效后，当事人就质量、价款或者报酬、履行地点等内容没有约定或者约定不明确的，可以协议补充，不能达成补充协议的，按照合同有关条款或者交易习惯确定，如果仍然不能确定的，则按照以下规定履行。①质量要求不明确的，按照国家标准、行业标准履行，没有国家标准、行业标准的，按照通常标准或者符合合同目的特定标准履行。②价款或者报酬不明确的，按照订立合同时履行地的市场价格履行，依法应当执行政府定价或者政府指导价的，按照规定履行。③履行地点不明确，给付货币的，在接受货币一方所在所履行，交付不动产的，在不动产所在地履行，其他标的，在履行义务一方所在地履行。④履行期限不明确的，债务人可以随时履行，债权人也可以随时要求履行，但应当给付方必要的准备时间。⑤履行方式不明确的，按照有利于实现合同目的方式履行。⑥履行费用的负担不明确的，由履行义务一方负担。

2. 执行政府定价或政府指导价合同的履行规则

《合同法》第六十三条规定：执行政府定价或者政府指导价的，在合同约定的交付期限内政府价格调整时，按照交付时的价格计价，逾期交付标的物的，遇价格上涨时，按原价格执行，价格下降时，按照新价格执行。逾期提取标的物或者逾期付款的，遇价格上涨时，按照新价格执行，价格下降时，按照原价格执行。

3. 合同履行中涉及到第三人的规则

《合同法》第六十四条、第六十五条作出规定，当事人约定由债务人向第三人履行债务的，债务人未向第三人履行债务或者履行债务不符合约定，视同债务人对债权人违约，应当由债务人向债权人承担违约责任。当事人约定由第三人向债权人履行债务的，第三人不履行债务或者履行债务不符合约定，视同债务人违约，应由债务人向债权人承担违约责任。

4. 实际履行规则

合同依法成立后，双方当事人应当严格按照合同标的完成各自承担的合同义务，不能用其他标的代替履行；一方违约时，也不能以向对方支付违约金、赔偿损失来代替；对方要求继续履行，只要继续履行具有可能性，则应继续履行。

5. 提前履行规则

《合同法》第七十一条确立了提前履行的规则，具体内容包括：①债务人在合同约定的履行期到来之前履行合同，如果债权人认为债务人提前履行会损害其利益，则可以拒绝债务人的提前履行；②如果债务人的提前履行不会给债权人造成任何损害，则债权人应依诚实信用原则及时受领；③债务人提前履行债务给债权人增加的费用，由债务人负担。

6. 部分履行规则

部分履行，是指债务人分次部分地完成其本应一次全部完成的合同义务的情况。根据《合同法》第七十二条规定，部分履行合同主要内容包括：①如果债权人认为部分履行会损害自己利益或无意义时，则可拒绝债务人的部分履行，并在债务人不存在免责事由时要求其承担相应违约责任；②当债务人进行部分履行时，债权人如认为部分履行并没有损害其利益时，则可接受；③债务人部分履行债务给债权人增加的费用，应由债务人负担。

7. 当事人一方发生变更时的履行规则

当事人一方发生变更，主要包括合同主体变更和合同主体内部法定代表人等的变更两种情况，具有不同的履行规则：①债权人分立、合并或者变更住所，没有通知债务人，致使履行债务发生困难的，债务人可以中止履行或者将标的物提存；②合同生效后，当事人不得因姓名、名称的变更或者法定代表人、负责人、承办人的变动而不履行合同义务。

二、合同履行的抗辩权

合同履行的抗辩权，是指在双务合同中，一方当事人根据法定事由享有的拒绝或者对抗债权人的请求权的权利，即对抗他人行使权利的权利。《合同法》首次确立了合同履行抗辩权，使当事人在法定情况下阻止他人行使权利，使其拒绝履行行为不构成违约。合同履行的抗辩权主要包括以下几个方面：

(一) 同时履行抗辩权

同时履行抗辩权，是指双务合同中的当事人应同时履行义务的，一方在对方未履行前，有权拒绝对方请求自己履行合同的权利。《合同法》第六十六条规定，当事人互负债务，没有先后履行顺序的，应当同时履行。一方在对方履行之前有权拒绝其履行要求。一方在对方履行债务不符合约定时，有权拒绝其相应的履行要求。

(二) 先履行抗辩权

先履行抗辩权，是指双务合同中应先履行义务的一方当事人未履行时，后履行义务的一方当事人有权拒绝对方请求履行的权利。《合同法》第六十七条规定，当事人互负债务，有先后履行顺序，先履行一方未履行的，后履行一方有权拒绝其履行要求。先履行一方履行债务不符合约定的，后履行一方有权拒绝其相应的履行要求。

(三) 不安抗辩权

不安抗辩权，是指双务合同中应先履行义务的一方当事人，有证据表明对方当事人不能或存在不可能履行合同义务的情况时，在对方当事人未履行合同或提供担保之前，有暂时中止履行合同的权利。《合同法》第六十八条规定，应当先履行债务的当事人，有确切证据证明对方有下列情形之一的，可以中止履行：①经营状况严重恶化；②转移财产、抽逃资金，以逃避债务；③丧失商业信誉；④有丧失或者可能丧失履行债务能力的其他情形。但当事人没有确切证据中止履行的，应当承担违约责任。

三、合同履行的保全

(一) 合同履行保全的概念

合同履行的保全，又称债的保全，是指法律为防止因债务人的财产不当减少而给债权人的债权带来危害，允许债权人代债务人之位向第三人行使债务人的权利，或者请求人民法院撤销债务人与第三人的法律行为的法律制度。债权人为保全其债权实现而采取的法律措施包括：代位权和撤销权。

(二) 代位权

1. 代位权的概念

代位权，是指因债务人怠于行使其对第三人的权利而危及债权时，债权人为确保其债权得以受偿，可以以自己的名义代位行使债务人对第三人的债权的权利。但该债权专属于债务人自身的除外。

2. 代位权的成立条件

债权人依照合同法规定提起代位权诉讼，应当符合下列条件：①债权人对债务人的债权合法；②债务人怠于行使其到期债权，对债权人造成损害；③债务人的债权已到期；④债务人的债权不是专属于债务人自身的债权。专属于债务人自身的不能由债权人行使代位权的权利包括：基于人格关系产生的利益以及人身伤害的损害赔偿、基于身份关系产生的利益、基于劳动关系产生的利益、人寿保险金、其他不得扣押的权利。

3. 代位权的行使效力

(1) 对于债权人的效力。债权人对因行使代位权所产生的必要费用，有权要求债务人予以返还，如果其行使代位权所获得的利益已由数个债权人分享，或由数个债权人平均分配，则其行使权利的费用，其他债权人也应当分担；如果第三人向债务人履行债务，债务人拒绝受领，则债权人有权替代债务人受领。

(2) 对于债务人的效力。依债权平等原则，债权人代位权行使的直接效果应归属于债务人；在代位权行使过程中，债务人不能就其被债权人代位行使的权利作出处分，不允许债务人抛弃、免除或让与其权利，但超过债权人代位请求数额的债权部分除外。

(3) 对于第三人的效力。在债权人行使代位权时，第三人不能以债权人与其无合同关系为由拒绝履行义务，而必须应债权人请求及时向债务人作出履行；第三人针对债务人所享有的各种抗辩权，均可以针对代位权人而行使；如其妨碍债权人行使代位权，又不履行到期债务，则构成对债务人的违约，应承担违约责任。

(三) 撤销权

1. 撤销权的概念

撤销权，是指债权人对于债务人所做的损害债权的行为，可以请求人民法院予以撤销的权利。如债务人放弃其到期债权、无偿转让财产或以明显不合理的低价转让财产，对债权人利益造成损害时，债权人可以请求人民法院撤销债务人与第三人的法律行为，恢复债务人的责任财产，以保障其债权的实现。

2. 撤销权的成立条件

债权人请求人民法院行使撤销权，须符合以下条件：(1)债务人须于债权成立后实施损害债权的行为；(2)债务人的行为须为使其财产减少的财产行为；(3)债务人处分财产的行为已经或将要对债权人的债权造成损害；(4)债务人处分财产的行为主观上是恶意的。

3. 撤销权的行使效力

(1) 对于债务人的效力。债务人行为被撤销后，则该行为自始无效、绝对无效，已脱离债务人的财产或替代利益复归于债务人；行为撤销后的受益人或受让人具有不当得利返还义务。

(2) 对于受益人、受让人的效力。债务人行为被撤销后，如财产已为受益人占有或受益的，应向债务人返还其财产和收益；如原物不能返还则应折价赔偿。受让人从债务人处所获利益，应根据不当得利返还给债务人；如占有标的物的，则负有返还标的物的义务。

(3) 对于债权人的效力。债权人行使撤销权后，对取回的财产不具有优先受偿的权利，经归入债务人责任财产范围，由债务人全体债权人平等受偿。但在实务中，如其他债权人未对债务人提起诉讼或行使撤销权，则行使撤销权的债权人即可将行使撤销权所获财产直接用来清偿自己债务；如其他债权人提起诉讼并获胜诉或行使撤销权，则应将所获利益依法进行分配和受偿。

四、合同履行的担保

(一) 合同担保的概念

合同担保，也称为债的担保，是指法律为保证特定债权人利益的实现而特别规定的以第三人的信用或者以特定财产保障债务人履行债务，债权人实现债权的制度。我国《民法通则》规定合同担保有保证、抵押、留置和定金四种形式；我国《担保法》规定合同担保制度包括保证、抵押、质押、定金和留置五种形式。

(二) 保证

1. 保证的概念与特征

保证，是指保证人和债权人约定，当债务人不履行债务时，保证人按照约定履行债务或者承担责任的担保方式。

保证具有以下特征：①保证具有从属性。保证与所担保的债形成主从关系，保证合同是主合同的从合同，保证债务是主债务的从债务。②保证具有相对独立性。保证债务虽依主债务的存在而存在，随主债务消灭而消灭，但保证合同是独立于主合同的单独合同，保证债务是独立于主债务的单独债务。③保证具有无偿性。在保证关系中，债权人享有保证债权却并不以偿付一定的代价为条件，保证人承担保证债务也不以从债权人取得一定代价为前提。④保证具有单务性。在保证之债中只有保证人一方负担义务即负有保证债务，而债权人一方原则上仅享有权利而不负担义务。⑤保证具有补充性。保证债务不仅是对主债务的加强，而且是对主债务的一种补充。

2. 保证方式

保证方式，即保证人承担保证责任的方式。根据我国《担保法》第十六条规定，保证的方式有一般保证和连带责任保证。

(1) 一般保证。是指保证人仅对债务人的不履行债务负有补充责任的保证。一般保证是通过约定设立的，如果当事人在保证合同中没有约定保证人承担一般保证责任，则成立的保证就不是一般保证。

(2) 连带责任保证。是指保证人与债务人对债务承担连带责任的保证。连带责任保证的保证人不享有先诉抗辩权，在保证责任的负担上与主债务人之间是连带债务人的关系，承担的保证责任较重。连带责任保证的债务人在主合同规定的债务履行期届满没有履行债务的，债权人可以要求债务人履行债务，也可以要求保证人在其保证范围内承担保证责任。

3. 保证的效力

(1) 对于保证人与债权人之间的效力。保证合同成立在保证人与债权人之间产生保证之债，其效力即是在保证人与债权人之间发生债权债务；在保证关系中债权人一方仅享有请求对方给付的权利，保证人一方仅负担给付义务；保证人虽无请求给付的权利，但享有对抗债权人请求权的防御权利。

(2) 对于保证人与债务人之间的效力。保证因是保证人为主债务人担保其履行债务的，相对于保证人与债权人之间的保证债务而言，主债务人为第三人；虽然主债务人与保证人之间的关系不影响保证人与债权人关系，但保证的效力却及于保证人与主债务人，在保证人与主债务人之间产生一定关系。

(三) 抵押

1. 抵押的概念

抵押，是指债务人或第三人不移转对特定财产的占有而将该财产作为债权担保的行为。债务人不履行债务时，债权人有权依法以该财产折价或者以拍卖、变卖该财产的价款优先受偿。

抵押中提供财产的债务人或第三人为抵押人，接受担保的债权人为抵押权人。抵押权人对于抵押人不移转占有而提供为担保的财产，在债务人不履行债务时可将其变价优先受偿的权利，称为抵押权。

2. 抵押权的种类

抵押权的种类，根据不同的标准可以进行不同划分，根据我国《担保法》相关规定，抵押权主要有以下几种：①不动产抵押；②动产抵押；③权利抵押；④最高额抵押；⑤财团抵押；⑥共同抵押。

3. 可抵押的财产范围

根据我国《担保法》规定，可以作为抵押物的财产包括以下几种：①抵押人所有的房屋和其他地上定着物；②抵押人所有的机器、交通运输工具和其他财产；③抵押人有权处分的国有土地使用权、房屋和其他地上建筑物；④抵押人依法有权处分的国有的机器、交通运输工具和其他财产；⑤抵押人依法承包并经发包方同意抵押的荒山、荒沟、荒丘、荒滩等荒地的土地使用权；⑥依法可以抵押的其他财产。除上述财产外，凡符合抵押权标的条件，法律又未规定不得抵押的财产，都为依法可以抵押的财产。

根据我国《担保法》规定，以下财产不得抵押：①土地所有权；②耕地、宅基地、自留地、自留山等集体所有的土地使用权，但法律规定可以抵押的除外；③学校、幼儿园、医院等以公益为目的的事业单位、社会团体的教育设施、医疗卫生设施和其他公益设施；④所有权、使用权不明或者有争议的财产；⑤依法被查封、扣押、监管的财产；⑥依法不得抵押的其他财产。

4. 抵押权效力

(1) 对于抵押人的效力。抵押人的权利即是抵押权对于抵押人的效力，主要体现为以下方面：①抵押物的处分权；②抵押物的出抵权；③抵押物的出租权；④抵押物上用益物权的设定；⑤抵押物的占有权。

(2) 对于抵押权人的效力。抵押权人的权利即是抵押权对抵押权人的效力，主要体现为以下方面：①抵押权人的保全权；②抵押权的处分权；③优先受偿权。

5. 抵押权实现和消灭

(1) 抵押权的实现。实现抵押权，即是抵押权人行使优先受偿权。抵押权的实现条件包括：①抵押权有效存在并不受任何限制；②债务人的债务履行期限届满；③债务人未履行债务；④债务人未履行债务的原因不能归责于债权人。抵押权实现的方式：《担保法》第五十三条第一款规定，债务履行期届满抵押权人未受清偿的，可以与抵押人协议以抵押物折价或者以拍卖、变卖该抵押物所得的价款受偿；协议不成的，抵押权人可以向人民法院提起诉讼。由此表明，我国法律规定抵押权人实现抵押权的方式有两种，一是抵押物的折价；二是抵押物的拍卖、变卖。抵押物折价或拍卖、变卖后所得价款，以当事人的约定进行清偿。

(2) 抵押权的消灭。抵押权可因一定的法律事实而消灭，抵押权消灭的原因有以下几种：①主债权消灭；②抵押物灭失；③抵押期限届满；④抵押权实现。

(四) 质押

1. 质押的概念

质押是设定质权的行为，是指债务人或第三人将出质的财产或权利交由债权人占有，作为债权的担保，在债务人不履行债务时，债权人可以将该财产或权利折价或拍卖、变卖并以所得价款优先受偿。质押分为动产质押和权利质押。

质押与抵押有以下区别：①标的物不同：质押以动产及权利为标的，抵押则可以用不动产作标的。②标的物的占有：质押权设定应当转移标的物的占有，而抵押权的设立不转移标的物的占有；③同一质物上只能设立一个质押权且没有受偿顺序，而同一抵押物上则可设立数个抵押权，并存在受偿顺序问题。

2. 动产质押

动产质押，指债务人或者第三人将其动产移交债权人占有，将该财产作为债权的担保。债务人不履行债务时，债权人有权依法以该动产折价或者以拍卖、变卖该动产的价款优先受偿的担保方式。

(1) 动产质押的标的物。动产质押的标的物是质押合同中约定的由出质人移交给质权人占有的动产，须符合以下两个条件：①须为可让与的且法律不禁止流通的动产。以不能让与的动产为质物，质权人则不能以质物的变价来受偿。②须为特定的动产。对于种类物、可代替物等不特定的物，只有在其特定化后才可成为质权的标的物。

(2) 动产质押的效力。①对于质权人的效力。动产质押对于质权人的效力，表现为质权人因质权的成立而发生的权利与义务：占有质物的权利、留置质物的权利、质物孳息的收取权、费用偿还请求权、质物转质权、因质权受侵害的请求权、质物的变价权、优先受偿权、质权的处分权和质物的保管义务、返还质物的义务。②对于出质人的效力。动产质押对于出质人的效力，表现为出质人因质权成立而发生的权利与义务：质物的处分权、质物孳息的收取权、对质权人的抗辩权、除去权利侵害和返还质物请求权、物上保证人对债务人的代位求偿权。

(3) 动产质权的实现和方法。动产质权的实现，是指债权人于其债权届满而未受清偿时处分质物，以质物的变价优先受偿其受担保的债权。动产质权的实现应当具备以下三个条件：①债务履行期届满债务人未履行债务；②债权人非因自己的原因未受清偿；③质权人占有质物。动产质权实现的方法包括：质物折价和质物拍卖、变卖两种。质物的折价是指由质权人依质物的价格取得质物所有权，其从所折价的价款中优先受偿其债权；质物的拍卖、变卖都属于将质物出卖，不过拍卖是以公开的竞买方式出卖，而变卖是以其他方式出卖而已。

(4) 动产质权的消灭。动产质权作为担保物权，即可因物权和担保物权消灭的一般原因消灭，又可因特有的消灭原因而消灭。动产质权消灭的原因主要有以下七种：被担保债权的消灭、质权的抛弃及质物的任意返还、质物占有的丧失、质物的灭失、债务人转让债务未经物上保证人同意、质权的实现、质权的存续期间届满。

3. 权利质押

权利质押，是指债务人或者第三人不是以实体物而是以所有权、用益物权以外的可让与的财产权利出质作为债权的担保。权利质押的标的是出质人供作债权担保的权利。

(1) 权利质押的范围。《担保法》第七十五条规定，下列权利可以质押：①汇票、支票、本票、债券、存款单、仓单、提单；②依法可以转让的股份、股票；③依法可以转让的商标专用权、专利权、著作权中的财产权；④依法可以质押的其他权利。

(2) 权利质押的设定。①证券债权质押设定。以汇票、支票、本票、债券、存款单、仓单、提单出质的，应当在合同约定的期限内将权利凭证交付质权人。质押合同自权利凭证交付之日起生效。②股权质押设定。以依法可转让的股票出质的，出质人与质权人应当订立书面合同，并向证券登记机构办理出质登记。质押合同自登记之日起生效；以上市公司的股份出质的，质押合同自股份出质向证券登记机构办理出质登记之日起生效；以非上市公司的股份出质的，质押合同自股份出质记载于股东名册之日起生效。③知识产权质押设定。以依法可以转让的商标专用权、专利权、著作权中的财产权出质的，出质人与质权人应当订立书面合同，并向管理部门办理出质登记。④不动产收益权质押的设定。以公路桥梁、公路隧道或者公路渡口等不动产收益权为标的设定的担保权，为权利质权；以公路桥梁等不动产收益权质押的，出质人与质权人应当签订书面质押合同，并向批准收费的主管部门办理出质登记。质权自登记之日起生效。

(五) 留置

1. 留置的概念

留置，是指债权人按照合同约定占有债务人的动产，债务人不按照合同约定的期限履行债务的，债权人有权依照法律规定留置该财产，以该财产折价或者以拍卖、变卖该财产的价款优先受偿。留置权，是指债权人依合同约定占有债务人的动产，在债务人不按照合同约定的期限履行债务时，债权人可以留置该动产以作为债权担保的权利。

留置与留置与抵押、质押的区别有以下 3 个：①留置基于法律直接规定而产生；抵押、质押都是依据当事人约定而产生。②留置中债权人要占有债务人的财产；而抵押则不占有抵押人财产。③留置权人占有债务人财产是因履行主合同而占有，主合同期满后继续占有，其占有与主合同有牵连性；而质权人占有出质人财产是依据质押合同，与主合同无牵连性。

2. 留置权的取得

留置权的取得，是指留置权的成立或发生。留置权的成立须具备以下法律条件：①债权人须占有一定的财产；②债权人占有的财产须为债务人的动产；③债权人的债权与债务人的债务间有关联；④债权须已届清偿期。

3. 留置权的效力

(1) 对于留置物所有人的效力。主要表现在以下两方面：①留置物被债权人留置后，留置物所有人并不因此而丧失留置物的所有权，留置物所有人仍可处分留置物；②留置物所有人的权利行使受到一定限制。一般情况下，留置物的所有人不能对留置物占有、使用、收益，也不能将留置物用于质押和出租。

(2) 对于留置权人的效力。留置权人的效力表现为留置权人的权利和义务：留置物的占有权、留置物孳息的收取权、对留置物必要的使用权、必要费用之返还请求权、就留置物变价优先受偿权；对留置物的保管义务，不得擅自使用、利用留置物的义务，返还留置物的义务。

4. 留置权的实现和方式

《担保法》第八十七条第一款、第二款规定，债权人与债务人应当在合同中约定，债权人留置财产后，债务人应当在不少于 2 个月内履行债务。债权人与债务人在合同中未约定的，债权人留置债务人财产后，应当确定两个月以上的期限，通知债务人在该期限内履行债务；债务人逾期仍不履行的，债权人可以与债务人协议以留置折价，也可以依法拍卖、变卖留置物。依上述规定，留置权人实现留置权须具备以下三个条件：①须确定留置财产后债务人履行债务的宽限期；②通知债务人在确定的期限内履行其义务；③须债务人在宽限期限届满仍不履行义务且未提供其他担保。

留置权实现的方式包括折价和出卖两种。折价是指由留置权人已商定的留置物的价格抵销留置权所担保的债权而取得留置物的所有权，此种方法须经双方达成一致才能实现，如双方未就留置物的折价达成一致则不能采用此方法处分留置物；出卖是指将留置物的所有权有偿出让给第三人。如双方当事人就出卖方法达成协议则应以商定方法出卖,如当事人协商不成,留置权人可依法对留置物进行拍卖。

(六) 定金

1. 定金的概念

定金是指由合同一方当事人预先向对方当事人交付一定数额的货币,以保证债权实现的担保方式。

2. 定金与相关制度的区别

(1) 定金与违约金的区别主要有以下几个方面:①根本目的不同。定金是以确保债权的实现为根本目的的,为债权担保的一种方式,是独立于主合同的从合同;而违约金的根本目的是制裁违约行为,为民事责任的承担方式,为合同内容的一部分。②交付的时间不同。定金在合同履行前交付,有预先给付和证约的作用;而违约金只能于当事人一方违约后交付。③发生的根据不同。定金由当事人双方在合同中约定,而违约金既可由双方约定也可以是法定的。④确定的标准不同。定金的数额不能超过法律规定,超过规定数额的定金为无效;而违约金具有预定赔偿金的性质,是根据违约损失额具体确定的。

(2) 定金与预付款的区别主要有以下几个方面:①性质和作用不同。定金为债权担保方式,其主要作用是通过定金罚则给予当事人压力,担保合同的履行;预付款是合同价款的一种支付方式,其作用是为一方当事人合同履行提供资金帮助和创造条件。②发生的基础不同。定金是依定金合同而发生,且只有在一方实际交付后才能成立;而预付款是由当事人在合同中约定的,一方当事人不按照合同约定交付预付款时,其行为构成对合同义务的违反。③适用条件和后果不同。定金合同当事人不履行主合同债务适用定金罚则,发生丧失定金或者双倍返还定金的法律后果;而交付和收受预付款的当事人一方违约时,不发生丧失或双倍返还已付款项的后果,预付款仅可抵作损害赔偿金。

3. 定金的效力

定金具有以下三个方面的效力:①证约的效力。是指定金具有证明主合同成立的效力。②预先给付的效力。是指当事人一方在规定的给付时间之前向对方给付。③担保的效力。此为定金的基本效力,其担保作用是通过适用定金罚则来实现的。

定金罚则的适用,应当具备以下条件:①有定金担保的存在;②主合同有效;③有当事人一方不履行债务的事实;④不履行债务的债务人存在过错。

第四节　合同的变更、转让和终止

一、合同的变更

(一) 合同变更的概念

合同变更，包括合同内容的变更和合同当事人(即主体)的变更。《合同法》所指的合同变更仅指合同内容的变更，是指有效成立的合同在尚未履行或未履行完毕前，因一定法律事实出现而使合同的内容发生改变。比如：增加(或减少)标的物数量、改变原定履行期限、变更交付地点或方式等。

(二) 合同变更与合同解除的区别

合同变更与合同解除是两个不同的概念，两者区别表现在以下几个方面：

(1) 内涵不同。合同变更是对原合同的非实质性条款做出修改和补充，并没有根本改变合同的实质内容，也不需要消灭原合同关系；而合同解除则要消灭原合同关系，且不建立新的合同关系。

(2) 条件不同。合同变更主要因双方协商一致而发生，即使因不可抗力需要变更合同的，一般也要经过双方协商，如不能达成协议可要求人民法院予以变更；而合同解除可有多种原因，协商只是其中一种方式，且变更合同和解除合同的协议内容也是不同的。

(3) 性质不同。合同解除是一种违约后的补救方式，它是在一方违约情况下，另一方可享有解除合同的权利；但合同变更并非与违约补救相联系，一方违约后另一方并不产生变更的权利。但在一方违约情况下，另一方可以解除合同且有权要求赔偿损失。

(4) 法律后果不同。合同变更没有消灭原合同的关系，也就不产生溯及既往的问题；而合同解除将使合同关系消灭，会发生溯及既往的效力。

(三) 合同变更的效力

(1) 合同变更后，当事人应按照变更后的合同内容履行，否则构成违约，须承担违约责任。

(2) 合同变更原则上只向将来发生效力，未变更的权利义务继续有效，已经履行的债务不因合同的变更而失去法律根据。

(3) 合同的变更不影响当事人要求赔偿损失的权利。我国《民法通则》第一百一十五条规定："合同变更或者解除，不影响当事人要求损害赔偿的权利。"合同变更前因一方过错给另一方造成的损失，如双方当事人没有另行约定，合同变更后，受损失一方仍然有权请求过错方进行损害赔偿。

二、合同的转让

(一) 合同转让的概念

合同转让，是指当事人一方依法将其合同的权利或者义务，全部或者部分地转让给第三人，或者将合同权利和义务一并转让给第三人，由受让方承担合同权利和义务。合同转让其实质是合同主体的变更，属于广义的合同变更。包括合同权利转让、合同义务转让和合同权利义务的概括转让。

(二) 合同权利转让

合同权利转让，又称债权转让，是指在不改变合同内容的情况下，合同债权人将其债权全部或者部分地转让给第三人享有。合同权利转让可分两种情形：①合同权利的全部转让，其附随于债权的从权利一并移转于第三人；②合同权利的部分转让，原债权人与第三人分享债权，有约定的从约定，无约定或未向债务人声明的视为连带债权。

合同权利转让的生效条件：①须有有效的合同权利存在，且转让不改变合同权利内容；②转让人对合同权利须有处分能力，并与受让人就合同权利转让达成协议；③合同权利转让的对象是合同债权，其本身具有可转让性；④转让合同权利按照法律、行政法规规定需办理批准登记手续的，办理相关手续后方可生效。

(三) 合同义务转让

合同义务转让，又称债务承担，是指在不改变合同内容的情况下，合同债务人经得债权人同意后，将其合同义务全部或者部分地转让给第三人负担。

合同义务转让的生效条件：①须有有效存在的合同义务；②合同义务具有可移让性；③须有以义务承担为内容的债务移让协议；④义务承担协议须经债权人明示或默示同意。

合同义务转让的法律效力：①原债务人脱离债务关系，由新的受让人直接向债权人承担债务；②新债务人应当承担与主债务有关的从债务，但该从债务专属于原债务人自身的除外；③债务人基于合同关系所享有的对于债权人的抗辩权转归新的债务人。

(四) 合同权利义务的概括转让

合同权利义务概括转让，是指由原合同当事人经对方同意，将其权利义务一并转让给第三人，由第三人概括地继受原合同的权利和义务。合同权利义务的概括转让通常有以下两种情况：

1. 合同承受

是指一方当事人与他人订立合同后，依照其与第三人的约定，并经对方当事人同意，将合同的权利义务一并转移于第三人，由第三人享受权利并负担义务。

合同承受的生效要件：①须有合法有效的合同存在；②承受的合同须为双务合同；③须原合同当事人与第三人达成合同承受达成协议；④须经对方当事人同意。

合同承受的效力：①承受人取得合同当事人享有的一切权利义务，原合同当事人脱离合同关系；②合同承受系无因行为，承受人对抗原合同当事人的事由，不得用来对抗对方当事人。

2. 企业合并、分立

企业合并包括企业兼并和新设合并，企业分立包括新设分立和派生分立。我国《民法通则》第四十四条规定，企业法人分立、合并，它的权利和义务由变更后的法人享有和承担；《合同法》第九十条规定，当事人订立合同后合并的，由合并后的法人或者其他组织行使合同权利，履行合同义务。当事人订立合同后分立的，除债权人和债务人另有约定的以外，由分立的法人或者其他组织对合同的权利和义务享有连带债权，承担连带债务。

企业合并、分立后，原企业债权债务的转让，以合并、分立后企业的通知或公告发生效力，不须取得对方当事人的同意；企业合并、分立后，原企业与新企业共同行使合同权利，履行合同义务并承担连带债务。但在分立、合并之前与债权人或债务人达成协议的，则依协议执行。

三、合同的终止

(一) 合同终止的概念

合同终止，即合同权利义务的终止，是指因发生法律规定或当事人约定的情况，而使当事人之间权利义务关系归于消灭，合同终止法律效力。

(二) 合同终止事由

合同终止的事由，是指引起合同终止的各种原因。合同终止的事由大致分为三类：①根据当事人的意思终止；②基于合同目的已经达到或合同已无继续的必要；③源于法律的直接规定。《合同法》第九十一条规定，合同的权利义务由于下列情形终止：①债务已经按照约定履行；②合同解除；③债务相互抵销；④债务人依法将标的物提存；⑤债权人免除债务；⑥债权债务同归于一人；⑦法律规定或者当事人约定终止的其他情形。

(三) 合同终止的效力

(1) 合同关系终止后便失去法律效力，除法律另有规定外，原债权人不得再主张合同债权，债务人也不再负担合同义务，债权债务关系归于消灭。

(2) 合同的担保及其他从权利和义务归于消灭。比如抵押权、违约金债权、利息债权等都和主债权一样归于消灭。

(3) 一切有关合同关系的手续失去法律效力。比如：负债字据的返还与注销，债权人如能证明字据灭失不能返还者，应向债务人出具消灭字据。

(4) 依诚实信用原则及交易惯例，合同当事人还负有一定后合同义务。《合同法》第九十二条规定："合同的权利义务终止后，当事人应当遵循诚实信用原则，根据交易习惯履行通知、协助、保密等义务。"

第五节 违约责任

一、违约责任及其特征

(一) 违约责任的概念

违约责任，是指合同当事人因违反合同约定的义务所承担的民事责任。违约责任主要表现为财产责任，可由当事人在法律规定范围内事先约定，如约定一定数额违约金、约定违约损失赔偿额计算方法、约定免除责任条款等。

(二) 违约责任的特征

违约责任作为一种重要的法律责任，与其他法律责任相比具有如下特征：①违约责任是民事责任的一种形式，违约责任主要是财产责任；②违约责任是合同当事人不履行合同约定义务所产生的责任；③违约责任具有相对性，只能在特定的当事人之间产生；④违约责任可以由当事人在法律允许的范围内约定；⑤违约责任具有补偿性和制裁性双重属性。

二、违约责任的归责原则

(一) 违约责任归责原则的概念

归责原则，是指民事责任的归责规则，是确定行为人承担民事责任所应遵循的基本原则或标准。违约责任的归责原则，就是指确定违约当事人民事责任的法律原则。归责原则的确定，对违约责任制度的内容起着决定性的作用。

(二) 我国《合同法》确立的归责原则

在现行《合同法》出台前，《经济合同法》对合同责任的归责原则采用过错责任原则；《民法通则》、《涉外经济合同法》、《技术合同法》采用无过错责任原则。《合同法》确立的合同责任归责原则为无过错责任原则，但在一些具体合同责任形式中也采用过错责任原则，即我国现行《合同法》确立了"以无过错责任原则为基础、以过错责任原则为补充"的责任归责体系。

1. 无过错责任原则

无过错责任原则，又称为严格责任原则，是指一方当事人不履行或者不适当履行合同义务给另一方当事人造成损害，无论其主观上是否有过错均应承担违约责任。《合同法》第一百零七条规定："当事人一方不履行合同义务或者履行合同义务不符合约定的，应当承担继续履行、采取补救措施或者赔偿损失等违约责任。"

2. 过错责任原则

过错责任原则，是指一方当事人不履行或者不适当履行合同义务时，应以当事人主观过错作为确定违约责任构成的依据。《合同法》确立了违约责任的无过错责任原则，但同样适用过错责任原则，具体表现在以下方面：

(1) 预期违约责任应当适用过错责任原则。《合同法》第一百零八条规定："当事人一方明确表示或者以自己的行为表明不履行合同义务的，对方可以在履行期限届满之前要求其承担违约责任。""明确表示"、"行为表明"均说明必须是主观上具有的故意所为。因此，预期违约的合同责任适用过错责任原则。

(2) 违约责任中的损害赔偿应当适用过错责任原则。在构成损害赔偿责任要件中，传统民法的要求都是过错责任原则。《合同法》第一百一十二条规定："当事人一方不履行合同义务或者履行合同义务不符合约定的，在履行义务或者采取补救措施后，对方还有其他损失的，应当赔偿损失。"此条款应确认损害赔偿的归责原则为过错责任原则；《合同法》第一百一十三条规定："当事人一方不履行合同义务或者履行合同义务不符合约定，给对方造成损失的，损失赔偿额应当相当于因违约所造成的损失，包括合同履行后可以获得的利益，但不得超过违反合同一方订立合同时预见到或者应当预见到的因违反合同可能造成的损失。"

(3) 在同一合同责任中，有时须同时运用两种归责原则。《合同法》第五十八条规定："合同无效或者被撤销后，因该合同取得的财产，应当予以返还；不能返还或者没有必要返还的，应当折价补偿。有过错的一方应当赔偿对方因此所受到的损失，双方都有过错的，应当各自承担相应的责任。"由此可见，无效合同责任的归责问题适用两个归责原则：即无过错责任原则调整合同无效的财产返还和适当补偿责任，过错责任原则调整无效合同的赔偿责任。

(4) 在《合同法》分则中，有时要适用过错责任原则。《合同法》虽在总则实行无过错责任原则，但在分则中同时适用过错责任原则。如《合同法》第二百六十五条规定："承揽人应当妥善保管定作人提供的材料以及完成的工作成果，因保管不善造成毁损、灭失的，应当承担损害赔偿责任。"此处的"保管不善"即为保管人过错，如保管人善尽保管义务则无须承担损害赔偿的违约责任。

(5) 在无偿合同中应当适用过错责任原则。《合同法》分则中相关条文直接规定和体现了无偿合同的过错归责原则。如第一百八十九条规定："因赠与人故意或者重大过失致使赠与的财产毁损、灭失的，赠与人应当承担损害赔偿责任"、第三百七十四条规定："保管期间，因保管人保管不善造成保管物毁损、灭失的，保管人应当承担损害赔偿责任，但保管是无偿的，保管人证明自己没有重大过失的，不承担损害赔偿责任"等。

三、违约行为的基本形态

(一) 违约行为的概念

违约行为，又称为违反合同的行为，是指合同当事人未按照法律规定和合同约定履行合同义务的行为。违约行为的实质在于非法侵害合同债权，违反受律保护的合同义务，主要包括：当事人在合同中约定的义务、法律直接规定的义务、当事人根据法律原则和精神必须遵守的义务。

(二) 违约行为的基本形态

根据违约行为发生的时间，违约行为可分为预期违约和实际违约，实际违约分为不履行和不符合约定的履行，而不符合约定的履行又分为不适当履行、瑕疵履行和迟延履行。

1. 预期违约

又称为先期违约、事先违约，是指在合同履行期限到来之前，当事人一方无正当理由明示或者默示表示其将不履行合同，从而在当事人之间发生一定权利义务关系的违约行为。预期违约可以分为明示预期违约和默示预期违约两种。明示预期违约是指在合同履行期限到来之前，当事人一方无正当理由而明确向另一方当事人表示其将不履行合同；默示预期违约是指在合同履行期限到来之前，当事人一方有确凿证据证明另一方当事人在履行期限到来时将不履行或不能履行合同，而另一方当事人又不愿提供必要的履行担保。

2. 不履行合同

是指在合同履行期届满时，合同当事人完全不履行自己的合同义务。不履行合同行为分为根本违约和拒绝履行两种。

根本违约是指当事人一方迟延履行债务，或者因其他违约行为致使不能实现合同目的。根本违约的构成要件包括：①违约后果致另一方受到损害，并实际剥夺了其根据合同规定有权期待的利益；②违约方预知或者普通人在此情况下会预见到会发生根本违约的结果。

拒绝履行是指合同履行期限届满时，债务人无正当理由表示其不履行合同义务的行为。拒绝履行的构成要件包括：①必须存在合法有效的合同义务；②必须有拒绝履行的明示或默示的意思表示；③拒绝履行的意思表示必须在履行期限到来后作出；④拒绝履行必须无正当理由。

3. 不适当履行

又称为不完全给付，是指合同债务人虽有履行合同义务的行为，但该履行行为不符合合同的约定。不适当履行包括部分履行、履行地点不当、履行方法不当或分期履行等。

不适当履行的构成要件包括：①合同债务人必须有给付的行为，否则就是给付不能或给付迟延；②给付行为必须不是合同约定的给付；③不完全履行的原因可归责于债务人。

4. 瑕疵履行

是指债务人所作的履行不符合合同规定的质量标准或者因交付的产品存有缺陷而造成他人人身、财产的损害。

瑕疵履行的构成要件包括：①债务人作出履行而只是履行不适当，这是与不履行、迟延履行的重要区别；②合同履行标的的质量不符合约定，而并非数量不足或履行方法不适当；③债务人的不适当履行无正当理由。

5. 迟延履行

是指债务人无正当理由，在合同规定的履行期限届满时仍未履行合同义务。如合同未约定履行期限的，在债权人提出履行催告后仍未履行义务的即为迟延履行。

迟延履行的构成要件包括：①必须存在合法有效的合同债务；②必须是债务人违反了履行期限的规定，这是判断债务人是否迟延履行的标准；③履行必须是可能的，否则则是给付不能；④必须是履行期届满且债务人没有履行债务，如履行了部分债务便构成部分履行或部分迟延；⑤必须非因不可抗力所致。

四、违约责任承担和免责事由

(一) 违约责任的承担方式

1. 继续履行

又称强制履行，是指在违约方不履行合同义务时，债权人可请求人民法院或者仲裁机构强制债务人实际履行合同义务。但有下列情形之一的除外：①法律上或者事实上不能履行；②债务标的不适于强制履行或者履行费用过高；③债权人在合理期限内未要求履行。

2. 采取补救措施

是指违约方履行合同义务不符合约定，债权人在请求人民法院或者仲裁机构强制债务人实际履行合同义务的同时，可根据合同履行情况要求债务人采取的补救履行措施。《合同法》第一百一十一条规定："质量不符合约定的，应当按照当事人的约定承担违约责任。对违约责任没有约定或者约定不明确，依照本法第六十一条规定仍不能确定的，受损害方根据标的的性质以及损失的大小，可以合理选择要求对方承担修理、更换、重作、退货、减少价款或者报酬等违约责任。"

3. 赔偿损失

是指债务人不履行合同义务或者履行合同义务不符合约定的，在履行义务或者采取补救措施后，对方还有其他损失的，应依法赔偿债权人所受损失。《合同法》所指的赔偿损失是指货币赔偿，实物赔偿限于以合同标的物以外物品进行赔偿。

4. 定金责任

《合同法》第一百一十五条规定，当事人可依法约定一方向对方给付定金作为债权的担保。债务人履行债务后，定金应当抵作价款或者收回。给付定金的一方不履行约定的债务的，无权要求返还定金；收受定金的一方不履行约定的债务的，应当双倍返还定金。

5. 支付违约金

是指按照当事人约定或者法律规定，一方当事人违约时应当根据违约情况向对方支付的一定数额的货币，也可以表现为一定价值的财物。约定的违约金低于造成的损失的，当事人可请求人民法院或者仲裁机构予以增加；约定的违约金过分高于造成的损失的，当事人可以请求人民法院或者仲裁机构予以适当减少。

(二) 违约责任的免责事由

违约责任的免责事由，又称为免责条件，是指法律规定或者合同中约定的当事人对其不履行或者不适当履行合同义务免于承担违约责任的条件。根据我国法律规定，合同违约责任的免责条件主要有以下几个：

1. 不可抗力

是指不能预见、不能避免并不能克服的客观情况。《合同法》第一百一十七条规定，因不可抗力不能履行合同的，根据不可抗力的影响，部分或者全部免除责任，但法律另有规定的除外。当事人迟延履行后发生不可抗力的，不能免除责任。

2. 受害人的过错

是指受害人对违约行为或者违约损害后果的发生或者扩大存在过错。违约责任虽然实行严格责任原则，但受害人过错可以成为违约方全部或者部分免除责任的依据。如在约定检验期间的买卖合同中，买受人就标的物数量或者质量不符合约定的情形怠于通知出卖人，出卖人不承担违约责任。

3. 免责条款

是指合同当事人约定的排除或者限制其将来可能发生的违约责任的条款。当事人可以在订立合同时约定免责条款，只要具有免责条款规定的情形，即使当事人有违约行为也不承担违约责任；但合同中的免除造成对方人身伤害、因故意或者重大过失造成对方财产损失的违约责任的免除条款无效，当事人对此类损害仍应当承担违约责任。

4. 法律规定的其他情形

如货物本身的自然性质、合理损耗或者他人有过错。《合同法》第三百一十一条规定，承运人对运输过程中货物的毁损、灭失承担损害赔偿责任，但承运人证明货物的毁损、灭失是因不可抗力、货物本身的自然性质或者合理损耗以及托运人、收货人的过错造成的，不承担损害赔偿责任。

五、违约救济

违约救济，是指一个人的合法合同权利被他人侵害时，法律授予受损害一方的一定补偿方法。各国法律均规定，如果合同一方当事人违反合同规定，另一方当事人有权采取相应的救济方法。基本救济方式可概括为以下三种。

(一) 实际履行

包括两重含义：①一方当事人未履行合同义务，另一方当事人有权要求他按合同规定完整地履行合同义务，而不能用金钱来代替；②一方当事人未履行合同义务，另一方当事人有权向人民法院提起实际履行之诉，由人民法院强制违约当事人按照合同规定履行他的义务。

《合同法》第一百零七条规定："当事人一方不履行合同义务或者履行合同义务不符合约定的，应当承担继续履行、采取补救措施或者赔偿损失等违约责任。"此条款的"继续履行"即指实际履行或强制履行，只要采取实际履行的措施是合理的，当事人可以要求实际履行，人民法院与仲裁机构可以作出实际履行的判定。

(二) 损害赔偿

是指违约方用金钱来补偿另一方由于其违约所遭受到的损失。损害赔偿是一种重要的违约救济方法，主要包括恢复原状和经济赔偿。

损害赔偿范围的规定，主要分为两种情况：

(1) 约定的损害赔偿，即由当事人自行约定损害赔偿的金额或计算原则。双方当事人在订立合同条款时，就事先约定一方违反合同，应向对方支付一定额度的金钱。合同中约定的违约金原则上具有约定损害赔偿的作用。

(2) 法定的损害赔偿，即当事人无约定的情况下由法律予以确定赔偿的金额。如果当事人在合同中未就有关赔偿范围做出规定，发生违约时，当事人只能依据法律规定来计算或确定损害赔偿的金额。

(三) 解除合同

是指合同当事人免除或中止履行合同义务的行为。《合同法》规定，在下列情况下才能要求解除合同：①因不可抗力致使不能实现合同目的；②在履行期届满之前，当事人一方明确表示或者以自己的行为表明不履行主要债务；③当事人一方延迟履行主要债务，经催告后在合理期限内仍未履行；④当事人一方延迟履行债务或者有其他违约行为致使不能实现合同目的。

导入案例分析

这是一起考察合同订立和责任承担问题的案例。(1)由于甲公司和乙公司之间并无有效的合同关系，故乙公司不能要求甲公司对其承担违约责任。理由是：根据《合同法》的规定，要约邀请是希望他人向自己发出要的意思表示。要约是希望和他人订立合同的意思表示。可见，甲公司发出的传真属于要约邀请，乙公司发给甲公司的传真才是要约。另外，《合同法》还规定，承诺期限届满，受要约人未作出承诺的，要约失效。由于乙公司的要约设定了期限，即在3月30日前承诺有效，而甲公司则未能在3月30日前作出承诺，故乙公司的要约失效。由于合同成立需要经过要约和承诺两个阶段，承诺生效时合同成立，且甲公司未在要约期限内作出承诺，所以两公司之间不存在合同关系，乙公司不能根据合同去要求甲公司赔偿损失。(2)根据《合同法》规定，当事人在订立合同过程中有违背诚实信用原则的行为，给对方造成损失的，应承担损害赔偿责任。由于甲公司在与乙公司订立合同过程中，未及时将不能签约的原因通知乙公司，致使乙公司为履行合同准备了资金和仓库，造成了近2万元的实际损失，故甲公司应依法向乙公司承担缔约过失责任，赔偿乙公司的经济损失。

实践思考题

(1) 简述合同的概念和分类。

(2) 简述合同内容的主要条款,自拟一份勤工助学合同。

(3) 什么是格式合同?《合同法》对格式合同有哪些限制性规定?

(4) 论述缔约过失责任的法律特征及其构成要件。

(5) 论述合同履行的抗辩权及其适用条件。

(6) 简述定金与违约金、预付款的区别。

(7) 简述合同变更与合同解除的区别。

(8) 论述违约责任承担方式和免责事由。

案例实务训练

(1) 甲公司与乙公司签订了 5 万套服装、单价 100 元/套的加工合同,双方约定:①甲公司于 2009 年 10 月 30 日前向乙公司支付预付款 100 万元,乙公司应在 2009 年 12 月 1 日前交付第一批服装 2 万套;②2009 年 12 月 10 日甲公司支付乙公司款项 200 万元,2010 年 1 月 15 日前乙公司交付第二批服装 3 万套;③甲公司在接到第二批服装 15 日内将余款 200 万元交付乙公司;④一旦双方出现纠纷,即提交北京市仲裁委员会仲裁。2009 年 10 月 25 日,甲公司按照合同约定向乙公司支付预付款 100 万元,乙公司于 2009 年 11 月 20 日交付了第一批服装。2009 年 12 月 5 日,乙公司突发大火,将厂房、布料和大部分设备烧毁。甲公司得知便停止向乙公司支付第二批款项 200 万元,经乙公司交涉,甲公司同意若乙公司在 2010 年 1 月 5 日前恢复生产能力,双方继续履行合同。由于筹措资金困难,乙公司于 2010 年 1 月 20 日才恢复生产,请求甲公司继续履行合同。甲公司认为,服装销售季节性很强,此时再生产服装已错过了销售高峰期,便于 2010 年 2 月 1 日通知对方解除合同,同时表示可以结清乙公司已交付服装的款项。乙公司经多次与甲公司协商未果,遂向人民法院提起诉讼。

问题:①甲公司在得知乙公司发生火灾时即中止履行合同是否合法?并说明理由。②乙公司于 2002 年 1 月 20 日恢复生产能力,而甲公司却提出解除合同是否合法?并说明理由。③乙公司在是否发生合同争议时向人民法院提起诉讼是否合法?并说明理由。④本案应如何处理?并说明理由。

(2) 甲公司原业务员张某遇见与甲公司有长期业务关系的乙公司经理陈某,闲聊中张某得知乙公司正需购置一台精密仪表,张某表示甲公司可以代为采购,双方遂达成协议。乙公司按时向甲公司支付 10 万元预付款,但在合同约定的交货日期,甲公司以张某在与乙公司签订合同时已下岗,并无业务代理权为由拒绝履行合同;

乙公司认为甲公司并未将解除张某业务代理权的情况告知自己，且张某出具了盖有甲公司合同专用章的合同书，自己并无过错。双方为此发生纠纷，经协商，甲公司同意在 15 日内履行合同，乙公司同意追加 1%的代理费；但 15 日后甲公司仍未能采购到乙公司需要的仪表，乙公司催告甲公司因时间紧迫只能给予 10 日宽限期，届时如仍不履行合同将解除合同并追究责任。但期限过后甲公司仍因未购到而无法履行合同，乙公司为此损失 15 万元人民币。乙公司遂提出解除该合同，要求甲公司退还预付款并赔偿损失。

问题：①甲公司与乙公司签订的合同是否有效？请作具体分析。②本案应如何处理？请说明理由。

第六章

竞 争 法

教学目的及要求： 通过学习，使学生理解竞争法体系和立法模式；掌握反不正当竞争法调整对象，不正当竞争行为及其法律责任；掌握垄断法行为及其法律规制。运用所学知识分析、解决不正当竞争和垄断行为法律纠纷。

教学组织与设计： 以课堂讲授、案例讨论和市场热点问题分析并重，采取引导式、比较式教学。可通过案例搜集、市场调研、自学与研讨相结合方式，提高学生对市场竞争法律制度的实践性理解。

学习重点和难点： 竞争法立法模式，不正当竞争行为表现形式，垄断分类和形式，反垄断法行为及其法律规制，反垄断法适用除外制度的范围。

第一节　竞争法概述

一、竞争的概念和功能

(一) 竞争的概念和特征

因"竞争"一词具有互相争胜的一般涵义，因此被广泛使用于自然界与社会生活的各个领域。竞争法所称的竞争是针对市场竞争而言的，是指两个或两个以上的生产经营者在市场上以较有利之价格、数量、质量或其他条件争取交易机会的行为。具体而言，就是商品生产者和经营者为获取某种利益或取得有利的产销条件，在市场上占有更大销售额以追求最多经济效益而实施的经济行为。

上述概念体现了竞争的以下本质特征：①竞争主要发生在市场主体之间；②竞争机制的目的是为了获得尽量多的经济利益和有利市场条件；③竞争机制的结果是导致优胜劣汰；④竞争既可以是指市场竞争活动，又可以指竞争规律。

(二) 竞争的功能

在市场经济条件下，竞争具有以下多方面的功能：①适应与协调功能。通过市场价格与竞争机制的作用，使独立的市场主体在生产和消费上分散的经济决策能够相互协调为一体，以调节社会生产和实现优化资源配置。②激励与创新功能。每一个竞争主体都试图获得竞争的优先利润，在此目标刺激下可促进竞争者的科技创新。③分配与监督功能。竞争能够体现按照竞争效率进行分配的原则，在按照竞争效率分配的过程中实现对分配的监督。

二、竞争法的调整对象和原则

(一) 竞争法概念和特征

竞争法，是调整市场经济活动中经营者之间的竞争关系以及市场竞争管理关系的法律规范的总称。与其他法律相比较，竞争法具有以下特征：

1. 适用对象的多样性

竞争是经营者之间所发生的以实现利益最大化为目的的商业性行为，竞争法主要适用于市场经营者，也基于市场竞争管理关系而适用于国家管理机关。

2. 调整方法的复杂性

竞争法的调整对象包括竞争关系和竞争管理关系两方面，前者属于平等市场主体之间的关系，后者属于不平等主体之间的关系，竞争法既调整横向的平等主体之间的关系，又调整纵向的竞争管理关系。

3. 法律内容的交叉性

竞争法内容一般会出现与民法、商标法、专利法、广告法、价格法、产品质量法、消费者权益保护法等相关法律的交叉性。比如：不正当竞争行为之一的假冒他人注册商标行为，同为竞争法和商标法所禁止；虚假广告宣传行为，也同为竞争法和广告法所禁止等。

4. 法律责任的综合性

法律责任是竞争法最重要的组成部分，违反竞争法应承担的法律责任是一种综合性责任，包括民事责任、行政责任和刑事责任。

(二) 竞争法的调整对象

竞争法的调整对象是一定的社会关系，即调整因市场竞争行为所引起的特定的社会关系，主要表现在以下三个方面：①具有平等主体的市场经营者之间的竞争关系；②政府及其职能部门、其他社会团体涉及市场竞争活动引发的竞争法律关系；

③竞争管理机关对经营者管理形成的竞争管理关系。

(三) 竞争法的原则

竞争法的原则，是指贯穿于竞争法规范始终的、具有普遍指导意义的基本准则。竞争法的原则主要包括自由竞争原则、公平竞争原则、诚实信用原则和适度干预原则。

1. 自由竞争原则

主要包含两层含义：①竞争取决于竞争者独立的意思表示；②竞争必须在法律规定的范围内进行。在市场交易过程中，任何一个合法的市场主体都应在国家法律、法规和政策允许的范围内开展竞争，对于干涉竞争自由的行为，竞争者有权依法排除。

2. 公平竞争原则

竞争应以实质公平为目标，限制市场不规范行为的泛滥，并对市场运行过程和结果进行控制，以维护实质意义上的公平、正义与合理。

3. 诚实信用原则

市场主体的竞争行为应符合商业道德和社会公共利益，生产者和经营者应在竞争中讲求信用，依法经营，诚实不欺，在不损害他人和社会利益前提下获取合法利益。

4. 适度干预原则

自由竞争是市场经济的客观要求，但自由市场的存在并不排除通过政府采取一定措施来纠正市场缺陷，既要赋予政府一定的市场干预权力，又要避免政府干预失灵。

三、竞争法的体系和立法模式

(一) 竞争法的体系

竞争法的体系，是指竞争法系统中不同法律规范之间的联系与结构方式。竞争法体系结构取决于其调整的内容与范围，凡是调整竞争与竞争管理关系的法律规范按照一定标准、结构形成的有机系统便构成了竞争法体系。竞争法体系由以下几部分结构组成。

1. 反垄断法

反垄断法是指通过规范垄断和限制竞争行为来调整企业和企业联合组织相互间竞争关系的法律规范的总称。其主要内容包括：反垄断法宗旨、原则与调整范围；

垄断与非垄断标准(即垄断表现形式、构成要件)；垄断行为和限制竞争行为表现形式、构成要件；非法垄断与限制竞争行为法律责任；反垄断法适用除外制度等。

2. 反不正当竞争法

反不正当竞争法是指通过控制不正当竞争行为来调整竞争关系的各种法律规范的总称。其主要内容有：反不正当竞争法的宗旨、原则和范围；正当竞争与不正当竞争的标准(即不正当竞争表现形式、构成要件)；不正当竞争法律责任等。

3. 竞争管理法

竞争管理法是指规定国家管理机关与市场主体在竞争管理中的权利义务关系及责任的法律规范的总称。其主要内容有：竞争监督管理体制和管理部门职权；各级竞争管理部门职责与分工；竞争监督管理的对象、范围及方式；竞争管理具体适用的法律依据；市场主体竞争管理过程中的权利义务；违反竞争管理法的法律责任等。

(二) 竞争法的立法模式

我国对竞争法立法模式的选择，在理论上曾有分立式、统一式和综合式三种主张，立法实践也分别就三种模式进行过不同尝试。我国于1993年9月2日第八届全国人大常委会第三次会议通过了《反不正当竞争法》，部分限制竞争行为和行政垄断行为也被纳入该法调整范围；2007年8月30日第十届全国人大常委会第二十九次会议通过了《反垄断法》，使我国的竞争立法趋于完备。由此可见，我国竞争法采取的是分别立法模式。

第二节　反不正当竞争法

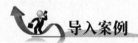 导入案例

某县政府决定，为促进地方经济发展，扶持本县企业，凡运输到本县销售的外地化肥一律加征50%管理费。此决定一出，使该县销售的外地化肥价格急剧上升，农民只好购买本县化肥厂生产的化肥。

问题：(1)县政府行为违反了反不正当竞争法的哪项规定？简述该规定特点。(2)对县政府的行为依法应如何处理？

一、反不正当竞争法概述

(一) 不正当竞争的概念与特征

不正当竞争，是与正当竞争相对称的概念，有广义和狭义之分。广义的不正当竞争泛指一切有害于市场竞争的行为，包括垄断行为、限制竞争行为和不正当竞争行为；狭义的不正当竞争，则是指经营者为了争夺市场竞争优势，违反法律和商业道德，采取欺诈、混淆等不正当手段扰乱正常的市场竞争秩序，损害消费者和其他经营者合法权益的市场交易行为。我国《反不正当竞争法》所指的不正当竞争是指狭义的不正当竞争。

根据不正当竞争的概念，可以概括出不正当竞争行为具有以下特征：

(1) 行为主体的特定性。从事不正当竞争的主体只能是市场经营者。经营者是指从事商品经营或者营利性服务的法人、其他经济组织和个人，特定情况下也包括不具备法定经营资格的自然人。

(2) 主观上竞争的目的性。经营者实施不正当竞争行为的目的是为了参与市场竞争，实施不正当竞争行为的竞争者与受害的经营者之间，往往是同类产品的经营者或者提供相同的服务、拥有共同的客户。

(3) 手段上的非商业道德性。经营者为了竞争采用违反或者背离公认的商业道德的手段，如经营者不遵循公平诚信原则，以欺骗、假冒、诋毁、排挤等手段损害其他经营者利益，便属于《反不正当竞争法》禁止的行为。

(4) 行为危害的社会性。不正当竞争行为不仅损害其他经营者利益，也会侵害消费者合法权益和整个市场秩序，具有社会危害性，就应受到反不正当竞争法制裁。

(二) 反不正当竞争法的概念

反不正当竞争法，有广义与狭义、形式意义与实质意义之分。本节所指的反不正当竞争法，是指调整国家在规制不正当竞争行为过程中所发生的社会关系的法律规范的总称。即指狭义的、实质意义上的反不正当竞争法概念。

我国反不正当竞争立法最早始于 1980 年国务院发布的《关于开展和保护社会主义竞争的暂行规定》，1982 年《广告管理暂行条例》第一次以经济立法的形式明确提出反不正当竞争的规定。1993 年 9 月 2 日第六届全国人大常委会第三次会议通过、1993 年 12 月 1 日施行的《中华人民共和国反不正当竞争法》是我国第一部全面规范市场竞争秩序的法律，也是我国规制不正当竞争行为的基本法。此外，还包括散见于其他相关法律中的反不正当竞争法律规范、行政法规、部门规章、地方性法规以及司法解释等。

(三) 反不正当竞争法的调整对象

《反不正当竞争法》对破坏市场竞争秩序的不正当竞争行为以及部分限制竞争行为进行规范。其调整范围包括：

(1) 主要调整狭义上的不正当竞争行为。主要包括：采用假冒或混淆手段从事市场交易的行为；侵犯他人商业秘密的行为；利用贿赂性销售进行竞争的行为；损害竞争对手的商业信誉、商品声誉的行为；进行虚假的广告宣传，损害经营者或消费者的利益，破坏市场秩序的行为；违反本法规定的有奖销售行为。

(2) 行政性垄断及限制竞争行为。主要包括：政府利用行政权力限制商品流通，限制正当竞争的行为；公用企业或其他具有独占地位的经营者限定他人购买指定商品，排挤其他竞争对手的行为；以排挤竞争对手为目的，以低于成本的价格销售商品的行为；搭售商品或附加其他不合理条件的行为；串通投标的行为等。

(四) 反不正当竞争法的基本原则

《反不正当竞争法》的基本原则，是指市场竞争者在市场交易行为中必须遵循的基本准则，凡是市场交易主体所实施的交易行为都适用这些准则。根据《反不正当竞争法》的规定，经营者在市场交易中，应当遵循自愿、平等、公平、诚实信用的原则，尊重并遵守公认的商业道德，这些基本原则反映了商品经济社会对经营者的必然要求，是衡量市场交易行为的道德标准，也是具有强制性的法律准则。

二、不正当竞争行为的表现形式

《反不正当竞争法》第二章以列举方式规定了不正当竞争行为的 11 种具体表现形式，这些行为是判断经营者在市场交易中的行为是否属于不正当竞争行为的法律依据，具体包括法律禁止的如下行为。

(一) 欺骗性市场交易行为

欺骗性市场交易行为，是指经营者利用商品的标记和商业信誉，采用假冒、伪造等具有欺骗性的手段从事市场交易，造成公众对假冒商品的质量、产地等的误解，从而牟取非法利益，损害竞争对手的行为。主要表现形式有：①假冒他人注册商标行为；②仿冒知名商品标志行为。擅自使用知名商品特有的或近似的名称、包装、装潢，造成和他人的知名商品相混淆，使购买者误认为是该知名商品；③擅自使用他人企业名称或者姓名，引人误认为是他人的商品的行为；④在商品上伪造或冒用认证标志、名优标志等质量标志，伪造产地，对商品质量作引人误解的虚假表示的行为。

(二) 商业贿赂行为

商业贿赂行为，是以获得商业交易机会为目的，在交易之外以回扣、促销费、宣传费、劳务费、报销费等各种名义，直接或间接给付或收受现金、实物等各种利益的不正当竞争行为。

商业贿赂的主要表现形式为回扣和非法折扣。《反不正当竞争法》第八条规定，在账外暗中给予对方单位或者个人回扣的，以行贿论处；对方单位或者个人在账外暗中收受回扣的，以受贿论处。经营者销售或者购买商品，可以以明示方式给对方折扣，可以给中间人佣金。经营者给对方折扣、给中间人佣金的，必须如实入账。接受折扣、佣金的经营者必须如实入账。

(三) 引人误解的虚假宣传行为

引人误解的虚假宣传行为，是指经营者对商品、服务的性质或特征进行引人误解的表示与宣传的行为。此类行为通过对经营的商品或提供的服务进行引人误解的表示与宣传，误导消费者或购买者以获取较多的商业机会，其行为指向的是同行业的所有竞争者，损害的是这些竞争者的整体利益。

(四) 侵犯商业秘密的行为

商业秘密，指不为公众所知晓，能为权利人带来经济利益、具有实用性并经权利人采取保密措施的技术信息和经营信息。主要包括工艺流程、技术秘诀、产品配方或具有秘密性质的管理方法、产销策略、客户名单等。

侵犯商业秘密的行为具体分为四类：①以盗窃、利诱、胁迫或者其他不正当手段获取权利人的商业秘密；②披露、使用或者允许他人使用上述手段获取的权利人的商业秘密；③违反约定或者违反权利人有关保守商业秘密的要求，披露、使用或者允许他人使用其所掌握的商业秘密；④第三人明知或者应知前款所列违法行为，获取、使用或者披露他人的商业秘密，视为侵犯商业秘密。

(五) 降价排挤竞争对手的行为

降价排挤竞争对手行为，也称为掠夺性定价，是指经营者以排挤竞争对手为目的，以低于成本的价格销售商品的行为。

《反不正当竞争法》第十一条规定："经营者不得以排挤竞争对手为目的，以低于成本的价格销售商品。"但有下列情形之一的，不属于不正当竞争行为：①销售鲜活商品；②处理有效期限即将到期的商品或者其他积压的商品；③季节性降价；④因清偿债务、转产、歇业降价销售商品。

(六) 搭售或附加其他不合理条件的行为

搭售是通过搭配销售其他滞销商品，或优质商品搭配劣次商品；附加不合理条件，法律未规定具体范围，但一般认为，凡违背购买者意愿、显失公正的附加条件都是不正当的或不合理的附加条件。经营者利用经济或技术优势，违背交易者意愿，提供商品或服务时搭售其他商品，或是在商品价格、技术标准等方面附加不合理限制条件的行为都是法律所禁止的。

(七) 不正当有奖销售行为

有奖销售行为可分为附赠式和抽奖式两种形式。前者是经营者向所有购买者赠送奖品，是各国一般均认可的、普遍的商业促销方式；后者则是经营者以抽签或者其他带有偶然性的方式，确定购买者是否中奖并赠予奖品的促销方式。我国法律规定的不正当有奖销售行为包括：欺骗式有奖销售、利用有奖销售推销质次价高的商品、资金超过法定金额(在抽奖式有奖销售中，最高档次获奖金额或价值超过 5 000 元以上)三种形式。

(八) 商业诽谤行为

商业诽谤行为，是指经营者为占有市场，故意捏造、散布有损于同行竞争者的虚假事实，损害竞争对手的商业和商品声誉，使其无法参与正常的市场交易活动，削弱其市场竞争力的行为。如果诽谤行为出于发泄私愤等其他目的，不以占领市场和排除其他竞争对方为目的，则不构成反不正当竞争法上的违法行为。

(九) 串通招标、投标行为

串通招标、投标行为，是指投标者之间相互串通抬高标价或者压低标价，投标者和招标者相互勾结排挤竞争对手的公平竞争的行为。

(十) 限购排挤行为

限购排挤行为，也称为强制性交易行为，是指公用企业或者其他依法具有独占地位的经营者，为了排挤其他经营者的公平竞争，而限定他人购买其指定的经营者商品的行为。比如水、电、暖、气等公用企业都实行一定程度的国家专控，这类公用企业利用其独占地位或者垄断特权，来限定他人购买其指定的经营者的商品就构成了限购排挤行为，则应受国家法律的规制。

(十一) 滥用行政权力限制竞争行为

滥用行政权力限制竞争行为，是指政府及其所属部门滥用行政权力，限定他人购买其指定的经营者的商品，限制其他经营者正当的经营活动(表现为行政强制交易行为)，限制外地商品进入本地市场，或者本地商品流向外地市场(表现为地区封锁或垄断)的行为。行政强制交易行为和地区垄断行为，实质是为了谋取行业或地方的局部利益通过行政干预手段干扰正常的市场交易活动，不仅会损害广大消费者利益，而且极易滋生权钱交易、官商结合等腐败现象。

三、不正当竞争行为的法律责任

法律责任是指由于行为人的违法行为而应当承担的法律后果，经营者只要实施了不正当竞争行为以及与不正当竞争有关的违法行为，就要根据情况分别承担民事责任、行政责任或刑事责任，《反不正当竞争法》第四章对违反不正当竞争行为的具体法律责任作出如下规定：

(一) 经营者的法律责任

(1) 经营者违反《反不正当竞争法》的规定，给被侵害的经营者造成损害的，应当承担损害赔偿责任，被侵害的经营者的损失难以计算的，赔偿额为侵权人在侵权期间因侵权所获得的利润，并应当承担被侵害的经营者因调查该经营者侵害其合法权益的不正当竞争行为所支付的合理费用；被侵害的经营者的合法权益受到不正当竞争行为损害的，可以向人民法院提起诉讼。

(2) 经营者假冒他人的注册商标，擅自使用他人的企业名称或者姓名，伪造或者冒用认证标志、名优标志等质量标志，伪造产地，对商品质量作引人误解的虚假表示的，依照我国《商标法》、《产品质量法》的规定处罚。

(3) 经营者采用财物或者其他手段进行贿赂以销售或者购买商品，构成犯罪的，依法追究刑事责任；不构成犯罪的，监督检查部门可以根据情节处以1万元以上20万元以下的罚款，有违法所得的，予以没收。

(4) 经营者利用广告或者其他方法，对商品作虚假宣传，监督检查部门应当责令停止违法行为，消除影响，可以根据情节处以1万元以上20万元以下的罚款。广告的经营者，在明知或者应知的情况下，代理、设计、制作、发布虚假广告的，监督检查部门应当责令停止违法行为，没收违法所得，并依法处以罚款。

(5) 经营者侵犯商业秘密的，监督检查部门应当责令停止违法行为，可以根据情节处以1万元以上20万元以下的罚款。

(6) 经营者违法进行有奖销售的，监督检查部门应当责令停止违法行为，可以根据情节处以1万元以上10万元以下的罚款。

(7) 投标者串通投标，抬高标价或者压低标价；投标者和招标者相互勾结，以排挤竞争对手公平竞争的，其中标无效。监督检查部门可以根据情节处以1万元以上20万元以下的罚款。

(8) 经营者有违反被责令暂停销售，不得转移、隐匿、销毁与不正当竞争行为有关的财物的行为的，监督检查部门可以根据情节处以被销售、转移、隐匿、销毁财物的价款的1倍以上3倍以下的罚款。

(9) 当事人对监督检查部门作出的处罚决定不服的，可以自收到处罚决定之日起15日内向上一级主管机关申请复议。对复议决定不服的，可以自收到复议决定书之日起15日内向人民法院提起诉讼；也可以直接向人民法院提起诉讼。

(二) 公用企业或者其他依法具有独占地位的经营者的法律责任

(1) 公用企业或者其他依法具有独占地位的经营者，限定他人购买其指定的经营者的商品，以排挤其他经营者的公平竞争的，省级或者设区的市的监督检查部门应当责令停止违法行为，可以根据情节处以 5 万元以上 20 万元以下的罚款。

(2) 被指定的经营者借此销售质次价高商品或者滥收费用的，监督检查部门应当没收违法所得，可以根据情节处以违法所得 1 倍以上 3 倍以下的罚款。

(3) 因公用企业和被指定的经营者的违法行为而受到损害的用户、消费者，可依据《反不正当竞争法》第二十条的规定，向人民法院提起诉讼，请求损害赔偿。

(三) 政府及其所属部门的法律责任

(1) 政府及其所属部门违法限定他人购买其指定的经营者的商品、限制其他经营者正当的经营活动，或者限制商品在地区之间正常流通的，由上级机关责令其改正；情节严重的，由同级或者上级机关对直接责任人员给予行政处分。被指定的经营者借此销售质次价高商品或者滥收费用的，监督检查部门应当没收违法所得，可以根据情节处以违法所得 1 倍以上 3 倍以下的罚款。

(2) 监督检查不正当竞争行为的国家机关工作人员滥用职权、玩忽职守，构成犯罪的，依法追究刑事责任；不构成犯罪的，给予行政处分。

(3) 监督检查不正当竞争行为的国家机关工作人员徇私舞弊，对明知有违反《反不正当竞争法》规定构成犯罪的经营者故意包庇不使他受追诉的，依法追究刑事责任。

在此需要说明，我国《反不正当竞争法》对降价排挤竞争对手的行为、搭售或附加不合理条件的行为、商业诽谤行为的法律责任未作出具体规定，被侵害的经营者可依照《反不正当竞争法》第二十条规定要求赔偿，也可依照《民法通则》、《价格法》等相关法律规定请求司法裁定；而对政府及其所属部门的限制竞争行为，其责任仅适用于行政责任中的第 5 种，即由上级行政机关责令改正。

导入案例分析

这是一起考察不正当行为和法律责任问题的案例。(1)该县政府的行为属于滥用行政权力行为，该行为的特点如下。①行为主体是政府及其所属部门，而不是商品经营者；②行为主体采取了限制竞争的行为；③限制竞争的行为阻碍了公平竞争，也限制了商品在地区之间的流通。(2)根据反不正当竞争法的规定，政府及其所属部门违反规定，限定他人购买其指定的经营者的商品、限制其他经营者正当的经营活动，或者限制商品在地区之间正常流通的，由上级机关责令其改正；情节严重的，由同级或者上级机关对直接责任人员给予行政处分。

第三节　反垄断法

导入案例

　　2010 年 1 月 8 日，在国家新闻出版总署等部门主导下，中国出版工作者协会、中国书刊发行业协会、中国新华书店协会联合制定的《图书公平交易规则》正式发布。《图书公平交易规则》的主要内容集中在两个方面：(1)规定出版 1 年内的新书(以版权页出版时间为准)进入零售市场时，须按图书标定的实价销售；(2)网上书店卖新书不得低于 8.5 折。该规则一出台便引发社会热议，2010 年 1 月 15 日还遭到北京市消协、北京市律协等联合抨击。

　　问题：《图书公平交易规则》主要内容是否涉嫌违反相关法律法规的规定？为什么？

一、垄断的含义、特征及其本质

(一) 垄断的基本含义

　　从狭义上来讲，垄断与竞争是相对立的一个范畴。一般来说，垄断与竞争之间具有相互排斥性，它们在性质上属于不同的两种经济行为。

　　垄断具有经济学和法学上的双重含义。反垄断法上的垄断，是指违反国家法律法规、政策或者社会公共利益，通过合谋性协议、安排或协同行动，或者通过滥用经济优势地位，排斥或者控制其他经营者正当的经济活动，在某一生产经营领域内限制商业竞争的行为。法律上的垄断概念强调垄断行为的违法性和社会危害性，法律未规定加以禁止的垄断虽不属于垄断行为，但却会成为经济学上的垄断范围。因此，反垄断法中的垄断概念相较于经济学上的垄断概念范围要小。

(二) 垄断的特征

　　(1) 垄断是一种排斥和限制市场正常竞争的经济行为。垄断的排斥和控制力量，给竞争者进入市场造成困难，必然会削弱竞争的活力和效率。

　　(2) 垄断是一种因共同利益而联合起来的社会力量。垄断者往往通过达成合谋性协议，形成市场联合力量，对局外企业或中小企业经济活动加以限制，以实现其绝对的经济独占。

　　(3) 垄断者依靠对市场的操纵和独占来谋取经济利益。垄断者通过滥用市场优势和过度集中的经济力独占或操纵市场，以获取高额利润，严重削弱了市场对社会资源配置的基础性作用。

(4) 垄断是一种具有社会危害性和违法性的经济行为：①危害性，即由于垄断行为使某一生产领域或流通领域的竞争遭受到实质性的限制和损害；②违法性，即垄断行为一般是要受到反垄断法明文禁止，应当具有违法性。但如根据某一时期实际经济情况对某一行业或产品的产销由国家垄断经营更有利于保护国家和社会公共利益，则可适用反垄断除外制度，不将其列入违法性垄断行为。比如：美国《反托拉斯法》即豁免并允许农业、运输业、通信业、国有企业等重要部门和企业实行垄断经营。

二、垄断的分类和形式

(一) 垄断的分类

1. 合法垄断

是指国家为了特定目的的需要(如维护社会稳定、促进国民经济发展、维护社会公共利益等)，在反垄断法中明确规定的、经有关反垄断主管机构许可而豁免的垄断行为。合法垄断通常规定在反垄断法的除外条款中，主要有两种情况：①对某些特定部门垄断行为的豁免。比如：具有自然垄断性质的供水、供电、供热、供气、铁路部门等公用事业，与国计民生有关的银行、保险业等经济部门，某些石油、煤炭等自然资源开采业，国家指定专营行业，关系国民经济发展的重要原材料生产和国家安全的国防科研领域。②在特定时期和特定情况下对某些垄断行为的豁免。比如：行使知识产权权利的行为、经反垄断主管机构许可的联合限制竞争行为等。

2. 非法垄断

即反垄断法上所指的垄断，是指除合法垄断之外，具有社会危害性、应受反垄断法禁止的垄断行为。合法垄断与非法垄断之间并无绝对界限，合法垄断也可能发展为非法垄断。比如：属于合法垄断的国家公用事业，如其滥用其垄断地位损害消费者利益则为非法垄断；在某一时期被认为是合法垄断的，随着社会经济发展也可能被认为需要建立适度竞争机制，从而防止其非法垄断。比如：现在认为因自然垄断的公用事业仅能在网络资源上允许垄断，而在企业经营上则应建立竞争结构。

(二) 垄断的形式

垄断的形式主要可概括为两类。①协议垄断。即企业之间通过合谋性协议、安排或者协同行动，相互约束各自的经济活动，违反公共利益，在一定的交易领域内限制或妨碍竞争。②滥用经济优势地位。即企业通过其市场力量的优势地位，限制竞争者进入市场或以其他方式不适当地限制竞争。

三、反垄断法及其法律适用

(一) 反垄断法的概念

反垄断法,是指通过规范垄断和限制竞争行为调整企业和企业联合组织相互间竞争关系的法律规范的总和。我国已于 2007 年 8 月 30 日第十届全国人大常委会第二十九次会议通过、2008 年 8 月 1 日施行了《中华人民共和国反垄断法》。

(二) 反垄断法的法律适用

(1) 反垄断法的主体适用。我国常使用"企业"一词表述从事生产和流通的经营者,企业又是竞争关系主要市场参与者。因此,我国反垄断法以企业以及企业联合组织为适用主体。

(2) 反垄断法的适用客体。反垄断法主要规制对象分为垄断和限制竞争行为两类,具体包括垄断(即垄断状态、垄断化、垄断力滥用)、限制竞争行为、经济力量过度集中、不公平交易方法和歧视四大项。

四、反垄断法行为及其规制

(一) 经营者达成垄断协议

1. 垄断协议行为概述

垄断协议,是指排除、限制竞争的协议、决定或者其他协同行为。垄断协议的实施使参加企业之间原来的竞争受到限制,或者使参加企业以外的其他企业的交易受到限制,这种对竞争的限制性既是垄断协议行为的后果,也是构成要件。垄断协议从参与联合企业之间相互关系的角度,可以分为横向垄断协议和纵向垄断协议。

横向垄断协议,简称横向限制(即卡特尔),是指两个或两个以上因生产或销售同一类型产品或提供同一类服务而处于相互直接竞争中的企业,通过共谋而实施的限制竞争行为。该行为因使众多分散的企业采取协调或统一行动,其社会经济效果相当于特定市场的行业垄断,其结果必然导致产量下降、价格上升、技术进步较慢、消费者整体利益受损、资源配置无效益等诸多弊端,因而受到比较严格的管制。

纵向垄断协议,简称纵向限制,是指两个或两个以上在同一产业中处于不同阶段而有买卖关系的企业,通过共谋而实施的限制竞争行为。其主要类型有维持转售价格、搭售、独家经营、独占地区以及其他限制交易方营业自由的行为。纵向限制并非发生在直接竞争者之间,而是非竞争者之间达成的协议,它相对于横向限制来说对竞争的危害较小,因而各国往往区分不同类型进行管制。

2. 我国《反垄断法》的规定及其适用除外

《反垄断法》第十三条规定，禁止具有竞争关系的经营者达成下列垄断协议：①固定或者变更商品价格；②限制商品的生产数量或者销售数量；③分割销售市场或者原材料采购市场；④限制购买新技术、新设备或者限制开发新技术、新产品；⑤联合抵制交易；⑥国务院反垄断执法机构认定的其他垄断协议。

《反垄断法》第十四条规定，禁止经营者与交易相对人达成下列垄断协议：①固定向第三人转售商品的价格；②限定向第三人转售商品的最低价格；③国务院反垄断执法机构认定的其他垄断协议。

《反垄断法》第十五条规定，经营者能够证明所达成的协议属于下列情形之一的，不适用反垄断法有关垄断协议的规定：①为改进技术、研究开发新产品的；②为提高产品质量、降低成本、增进效率，统一产品规格、标准或者实行专业化分工的；③为提高中小经营者经营效率，增强中小经营者竞争力的；④为实现节约能源、保护环境、救灾救助等社会公共利益的；⑤因经济不景气，为缓解销售量严重下降或者生产明显过剩的；⑥为保障对外贸易和对外经济合作中的正当利益的；⑦法律和国务院规定的其他情形。

3. 垄断协议行为的法律规制

《反垄断法》第四十六条规定，经营者违反法律规定，达成并实施垄断协议的，由反垄断执法机构责令停止违法行为，没收违法所得，并处上一年度销售额1%以上10%以下的罚款；尚未实施所达成的垄断协议的，可以处50万元以下的罚款。经营者主动向反垄断执法机构报告达成垄断协议的有关情况并提供重要证据的，反垄断执法机构可以酌情减轻或者免除对该经营者的处罚。行业协会违反法律规定，组织本行业的经营者达成垄断协议的，反垄断执法机构可以处50万元以下的罚款；情节严重的，社会团体登记管理机关可以依法撤销登记。

(二) 经营者滥用市场支配地位

1. 滥用市场支配地位行为概述

市场支配地位，是指经营者在相关市场内具有能够控制商品价格、数量或者其他交易条件，或者能够阻碍、影响其他经营者进入相关市场能力的市场地位。经营者在特定市场上具有控制商品价格、排除市场竞争的力量，即时取得了可不受竞争压力影响的地位，其市场行为在较大程度上便无需顾及同行竞争者和交易相对人的反应。

经营者具有市场支配地位，可集中体现为：企业在相关市场上完全没有竞争者，处于独家经营的垄断状态；虽有竞争者但因该企业居于非常显著或压倒性市场地位，其他企业难以进入该市场而使该企业处于非实质性竞争的准垄断状态。《反垄断法》第十九条对此作出明确规定：有以下情形之一的，可以推定经营者具有市场支配地位：①一个经营者就某种特定商品的市场占有率达到 1/2 以上的；②两个经营者就某种特定商品的市场占有率达到 2/3 以上的；③三个经营者就某种特定商品的市场占有率达到 3/4 以上的。这里，符合上述第②项、第③项规定的情形，其中有的经营者市场份额不足 1/10 的，或者被推定具有市场支配地位的经营者，有证据证明不具有市场支配地位的，不应当认定其具有市场支配地位。

2. 滥用市场支配地位的确认

市场支配地位本身并不违法，只有具有市场支配地位的经营者有滥用市场支配地位的行为或者其他违法性时，才会受到反垄断法所禁止。

一般说来，滥用市场支配地位的行为是指具有市场支配地位的企业在一定交易领域内实质性地限制竞争，违背社会公共利益，损害消费者利益而为反垄断法所禁止的行为。滥用市场支配地位行为可分为两种基本类型：一是针对同业竞争者所实施的滥用行为，主要包括掠夺性定价、独家交易、搭售和附加其他不合理交易条件等；二是针对交易相对人所实施的滥用行为，主要包括价格歧视等差别待遇、拒绝交易、强制交易和垄断性高价等。

《反垄断法》第十七条规定，禁止具有市场支配地位的经营者从事下列滥用市场支配地位的行为：①以不公平的高价销售商品或者以不公平的低价购买商品；②没有正当理由，以低于成本的价格销售商品；③没有正当理由，拒绝与交易相对人进行交易；④没有正当理由，限定交易相对人只能与其进行交易或者只能与其指定的经营者进行交易；⑤没有正当理由搭售商品，或者在交易时附加其他不合理的交易条件；⑥没有正当理由，对条件相同的交易相对人在交易价格等交易条件上实行差别待遇；⑦国务院反垄断执法机构认定的其他滥用市场支配地位的行为。

3. 滥用市场支配地位的法律规制

《反垄断法》第四十七条规定，经营者违反法律规定，滥用市场支配地位的，由反垄断执法机构责令停止违法行为，没收违法所得，并处上一年度销售额 1%以上 10%以下的罚款。

(三) 经营者集中

1. 经营者集中行为概述

经营者集中，是指经营者通过合并、收购、委托经营、联营或控制其他经营者的业务、人事、技术等方式，取得对其他经营者的控制权或施加决定性影响，以提高经营者市场经济力的行为。

经营者集中的类型主要分为经营者合并和经营者控制两大类。企业合并是经营者集中最主要、最典型的形式，也是反垄断法控制经营者集中制度的主要规制对象。企业合并以其对市场影响的效果和程度为标准，可分为横向合并、纵向合并和混合合并。

(1) 横向合并又称水平合并，是指因生产或销售同一产品，或者提供同类服务而处于相互直接竞争中的具有市场支配地位的企业之间的合并。其合并可迅速扩大合并企业规模，但由于减少了市场独立经营者数量，直接影响市场结构，反垄断法对企业合并的控制主要集中为对横向合并的控制。

(2) 纵向合并又称垂直合并，是指同一产业中处于不同阶段而又有买卖关系的企业之间的合并，即某种产品的卖方和买方之间的合并或上游经营者与下游经营者间的合并。其合并可使企业的销售和供应减少外部竞争压力，且一般不妨碍同类产品间的竞争。但当纵向合并的范围过广则可能对竞争性市场结构产生影响，有可能加强或扩大合并一方原有的市场优势，促进某一市场的集中化。

(3) 混合合并，一般是指既不存在竞争关系也不存在买卖关系的企业之间的合并，即跨行业的企业合并。其具有三种类型：①纯粹的混合性合并，即没有任何生产上或经营上联系的企业之间的合并；②产品扩张型合并，即一种产品的生产者与一个相关产品的生产者的合并；③市场扩张型合并，即一个企业为扩大其竞争范围而与它尚未渗透的地域市场同类产品的企业进行的合并。

经营者控制的途径可分为三类：①经营者收购其他经营者的部分股份或资产享有股权或资产所有权则获得的对其他经营者的控制；②经营者通过受托经营、联营等方式享有经营权而获得对其他经营者的控制；③经营者通过享有债权而获得的对其他经营者的控制。

2.《反垄断法》的规定

《反垄断法》第二十条规定的经营者集中是指下列情形：①经营者合并；②经营者通过取得股权或者资产的方式取得对其他经营者的控制权；③经营者通过合同等方式取得对其他经营者的控制权或者能够对其他经营者施加决定性影响。

经营者集中有下列情形之一的，可以不向国务院反垄断执法机构申报：①参与集中的一个经营者拥有其他每个经营者50%以上有表决权的股份或者资产的；②参与集中的每个经营者50%以上有表决权的股份或者资产被同一个未参与集中的经营者拥有的。

国务院反垄断执法机构审查经营者集中，应当考虑下列因素：①参与集中的经营者在相关市场的市场份额及其对市场的控制力；②相关市场的市场集中度；③经营者集中对市场进入、技术进步的影响；④经营者集中对消费者和其他有关经营者的影响；⑤经营者集中对国民经济发展的影响；⑥国务院反垄断执法机构认为应当考虑的影响市场竞争的其他因素。

3. 经营者集中的法律规制

《反垄断法》第四十八条规定，经营者违反本法规定实施集中的，由国务院反垄断执法机构责令停止实施集中、限期处分股份或者资产、限期转让营业以及采取其他必要措施恢复到集中前的状态，可以处50万元以下的罚款。

(四) 滥用行政权力排除、限制竞争(行政性垄断行为)

1. 行政性垄断行为概述

滥用行政权力排除、限制竞争，即行政性垄断，是指地方行政机关和各级政府部门违反法律规定，滥用行政权力实现垄断或限制市场竞争的行为。

行政性垄断的行使方式主要包括四类：①行政性强制交易，指地方政府及各级政府部门滥用行政权力，限定他人买卖其指定的商品或指定的经营者的商品；②行政性限制市场准入，指政府及其所属部门滥用行政权力，限制经营者的市场准入或者正常的市场流通，排除、限制市场竞争的行为；③行政性强制经营限制竞争，指政府及其所属部门滥用行政权力，强制经营者从事法律所禁止的排除或者限制市场竞争的行为；④抽象行政性垄断行为，即政府及其所属部门违反法律规定，滥用行政权力，以制定含有排除或者限制竞争内容的规定，妨碍建立和完善规范有序的市场体系，损害公平竞争环境的行为来限制市场竞争。

2. 行政性垄断的法律规定

《反垄断法》第三十二条规定，行政机关和法律、法规授权的具有管理公共事务职能的组织不得滥用行政权力，限定或者变相限定单位或者个人经营、购买、使用其指定的经营者提供的商品。

行政机关和法律、法规授权的具有管理公共事务职能的组织不得滥用行政权力，实施下列行为，妨碍商品在地区之间的自由流通：①对外地商品设定歧视性收费项目、实行歧视性收费标准，或者规定歧视性价格；②对外地商品规定与本地同类商品不同的技术要求、检验标准，或者对外地商品采取重复检验、重复认证等歧视性技术措施，限制外地商品进入本地市场；③采取专门针对外地商品的行政许可，限制外地商品进入本地市场；④设置关卡或者采取其他手段，阻碍外地商品进入或者本地商品运出；⑤妨碍商品在地区之间自由流通的其他行为。

3. 滥用行政权力排除、限制竞争的法律规制

《反垄断法》第五十一条规定，行政机关和法律、法规授权的具有管理公共事务职能的组织滥用行政权力，实施排除、限制竞争行为的，由上级机关责令改正；对直接负责的主管人员和其他直接责任人员依法给予处分。第五十二条规定，对反垄断执法机构依法实施的审查和调查，拒绝提供有关材料、信息，或者提供虚假材料、信息，或者隐匿、销毁、转移证据，或者有其他拒绝、阻碍调查行为的，由反垄断执法机构责令改正，对单位可以处20万元以下的罚款；情节严重的，对单位处20万元以上100万元以下的罚款；构成犯罪的，依法追究刑事责任。第五十四条规定，反垄断执法机构工作人员滥用职权、玩忽职守、徇私舞弊或者泄露执法过程中

知悉的商业秘密，构成犯罪的，依法追究刑事责任；尚不构成犯罪的，依法给予处分。

五、反垄断法适用除外制度

(一) 适用除外制度的概念和意义

适用除外制度，又称例外制度，是指国家为了保护国民经济的健康、稳定发展，在规定反垄断法适用范围和有关法律法规中，对某些符合条件的行业、领域或企业垄断行为作为例外而不适用反垄断法基本规定的法律制度。

反垄断法的目的是禁止垄断，保护自由竞争，而适用除外制度是对反垄断法适用范围的例外，是对某些竞争限制或垄断行为的保护，但适用除外制度仍是反垄断法的重要组成部分。垄断有其存在的客观性和合理性，国家规定对某些行业、领域等的适用除外制度是必要的，只有在反垄断法中建立合理的禁止垄断制度和适用除外制度，两者共同作用于整个国民经济领域，才能保障国民经济的健康发展。

(二) 适用除外制度的范围

世界发达国家的反垄断法不仅对禁止性规定的形式和范围作出明确规定，也对适用除外制度的范围规定的较为详细。适用除外制度主要包括以下几个方面：

(1) 反垄断法不完全适用于铁路、邮电、军工等公益事业部门。这些部门涉及整个国民经济发展和社会基本生活，而且不宜实行自由竞争，一般都由国家垄断经营。

(2) 反垄断法不适用国际贸易中的限制性的商业行为。西方发达国家反垄断法主要是针对国内商业或贸易活动的，因西方发达国家实行奖励出口政策，而对于国际贸易中的限制性商业行为基本上不予禁止。

(3) 知识产权因本身就具有独占性和垄断性而不适用反垄断法。《反垄断法》第五十五条也规定，经营者依照有关知识产权的法律、行政法规规定行使知识产权的行为，不适用本法。但如果产权专有人滥用权利，严重影响竞争对手利益和损害交易对方利益时，则构成限制竞争行为而适用反垄断法。

(4) 对一些限制性协议的适用除外。反垄断法并非对所有的企业间的协议、决定或联合行动全部禁止，如果这些限制性协议有利于国民经济发展或者并不损害社会和消费者利益，反垄断法则不加以禁止。《反垄断法》第五十六条也规定，农业生产者及农村经济组织在农产品生产、加工、销售、运输、储存等经营活动中实施的联合或者协同行为，不适用本法。

导入案例分析

这是一起考察涉嫌违反反垄断法等法律规定的案例。本案涉嫌违反以下规定。(1)涉嫌价格垄断。行业规范应是合理合法的，但此《图书公平交易规则》通过行规形式设定了统一的市场销售商品最低折扣限制，变相统一了经营者商品的最低价格，使经营者借助行规形成协同行为，达成在价格方面排除、限制竞争的默示协议、决定，涉嫌价格垄断，涉嫌违反了反垄断法禁止经营者与交易相对人达成以"限定向第三人转售商品的最低价格"的垄断协议以及禁止具有竞争关系的经营者达成固定或者变更商品价格垄断协议的规定。(2)限制竞争。经营者在合法范围内拥有自主定价权，而通过行规形式联合定价、设定统一价格标准或商品最低折扣，则构成具有排他性的行业价格垄断，限制了竞争，不利于维护正常市场竞争秩序。(3)行业组织利用制定行规或行业标准，达成行业内部的价格统一规定，涉嫌违反了反垄断法中行业协会不得组织本行业的经营者从事法律禁止的相关垄断行为的规定。(4)经营者利用行规协同联合定价行为，使消费者被迫接受统一价格，无法选择或选择范围减少，侵害了消费者自主选择权和公平交易权，其直接后果是损害了消费者合法权益。

实践思考题

(1) 简述竞争法的体系和立法模式。
(2) 简述反不正当竞争法的概念和调整范围。
(3) 简述垄断的分类和形式。
(4) 简述反垄断法适用除外制度的范围。
(5) 论述不正当竞争行为的表现形式及其法律责任。
(6) 论述反垄断法行为及其法律规制。
(7) 论述经营者滥用市场支配地位的法律确认。

案例实务训练

(1) 甲厂生产的洗衣粉拥有"黑猫"牌注册商标。甲厂与乙厂签订了商标使用许可合同，乙厂在使用"黑猫"牌注册商标期满后，将其生产的洗衣粉配方略加修改，并注册了"白猫"牌商标。为占有市场销售份额，乙厂作广告宣称："白猫"洗衣粉是"黑猫"洗衣粉的换代产品，敬请消费者选择购买。该广告经各媒体报道后，消费者认为既然是新一代产品，其产品性能应更为高级，因此便不再购买"黑猫"洗衣粉，而转购"白猫"洗衣粉。

问题：①乙厂的行为是否构成不正当竞争行为？为什么？②市场监督检查部门该如何处理此案？③甲厂是否有权要求乙厂赔偿损失？为什么？损失额如何计算？

(2) 某省甲公司经营着一家全民医药网站，公司曾与百度签订了竞价排名协议，最初几月，其运营的全民医药网在百度搜索中始终排名第一，但当甲公司缩减了竞价排名投入后，百度搜索上的链接骤然减少。经与百度公司交涉后被告知：对全民医药网实施减少收录措施的原因，是该网站设置了大量垃圾外链，搜索引擎自动对其进行的作弊处罚。但该项处罚措施针对的仅是百度搜索中的自然排名结果，与竞价排名的投入并无关系，也不会影响甲公司竞价排名的结果。甲公司认为，百度因其减少投入而对全民医药网在自然排名结果中进行全面屏蔽，这种利用中国搜索引擎市场的支配地位对甲公司网站进行屏蔽的行为，违反了反垄断法规定。遂诉诸人民法院，请求判令百度公司赔偿经济损失 110 万元，并解除对全民医药网的屏蔽。

问题：①百度公司是否具有市场支配地位？请说明理由。②百度公司实施的减少收录数量的技术措施是否构成滥用市场支配地位的行为？为什么？③本案应如何处理？

第七章

产品质量法

教学目的及要求：通过学习，使学生了解产品质量管理和责任制度，把握企业质量体系认证和产品质量认证制度的区别，掌握生产者和销售者产品质量责任和义务，产品责任和产品质量责任区别，产品瑕疵责任和产品缺陷责任。

教学组织与设计：以课堂讲授、案例分析和市场热点问题分析并重，采取引导式、产品列举式教学，同时通过课堂讨论、课后调研、市场追踪相结合方式，使学生了解产品质量责任相关制度。

学习重点和难点：产品质量法适用范围，生产者、销售者的产品质量责任和义务，产品瑕疵责任和产品缺陷责任，其他责任主体的确定及其责任承担。

导入案例

王某是养鸡专业户，某天早上给鸡喂了新买的饲料，当天中午100多只鸡死亡，其余大部分染病，经兽医诊断为食物中毒。王某便向饲料代销店索赔，代销店以饲料加工厂责任为由拒绝赔偿。王某遂向工商部门投诉，经工商部门查处发现代销店现存饲料有发霉现象，后经调查得知：王某所买饲料系饲料加工厂以低价收购的变质玉米配置而成。

问题：(1)王某能不能直接向代销店索赔？为什么？(2)饲料加工厂、代销店在生产经营方面存在哪些违法行为？

第一节　产品质量法概述

一、产品与产品质量的概念

(一) 产品

产品，是指人们运用劳动手段对劳动对象进行加工而成的，用于满足人们生产和生活需要的物品。广义的产品，是指除自然物以外的一切人类劳动产物，而法律上产品定义的范围远小于经济学上的产品范围。

我国《产品质量法》所指的产品，是指通过加工、制作、销售的用于满足人们生产和生活需要，且由有关国家法律予以明确界定的物品，即商品。但不包括初级农产品和不动产。根据我国《产品质量法》的规定，产品应当具备两个条件：

(1) 经过加工、制作。未经加工、制作的天然物品不是本法意义上的产品，如矿产品、农产品。加工、制作产品包括工业上的和手工业上的，如电力、煤气等无体物属于工业产品。

(2) 用于销售。只是为自己使用的加工、制作不属于产品责任法意义上的产品。"用于销售"不等同经过销售，只要产品是以销售为目的加工、制作的，无论是经过销售渠道或其他渠道到达消费者手中，都属于《产品质量法》所规定的产品。

(二) 产品质量

产品质量，是指产品能够满足规定的或者潜在需要的特征和特性的总和。它既包括产品结构性能、纯度、物理性能以及化学成分等内在特性，又包括外观、形状、颜色、气味、包装等外在特征。从总体上来说，产品质量包括适用性和安全性两个方面，即性能、适用性、安全性、耐用性、可靠性、经济性、卫生性及其他。因而，产品的不适用多由产品瑕疵所致，产品的不安全多由产品缺陷所致。

《产品质量法》第二十六条规定，产品质量应当符合下列要求：①不存在危及人身、财产安全的不合理的危险，有保障人体健康和人身、财产安全的国家标准、行业标准的，应当符合该标准；②具备产品应当具备的使用性能，但是，对产品存在使用性能的瑕疵作出说明的除外；③符合在产品或者其包装上注明采用的产品标准，符合以产品说明、实物样品等方式表明的质量状况。

二、产品质量法及适用范围

(一) 产品质量法

产品质量法，是指在调整产品生产与销售，以及对产品质量监督管理过程中所发生的社会关系的法律规范的总称。主要包括关于产品质量监督管理、产品质量责任、产品质量损害赔偿和处理产品质量争议等方面的法律规定。

我国在产品质量立法上采取专门立法模式，是将产品质量责任法与产品质量监管法统一规定在一部法律之中。我国立法对产品质量责任和产品质量监管并重，在原有一大批有关产品质量监督管理法律法规基础上，制定了我国关于产品质量责任和产品质量监督管理的基本法——《中华人民共和国产品质量法》(以下简称《产品质量法》)，该法于1993年通过并于2000年7月修订。

(二) 产品质量法适用范围

(1) **空间范围**：即在中华人民共和国境内从事产品生产、销售活动，包括销售进口商品。

(2) **主体范围**：①生产者、销售者，即在中华人民共和国境内从事产品生产、销售活动的组织和个人，以及与生产、销售活动有关的其他组织和个人；②用户、消费者；③国家质量监督管理机构。

(3) **客体范围**：即产品质量法所适用的产品范围，限于经过加工、制作，用于销售的产品。这里的产品须满足两个条件：①该产品是经过加工、制作的，包括工业产品、手工业产品、农产品等(不含初级农产品)；②该产品是用于销售的。

《产品质量法》适用的产品除外情形。①建设工程，即不动产。但建设工程使用的建筑材料、建筑构配件和设备，属于该法规定的产品范围的，适用该法规定。②军工产品。《产品质量法》第七十三条规定，军工产品质量监督管理办法，由国务院、中央军事委员会另行制定。③《产品质量法》第七十三条第二款规定，因核设施、核产品造成损害的赔偿责任，法律、行政法规另有规定的，依照其规定。

(4) **内容范围**：①生产者、销售者与用户、消费者的关系；②质量监督管理机构与生产者、销售者的关系；③生产者、销售者之间及其与其他经营者之间的关系。

第二节　产品质量监督管理

一、产品质量管理体制

《产品质量法》规定，国务院产品质量监督部门主管全国产品质量监督工作。国务院有关部门在各自的职责范围内负责产品质量监督工作。县级以上地方产品质量监督部门主管本行政区域内的产品质量监督工作。县级以上地方人民政府有关部门在各自的职责范围内负责产品质量监督工作。法律对产品质量的监督部门另有规定的，依照有关法律的规定执行。

二、产品质量管理制度

产品质量管理机构通过制定与督促执行产品质量监督管理制度，对产品质量进行监督管理。质量监督管理制度是指由产品质量法确认的互相联系、互相依存、自成体系的，具有严格的秩序性和规律性的产品质量管理规定。我国《产品质量法》确立的产品质量监督管理制度主要包括以下几个方面：

(一) 企业质量体系认证制度

企业质量体系认证是法定的认证机构对企业的产品质量保证能力和质量管理水平进行的综合性检查和评定后,确认和证明该企业质量管理达到国际通用标准的一种制度。该制度通过对产品质量构成的各种因素,如产品设计、工艺准备、制造过程、质量检验、组织机构和人员素质等质量保证能力进行严格评定,使企业形成稳定生产符合标准产品的能力。

企业质量体系认证机构是国务院产品质量监督部门认可的或者国务院产品质量监督部门授权的部门认可的认证机构。目前国际上通用的"质量管理和质量保证"标准是 ISO 9000 系列国际标准,我国对企业实行质量体系认证的依据是 CB/T 19000-ISO 9000 质量管理和质量保证系列国家标准。企业根据自愿原则申请企业质量体系的认证,经认证合格的,由认证机构颁发企业质量体系认证证书。

(二) 产品质量体系认证制度

产品质量认证是依据产品标准和相应技术要求,经认证机构确认并通过颁发认证证书和认证标志,证明某一产品符合相应标准和相应技术要求的活动。《产品质量法》第十四条第二款规定,国家参照国际先进的产品标准和技术要求,推行产品质量认证制度。企业根据自愿原则可以向国务院产品质量监督部门认可的或者国务院产品质量监督部门授权的部门认可的认证机构申请产品质量认证。

产品质量认证的依据是产品标准,其认证结论是要证明企业产品是否符合产品标准。产品质量认证可分为安全认证和合格认证。安全认证是以安全标准为依据进行的认证或只对产品中有关安全的项目进行认证。合格认证是对产品的全部性能、要求,依据标准或相应技术要求进行的认证。

(三) 产品质量检验制度

产品质量检验是指检验机构根据一定标准对产品品质进行检测,并判断合格与否的活动,而对这一活动的方法、程序、要求和法律性质,通过法律加以确定则形成了产品质量检验制度。《产品质量法》第十二条规定,产品质量应当检验合格,不得以不合格产品冒充合格产品。

企业产品质量检验是产品质量的自我检验,具有自主性和合法性的特点。自主性,是指这种检验是企业为保障产品质量合格依法主动进行的,在不违反法律强制性规定的前提下,企业可选择适合自己的检验标准和检验程序;合法性,是指企业的质量检验必须依法进行,遵循国家的有关规定。产品出厂时,可由企业自行设置的检验机构检验合格,也可经过企业委托有关产品质量检验机构进行。

(四) 产品质量监督检查制度

《产品质量法》第十五条规定,国家对产品质量实现以抽查为主要方式的监督检查制度。监督抽查制度的目的在于加强对生产、流通领域的产品质量实施监督，以督促企业提高产品质量，从而保护国家和广大消费者的利益，维护社会经济秩序。

国家监督检查的重点有三类产品：①可能危及人体健康和人身财产安全的产品，如药物、食品等；②重要工农业原材料和影响国计民生的重要工业产品，如钢铁、石油制品等；③消费者、有关组织反映有重要质量问题的产品。

第三节 生产者、销售者产品质量责任和义务

一、生产者产品质量责任和义务

(一) 生产者应当对其生产的产品质量负责并符合要求

①不存在危及人身、财产安全的不合理的危险，有保障人体健康和人身、财产安全的国家标准、行业标准的，应当符合该标准；②具备产品应当具备的使用性能，但是，对产品存在使用性能的瑕疵作出说明的除外；③符合在产品或者其包装上注明采用的产品标准，符合以产品说明、实物样品等方式表明的质量状况。

(二) 产品或者其包装上的标识必须真实并符合要求

①有产品质量检验合格证明；②有中文标明的产品名称、生产厂厂名和厂址；③根据产品的特点和使用要求，需要标明产品规格、等级、所含主要成份的名称和含量的，用中文相应予以标明；需要事先让消费者知晓的，应当在外包装上标明，或者预先向消费者提供有关资料；④限期使用的产品，应当在显著位置清晰地标明生产日期和安全使用期或者失效日期；⑤使用不当，容易造成产品本身损坏或者可能危及人身、财产安全的产品，应当有警示标志或者中文警示说明。裸装的食品和其他根据产品的特点难以附加标识的裸装产品，可以不附加产品标识。

(三) 特殊产品的包装必须符合相应要求

易碎、易燃、易爆、有毒、有腐蚀性、有放射性等危险物品以及储运中不能倒置和其他有特殊要求的产品，其包装质量必须符合相应要求，依照国家有关规定作出警示标志或者中文警示说明，标明储运注意事项。

(四) 生产者不得违反其他禁止性法律规定

①产品质量应当检验合格，不得以不合格产品冒充合格产品；②可能危及人体健康和人身、财产安全的工业产品，必须符合保障人体健康和人身、财产安全的国家标准、行业标准；未制定国家标准、行业标准的，必须符合保障人体健康和人身、

财产安全的要求；③生产者不得生产国家明令淘汰的产品；④生产者不得伪造产地，不得伪造或者冒用他人的厂名、厂址；⑤生产者不得伪造或者冒用认证标志等质量标志；⑥生产者生产产品，不得掺杂、掺假，不得以假充真、以次充好，不得以不合格产品冒充合格产品。

二、销售者产品质量责任和义务

(一) 销售者应当建立并执行进货检查验收制度，验明产品合格证明和其他标识

进货检查验收制度，是指销售者根据国家有关规定和同生产者或其他供货者之间订立的合同的约定，对购进的产品质量进行检查，符合合同约定的予以验收的制度。包括对产品标识检查、产品感官检查和必要的产品内在质量的检验。

(二) 销售者应当采取措施，保持销售产品的质量

销售者应当根据产品的不同特征和特性，采取防雨、通风、防晒、防潮、防霉变、分类或者控制温度、湿度等必要的措施，保持产品在通常保养条件下应保持或达到的质量。即销售者应确保其所销售的产品不失效、不变质，保持进货时的产品质量状况。如果进货时产品质量符合要求，而销售时出现缺陷，销售者就要承担相应的责任。

(三) 销售者销售的产品的标识应当符合法定要求

对于产品及其包装上的标识，销售者负有与生产者同样的义务。但销售者还应"严把产品标识关"，应向生产者索要合法、齐全的标志和说明，不得接受不合格甚至假冒的产品标志。销售者对用户、消费者更负有直接的告知产品警示标志和说明的义务。

(四) 销售者生产者不得违反其他禁止性法律规定

(1) 销售者不得销售国家明令淘汰并停止销售的产品和失效、变质的产品。失效、变质两个概念不能等同。失效指超过产品质量保证期或安全使用期。可能导致产品变质，但也可能只使产品价值降低；变质则是指产品失去原有效力和作用，产品本质发生变化。可由于失效造成，也可能在产品的质保期和安全期内发生。

(2) 销售者不得伪造产地，不得伪造或冒用他人的厂名、厂址。

(3) 销售者不得伪造或冒用认证标志等质量标志。

(4) 销售者销售产品，不得掺杂、掺假，不得以假充真、以次充好，不得以不合格产品冒充合格产品。

第四节　产品质量法律责任

一、生产者、销售者的产品质量责任

(一) 民事责任

1. 产品瑕疵责任

产品瑕疵是指产品不具备应有的使用性能，不符合明示采用的产品质量标准，或不符合产品说明、实物样品等方式表明的质量状况。产品瑕疵责任，也称为产品瑕疵担保责任，是指产品的生产者或销售者通过明示或默示的方式，对产品质量作出保证，在产品存在瑕疵时，生产者、销售者对用户或消费者承担的民事责任。

《产品质量法》第四十条规定，售出的产品有下列情形之一的，销售者应当负责修理、更换、退货；给购买产品的消费者造成损失的，销售者应当赔偿损失：①不具备产品应当具备的使用性能而事先未作说明的；②不符合在产品或者其包装上注明采用的产品标准的；③不符合以产品说明、实物样品等方式表明的质量状况的。

2. 产品缺陷责任

产品缺陷责任，也称产品责任或产品质量侵权责任，是指产品的生产者、销售者因产品质量存在缺陷造成他人人身、财产损害而依法应承担的损害赔偿责任。《产品质量法》对产品责任进行了详细规定：

(1) 因产品存在缺陷造成人身、缺陷产品以外的其他财产损害的，生产者应当承担赔偿责任。生产者能够证明有下列情形之一的，不承担赔偿责任：①未将产品投入流通的；②产品投入流通时，引起损害的缺陷尚不存在的；③将产品投入流通时的科学技术水平尚不能发现缺陷的存在的。

(2) 由于销售者的过错使产品存在缺陷，造成人身、他人财产损害的，销售者应当承担赔偿责任。

(3) 销售者不能指明缺陷产品的生产者，也不能指明缺陷产品供货者的，销售者应当承担赔偿责任。

(4) 因产品存在缺陷造成人身、他人财产损害的，受害人可以向产品的生产者要求赔偿，也可以向产品销售者要求赔偿。属于产品生产者的责任，产品销售者赔偿的，产品的销售者有权向产品生产者追偿。属于产品销售者的责任，产品生产者赔偿的，产品的生产者有权向产品销售者追偿。

(5) 因产品存在缺陷造成受害人人身伤害的，侵害人应当赔偿医疗费、治疗期间的护理费、因误工减少的收入等费用；造成残疾的，还应当支付残疾者生活自助具费、生活补助费、残疾赔偿金以及由其扶养的人所必需的生活费等费用；造成受害人死亡的，并应当支付丧葬费、死亡赔偿金以及由死者生前扶养的人所必需的生活费等费用。因产品存在缺陷造成受害人财产损失的，侵害人应当恢复原状或者折价赔偿。受害人因此遭受其他重大损失的，侵害人应当赔偿损失。

(6) 因产品存在缺陷造成损害要求赔偿的诉讼时效期限为 2 年，自当事人知道或者应当知道其权益受到损害时起计算。因产品存在缺陷造成损害要求赔偿的请求权，在造成损害的缺陷产品交付最初用户、消费者之日起满 10 年丧失；但是，尚未超过明示的安全使用期的除外。

(二) 行政责任

产品质量行政责任是生产者或销售者有一般违法行为所应当承担的行政责任，承担行政责任的主要形式是行政处罚：警告、罚款、责令停止生产销售、没收违法所得、吊销营业执照、取消检验认证资格等。

(1) 生产、销售不符合保障人体健康和人身、财产安全的国家标准、行业标准的产品的，责令停止生产、销售，没收违法生产、销售的产品，并处违法生产、销售产品(包括已售出和未售出的产品，下同)货值金额等值以上 3 倍以下的罚款；有违法所得的，并处没收违法所得；情节严重的，吊销营业执照。

(2) 在产品中掺杂、掺假，以假充真，以次充好，或者以不合格产品冒充合格产品的，责令停止生产、销售，没收违法生产、销售的产品，并处违法生产、销售产品货值金额50%以上 3 倍以下罚款；有违法所得的，并处没收违法所得；情节严重的，吊销营业执照。

(3) 生产国家明令淘汰的产品的，销售国家明令淘汰并停止销售的产品的，责令停止生产、销售，没收违法生产、销售的产品，并处违法生产、销售产品货值金额等值以下的罚款；有违法所得的，并处没收违法所得；情节严重的，吊销营业执照。

(4) 销售失效、变质的产品的，责令停止销售，没收违法销售的产品，并处违法销售产品货值金额 2 倍以下的罚款；有违法所得的，并处没收违法所得；情节严重的，吊销营业执照。

(5) 伪造产品产地的，伪造或者冒用他人厂名、厂址的，伪造或者冒用认证标志等质量标志的，责令改正，没收违法生产、销售的产品，并处违法生产、销售产品货值金额等值以下的罚款；有违法所得的，并处没收违法所得；情节严重的，吊销营业执照。

(6) 伪造产品产地的，伪造或者冒用他人厂名、厂址的，伪造或者冒用认证标志等质量标志的，责令改正，没收违法生产、销售的产品，并处违法生产、销售产品货值金额等值以下的罚款；有违法所得的，并处没收违法所得；情节严重的，吊销营业执照。

(7) 拒绝接受依法进行的产品质量监督检查的，给予警告，责令改正；拒不改正的，责令停业整顿；情节特别严重的，吊销营业执照。

(8) 产品标识不符合《产品质量法》规定的，责令改正；有包装的产品标识不符合《产品质量法》规定，情节严重的，责令停止生产、销售，并处违法生产、销售产品货值金额30%以下的罚款；有违法所得的，并处没收违法所得。但销售者有充分证据证明其不知道该产品为禁止销售的产品并如实说明其进货来源的，可以从轻或者减轻处罚。

(三) 刑事责任

《产品质量法》对生产者、销售者违反法律规定，应当承担刑事责任的违法行为进行了明确规定：

(1) 生产、销售不符合保障人体健康和人身、财产安全的国家标准、行业标准的产品的，构成犯罪的，依法追究刑事责任。

(2) 在产品中掺杂、掺假，以假充真，以次充好，或者以不合格产品冒充合格产品的，构成犯罪的，依法追究刑事责任。

(3) 销售失效、变质的产品的，构成犯罪的，依法追究刑事责任。

(4) 以暴力、威胁方法阻碍产品质量监督部门或者工商行政管理部门的工作人员依法执行职务的，依法追究刑事责任。

二、其他责任主体的产品质量责任

(一) 产品质量监督部门及相关行政部门的责任

(1) 各级人民政府工作人员和其他国家机关工作人员有下列情形之一的，依法给予行政处分；构成犯罪的，依法追究刑事责任：①包庇、放纵产品生产、销售中违反本法规定行为的；②向从事违反本法规定的生产、销售活动的当事人通风报信，帮助其逃避查处的；③阻挠、干预产品质量监督部门或者工商行政管理部门依法对产品生产、销售中违反本法规定的行为进行查处，造成严重后果的。

(2) 产品质量监督部门有下列行为的，应承担相应的法律责任：①在产品质量监督抽查中超过规定的数量索取样品或者向被检查人收取检验费用的；②产品质量监督部门或者其他国家机关违反产品质量法规定，向社会推荐生产者的产品或者以监制、监销等方式参与产品经营活动的；③产品质量监督部门或者工商行政管理部门的工作人员滥用职权、玩忽职守、徇私舞弊的。

(二) 检验机构及认证机构的责任

(1) 产品质量检验机构、认证机构伪造检验结果或者出具虚假证明的，责令改正，对单位和直接负责主管人员、其他直接责任人员处以罚款；有违法所得的，并处没收违法所得；情节严重的，取消其检验资格、认证资格；构成犯罪的，依法追究刑事责任。

(2) 产品质量检验机构、认证机构出具的检验结果或者证明不实，造成损失的，应当承担相应的赔偿责任；造成重大损失的，撤销其检验资格、认证资格。

(3) 产品质量认证机构违反产品质量法规定，对不符合认证标准而使用认证标志的产品，未依法要求其改正或者取消其使用认证标志资格的，对因产品不符合认证标准给消费者造成的损失，与产品的生产者、销售者承担连带责任；情节严重的，撤销其认证资格。

(三) 社会团体、社会中介机构的责任

社会团体、社会中介机构对产品质量作出承诺、保证，而该产品又不符合其承诺、保证的质量要求，给消费者造成损失的，与产品的生产者、销售者承担连带责任。

(四) 其他相关人的责任

(1) 知道或者应当知道属于本法规定禁止生产、销售的产品而为其提供运输、保管、仓储等便利条件的，或者为以假充真的产品提供制假生产技术的，构成犯罪的，依法追究刑事责任。

(2) 服务业的经营者将禁止销售的产品用于经营性服务的，责令停止使用；对知道或者应当知道所使用的产品属于本法规定禁止销售的产品的，依照对销售者的处罚规定处罚。

(3) 在广告中对产品质量作虚假宣传，欺骗和误导消费者的，依照《中华人民共和国广告法》的规定追究法律责任。

导入案例分析

这是一起考察生产者、销售者产品质量责任的案例。(1)王某有权直接向代销店索赔。因为消费者或者其他受害人因商品缺陷造成人身、财产损害的，可以向销售者要求索赔，也可以向生产者要求索赔。(2)首先，《产品质量法》规定，生产者对自己生产的产品负责，不能存在危及人身、财产安全的不合理的危险，不得掺杂掺假，不得以假充真，以次充好，不得以不合格产品冒充合格产品。而饲料加工厂收购变质原料，生产劣质产品，直接损害了消费者的利益，给社会造成严重危害，此

行为属违法行为；其次，《产品质量法》规定，销售者在进货时应对产品进行验收检查，验明产品合格证明和其他标识，不得销售失效、变质的产品。而代销店违反有关规定，在进货时未加以检验或者对不合格产品未拒绝接收，销售变质产品，给消费者造成损失，此行为属违法行为。

实践思考题

(1) 简述产品质量法的适用范围。

(2) 简述产品质量管理制度。

(3) 论述生产者产品质量责任和义务。

(4) 论述销售者产品质量责任和义务。

(5) 论述产品瑕疵责任和产品缺陷责任。

(6) 论述其他产品责任主体的确定及其承担。

案例实务训练

(1) 丁某于 2009 年 6 月从市场买回一只高压锅，开始高压锅能正常使用没有异常。2010 年 9 月 6 日，丁某做饭时高压锅发生爆炸，锅盖飞起致天花板冲裂、玻璃震碎、煤气灶被损坏。发生后丁某找高压锅生产厂家要求赔偿，该厂提出：丁某是于 2009 年买的锅，已经过去一年多了，早已过了规定的保修期，因此对发生的损害不承担责任。

问题：该厂不承担损害赔偿的理由是否成立？为什么？

(2) 2009 年 3 月 5 日，赵某(甲方)在某卫生洁具公司(乙方)购买了一台丙公司(丙方)生产的"华丰牌"电热水淋浴器。2009 年 3 月 10 日，赵某又购买了一台丁公司(丁方)生产的"亚宝牌"多功能漏电保护器，并在家中安装了该两件电器。2009 年 4 月 4 日晚，赵某在使用该淋浴器时被按键漏电击中，整个右手烧伤，经医院抢救被截除小指拇。事后，赵某与乙方交涉要求赔偿未果，遂起诉至人民法院，状告乙方、丙方、丁方应负连带赔偿损失责任。乙方辩称：该电淋浴器只属本公司销售，赔偿责任应由生产者承担，与销售者无关；丙方辩称：本产品符合国家标准，因无证据证明生产者有过错，所以不应由生产者承担责任，漏电保护器可能是事故主要原因；丁方辩称：赵某违反有关说明书的警示和安装说明，擅自安装超大功率电器，致使漏电保护器失效酿成事故，但漏电保护器失灵不至于造成电器伤人，丙方的产品存在质量问题。法院调查中，经技术监督局对两件电器进行质量鉴定后，最终认定：电热水淋浴器的制造工艺存在缺陷，特定情况下淋浴器开关按键可能漏电；多功能漏电保护器已被烧毁无法鉴定，但对同样商品检测没有发现质量问题；赵某安装淋浴器与漏电保护器连接时未按丁方的说明书正确安装，以致使用时漏电保护器不能正常工作。

问题：①乙方作为销售者是否应予承担赔偿责任？为什么？②丙方作为生产者应承担何种责任？为什么？③丁方是否应承担责任？为什么？④赵某有无过错？对本案处理有何影响？

第八章

消费者权益保护法

教学目的及要求：通过学习，使学生重点掌握消费者权利、经营者义务及其法律责任，了解消法修订的内容变化，提高学生分析现实消费纠纷、保障自身权益的意识和能力。

教学组织与设计：以课堂讲授、案例讲解和消费维权分析并重，采取引导式、列举式、情景模拟式和多媒体教学。同时可通过市场案例搜集、自我列举、调解消费争议相结合方式，提高学生实践维权能力。

学习重点和难点：消法基本理论，消费者权利和经营者义务，消费争议解决以及侵犯消费者权益法律责任。

导入案例

王某到商店给儿子购买了一辆儿童自行车，第二天，儿子在院内骑玩时，车身突然断裂致儿子摔伤，住院治疗花费二千多元。王某遂到商店索赔，商店以自行车不是自己生产为由，拒绝赔偿。

问题：(1)王某可以向谁主张索赔？(2)王某可以提起哪些赔偿要求？(3)若王某向消费者协会投诉，消费者协会应该履行哪些职能？

第一节　消费者权益保护法概述

一、消费与消费者的概念

(一) 消费

消费是指利用社会产品来满足人们各种需要的过程。广义的消费包括生产消费和生活消费，狭义的消费就是生活消费。生活消费是人们为生存和发展需要而消耗物质资料和精神产品的行为和过程，是"生产过程以外执行生活职能"。通常人们所说的消费除具体特指外，一般都是指生活消费。

作为生活消费，其与生产消费相比具有如下特征：

(1) 生活消费主体具有惟一性且只能是自然人。而生产消费主体具有广泛性，可以是自然人、法人或是其他经济组织。

(2) 生活消费的客体是商品和服务。是用于生活消费的任何种类的商品和服务，包括法律特别规定的用于生产消费的商品和服务。这里所称的商品，除法律另有规定外，须与生活消费有关，必须进入流通领域；这里所指的服务，须与生活消费有关，可供潜在消费者接受而非为特定的人提供的服务，且具有有偿性。

(3) 生活消费的消费方式包括购买、使用和接受。商品的购买、使用以及服务的接受是消费者进行生活消费的确定方式。为生活消费购买并使用商品、不为生产经营目的而为生活消费需要购买但不使用商品、使用他人购买的商品都属于生活消费。

(4) 生活消费的内容是物质产品和精神产品。物质产品包括人们衣食住行的各类商品，精神产品是人们为满足身心愉悦有偿接受的各种服务，如旅游、医疗、影视、保健美容、体育文娱活动等。

(二) 消费者

"消费者"已成为法律上的一个专有名词，有关国际组织和各国在其消费者权益保护立法中基本都将消费者定义为公民个人。国际标准化组织——消费者政策委员会将消费者定义为"为了个人目的购买或使用商品和服务的个体社会成员。"我国《消费者权益保护法》第二条规定："消费者为生活消费需要购买、使用商品或者接受服务，其权益受本法保护"，此规定虽未明确指定消费者主体是公民个人，但"为生活消费需要"则可明确消费者范围仅限于公民个人。因此，消费者是指为生活消费需要而购买、使用商品或接受商品服务的个人。[1] 此概念内涵体现出如下法律特征：

(1) 消费者主体是公民个人。消费者是为个人生活目的购买、使用商品或接受服务的社会成员，其他任何机关团体、企事业单位都不得成为法律意义上的消费者。

(2) 消费者的消费性质属于生活消费。消费者购买、使用商品或接受服务的目的用于生活需要而非经营和销售，是构成消费者最本质的特征。其生活消费包括物质资料和精神产品的消费。

(3) 消费者是具有广泛性的、处于弱势地位的分散的个体。消费者是众多的、

---

1. 新修订的《消费者权益保护法》征求意见稿(以下简称《修订意见稿》)第二条新增：本法所称的消费者，是指非为生产经营目的购买、使用商品或者接受服务的自然人。

广泛性的消费群体，其在经济实力、商品知识等方面与经营者相比均处于弱者地位，使两个法律主体处于实质上的不平等地位，这也是世界各国重视消费者权益保障的重要原因。

二、消费者权益保护法的概念和调整对象

(一) 消费者权益保护法的概念

消费者权益保护法，是调整因消费者在购买、使用商品或者接受服务过程中而产生的社会关系的法律规范的总称。广义的消费者权益保护法是指由全国人大及其常委会、国务院、省(自治区、直辖市)人民代表大会、有立法权的特区人民代表大会颁布的保护消费者权益的法律、行政法规、地方性法规等规范性文件的总称；狭义的消费者权益保护法是指我国于1993年10月31日第八届全国人大常委会第四次会议通过、1994年1月1日施行的第一部关于消费者权益保护的基本法——《中华人民共和国消费者权益保护法》，除《消费者权益保护法》外，我国《反垄断法》、《反不正当竞争法》、《产品质量法》、《广告法》、《食品卫生法》等法律及相关行政和地方法规对消费者权益保护问题也作了相关规定，并形成了我国较为完整的消费者权益保护法律体系。

《消费者权益保护法》从消费者的利益出发，对消费者权利、经营者义务、国家对消费者合法权益保护、消费者组织、争议解决和法律责任等方面作出规定，体现了国家对社会经济生活的干预和对消费者利益的倾斜式保护，在经济法法律体系中，消费者权益保护法是市场规制法的重要部门法。随着社会经济不断发展，消费者权益保护法在许多方面已不适应形势发展的需要，其修法已列入第十一届全国人大常委会立法规划，并将重点围绕扩大法律调整范围、明确维权费用承担、增加精神损害赔偿、建立损害消费者权益最低赔偿制度等方面内容进行修改。

(二) 消费者权益保护法的调整对象

消费者权益保护法的调整对象是在保护消费者权益过程中而产生的各种社会关系。这种社会关系具体表现为三个方面：

(1) 消费者与经营者之间的关系。主要是指经营者因违法行为给消费者造成损害，消费者行使请求权以及对经营者进行监督过程中所发生的社会关系。

(2) 国家机关与经营者之间的关系。主要是指国家有关管理部门对经营者生产、销售、服务进行监督管理以及对侵害消费者合法权益的行为进行制裁过程中所发生的社会关系。

(3) 国家机关与消费者之间的关系。主要是指国家管理部门在为消费者提供指导、服务与保护过程中所发生的社会关系。

三、消费者权益保护法的基本原则和适用范围

(一) 消费者权益保护法基本原则

1. 对消费者特别保护的原则

消费者相对于占有组织、实力和信息优势的经营者而言，从结构、实力和手段等各方面来说始终于弱者地位，必须以特别法律原则、方式和手段进行调整，国家立法对经营者偏重其义务规范，对消费者则偏重其权利规范，当消费者权利与其他权利保护相冲突时，优先保护消费者权利。

2. 国家保护与社会保护相结合的原则

消费者权益保护法》第五条规定，国家保护消费者的合法权益不受侵害，国家采取措施保障消费者依法行使权利，维护消费者的合法权益。第四章专门规定了有关政府部门保护消费者权益、监督经营者行为的行政职责。消费者权益保护是全社会的共同责任，消费者权益保护组织都应参与到消费者权益保护的经济和社会活动的监督和干预中来。

3. 自愿、平等、公平和诚实信用的原则

这是经营者与消费者进行交易应遵循的基本原则，要求经营者与消费者在法律规定的范围内从事交易活动时，尊重消费者意愿，诚实守信，交易行为应符合等价交换和商业惯例要求。不得采取欺诈或者其他违法手段，规避法律规定和合同约定。

4. 补偿性与惩罚性相结合的原则

经营者损害消费者合法权益时，除负赔偿消费者实际损失外，还可能承担行政处罚甚至刑事责任。对于存在欺诈行为的，在民事责任上还负有加倍赔偿的责任。

(二) 消费者权益保护法适用范围

我国《消费者权益保护法》适用范围主要包括三个方面：

(1) 根据《消费者权益保护法》第二条规定，消费者为生活消费需要在购买、使用商品或者接受服务的过程中受本法保护，这是从消费法律关系中消费者主体的消费角度而言的。

(2) 根据《消费者权益保护法》第三条规定，经营者为消费者提供其生产销售的商品或提供服务时必须遵守本法，这是从消费法律关系中经营者主体的经营角度而言的。

(3) 根据《消费者权益保护法》第五十四条规定，农民购买、使用直接用于农业生产的生产资料参照本法执行，这是消费者权益保护法特殊的适用范围。该法调整这部分因生产消费而产生的社会关系，但范围特殊也极其有限：主体必须是农民，

但并非所有农民的行为都受调整，只限定为购买、使用直接用于农业生产的生产资料而产生的社会关系。比如：农民购买种籽、农机、化肥、农膜等直接用于农业生产的才适用于该法调整。

第二节 消费者权利保护

一、消费者权利概述

消费者是市场最基本的主体,对消费者权益的保护不仅体现了对私权利的保护,也是对公权利的维护,各国都将消费者权利的赋予和保护作为立法核心内容,而对经营者义务及责任等相关内容的规定都是围绕这一核心前提展开的。

消费者权利,通常是指消费者在消费领域中依法所享有的权能,是公民基本权利在生活消费领域中的具体化。消费者权利的特征主要包括以下三方面：权利主体是进行生活消费的公民个人；权利的内容表现为消费者有权自己做出或不做出以及要求他人做出或不做出一定的行为；消费者享有的权利必须由法律加以规定,不能随意由自己创设权利。

消费者权利的概念是伴随着消费者运动发展而产生并逐步得到认同的,消费者权利内容也经历了一个由简到繁、由低至高的发展过程。

1962 年 3 月 15 日,美国总统肯尼迪向国会提出关于保护消费者权益的特别国情咨文——《关于消费者利益的白皮书》,首次提出了消费者权利这一概念。该法案指出消费者应享有 4 项权利：有权获得安全保障、有权获得正确的商品信息资料、有权自由选择商品、有权提出消费意见。这就是著名的"四权论",对后来世界各国消费者权益保障立法产生了重大影响,国际消费者组织因此将 3 月 15 日定为"世界消费者权益日"。

1969 年,美国总统尼克松进而提出了消费者的第 5 项权利——求偿权,即消费者在消费过程中其人身、财产遭受损失时有获得赔偿的权利,由此使消费者权利内容进一步丰富。此后,消费者权利概念得到不断发展、完善,但都以"四权论"为基础。

1985 年 4 月,联合国大会通过的《保护消费者准则》以示范法的形式提出了保护消费者权益的一般原则,实质上规定了消费者的 6 项权利；国际消费者联盟组织(IOCU)提出了消费者享有 8 项权利,即有权获得为生存所必需的商品和服务的权利、有权获得公平价格和选择商品的权利、有安全的权利、有获得足够资料和信息的权利、有获得公平有赔偿和法律援助的权利、有受教育的权利、有获得健康的生存环境的权利。

我国立法在广泛借鉴世界各国及国际组织关于消费者权利规定的基础上，结合国情实际，在《消费者权益保护法》第七条至第十五条具体规定了消费者享有 9 项权利，分别是：安全权、知情权、自主选择权、公平交易权、求偿权、结社权、受教育权、人格尊严和民族风俗习惯受尊重权和监督权。

二、消费者权利的内容

(一) 消费者的安全权

《消费者权益保护法》第七条规定，消费者在购买、使用商品和接受服务时，享有人身、财产安全不受损害的权利。此规定赋予了消费者的消费安全权。安全权是消费者最重要、最基本的权利，是消费者享有其他权利的前提和基础，安全权也是宪法保护公民的人身权、财产权在消费者权益保护法中的具体体现。消费者的安全权主要包括人身安全权和财产安全权：

(1) 人身安全权。人身安全权是人身权的重要组成部分，消费者人身安全权只限于消费者的生命健康权。它有两方面的含义：①消费者在购买使用商品或接受服务过程中享有保证身体各器官及其机能完整的权利；②消费者在购买、使用商品或接受服务时享有生命不受危害的权利。

(2) 财产安全权。消费者在购买、使用商品或接受服务时享有其财产不受损害的权利，包括消费者购买、使用商品本身的财产安全和购买、使用商品之外的财产安全。

同时，《消费者权益保护法》第七条第二款明确规定，消费者有权要求经营者提供的商品和服务符合保障人身、财产安全的要求。这一规定包含两点涵义：①商品和服务有标准的必须符合标准；②没有标准的，应符合社会普遍公认的安全要求。

(二) 消费者享有知情权

《消费者权益保护法》第八条规定，消费者享有知悉其购买、使用的商品或者接受的服务的真实情况的权利。此规定是对消费者知悉真情权的法律确认，只有满足消费者知情权，消费者也才能正确地消费商品和服务。

根据《消费者权益保护法》规定，消费者有权了解的商品情况有：①关于商品或服务的基本情况，如商品的名称、商标、产地、生产者名称、生产日期、服务的内容、规格等；②关于商品的技术状况，包括商品用途、性能、规格、等级、主要成分、有效期限、使用方法说明、检验合格证等；③关于商品或服务的价格、售后服务以及服务的内容、规格、费用等有关情况。

(三) 消费者享有自主选择权

《消费者权益保护法》第九条规定：消费者享有自主选择商品或者服务的权利。[1] 即消费者有权根据自己的消费需求、意向和兴趣选择自己满意的商品或服务。消费者自主选择权是消费者权利的核心，是民法上意思自治、契约自由原则在生活消费领域中的具体化。

消费者自主选择权主要表现在以下方面：①有权自主选择提供商品或者服务的经营者；②有权自主选择商品品种或者服务方式；③有权自主决定购买或者不购买某种商品、接受或者不接受某项服务；④在自主选择商品或者服务时，有权进行比较、鉴别和挑选。另外，还可以自主选择提供商品或服务的地点、场所。

消费者行使自主选择权，必须具备以下要件：①自主选择商品或服务的行为是自愿的；②自主选择商品或服务的行为是合法的；③自主选择权只限定在购买商品或者接受服务过程中，不能延展到其他领域。

(四) 消费者享有公平交易权

《消费者权益保护法》第十条规定，消费者享有公平交易的权利。公平原则是我国民事主体实施民事行为必须遵循的一项基本原则，消费者与经营者是具有平等的民事法律主体，但在交易活动中消费者处于事实上的弱者地位，经营者如违背自愿、平等、公平、诚实信用原则就构成了对消费者公平交易权的侵犯，须承担相应的法律后果。主要表现为：

(1) 消费者有权获得公平交易的条件。要求质量保障与价格相符、价格合理与价值相符、计量正确与数量相符，必须具备这些公平交易条件。

(2) 消费者有权拒绝强制交易。它是严重违背消费者意愿和自愿原则的交易行为，在我国多发生于独占或垄断性行业，比如：自来水、电信、煤气电等行业。消费者对既侵犯自主选择权、又侵犯自主交易权的强制交易行为有权予以拒绝。

为保障消费者的公平交易权，我国《消费者权益保护法》第十条第二款规定，消费者在购买商品或者接受服务时，有权获得质量保障、价格合理、计量正确等公平交易条件，有权拒绝经营者的强制交易行为。

(五) 消费者享有求偿权

《消费者权益保护法》第十一条规定，消费者因购买、使用商品或者接受服务受到人身、财产损害的，享有依法获得赔偿的权利。消费者求赔权的实质在于其权益受到损害时，可依法要求一种物质上的救济，是对消费者已遭受的损害进行的事后补救。

---

1. 《修订意见稿》第九条新增：对通过电话销售、邮售、上门销售等非固定场所的销售方式购买的商品，销售者有权在收到商品后三十日内退回商品，并不承担任何费用，但影响商品再次销售的除外。

人身损害包括人格权的损害、生命健康权的损害，财产损害即消费者财产受到的直接损失(现实财产的减少)或间接损失(应得到的收益而未得到)。享有求偿权的主体是因购买、使用商品或接受服务而受到损害的人，包括三方面：①商品的购买者、使用者；②服务的接受者；③第三人，即因他人购买、使用商品或接受服务而遭受意外伤害的人。

(六) 消费者享有结社权

《消费者权益保护法》第十二条规定，消费者享有依法成立维护自身合法权益的社会团体的权利。宪法规定公民享有依法结社的政治权利，消费者结社权正是这一公民权利在消费者问题上的具体体现，这里的结社权不包括任何政治色彩，只限于消费者组织。消费者通过消费者社会团体将消费者组织起来并对经营者进行监督，能使消费者从分散、弱小走向集中和强大，从而及时解决消费权益纠纷，减少现实争讼案件。因此，法律特别赋予消费者有权成立保护自身利益的自治团体。

(七) 消费者享有获取知识的权利

《消费者权益保护法》第十三条规定，消费者享有获得有关消费和消费者权益保护方面的知识的权利。此项权利又称为消费者受教育权，它是基于知情权而发展的一种权利。为正确使用商品、接受服务并防止损害事件发生，消费者须从经营者或有关部门获得消费和权益保护方面相关知识，其权利行使的对象不仅限于经营者，也包括国家立法机关、行政机关以及社会团体。此权利主要包括两个方面：①消费者有权获得有关消费方面的知识，比如树立正确的消费观、有关商品服务的知识、市场占有率等；②消费者有权获得消费者利益保护方面的知识，比如有关法律、法规和政策制定情况、消费者组织和机构、争议解决途径等。

(八) 消费者享有人格尊严和民俗习惯受尊重权

《消费者权益保护法》第十四条规定，消费者在购买、使用商品和接受服务时，享有其人格尊严、民族风俗习惯得到尊重的权利。[1] 消费者享有维护人格尊严的权利，首先意味着消费者人格权不受侵犯，其次还意味着消费者民族风俗习惯受到尊重。这一权利包括两方面内容：①消费者在购买、使用商品和接受服务时，享有人格尊严受到尊重的权利。人格尊严即公民的人格权，主要指公民的姓名、名誉、荣誉、肖像权等。②消费者在购买、使用商品和接受服务时，享有民族风俗习惯受到尊重的权利。在消费领域，与消费者相关的少数民族风俗习惯主要体现在饮食、服饰、居住、婚葬、娱乐、礼节等方面，尊重了少数民族风俗习惯，即尊重了其民族尊严。

---

1. 《修订意见稿》第十四条新增：享有个人信息受保护的权利(本法所称的个人信息，包括消费者的姓名、性别、年龄、职业、联系方式、健康状况、家庭状况、财产状况、消费记录等与消费者个人及其家庭密切相关的信息)。

(九) 消费者享有批评监督权

《消费者权益保护法》第十五条规定，消费者享有对商品和服务以及保护消费者权益工作进行监督的权利。消费者监督权是社会监督的重要组成部分，是国家对消费者权益实施保护的重要手段，有助于制止侵害消费者权益违法行为，维护消费者的合法权益，提高经营者商品和服务质量。消费者监督权主要表现在以下三个方面：①有权对经营者进行监督，当权利受到侵害时有权提出检举和控告；②有权对国家机关及工作人员进行监督，对其在工作中违法失职行为进行检举、控告；③有权对消费者权益工作提出批评和建议。由此可见，消费者行使此项权利的对象既包括经营者，也包括相关行政部门和消费者组织。

第三节　经营者义务履行

一、经营者义务的基本问题

(一) 经营者含义

我国《消费者权益保护法》未对经营者作出明确定义，只在第三条规定："经营者为消费者提供其生产、销售的商品或者提供服务，应当遵守本法。"具体到我国《消费者权益保护法》对经营者范围的界定具有特指性，即单指向消费者提供其生产、销售的商品或者提供营利性服务的公民、法人及其他经济组织。经营者须具备以下构成要件：

(1) 经营者包括生产者、销售者和服务的提供者。生产者即制造商品的人，以及在商品或包装上注明自己是生产者的人，但被证明属于他人假冒的除外；销售者既包括自己进行生产并进行销售的人，也包括批发、零售及批零兼营者；服务者的提供者是向不特定人提供有偿服务的人。

(2) 在消费法律关系中，经营者是与消费者相对应的另一方当事人。经营者分为合法经营者和非法经营者。合法经营者包括指依法登记注册并在核准登记的经营范围内从事商品生产经营和服务活动的单位和个人，非法经营者包括依法应登记注册而未登记注册而从事违法经营的。其经营性质无论合法与否，只要经营者向消费者提供了商品或服务便与消费者发生经济交易关系，而不因经营是否合法而改变其经营者的身份。

(3) 经营者都是以营利为目的的。经营者营利是以向消费者有偿提供商品和服务来实现的，但提供的商品或者服务是否有偿并不是判断经营者的惟一标准，关键要以提供商品和服务是否以营利目的为标准。有偿提供的商品和服务，不论其结果是否盈利，都是以营利为目的的经营活动；无偿提供的商品和服务，只要存在盈利可能或预期就可判定为以营利为目的。

(二) 经营者义务的特征

经营者的义务是与消费者的权利相对应的概念，经营者作为消费法律关系的另一方主体，其是否完全、充分地履行其负有的法定义务，是消费者权利能否实现的法律保障。经营者义务是经营者在向消费者提供商品或服务等经营活动中必须依法履行的法律责任，其主要表现如下特征：①义务主体的确定性，即履行该义务的主体是生产者、销售者和服务提供者；②此义务表现为消费者有权要求经营者作出或不作出一定的行为；③义务以法律设定或双方约定而产生，消费者不能为经营者设定义务；④经营者违反义务履行责任，即产生相应的法律后果。

二、经营者义务的内容

经营者义务的履行直接关系到消费者权利能否实现，明确经营者义务对保护消费者权益至关重要。我国《消费者权益保护法》第十六条至第二十五条全面规定了经营者的 10 项义务。

(一) 履行法定义务和约定义务

《消费者权益保护法》第十六条规定，经营者向消费者提供商品或者服务，应当依照《中华人民共和国产品质量法》和其他有关法律、法规的规定履行义务。[1]经营者和消费者有约定的，应当按照约定履行义务，但双方的约定不得违背法律、法规的规定。此规定是对经营者单独设定的一项具体义务。

1. 法定义务

(1) 经营者为消费者提供商品或者服务应当按照《产品质量法》的规定履行相关义务。《产品质量法》第三章分别规定了 7 项生产者产品质量责任和义务、7 项销售者的产品质量责任和义务，主要禁止生产者、销售者向消费者提供不合格产品。

(2) 经营者应当履行其他有关法律、法规规定的义务。凡我国现行法律、法规中有关经营者义务的规定均应严格履行。

2. 约定义务

(1) 经营者和消费者有约定的，无论是口头合同还是书面合同，经营者都应按照合同约定履行义务，但双方的约定不得违背法律、法规的规定。

(2) 经营者向不特定消费对象约定的义务也应当履行，此种约定虽不针对特定

---

1. 《修订意见稿》第十六条：消费者索要发票的，经营者必须出具，不得以收据代替，并不得加收任何费用。经营者和消费者协商日后提供发票的，经营者应当承担消费者支出的合理费用。

消费者，一旦消费者按其约定实施了消费行为，约定则成为经营者对消费者具体的约定义务，经营者不能以任何借口拒绝履行。

(二) 接受消费者监督的义务

《消费者权益保护法》第十七条规定，经营者应当听取消费者对其提供的商品或者服务的意见，接受消费者的监督。经营者履行此义务是与消费者实现监督权相应的，有利于提高和改善消费者地位。

法律赋予消费者的监督权只是为消费者行使批评建议和检举控告权提供了法律依据，消费者监督权能否真正实现，有赖于经营者主动听取消费者意见和主动接受消费者的监督。这就要求经营者必须自觉、主动地认真听取消费者对商品或服务的质量、价格、品种、数量、服务方式和态度、售后服务等方面提出的意见和建议，经营者接受消费者监督可以在不同时间、地点和采取不同方式进行。

(三) 提供安全商品和服务的义务

《消费者权益保护法》第十八条规定，经营者应当保证其提供的商品或者服务符合保障人身、财产安全的要求。对可能危及人身、财产安全的商品和服务，应当向消费者作出真实的说明和明确的警示，并说明和标明正确使用商品或者接受服务的方法以及防止危害发生的方法。经营者发现其提供的商品或者服务存在严重缺陷，即使正确使用商品或者接受服务仍然可能对人身、财产安全造成危害的，应当立即向有关行政部门报告和告知消费者，并采取防止危害发生的措施。

要保证消费者在购买、使用商品或者接受服务时人身、财产安全，经营者必须做到：①提供的商品或服务必须符合保障人身、财产安全的要求。符合安全要求，即要符合国家标准、行业标准和社会普遍公认的安全标准；②对可能危及人身、财产安全的商品或服务应明确说明和警示，并说明或标明正确使用或接受服务以及防止危害发生的方法；③经营者发现其提供的商品和服务存在严重缺陷，即使正确使用也可能发生危害，经营者则应立即向负有消费者权益保护职责的行政部门报告，并通过其他方式向消费者告知，积极采取有效措施防止危害发生。

(四) 提供商品和服务真实信息的义务

《消费者权益保护法》第十九条规定，经营者应当向消费者提供有关商品或者服务的真实信息，不得作引人误解的虚假宣传。经营者对消费者就其提供的商品或者服务的质量和使用方法等问题提出的询问，应当作出真实、明确的答复，商店提供商品应当明码标价。主要包括三方面内容：

(1) 经营者应当向消费者提供有关商品或者服务的真实信息，不得作引人误解的虚假宣传。"引人误解的虚假宣传"包括引人误解的宣传和虚假宣传两方面，引人误解的宣传是指可能使消费者对商品和服务的真实情况产生错误认识，从而影响其消费决策的宣传；虚假宣传是指宣传内容与真实情况完全不符的宣传。

(2) 经营者对消费者就其提供的商品或者服务的质量和使用方法等问题提出的询问，应当作出真实、明确的答复。此条不仅赋予消费者知情权，同时规定经营者答复消费者的询问是其必须履行的法定义务。

(3) 商店提供商品应当明码标价。经营者提供商品的明码标价是保障消费者合法权益的有效措施。明码标价有其基本要件：标价可使用标签或价目表、价签内容要完整、标价内容须真实准确、要一货一签。

(五) 标明真实名称和标记的义务

《消费者权益保护法》第二十条规定，经营者应当标明其真实名称和标记。租赁他人柜台或者场地的经营者，应当标明其真实名称和标记。商品和服务的名称是消费者判断商品生产者和质量的最基本依据，商品经营者不同，其价格、质量也不同。经营者在向消费者提供商品和服务时，应标明自己的真实名称和标记。租赁他人柜台或者场地的经营者也应表明其真实名称和标记。

(六) 出具购货凭证或服务单据的义务

《消费者权益保护法》第二十一条规定，经营者提供商品或者服务，应当按照国家有关规定或者商业惯例向消费者出具购货凭证或者服务单据；消费者索要购货凭证或者服务单据的，经营者必须出具。

购货凭证或单据证明是消费者和经营者合同履行完毕的证明文件，是消费者行使求偿权的重要依据。经营者必须依法履行出具购货凭证或服务单据的义务：(1) 按照法律规定和商业惯例应当提供的，经营者在和消费者进行交易时必须提供；(2) 按照商业惯例和国家规定都可不提供的，只要消费者索要，经营者应当提供。

(七) 保证商品和服务质量的义务

《消费者权益保护法》第二十二条规定，经营者应当保证在正常使用商品或者接受服务的情况下其提供的商品或者服务应当具有的质量、性能、用途和有效期限；但消费者在购买该商品或者接受该服务前已经知道其存在瑕疵的除外。经营者以广告、产品说明、实物样品或者其他方式表明商品或者服务的质量状况的，应当保证其提供的商品或者服务的实际质量与表明的质量状况相符。

(八) 履行"三包"或其他责任的义务

《消费者权益保护法》第二十三条规定，经营者提供商品或者服务，按照国家规定或者与消费者的约定，承担包修、包换、包退或者其他责任的，应当按照国家规定或者约定履行，不得故意拖延或者无理拒绝。[1]

我国实行谁经销谁负责"三包"的原则，经营者不得以合同方式免除"三包"责任和义务。经营者"三包"义务包括：销售者须保证实施"三包"产品目录所列商品的"三包"服务；维修者应依规定及约定承担修理服务业务；生产者应按规定明确产品的"三包"方式等。经营者须遵守商品维修、更换、退货的相关规定，区别对待"三包"产品目录所列商品之外商品的"三包"，以及执行特价商品的"三包"规定。

(九) 不以格式合同等方式损害消费者权益的义务

《消费者权益保护法》第二十四条规定，经营者不得以格式合同、通知、声明、店堂告示等方式作出对消费者不公平、不合理的规定，或者减轻、免除其损害消费者合法权益应当承担的民事责任。格式合同、通知、声明、店堂告示等含有前款所列内容的，其内容无效。

经营者采用格式合同、通知、声明和店堂告示等方式作为交易合同的主要条款或重要条款，但格式合同的内容必须符合以下要求：①不得作出对消费者不公平、不合理的规定；②不得作出为减轻或者、免除其损害消费者合法权益应当承担的民事责任的规定；③格式合同、通知、声明、店堂告示等含有上述所列内容的，其内容无效。由此可见，格式合同内容不得与消费者的利益相对抗，否则经营者则违反了履行其法定义务的规定。

(十) 尊重消费者人格权的义务

《消费者权益保护法》第二十五条规定，经营者不得对消费者进行侮辱、诽谤，不得搜查消费者的身体及其携带的物品，不得侵犯消费者的人身自由。[2]消费者的人格尊严受尊重权是法律赋予消费者最基本的权利之一，《消费者权益保护法》从经营者义务角度作了进一步规定，此规定是经营者的不作为义务。

第四节　争议解决和法律责任

一、争议解决途径

消费争议又称为消费纠纷，是消费者在消费领域内与经营者之间因权利和义务

---

1. 《修订意见稿》第二十三条新增：商品三包期内的修理期间，经营者应当提供替代商品。在保修期内无法修理或者两次修理仍不能正常使用的，经营者应当负责免费更换或者退货。对大件商品，消费者要求经营者修理、更换、退货的，经营者应当负责运输。经营者以降价销售、有奖销售、附赠等形式提供的商品、奖品、赠品、免费服务等，适用本规定。

2. 《修订意见稿》第二十五条：经营者应当尊重消费者的人格尊严、民族风俗习惯，不得对消费者进行侮辱、诽谤，除法律、法规有明确规定外，不得搜查消费者的身体及其携带的物品，不得侵犯消费者的人身自由。

关系而产生的矛盾纠纷。消费争议主要表现为：①由于经营者不依法履行义务或不适当履行义务，使消费者合法权益受到损害，如提供的商品有缺陷、虚假宣传误导消费者、侵犯消费者人身权等；②因消费者对经营者提供的商品和服务质量不满意而发生的争议。根据《消费者权益保护法》规定，消费者和经营者发生消费者权益争议的，可以通过下列途径解决：

1. 消费者与经营者协商解决

协商和解又称为"私了"，双方就争议事项在平等自愿基础上，本着公平解决问题的态度和诚意，通过交换意见取得相互沟通，达成解决争议的一致意见。协商和解非法定必经程序，是现实中解决消费争议采用最多的途径。

2. 请求消费者协会调解

调解是争议双方在第三方主持下就有争议的问题进行自愿协商以达成解决问题的协议。调解分为民间调解、行政调解和司法调解三类，其法律效力各有差异。消费者协会调解即是民间调解，因其不是行政机关也非司法机关，是以维护消费者合法权益为宗旨的半官方社会团体，其解决消费争议不依靠处罚职能和国家强制力，而是依为消费者服务精神和影响力开展的调解，双方任一主体对达成的协议反悔，则需通过其他途径解决争议。

3. 向有关行政部门申诉

消费者可就有关消费权益损害事实以口头或书面形式向有关行政机关反映情况，依靠行政手段解决权益争议，以维护自身合法权益并对经营者违法行为给予处理。《消费者权益保护法》规定的"有关行政部门"是指履行保护消费者权益职能的各级人民政府及其所属部门，主要包括：物价部门、工商行政管理部门、质量监督部门、卫生行政部门等。

4. 根据与经营者达成的仲裁协议提请仲裁机构仲裁

由仲裁机构解决争议纠纷是国际国内商贸活动广泛采用的途径，消费者权益纠纷可通过仲裁途径予以解决。消费争议双方根据事先达成的仲裁协议自愿将争议提交仲裁机关进行裁决。一般消费活动很少有双方交易合同订立仲裁协议条款的，但仲裁机构作出的裁决具有法律效力，当事人必须自觉履行，否则权利人可申请人民法院强制执行。

5. 向人民法院提起诉讼

消费者权益受到损害时有权向人民法院提起诉讼，通过司法审判来解决争议；也可因不服行政处罚而向人民法院起诉。诉讼是最具权威、最有力度的解决民事权益纠纷的途径，也是消费者争议解决的最后手段。消费者选择争议解决途径时，应根据自身实际情况和案件特殊情况，权衡争议解决的成本和交易费用，选择最适合的纠纷解决途径。

二、消费者求偿主体确定

当消费者合法权益受到损害时，消费者可依法要求经营者承担损害赔偿责任，根据《消费者权益保护法》相关规定，可按以下原则确定承担损害赔偿责任的主体：

(一) 向消费者要求赔偿

《消费者权益保护法》第三十五条第一款规定，消费者在购买、使用商品时，其合法权益受到损害的，可以向销售者要求赔偿。消费者在求偿时，只要能确定与谁进行了直接的商品交易则可向谁直接主张赔偿权，这一求偿规则确定了销售者的先行赔偿义务，有助于消费者受到侵害能及时得到补救。但销售者先行承担赔偿义务，并不决定销售者最终承担赔偿责任，在其与生产者或供货者之间形成的法律关系中，如非销售者过错的可进行追偿。

(二) 向销售者要求赔偿，也可向生产者要求赔偿

《消费者权益保护法》第三十五条第二款规定，消费者或者其他受害人因商品缺陷造成人身、财产损害的，可以向销售者要求赔偿，也可以向生产者要求赔偿。此规定扩展了有权求偿主体的范围，不仅限于受到损害的消费者，也包括其他与购买、使用商品而受到意外伤害的第三人，且在选择求偿权主体时不分先后顺序；属于生产者责任的，销售者赔偿后可向生产者追偿，属于销售者责任的，生产者赔偿后可向销售者追偿。

(三) 向服务者要求赔偿

《消费者权益保护法》第三十五条第三款规定，消费者在接受服务时，其合法权益受到损害的，可以向服务者要求赔偿。消费者在接受服务时其合法权益受到损害的，一般是由于服务提供者不履行或不适当履行其法定义务或约定义务造成的。因此，法律规定消费者因接受服务受到损害的求偿主体就是服务的提供者。

(四) 向变更后承受其权利义务的企业要求赔偿

《消费者权益保护法》第三十六条规定，消费者在购买、使用商品或者接受服务时，其合法权益受到损害，因原企业分立、合并的，可以向变更后承受其权利义务的企业要求赔偿。企业分立、合并是市场经济行为的多发现象，并应到登记机关办理企业变更手续，消费者合法权益受到损害，经营者发生变更的可以向变更后承受其权利义务的企业要求赔偿。

(五) 向营业执照的使用人或持有人要求赔偿

《消费者权益保护法》第三十七条规定，使用他人营业执照的违法经营者提供商品或者服务，损害消费者合法权益的，消费者可以向其要求赔偿，也可以向营业执照的持有人要求赔偿。营业执照是工商管理部门依法核发的从事经营活动的法人、其他组织或个人具有合法经营主体资格的法律文件，营业执照的持有人不得出租、出借或转让他人使用，否则，违法使用他人营业执照的经营者和营业执照的持有人对消费者损害承担连带赔偿责任。

(六) 向展销会、租赁柜台的销售者或者服务者要求赔偿，也可以向展销会举办者、柜台出租者要求赔偿

《消费者权益保护法》第三十八条规定，消费者在展销会、租赁柜台购买商品或者接受服务，其合法权益受到损害的，可以向销售者或者服务者要求赔偿。展销会结束或者柜台租赁期满后，也可以向展销会的举办者、柜台的出租者要求赔偿。展销会的举办者、柜台的出租者赔偿后，有权向销售者或者服务者追偿。展览会的举办者、柜台的出租者赔偿后，有权向销售者或服务者进行追偿。

(七) 因虚假广告遭受权益损害的，可以向经营者或广告发布者要求赔偿

《消费者权益保护法》第三十九条规定，消费者因经营者利用虚假广告提供商品或者服务，其合法权益受到损害的，可以向经营者要求赔偿。广告的经营者发布虚假广告的，消费者可以请求行政主管部门予以惩处。广告的经营者不能提供经营者的真实名称、地址的，应当承担赔偿责任。由于虚假广告存在误导消费者、隐瞒商品或服务的缺陷和真实情况的危害，由此引发的损害消费者合法权益纠纷，可由经营者或虚假广告的发布者承担连带赔偿责任。

三、法律责任

法律责任是行为人对其违法行为所承担的法律后果。法律责任具有强制性和确定性，行为人不履行或不适当履行其法定义务，必会造成他人合法权益受到损害。而经营者侵害消费者合法权益的行为属于违法行为，应当承担相应的法律责任。《消费者权益保护法》根据违法行为性质不同、损害大小主节轻重，分别确定了民事责任、行政责任和刑事责任。

(一) 民事责任

民事责任是消费领域中最主要也是最重要的责任形式，是民事主体违反法律或合同约定，不履行或不适当履行民事义务所应承担的法律后果。民事责任虽有消除影响、赔礼道歉、恢复名誉等一些非财产内容，但责任形式的主要构成包括赔偿损

失、恢复原状、返还原物等财产内容。

1. 承担民事责任的概括性规定

《消费者权益保护法》第四十条规定，经营者提供商品或者服务有下列情形之一的，除本法另有规定外，应当依照《中华人民共和国产品质量法》和其他有关法律、法规的规定，承担民事责任：①商品存在缺陷的；②不具备商品应当具备的使用性能而出售时未作说明的；③不符合在商品或者其包装上注明采用的商品标准的；④不符合商品说明、实物样品等方式表明的质量状况的；⑤生产国家明令淘汰的商品或者销售失效、变质的商品的；⑥销售的商品数量不足的；⑦服务的内容和费用违反约定的；⑧对消费者提出的修理、重作、更换、退货、补足商品数量、退还货款和服务费用或者赔偿损失的要求，故意拖延或者无理拒绝的；⑨法律、法规规定的其他损害消费者权益的情形。

2. 人身伤害的民事责任

根据《消费者权益保护法》第四十一条至第四十三条规定，人身伤害的民事责任主要包括以下四种：

(1) 一般伤害的民事责任。经营者提供商品或者服务，造成消费者或者其他受害人人身伤害的，应当支付医疗费、治疗期间的护理费、因误工减少的收入等费用。

(2) 致人伤残的民事责任。除支付一般伤害民事责任的费用外，还应当支付残疾者生活自助用具费、生活补助费、残疾赔偿金以及由其扶养的人所必需的生活费等费用。

(3) 致人死亡的民事责任。经营者提供商品或者服务，造成消费者或者其他受害人死亡的，应当支付丧葬费、死亡赔偿金以及由死者生前扶养的人所必需的生活费等费用。

(4) 侵害人格权的民事责任。经营者侵害消费者人格尊严或者侵犯消费者人身自由的，应当停止侵害、恢复名誉、消除影响、赔礼道歉，并赔偿损失。

3. 财产损害的民事责任

根据《消费者权益保护法》第四十四条至第四十八条规定，财产损害的民事责任主要包括以下六种：

(1) 财产损害的一般民事责任。经营者提供商品或者服务，造成消费者一般性财产损害的，应按照消费者的要求，负责修理、重做、更换、退货、补足商品数量、退还货款和服务费用或者赔偿损失。

(2) "三包"的民事责任。对国家规定"三包"或者经营者与消费者约定"三包"的，经营者应当负责修理、更换、退货；在保修期限内两次修理仍不能正常使用的，经营者应当负责更换或者退货。经营者应承担消费者因更换或者退货支出的合理费用。

(3) 以邮购方式提供商品或者服务的民事责任。经营者以邮购方式提供商品的，应当按照约定提供。未按照约定提供的，应当按照消费者的要求履行约定或者退回货款；并应当承担消费者必须支付的合理费用。

(4) 以预收款方式提供商品或者服务的民事责任。经营者以预收款方式提供商品或者服务的，应当按照约定提供。未按照约定提供的，应当按照消费者的要求履行约定或者退回预付款；并应当承担预付款的利息、消费者必须支付的合理费用。

(5) 依法经有关行政部门认定为不合格的产品，消费者要求退货的，经营者应当负责退货。

(6) 惩罚性赔偿的民事责任。《消费者权益保护法》第四十九条规定，经营者提供商品或者服务有欺诈行为的，应当按照消费者的要求增加赔偿其受到的损失，增加赔偿的金额为消费者购买商品的价款或者是接受服务的费用的一倍。[1]

(二) 行政责任

(1) 经营者有下列情形之一，如《产品质量法》和其他关法律、法规对处罚机关和处罚方式有规定的，依照法律、法规的规定执行；前述法律、法规未作规定的，由工商行政管理部门责令改正，可以根据情节单处或者并处警告、没收违法所得、处以违法所得 1 倍以上 5 倍以下的罚款，没有违法所得的，处以 1 万元以下的罚款；情节严重的，责令停业整顿、吊销营业执照：①生产、销售的商品不符合保障人身、财产安全要求的；②在商品中掺杂、掺假，以假充真，以次充好，或者以不合格商品冒充合格商品的；③生产国家明令淘汰的商品或者销售失效、变质的商品的；④伪造商品的产地，伪造或者冒用他人的厂名、厂址，伪造或者冒用认证标志、名优标志等质量标志的；⑤销售的商品应当检验、检疫而未检验、检疫或者伪造检验、检疫结果的；⑥对商品或者服务作引人误解的虚假宣传的；⑦对消费者提出的修理、重作、更换、退货、补足商品数量、退还贷款和服务费用或者赔偿损失的要求，故意拖延或者无理拒绝的；⑧侵害消费者人格尊严或者侵犯消费者人身自由的；⑨法律、法规规定的对损害消费者权益应当予以处罚的其他情形。

(2) 拒绝、阻碍有关行政部门工作人员依法执行职务，未使用暴力、威胁方法的，由公安机关依照《治安管理处罚法》的规定处罚。

(3) 国家机关工作人员有玩忽职守或者包庇经营者侵害消费者合法权益的行为，由其所在单位或者上级机关给予行政处分。

(三) 刑事责任

经营者有以下严重侵害消费者或者其他人合法权益的情形之一，构成犯罪的，

---

1. 《修订意见稿》第四十九条：经营者提供商品或者服务时，有欺诈、胁迫或者强制交易等行为的，消费者除要求赔偿损失外，还可以向经营者要求支付购买商品的价款或者接受服务的费用的 X 倍以内的赔偿金。

应当承担刑事责任：①经营者提供商品或者服务，造成消费者或者其他受害人人身伤害，构成犯罪的，应依法追究刑事责任；②经营者提供商品或者服务，造成消费者或者其他受害人死亡，构成犯罪的，应依法追究刑事责任；③以暴力、威胁等方法阻碍有关行政部门工作人员依法执行职务的，应依法追究刑事责任；④国家机关工作人员有玩忽职守或者包庇经营者侵害消费者合法权益的行为，构成犯罪的，应依法追究刑事责任。

导入案例分析

这是一起消费者人身损害赔偿纠纷的案例。(1)根据《消费者权益保护法》规定，消费者或者其他受害人因商品缺陷造成人身财产损害的，可以向销售者要求赔偿，也可以向生产者要求赔偿。本案中，王某可以向商店或者生产厂家要求赔偿，即商店不得拒绝赔偿。但赔偿后并非商店原因造成自行车车身断裂的，商店可依法向生产厂家追偿。(2)王某的儿子因车身断裂受伤住院，根据法律规定，王某有权要求责任方支付医疗费、护理费等，还可以要求商店更换自行车或者退还自行车货款。(3)消费者协会应当受理王某投诉。并对此事进行调查、调解，对王某所购自行车的质量问题应提请鉴定部门鉴定，同时应支持王某的仲裁申请或者诉讼行为。

实践思考题

(1) 如何界定消费者的法律范畴？
(2) 论述消费者权利的基本内容。
(3) 论述经营者义务及其履行。
(4) 结合实际，谈谈在消费争议中如何确定消费者求偿主体。
(5) 论述消费者争议解决的途径和方法。
(6) 结合现实侵权实例，谈谈《消费者权益保护法》修订时应增加哪些消费者权利保护条款？

案例实务训练

(1) 张某酷爱收藏国画，某日在一字画店里看到一幅唐伯虎山水画，想买回收藏。但经仔细辨识后，张某认定该画系仿制品，但字画店老板则声称：此画是唐伯虎真迹，是一位老收藏家委托代卖的，张某此时发现了几幅古画仿制品，但字画店老板都称是真迹。张某便以60万元购买了3幅"名画"。而后张某将字画店诉至人民法院，以被告卖假为由要求其承担法律责任。经法院鉴定后，认定张某所购3幅字画均为赝品。

问题：①对张某知假买假的行为，人民法院能否适用消费者权益保护法进行裁判？②按照我国消法规定，字画店有欺诈行为的，应承担什么法律责任？

(2) 2010 年 5 月 1 日，某市佳阳商场举行大型家具展览，参展的"红太阳家具厂"通过鑫胜广告公司大力宣传其新品红木家具。郑某看到广告介绍后，来到商场展台并在导购员介绍下买回一套价值 5 万元的红木衣柜，后经鉴定该套家具并非红木所制，市值仅 2 万元。郑某到商场要求退货，商场称家具展览已于 2 天前结束且商场并无责任，要郑某找家具厂解决纠纷。郑某遂以佳阳商场为被告诉至人民法院，要求商场承担法律责任。

问题：①佳阳商场是否应当承担法律责任？请说明理由。②本案中，哪些主体应当承担法律责任？③郑某可以通过哪些途径解决争议？

第九章

税 收 法

教学目的及要求：通过学习，使学生了解税收法律基础知识，掌握流转税法、所得税法以及其他各税种法律规定，能够灵活运用税法知识解决现实税收问题。

教学组织与设计：以课堂讲授、列表汇总、提问讨论、案例分析等方式，采取列举式、分类法教学，着重把握各税种法律要素，提高对税法制度的理解和认识。

学习重点和难点：税法基础知识、流转税法、所得税法以及其他各税种法律规定，以及实际运用与计算。

第一节 税收法概述

一、税收与税法的概念

(一) 税收的一般概念和特征

税收是国家为了实现其职能，按照法律规定和标准，对一部分社会产品进行无偿分配，以取得财政收入的一种形式。税收与其他财政收入形式相比，具有三方面特征：

(1) 强制性。税收是凭借国家政治权利而强制征收的，在国家税法规定的范围内，任何单位和个人都必须依法纳税，否则就要受到法律的制裁。

(2) 无偿性。国家征税是无条件地取得收入，纳税人交纳的实物或货币随之就转变为国家所有，既不需要立即付给纳税人任何报酬，也不再直接返还给纳税人。税收的无偿性是以强制性为条件的。

(3) 固定性。国家在征税以前，就通过法律形式把各税种的纳税人、课税对象及征收比例等都规定下来，以便征纳双方共同遵守。不仅纳税人必须严格依法按时足额申报纳税，而且征税机关也必须依法定程序和标准征税。

(二) 税法的概念

税法，是指国家制定的有关调整税收分配过程中形成的国家与纳税人在征纳方面权利义务关系的法律规范的总称。

税法涵义主要包含以下几方面内容：①税法调整的税收关系，即有关税收活动的各种社会经济关系，包括各种税收制度之间的关系、税收征收和缴纳关系、税收管理关系和其他有关的税收关系；②税法是各种税收法律法规的总和，是由税收实体法、税收程序法等构成的法律体系；③税法是由国家权力机关或其授权的行政机关制定，我国税收立法机关是全国人大或其授权的国务院、地方人民代表大会以及财政部、国家税务总局。

二、税法的调整对象和原则

(一) 税法的调整对象

税法是调整国家税收关系的所有法律规范的总称，税法的调整对象是税收关系，是税收利益在各个相关主体之间进行分配时所产生的各种关系的总称，其核心内容就是税收利益的分配。

(二) 税法的原则

税法的原则可从两方面掌握，一方面是税法基本原则，另一方面是税法适用原则。

1. 税法基本原则

(1) 税收法定原则。又称为税收法定主义，是指税法主体的权利义务必须由法律加以规定，税法的各类构成要素必须且只能由法律予以明确。

(2) 税法公平原则。税收公平原则包括税收横向公平和纵向公平，即税收负担必须根据纳税人的负担能力分配，负担能力相等，税负相同；负担能力不等，税负不同。

(3) 税收效率原则。税收效率原则包含两方面：①经济效率；②行政效率；前者要求税法的制定要有利于资源的有效配置和经济体制的有效运行，后者要求提高税收行政效率。

(4) 实质课税原则。实质课税原则是指应根据客观事实确定是否符合课税要件，并根据纳税人的真实负担能力决定纳税人的税负，而不能仅考虑相关外观和形式。

2. 税法的适用原则

税法适用原则，是指税务行政机关和司法机关运用税收法律规范解决具体问题所必须遵循的准则。具体包括以下内容：①法律优位原则。其基本含义为法律的效力高于行政立法的效力。②法律不溯及既往原则。此原则是绝大多数国家所遵循的法律程序技术原则。③新法优于旧法原则。此原则也称为后法优于先法原则。④特别法优于普通法的原则。此原则是指对同一事项两部法律分别有一般和特别规定时，特别规定的效力高于一般规定的效力。⑤实体从旧、程序从新原则，此原则含义包括：第一，实体税法不具备溯及力；第二，程序性税法在特定条件下具备一定的溯及力。即对于一项新税法公布实施之前发生的纳税义务，在新税法公布实施之后进入税款征收程序的，原则上新税法具有约束力。⑥程序优于实体原则，是指在诉讼发生时税收程序法优于税收实体法适用，此原则适用是为确保国家课税权的实现。

三、税收的法律关系和内容

(一) 税收法律关系的概念

税收法律关系，是指由税收法律规范确认和调整的，国家和纳税人之间发生的具有权利义务内容的社会关系。税收法律关系主体双方具有单方面的权利与义务内容，这种法律关系产生是以纳税人发生税法规定的行为或者事实为根据，从而具有法律关系的一般特征。

(二) 税收法律关系的要素

(1) 税收法律关系的主体。也称税法主体，是指在税收法律关系中享有权利和承担义务的当事人，一方为税务机关，另一方为纳税人。主要包括国家、征税机关、纳税人和扣缴义务人。

(2) 税收法律关系的内容。是指税收法律关系主体所享有的权利和所承担的义务，主要包括纳税人的权利义务和征税机关的权利义务。

(3) 税收法律关系的客体。是指税收法律关系主体的权利义务所指向的对象，主要包括货币、实物和行为。

(三) 税收法律关系的特点

(1) 双方主体的一方只能是国家。国家以立法者与执法者姿态参与税收法律关系的运行与调整，构成税收法律关系主体的一方可以是任何负有纳税义务的法人和自然人，但另一方只能是国家。

(2) 体现国家单方面的意志。税收法律关系只体现国家单方面的意志，不体现纳税人一方主体的意志。只要当事人发生税法规定的应纳税行为或事件就产生了税收法律关系，税收法律关系的成立、变更、消灭不以主体双方意思表示一致为要件。

(3) 权利义务关系具有不对等性。税法规定的权利义务是不对等的，在税收法律关系中，国家享有较多权利而承担较少义务，而纳税人则承担较多义务享受较少权利。

(4) 具有财产所有权或支配权单向转移的性质。纳税人履行纳税义务和缴纳税款则意味着拥有或支配的一部分财物无偿地成为政府财政收入，税收法律关系中的财产转移具有无偿、单向和连续等特点，只要纳税人不中断税法规定的应纳税行为，税收法律关系则一直延续下去。

四、税收实体法的构成要素

(一) 税收实体法的概念和内容

1. 税收实体法的概念

税收实体法是规定税收法律关系主体的实体权利、义务的法律规范的总称，是税法的核心部分，没有税收实体法税法体系就不能成立。其主要内容包括纳税主体、征税客体、计税依据、税目、税率、减税免税等，是国家向纳税人行使征税权和纳税人负担纳税义务的要件。

2. 税收实体法的内容

我国税收实体法内容主要包括：①流转税法，是调整以流转额为课税对象的税收关系的法律规范的总称，具体指增值税、消费税、营业税、关税等；②所得税法，是调整所得额之税收关系的法律规范的总称，即以纳税人所得额或收益额为课税对象的一类税，具体指个人所得税、企业所得税；③财产税法，是调整财产税关系的法律规范的总称，是以法律规定的纳税人某些特定财产的数量或价值额为课税对象的税，具体指房产税等；④行为税法，是以某种特定行为发生为条件而对行为人加以课税的一类税，具体指印花税、车船税等。

(二) 税收实体法的构成要素

1. 纳税义务人

简称纳税人，是税法中规定的直接负有纳税义务的单位和个人。纳税义务人一般分为自然人和法人两种。在实际纳税过程中与纳税义务人相关联的概念还有负税人、代扣代缴义务人、代收代缴义务人、纳税单位等。

2. 课税对象

又称征税对象，是税法中规定的征税的目的物，是国家据以征税的依据。凡是列为课税对象的就属于该税种的征收范围；凡是未列为课税对象的就不属于该税种的征收范围。与课税对象相关联的概念还有计税依据、税源、税目等。

3. 税率

税率是应纳税额与课税对象之间的比例，是计算税额的尺度，代表课税的深度。税率在实际应用中可分为两种形式：①按绝对量形式规定的固定征收额度，即定额税率，适用于从量计征的税种；②按相对量形式规定的征收比例，可分为比例税率和累进税率，适用于从价计征的税种。

4. 减免税

减免税是对某些纳税人或课税对象的鼓励或照顾措施。减税是从应征税款中减征部分税款，免税是免征全部税款。减免税主要包括税基式减免、税率式减免、税额式减免三种基本形式，分为法定减免、临时减免和特定减免三类。

5. 纳税环节

纳税环节是税法上规定的课税对象从生产到消费的流转过程应当缴纳税款的环节。纳税环节有广义和狭义之分，前者是指全部课税对象在再生产中的分布情况。如资源税分布在生产环节，商品税分布在流通环节，所得税分布在分配环节等；后者是指应税商品在流转过程中应纳税的环节，具体指每一种税的纳税环节，是商品课税的特殊概念。

6. 纳税期限

纳税期限是纳税人向国家缴纳税款的法定期限。我国现行税制纳税期限有三种形式：①按期纳税，即根据纳税义务的发生时间，通过确定纳税间隔期实行按日纳税；②按次纳税，即根据纳税行为的发生次数确定纳税期限，如屠宰税、筵席税、耕地占用税以及临时经营者均采取按次纳税的办法；③按年计征、分期预缴，即按规定的期限预缴税款，年度结束后汇算清缴，多退少补，如企业所得税、房产税、土地使用税等。

第二节　流转税法

 导入案例

9 月份某百货商场(增值税一般纳税人)发生的主要经营业务如下。(1)购入服装一批,取得增值税专用发票上注明价款 200 000 元、增值税款 34 000 元;发生运费 5 000 元,取得承运单位开具的货运发票。(2)购入日用品一批,取得的增值税专用发票上注明价款 45 0000 元、增值税款 76 500 元。本月将购入日用品的 90%零售,取得含税销售额 585 000 元,10%用作本企业集体福利。(3)批发销售服装一批,取得不含税销售额 300 000 元,采用委托银行收款方式结算,货已发出并办妥托收手续,货款尚未收回。(4)采取以旧换新方式销售电冰箱 30 台,每台新电冰箱零售价格 3 000 元;支付顾客每台旧电冰箱收购款 200 元。(5)月初,向某福利单位赠送同型号电冰箱 6 台。

已知：上述零售价格均为含税价格，各项收入均分别核算，涉及的合法票据均符合税法规定，且按规定可以作为进项税额抵扣的购进货物所取得的防伪税控系统开具的增值税专用发票，当月均已通过主管税务机关认证。

问题：计算该商场当月应纳增值税税额。

一、流转税法概述

流转税是以商品和劳务服务为征税对象，就其流转额征税的税类。流转税法是调整以商品流转额和非商品流转额为征税对象的一系列税收关系的法律法规的总称。

流转税目前是我国的主体税种，其主体税种的地位是由其特征和作用所决定的，主要表现为以下几个方面：①征税范围广。流转税的征税范围十分广泛，既涉及生产领域、流通领域的企业与个人，又涉及第三产业各行各业。②流转税税源充裕。流转税是以纳税人的收入额为征税对象，不受成本和费用影响，纳税人取得收入后就发生了纳税义务，这使国家能够稳定地取得财政收入。③实行同一税率，利于平等竞争。

我国现行税制中，属于流转税的税种有：增值税、消费税、营业税、城市维护建设税、关税。流转税法属于实体法，通常由调整流转税的增值税法、消费税法、营业税法、关税法等组成。

二、增值税法

(一) 增值税的概念、特征和分类

1. 增值税的概念

增值税是对销售货物或者提供加工、修理修配劳务以及进口货物的单位和个人就其实现的增值额征收的一个税种。我国现行的增值税制度是以 1993 年 12 月 13 日国务院颁布的《中华人民共和国增值税暂行条例》为基础的。增值税已成为中国最主要的税种之一，其收入占中国全部税收的 60%以上。

对增值额概念可从以下两方面理解：①从一个生产经营单位来看，增值额是指该单位销售货物或提供劳务的收入额扣除为生产经营这种货物(包括劳务，下同)而外购的那部分货物价款后的余额；②从一项货物来看，增值额是该货物经历的生产和流通的各环节所创造的增值额之和，也就是该项货物的最终销售价值。

2. 增值税的类型

增值税按对外购固定资产处理方式的不同，可划分为生产型增值税、收入型增值税和消费型增值税。

(1) 生产型增值税。是指计算增值税时，不允许扣除任何外购固定资产的价款，作为课税基数的法定增值额除包括纳税人新创造价值外，还包括当期计入成本的外购固定资产价款部分，即法定增值额相当于当期工资、利息、租金、利润等理论增值额和折旧额之和。

(2) 收入型增值税。是指计算增值税时，对外购固定资产价款只允许扣除当期计入产品价值的折旧费部分，作为课税基数的法定增值额相当于当期工资、利息、租金和利润等各增值项目之和。

(3) 消费型增值税。是指计算增值税时，允许将当期购入的固定资产价款一次全部扣除。作为课税基数的法定增值额相当于纳税人当期的全部销售额扣除外购的全部生产资料价款后的余额。

3. 增值税的特点

增值税属于流转税，因增值税特殊的课税对象，使其与其他流转税相比具有自身的一些特点：

(1) 不重复征税。增值税只对货物或劳务销售额中没有征过税的那部分增值额征税，对销售额中属于转移过来的，以前环节已征过税那部分销售额则不再征税。

(2) 逐环节征税、逐环节扣税。增值税保留了传统间接税按流转额全值计税和道道征税的特点，同时还实行税款抵扣制度，即在逐环节征税同时还实行逐环节扣税。

(3) 税基广阔，具有征收的普遍性和连续性。无论是横向还是纵向来看，增值税都有广阔的税基。

(二) 增值税的纳税人

1. 一般规定

我国《增值税暂行条例》规定，凡在中华人民共和国境内销售货物或者提供加工、修理修配劳务以及进口货物的单位和个人，为增值税的纳税义务人。

根据《增值税暂行条例》及实施细则规定，依据会计核算是否健全、是否能够提供准确的税务资料以及企业规模的大小，可将增值税纳税人划分为一般纳税人和小规模纳税人。衡量企业规模的大小一般以年销售额为依据，现行增值税制度是以纳税人年销售额的大小和会计核算水平这两个标准为依据来划分一般纳税人和小规模纳税人的。

2. 两类纳税人的认定及管理

一般纳税人，是指年应征增值税销售额超过财政部规定的小规模纳税人标准的企业和企业性单位。对符合一般纳税人条件但不申请办理一般纳税人认定手续的纳税人应按销售额依照增值税税率计算应纳税额，不得抵扣进项税额，也不得使用增值税专用发票。

根据规定，从 2009 年 1 月 1 日起，凡符合下列条件的视为小规模纳税人：①从事货物生产或者提供应税劳务的纳税人，以及以从事货物生产或者提供应税劳务为主并兼营货物批发或者零售的纳税人，年应征增值税销售额在 50 万元以下；②其他纳税人，年应税销售额在 80 万元以下。年应税销售额超过小规模纳税人标准的个人、非企业性单位、不经常发生应税行为的企业，视同小规模纳税人纳税。

(三) 增值税的征税范围

根据《增值税暂行条例》规定，增值税征税范围是在中华人民共和国境内销售货物、提供加工、修理修配劳务以及进口货物，包括货物的生产、批发、零售和进口四个环节。此外，加工和修理修配也属于增值税的征税范围，除此以外的劳务服务暂不实行增值税。凡在上述四个环节销售货物、提供加工和修理修配劳务的都要按规定缴纳增值税。

增值税征税范围具体内容包括以下几个方面：

1. 征税范围的一般规定

(1) 销售货物。"货物"是指除土地、房屋和其他建筑物等一切不动产之外的有形动产，包括电力、热力和气体在内。销售货物是指有偿转让货物的所有权，"有偿"不仅指从购买方取得货币，还包括取得货物或其他经济利益。

(2) 提供加工和修理修配劳务。"加工"是指接收来料承做货物，加工后的货物所有权仍属于委托者的业务，即通常所说的委托加工业务。"修理修配"是指受托对损伤和丧失功能的货物进行修复使其恢复原状和功能的业务。

(3) 进口货物。只要是报关进口的应税货物均属于增值税征税范围，在进口环节缴纳增值税(享受免税政策的货物除外)。

2. 特殊行为

(1) 视同销售行为。单位或个体经营者有下列行为的，视同销售货物并征收增值税：将货物交付他人代销；销售代销货物；设有两个以上机构并实行统一核算的纳税人将货物从一个机构移送到其他机构用于销售，但相关机构设在同一县(市)的除外；将自产或委托加工的货物用于非应税项目；将自产、委托加工或购买的货物作为投资提供给其他单位或个体经营者；将自产、委托加工或购买的货物分配给股东或投资者；将自产、委托加工的货物用于集体福利或个人消费；将自产、委托加工或购买的货物无偿赠送给他人。

(2) 混合销售行为。是指现实生活中有些销售行为同时涉及货物和非增值税应税劳务(指属于营业税征税范围的劳务活动),即在同一项销售行为中既包括销售货物又包括提供非应税劳务。《增值税实施细则》规定,对于从事货物的生产、批发或零售的企业、企业性单位及个体经营者的混合销售行为均视为销售货物,征收增值税;对于其他单位和个人的混合销售行为,视为销售非应税劳务,不征收增值税。

(3) 兼营非应税劳务。兼营非应税劳务是指纳税人经营范围既包括销售货物和应税劳务,又包括提供非应税劳务。应分别核算货物或应税劳务和非应税劳务的销售额;不分别核算或不能准确核算的,其非应税劳务应与货物或应税劳务一并征收增值税。

(4) 其他特殊行为。货物期货(包括商品期货和贵金属期货);银行销售金银的业务;典当业销售的死当物品和寄售商店代销的寄售物品;集邮商品的生产、调拨以及邮政部门以外的其他单位与个人销售集邮商品。

(四) 增值税的税率

根据确定增值税税率的基本原则,我国增值税设置了一档基本税率和一档低税率,此外还有对出口货物实施的零税率。

1. 基本税率

纳税人销售或者进口货物,除列举的外,税率均为17%;提供加工、修理修配劳务的税率也为17%,这一税率就是通常所说的基本税率。

2. 低税率

纳税人销售或者进口下列货物的税率为13%,这一税率即是通常所说的低税率。①粮食、食用植物油;②自来水、暖气、冷水、热水、煤气、石油液化气、天然气、沼气、居民用煤炭制品;③图书、报纸、杂志;④饲料、化肥、农药、农机、农膜;⑤农业产品;⑥金属和非金属矿采选产品;⑦音像制品和电子出版物(自 2007 年 1 月 1 日起);⑧国务院规定的其他货物。

3. 征收率

自 2009 年 1 月 1 日起,为平衡小规模纳税人与一般纳税人之间的税负水平,相应降低了小规模纳税人的征收率,不再区分工业企业和商业企业,将小规模纳税人的征收率统一降低至3%。

(五) 增值税应纳税额的计算

1. 一般纳税人应纳税额的计算

根据我国现行税法规定,计算一般纳税人应纳增值税税额时采取的是间接计算法，即应纳税额为当期销项税额抵扣当期进项税额后的余额。当期应纳税额的计算公式为：

当期应纳税额=当期销项税额−当期进项税额(进项税额是指纳税人购进货物或接受应税劳务所支付或负担的增值税额)

销项税额=销售额×税率(或销项税额=组成计税价格×税率)

2. 小规模纳税人应纳税额的计算

小规模纳税人可通过含税销售额、不含税销售额两种方式计算增值税应纳税额。含税销售额的计算公式为：

增值税应纳税额=[含税销售额/(1+征收率)]×征收率

不含税销售额计算公式为：

增值税应纳税额=不含税销售额×征收率

三、消费税法

(一) 消费税概念和特征

消费税，是指对特定的消费品和消费行为在特定的环节征收的一种流转税。在我国税制体系中，消费税是选择部分消费品进行征收具有特殊调节作用的税种。消费税具有以下特征。

(1) 征税环节单一性。是指对特定的消费品生产、流通或消费的某一环节一次性征收。目前我国消费品是在应税消费品的生产、委托加工和进口环节缴纳消费税，对同一种消费品其征收环节是单一的。

(2) 征税范围具有选择性。我国目前消费税只选择了 14 个税目征税，包括有特殊消费品、奢侈品、高能耗和高档消费品、不可再生资源消费品以及具有一定财政意义的消费品等。消费税征税范围是有限的，只有税目税率表上列举的应税消费品才征收消费税。

(3) 征税方法具有灵活性。消费税在征税方法上既可采用从量定额的征收方法，也可采用从价定率征收的方法。且目前对烟和酒两类消费品既采用从价征收，又同时采用从量征收。

(4) 税率、税额具有差别性。消费税是按产品设计税率，同一产品同一税率，不同产品不同税率，而且不同产品税率差异较大，这种税率设计是由消费税的特殊调节作用决定的。

(5) 税收负担具有转嫁性。消费税无论在哪个环节征收，最终都由消费者负担。

从实质上讲，消费税是对消费者消费支出的征收。

(二) 消费税的纳税人

消费税的纳税人，是我国境内生产、委托加工和进口应税消费品的单位和个人。

(三) 消费税的征税范围

(1) 生产应税消费品。生产应税消费品的征收环节在出厂销售环节来征收，货物在流通环节无论再转销多少次都不用再缴纳消费税。

(2) 委托加工应税消费品。委托方提供原材料属于委托加工，如果由受托方提供原材料的，无论账上如何处理，一律不能视同加工应税消费品。

(3) 进口应税消费品。由海关代征进口环节的消费税。

(4) 零售应税消费品。在零售环节征收消费税的主要是金银首饰，且仅限于金基、银基合金首饰以及金、银和金基、银基的镶嵌首饰。

(四) 消费税的税目税率

(1) 烟。包括卷烟、雪茄烟和烟丝。雪茄烟的生产不会耗用烟丝。

(2) 酒及酒精。包括粮食白酒、薯类白酒、黄酒、啤酒、果啤和其他酒。酒精包括各类工业酒精、医用酒精和食用酒精。

(3) 化妆品(日用)。包括各类美容、修饰类化妆品、高档护肤类化妆品和成套化妆品。

(4) 贵重首饰及珠宝玉石。

(5) 鞭炮、焰火。

(6) 成品油。包括汽油、柴油、石脑油、溶剂油、润滑油、燃料油、航空煤油。石脑油、溶剂油、润滑油、燃料油暂按应纳税额的 30% 征收消费税，航空煤油暂缓征收消费税。

(7) 汽车轮胎。指用于各种汽车、挂车、专用车和其他机动车上的内、外轮胎，不包括农用拖拉机、收割机、手扶拖拉机的专用轮胎。

(8) 小汽车。分设乘用车、中轻型商用客车子目。

(9) 摩托车。

(10) 高尔夫球及球具。

(11) 高档手表。销售价格(不含增值税)每只在 10 000 元(含)以上的各类手表。

(12) 游艇。非经营用的机动艇。

(13) 木制一次性筷子。

(14) 实木地板。

(五) 消费税的计算

从价定率计税公式：

$$应纳税额=销售额×比例税率$$

从量定额计税公式：

$$应纳税额=销售数量×单位税额$$

复合计税公式：

$$应纳税额=销售额×比例税率+销售数量×单位税额$$

四、营业税法

(一) 营业税的概念和特点

营业税是对在我国境内提供应税劳务、转让无形资产或销售不动产的单位和个人，就其所取得的营业额征收的一种税。其与增值税、消费税等税种相比具有如下特点：

(1) 计税依据一般为营业额全额。营业税属于商品劳务税，计税依据为营业额全额，税额的计算不受成本、费用高低的影响，从而有利于保证国家财政收入的稳定增长。

(2) 税目、税率按行业设计。营业税实行普遍征收的方式，税率设计一般较低，但由于各行业盈利水平不同，实行行业差别比例税率。

(3) 计算简便，便于征管。因为营业税按营业额全额征税，又实行的是比例税率，相对于其他税种来说计算简便，有利于纳税人计算缴纳和税务机关征收管理。

(二) 营业税的纳税人

凡在中华人民共和国境内提供应税劳务、转让无形资产或者销售不动产的单位和个人，均为营业税的纳税义务人。

(三) 营业税的税目税率

(1) 交通运输业：陆路运输、水路运输、航空运输、装卸搬运 3%。

(2) 建筑业：建筑、安装、修缮、装饰及其他工程作业 3%。

(3) 金融保险业：5%。

(4) 邮电通信业：3%。

(5) 文化体育业：3%。

（6）娱乐业：歌厅、舞厅、卡拉 OK 歌舞厅、音乐茶座、台球、高尔夫球、保龄球、游艺 5%～20%。

（7）服务业：代理业、旅店业、饮食业、旅游业、仓储业、租赁业、广告业及其他服务业 5%。

（8）转让无形资产：转让土地使用权、专利权、非专利技术、商标权、著作权、商誉 5%。

（9）销售不动产：销售建筑物及其他土地附着物 5%。

（四）营业税应纳税额的计算

营业税以提供应税劳务、转让无形资产、销售不动产所取得的营业额为计税依据，按规定的税率计算应纳税额。

应纳税额的计算公式为：

$$应纳税额＝营业额×适用税率$$

案例：我国某大型汽车货运公司，载运货物自我境内运往 A 国，全程运费为 500 000 元，在境外由该国的运输公司运到目的地，向其支付 180 000 元。该公司本月应纳营业税如下：(500 000-180 000)×3%=9 600(元)。

五、关税法

（一）关税的概念和特点

关税是由海关根据国家制定的有关法律，以进出关境的货物和物品为征税对象而征收的一种商品税。关税具有以下特点：

（1）以进出国境或关境的货物和物品为征税对象。属于贸易性进出口的商品称为货物，属于入境旅客携带的、个人邮递的、运输工具服务人员携带的，以及用其他方式进口个人自用的非贸易性商品称为物品。

（2）以货物进出口统一的国境或关境为征税环节。关税是主权国家对进出国境或关境的货物和物品统一征收的税种。

（3）实行复式税则。关税税则是关税课税范围及其税率的法则。复式税则是指一个税目设有两个或两个以上的税率，根据进口货物原产国不同分别适用高低不同的税率。

（4）关税具有涉外统一性，执行统一的对外经济政策。国家征收关税不单纯是为满足财政需要，更重要的是利用关税来贯彻执行统一的对外经济政策，实现国家的政治经济目的。

(5) 关税由海关机构代表国家征收。关税由海关总署及所属机构具体管理和征收，征收关税是海关工作的重要组成部分。

(二) 关税的分类

1. 按征收对象为标准，可分为进口税、出口税和过境税

(1) 进口税，是指海关在外国货物进口时所课征的关税。

(2) 出口税，是指海关在本国货物出口时所课征的关税。世界各国一般少征或不征出口税。

(3) 过境税，是对外国货物通过本国国境或关境时征收的一种关税。主要是为增加国家财政收入而征收的。

2. 按征收目的为标准，可分为财政关税和保护关税

(1) 财政关税，是以增加国家财政收入为主要目的而课征的关税。

(2) 保护关税，是以保护本国经济发展为主要目的而课征的关税。保护关税主要是进口税，是实现一个国家对外贸易政策的重要措施之一。

3. 按征收标准划分，可分为从价税、从量税、混合税、选择税和滑准税

(1) 从价税，是以货物价格作为征税标准而征收的关税，从价税的税率表现为货物价格的百分比。

(2) 从量税，是按货物的计量单位，如重量、长度、面积、容积、数量等作为征税标准，其税率是每一计量单位应纳的关税金额。

(3) 复合税，是指在征税时即采用从价又采用从量两种方法计征税款，在同一税目中，有比例和定额两种税率。

(4) 选择税，在税则的同一税目中，有从价和从量两种税率，征税时由海关选择其中一种计征。

(5) 滑准税，是在税率表中预先按产品的价格高低分档制定若干不同的税率，然后根据进出口商品价格的变动而增减进出口税率的一种关税。当商品价格上涨采用较低税率，而商品价格下跌则采用较高税率。

4. 按税率制定为标准，可分为自主关税和协定关税

(1) 自主关税，是一个国家基于其主权，可独立自主地制定并有权修订的关税，包括关税税率及各种法规、条例。自主关税一般高于协定税率，适用于没有签订关税贸易协定的国家。

(2) 协定关税，是两个或两个以上的国家，通过缔结关税贸易协定而制定的关税税率。包括双边协定税率、多边协定税率和片面协定税率。

5. 按差别待遇和特定实施情况为标准,可分为进口附加税、差价税、特惠税和普遍优惠制

(1) 进口附加税,是指除了征收一般进口税外根据某种目的再加征额外的关税,主要包括反贴补税和反倾销税。

(2) 差价税,当某种本国生产的产品国内价格高于同类的进口商品价格时,为了削弱进口商品的竞争能力,保护国内生产和国内市场,按国内价格与进口价格之间的差额征收的关税。

(3) 特惠税,是指对某个国家或地区进口的全部商品或部分商品,给予特别优惠的低关税或免税待遇。

(4) 普遍优惠制,是发达国家承诺对从发展中国家或地区输入的商品,特别是制成品和半成品给予普遍的、非歧视性的和非互惠的优惠关税待遇。

(三) 关税的纳税人

关税的纳税人包括进口货物的收货人、出口货物的发货人和进出境物品的所有人。进境物品的纳税人包括携带物品进境的入境人员和进境邮递物品的收件人。

(四) 关税税则

关税税则又称海关税则、关税税率表,是指一国制定和公布的对进出其关境的货物征收关税的条例和税率的分类表。包括各项征税或免税货物的详细名称、税率、征税标准(从价或从量)、计税单位等。关税税则并非一成不变,我国关税税则几乎每年都有程度不同的变化和调整。

(五) 关税的计算

1. 进口关税的计算

进口关税的计算公式:

$$进口关税税额=完税价格×进口关税税率$$

案例:上海某进出口公司从美国进口货物一批,货物以离岸价格成交,成交价折合人民币为 1 410 万元(包括单独计价并经海关审查属实的向境外采购代理人支付的买方佣金 10 万元,但不包括因使用该货物而向境外支付的软件费 50 万元、向卖方支付的佣金 15 万元),另支付货物运抵我国上海港的运费、保险费等 35 万元,假设该货物适用的关税税率为 20%。请计算该公司应纳关税。

解析: 关税完税价格=离岸价+软件费+卖方佣金 − 买者佣金+运保费
=1 410+50+15-10+35=1 500(万元)
应纳关税=关税完税价格×关税税率=1 500×20%=300(万元)

2. 出口关税的计算

出口关税的计算公式为：

$$出口关税=离岸价/(1+出口税率)×出口税率$$

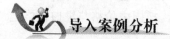 **导入案例分析**

这是一起关于增值税应纳税额计算的案例。

(1) 商场外购服装取得的增值税专用发票，可以抵扣进项税额。外购货物所支付的运输费用，准予根据运费普通发票所列金额依 7% 的扣除率计算进项税额扣除。

(2) 商场将购进的日用品用于集体福利，其进项税额不得从销项税额中抵扣。

(3) 采用委托银行收款方式销售服装，应以发出货物并办妥托收手续的当天为纳税义务发生时间，即使货款尚未收回，也应计算销项税额。

(4) 商场采取以旧换新方式销售家用电器，应按新家用电器的销售价格确定销售额计算销项税额，不得扣减旧货物的收购价格。

(5) 商场将购进的电冰箱赠送给福利单位，应视同销售计算销项税额。视同销售征税而无销售额时，应按照商场当月同类货物的平均销售价格确定销售额。

则商场本月应纳的增值税税额：当期销项税额=585 000÷(1+17%)×17% + 300 000×17%+3 000×30÷(1+17%)×17%+3000×6÷(1+17%)×17%=105 792.3(元)

当期进项税额=34 000+5 000×7%+76 500×90%=103 200(元)

则当期应纳税额=105 792.3-103 200=2 592.3(元)

第三节　所得税法

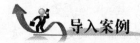 **导入案例**

高级工程师赵某(中国公民)供职于某建筑设计院，2011 年 9 月取得的收入情况如下：(1)当月工资 5000 元；(2)与其同事合作出版业务专著一本，稿酬共计 7800 元，赵某分得 3900 元；(3)为某一所筹建中的儿童福利院提供全套建筑工程设计方案，取得劳务报酬收入 38000 元，将其中 18000 元通过民政局捐赠给了该儿童福利院；(4)将自有私房一套出租，取得租金收入 2000 元(不考虑其他税费)；(5)取得国家建设部颁发的科技成果奖 15000 元。

问题：计算该工程师全年共计应缴纳的个人所得税税额(各项所得均由自己申报纳税)。

一、所得税与所得税法

所得税又称收益税，是指国家对法人、自然人和其他经济组织在一定时期内的各种所得征收的一类税收。所得税已逐渐成为大多数发达国家的主体税种(主要是个人所得税和企业所得税)。

所得税法又称收益税法，是指由国家制定或认可的调整在所得税的征收与管理过程中所产生的各种社会关系的法律规范的总称。所得税法是与所得税相对应的税种法，是有关所得税的法律规范的总和，而不只是其中的某一部分或某一方面的法律规定。所得税法的调整对象是所得税法主体在所得税的征收和管理过程中所产生的各种社会关系的总和。

二、企业所得税法

(一) 企业所得税的概念和特点

企业所得税是对我国境内企业和其他取得收入的组织生产经营所得和其他所得征收的所得税。我国于 2007 年 3 月 16 日第十届全国人大常委会第五次会议通过了实现内、外资企业所得税统一的《中华人民共和国企业所得税法》，并于 2007 年 12 月 11 日公布了《中华人民共和国企业所得税法实施条例》，新企业所得税法于 2008 年 1 月 1 日起施行。

企业所得税具有以下特点：

(1) 计税依据为应纳税所得额。企业所得税的计税依据为纳税人每年的收入总额减除法定的扣除项目，即扣除各项成本、费用、税金、损失等支出后的净所得额。

(2) 纳税人划分为居民企业和非居民企业。现行企业所得税法将企业划分为居民企业和非居民企业两大类。居民企业负有无限纳税义务，即来源于境内境外的所得都要在我国缴纳企业所得税；非居民企业负有有限纳税义务，即就来源于中国境内所得在我国缴纳企业所得税。

(3) 征税以量能负担为原则。即所得多、负担能力大的多纳税，所得少、负担能力小的少纳税，无所得、没有负担能力的不纳税。

(4) 实行按年计征、分期预缴的征收管理办法。企业所得税以全年的应纳税所得额作为计税依据，分月或分季预缴，年终汇算清缴。

(二) 企业所得税的纳税人、征税对象和税率

1. 企业所得税的纳税人

在中华人民共和国境内的企业和其他取得收入的组织(以下统称"企业")为企业所得税的纳税人，依照企业所得税法的规定缴纳企业所得税。个人独资企业、合

伙企业不适用企业所得税法。新企业所得税法将企业分为居民企业和非居民企业，前者是指依法在中国境内成立，或者依照外国(地区)法律成立但实际管理机构在中国境内的企业；后者是指依照外国(地区)法律成立且实际管理机构不在中国境内，但在中国境内设立机构、场所的，或者在中国境内未设立机构、场所，但有来源于中国境内所得的企业。

2. 企业所得税的征税对象

居民企业应当就其来源于中国境内、境外的所得缴纳企业所得税。非居民企业在中国境内设立机构、场所的，应当就其所设机构、场所取得的来源于中国境内的所得，以及发生在中国境外但与其所设机构、场所有实际联系的所得，缴纳企业所得税。非居民企业在中国境内未设立机构、场所的，或者虽设立机构、场所但取得的所得与其所设机构、场所没有实际联系的，应当就其来源于中国境内的所得缴纳企业所得税。

3. 企业所得税的税率

企业所得税的基本税率为25%。非居民企业在中国境内未设立机构、场所的，或者虽设立机构、场所但取得的所得与其所设机构、场所没有实际联系的，适用税率为20%。

(三) 企业所得税的计算

应纳企业所得税税款=应纳税所得额×税率

应纳税所得额=收入总额-不征税收入-免税收入-准予扣除的项目=税前会计利润+纳税调整项目

根据计算公式可以看出，应纳税额的多少取决于应纳税所得额和适用税率两个因素：

(1) 计税收入的确定。企业以货币形式和非货币形式从各种来源取得的收入为收入总额，包括销售货物收入、提供劳务收入、转让财产收入、股息、红利等权益性投资收益、利息收入、租金收入、特许权使用费收入、接受捐赠收入以及其他收入。收入总额中的下列收入为不征税收入：财政拨款、依法收取并纳入财政管理的行政事业性收费、政府性基金、国务院规定的其他不征税收入。

(2) 准予扣除的项目。在计算应税所得额时准予从收入额中扣除的项目，是指纳税人每一纳税年度发生的与取得应纳税收入有关的所有必要和正常的成本、费用、税金和损失。

(3) 不准扣除的项目。主要是指与取得应纳税收入非必要非正常的各项支出，包括资本性支出即固定资产和对外投资的支出；无形资产的受让、开发支出；违法经营罚款和被没收财产的损失；各项罚款、罚金和滞纳金；各种赞助支出以及超过国家允许的公益、救济性的捐赠和非公益、救济性的捐赠；担保支出为其他独立纳税人提供与本身应纳税收入无关的贷款担保等；自然灾害或者意外事故损失有赔偿的部分；未经核定的准备金支出；粮食类白酒广告费。

现行《企业所得税法》规定，纳税人发生年度亏损的，可以用下一纳税年度的所得弥补；下一纳税年度的所得不足弥补的，可以逐年延续弥补、但是延续弥补期最长不得超过 5 年。5 年内纳税人无论盈利或是亏损，都作为实际弥补年限计算。在此需要特别注意，这里的亏损不是企业财务报表中反映的亏损额，而是指税法意义上的亏损，是企业财务报表中的亏损额经主管税务机关按税法规定核实调整后的金额，即企业应纳税所得额。

三、个人所得税法

(一) 个人所得税的概念和特点

个人所得税是对个人(自然人)取得的各项应税所得征收的一种税。个所得税法是调整征税机关与自然人(居民、非居民人)之间在个人所得税的征纳与管理过程中所发生的社会关系的法律规范的总称。个人所得税具有如下特点：

(1) 实行分类征收。我国目前是分类所得税制，即将个人的应税所得分为：工资、薪金所得，个体工商户的生产、经营所得，对企事业单位的承包经营、承租经营所得，劳务报酬所得，稿酬所得，特许权使用费所得，利息、股息、红利所得，财产租赁所得，财产转让所得，偶然所得、其他所得共 11 类所得，分别适用不同的费用减除规定、不同的税率和不同的计税方法。

(2) 累进税率与比例税率并用。比例税率对个人收入影响不大，而累进税率有平衡贫富悬殊差异的作用。适用累进税率的税目包括工资薪金所得、个体工商行的生产经营所得、对企事业单位的承包、承租所得，其他税目适用 20% 比例税率。

(3) 费用扣除采用定额扣除和定率扣除相结合的方法。我国采用费用定额扣除和定率扣除两种方法，工资、薪金所得：每月扣除费用 3 500 元；劳务报酬等所得：每次收入不超过 4 000 元的减除 1 600 元，每次收入 4 000 元以上的减除 20% 的费用。

(4) 计算简便。我国个人所得税费用扣除采取总额扣除法，各种所得项目实行分类计算，各有明确的费用扣除规定，费用扣除项目及方法易于掌握。

(5) 采取课源制和申报制两种方法。对纳税人的应纳税额分别采取由支付单位源泉扣缴和纳税人自行申报两种方法。

(二) 个人所得税的纳税人、征税对象和税率

1. 个人所得税的纳税人

我国个人所得税的纳税义务人是在中国境内居住有所得的人，以及不在中国境

内居住而从中国境内取得所得的个人，包括中国国内公民，在华取得所得的外籍人员和港澳台同胞。

(1) 居民纳税义务人。在中国境内有住所，或者无住所而在境内居住满 1 年的个人，是居民纳税义务人，应当承担无限纳税义务。即就其在中国境内和境外取得的所得，依法缴纳个人所得税。

(2) 非居民纳税义务人。在中国境内无住所又不居住或者无住所而在境内居住不满 1 年的个人，是非居民纳税义务人，承担有限纳税义务。仅就其从中国境内取得的所得，依法缴纳个人所得税。

2. 个人所得税的征税对象

个人所得税根据来源可分为境内所得和境外所得，主要包括以下 11 项内容：①工资、薪金所得；②个体工商户的生产、经营所得；③对企事业单位的承包经营、承租经营所得；④劳务报酬所得；⑤稿酬所得；⑥特许权使用费所得；⑦利息、股息、红利所得；⑧财产租赁所得；⑨财产转让所得；⑩偶然所得；⑪其他所得。除上述 10 项应税项目以外，其他所得应确定征税的，由国务院财政部门确定。

3. 个人所得税的税率

个人所得税根据不同的征税项目，分别规定了三种不同税率。

(1) 工资、薪金所得，适用 7 级超额累进税率。[1]工资、资金所得适用税率表如表 9-1 所示。

表 9-1　工资、薪金所得适用税率表

级　数	全月应纳税所得额	税率/%
1	不超过 1 500 元的	3
2	超过 1 500 元至 4 500 元的部分	10
3	超过 4 500 元至 9 000 元的部分	20
4	超过 9 000 元至 35 000 元的部分	25
5	超过 35 000 元至 55 000 元的部分	30
6	超过 55 000 元至 80 000 元的部分	35
7	超过 80 000 元的部分	45

注：本表所称全月应纳税所得额是指依照最新修正的《个人所得税法》第六条规定，以每月收入额减除费用三千五百元以及附加减除费用后的余额。

---

1. 根据 2011 年 6 月 30 日第十一届全国人民代表大会常务委员会第二十一次会议《关于修改〈中华人民共和国个人所得税法〉的决定》第六次修正，工资、薪金所得，以每月收入额减除费用 3500 元后的余额为应纳税所得额，适用超额累进税率，税率为 3%至 45%，新法于 2011 年 9 月 1 日起施行。

(2) 5 级超额累进税率。

个体工商户的生产、经营所得和对企事业单位的承包经营、承租经营所得适用税率表,如表 9-2 所示。

表 9-2　5 级超额累进税率表

级　数	全年应纳税所得额	税率/%
1	不超过 5000 元的	5
2	超过 5 000 元至 10 000 元的部分	10
3	超过 10 000 元至 30 000 元的部分	20
4	超过 30 000 元至 50 000 元的部分	30
5	超过 50 000 元的部分	35

(3) 比例税率。对个人的稿酬,劳务报酬,特许权使用费,利息、股息和红利,财产租赁,财产转让,偶然所得和其他所得等,按次计算征收个人所得税,适用 20%的比例税率。其中,对稿酬所得适用 20%的比例税率,并按应纳税额减征 30%;对劳务报酬所得一次性收入畸高和特高的,除按 20%征税外还可实行加成征收,以保护合理的收入和限制不合理的收入。

(三) 个人所得税应纳税额的计算

个人所得税的计税依据是应纳税所得额。应纳税所得额为收入额减除费用标准后的余额,应纳税所得额乘以适用税率为应纳税额。各应税项目的应纳税所得额与应纳税额的计算分别为:

1. 工资、薪金所得应纳税所得额与应纳税额的计算

(1) 应纳税所得额的计算。个人每月工资、薪金收入额减除费用标准后的余额为应纳税所得额。费用减除的具体标准为:在中国境内任职、受雇的中国公民,在扣除不属于工资、薪金性质所得的津贴、补贴差额后,每人每月减除费用 3 500 元。对在中国境内无住所而在中国境内取得工资、薪金所得的纳税义务人和在中国境内有住所而在中国境外取得工资、薪金所得的纳税义务人,可以根据其平均收入水平、生活水平以及汇率变化情况确定附加减除费用,附加减除费用适用的范围和标准由国务院规定。

(2) 应纳税额的计算。以应纳税所得额,依适用的超额累进税率计算应纳税额。

全月应纳税额=(全月工资、薪金收入额−费用扣除标准)×适用税率−速算扣除数

2. 个体户生产、经营所得应纳税所得额与应纳税额的计算

(1) 应纳税所得额的计算。以个体工商户每一纳税年度收入总额减除成本、费

用以及损失后的余额为应纳税所得额。

(2) 应纳税额的计算。以应纳税所得额，依适用的超额累进税率计算应纳税额。

$$全年应纳税额=(全年收入总额-成本-费用-损失)\times适用税率-速算扣除数$$

3. 对企事业单位承包经营承租经营所得纳税所得额及应纳税额的计算

(1) 应纳税所得额的计算。以每一纳税年度的收入总额，减除费用标准后的余额为全年应纳税所得额，减除费用标准为每月 3 500 元。

(2) 应纳税额的计算：

$$全年应纳税所得额=全年收入总额-费用扣除标准\times12$$
$$全年应纳税额=全年应纳税所得额\times适用税率-速算扣除数$$

4. 劳务报酬所得应纳税所得额及应纳税额计算

(1) 应纳税所得额的计算。以每次取得的劳务报酬收入，扣除费用标准后的余额为应纳税所得额。减除费用标准：每次所得不超过 4 000 元的，减除费用 800 元；每次所得超过 4 000 元的，减除费用 20%。

(2) 应纳税额计算。①劳务报酬所得按次计算纳税，以每次分项所得额减除费用标准后的余额为应纳税所得额，然后依 20%税率计算应纳税额。②对一次收入畸高的实行加成征收：每次收入的应纳税所得额超过 20 000 元以上至 50 000 元的部分，应纳税额加征五成；每次收入应纳税所得额超过 50 000 元以上的部分，应纳税额加征十成。

$$每次应纳税额=每次应纳税所得额\times适用税率-速算扣除数$$

5. 稿酬所得应纳税所得额及应纳税额的计算

(1) 应纳税所得额的计算。每次取得稿酬收入减除费用标准后的余额为应纳税所得额。减除费用标准：每次收入额不超过 4 000 元的，减除费用 800 元；每次收入额超过 4 000 元的，减除费用 20%。

(2) 应纳税额的计算。按次计算纳税，即以每次出版、发表作品取得的所得为一次，以每次应纳税所得额，依 20%税率计算应纳税额，再按应纳税额减征 30%。

$$每次应纳税所得额=每次收入额-800$$
$$或=每次收入额\times(1-20\%)$$
$$每次应纳税额=应纳税所得额\times20\%\times(1-30\%)=应纳税所得额\times14\%$$

6. 特许权使用费所得应纳税所得额及应纳税额的计算

(1) 应纳税所得额的计算。每次取得的特许权使用费收入减除费用标准后的余额为应纳税所得额。减除费用标准：每次收入额不超过 4 000 元的，减除费用 800 元；每次收入额超过 4 000 元的，减除费用 20%。

(2) 应纳税额的计算。按次计算纳税，以每次应纳税所得额，依 20%税率计算应纳税额。这里的"次"是指一项特许权的一次许可使用所取得的收入为一次。纳税人采用同一合同转让一项特许权分期(跨月)取得收入的，应合并为一次收入征税。

$$每次应纳税所得额=每次收入额-800$$
$$或=每次收入额×(1-20\%)$$
$$每次应纳税额=应纳税所得额×20\%$$

7. 利息、股息、红利所得应纳税所得额及应纳税额的计算

(1) 应纳税所得额的计算。以每次取得的利息、股息、红利收入额为应纳税所得额，不减除费用。

(2) 应纳税额的计算。以每次收入额依 20%税率计算应纳税款。

$$每次应纳税额=应纳税所得额(及每次收入)×20\%$$

8. 财产租赁所得应纳税所得额及应纳税额的计算

(1) 应纳税所得额的计算。以每次取得的财产租赁收入减除费用标准后的余额为应纳税所得额。减除费用标准：每次收入额不超过 4 000 元的，减除费用 800 元；每次收入额超过 4 000 元以上的，减除费用 20%。出租房屋财产租赁所得还准予减除持有完税凭证的纳税人在出租房屋财产过程中缴纳的税金、教育费附加和能够提供合法凭证证明由纳税人负担的该出租房屋财产实际开支的修缮费用。

(2) 应纳税额计算。按次计算纳税，以每次应纳税所得额，依 20%税率计算应纳税额。这里的"次"是指 1 个月内所取得的收入为 1 次；对一次取得数月、年的租金收入，也可根据合同和实际所得所属月份分别计算。

$$应纳税所得额=每次收入额-800-出租房屋财产过程中缴纳的税费-出租房屋财产实际开支的修缮费用(限 800 元)$$
$$或=(每次收入额-出租房屋财产过程中缴纳的税费-出租房屋财产实际开支的修缮费用(限 800 元))×(1-20\%)$$
$$应纳税额=应纳税所得额×20\%$$

9. 财产转让所得应纳税所得额及应纳税额的计算

(1) 应纳税所得额的计算。以一次转让财产的收入额，减除财产原值和合理费用后的余额为应纳税所得额。

(2) 应纳税额的计算。按次计算，以一次转让财产收入额(不管分多少次支付，

均应合并为一次转让财产收入)减除财产原值和合理费用后的余额为应纳税所得额，依 20%税率计算应纳税额。

应纳税所得额=每次转让财产收入额-财产原理-合理费用

应纳税额=应纳税所得额×20%

10. 偶然所得和其他所得应纳税所得额及应纳税额的计算

偶然所得和其他所得的应纳税额，按次计算，以每次收入额为应纳税所得额，依 20%税率计算纳税。

应纳税所得额=每次收入额

应纳税额=应纳税所得额×20%

 **导入案例分析**

这是一起关于个人所得税应纳税额计算的案例，根据 2011 年 6 月 30 日修正的《个人所得税法》规定，赵某当月应纳个人所得税额计算如下：

1. 工资应纳税=(5000-3500)×3%=45(元)

2. 分得的稿酬应纳税=(3900-800)×20%×(1-30%)=434(元)

3. 劳务报酬所得应纳税所得额=38000×(1-20%)=30400(元)

公益性捐赠扣除限额：30400×30%=9120(元)，则该笔劳务报酬应纳税=(30400-9120)×30%-2000=4414(元)

4. 财产租赁所得应纳税=(2000-800)×10%=120(元)

根据《个人所得税法》规定，省级以上单位颁发的奖金免税。则赵某当月应纳个人所得税为：45+434+4414+120=5013(元)

第四节　财产税、资源税和行为税法

导入案例

甲生产企业 2005 年 7 月份有关业务情况如下：(1)取得土地使用权，向政府有关部门交付土地使用权出让费 300 万元；(2)协作单位乙企业因无力偿还甲企业债务 280 万元，经双方协商，乙企业以自有房产折价抵偿甲企业债务，房产原值为 320 万元；(3)因生产经营需要，甲企业以一幢价值 300 万元的房产与丙企业一幢价值 360

万元的房屋交换，支付差价款 60 万元；(4)本月购买房屋一幢，成交价格为 800 万元；(5)接受某国有企业以房产投资入股，该房产经国有资产管理部门评估核定的价格为 550 万元。已知：企业所在地政府规定的契税税率为 4%。

问题：计算甲企业本月应纳的契税税额。

一、财产税法

财产税是指以各种财产为征税对象的税收体系。财产税是所得税的补充税，课税对象是财产的收益或财产所有人的收入。我国目前的财产课税有房产税、契税等。

(一) 房产税

1. 房产税的概念

房产税，又称房屋税，是国家以房产作为课税对象向产权所有人征收的一种财产税。对房产征税的目的是运用税收杠杆，加强对房产的管理，提高房产使用效率。

2. 房产税的纳税人、征税对象和税率

(1) 纳税人。房产税由产权所有人缴纳。产权属国家所有的由经营管理单位纳税；产权属集体和个人所有的由集体单位和个人纳税；产权出典者由承典人缴纳；产权所有人、承典人不在当地或产权未确定及租典纠纷未解决的，均由代管人或使用人代为缴纳。

(2) 征税对象和征税范围。房产税的征税对象是房产，房产税的征税范围为城市、县城、建制镇、工矿区的房屋，不包括农村的房屋。

(3) 税率。按房产余值计征的，年税率为 1.2%；按房产出租的租金收入计征的，税率为 12%。但对个人按市场价格出租的居民住房用于居住的，可暂减按 4% 的税率征收房产税

3. 房产税的计算

(1) 从价计征。按照房产余值征税的称为从价计征。房产税依照房产原值一次减除 10%～30% 后的余值计算缴纳，扣除比例由省、自治区、直辖市人民政府在税法规定的减除幅度内自行确定，一般为 10%～30%。

$$应纳税额=应税房产原值×(1-扣除比例)×年税率 1.2\%$$

案例：某国有企业生产经营用房原值 8 000 万元，该企业还建有职工学校、内部职工医院和幼儿园，房产原值分别为 300 万元、200 万元和 100 万元。另外，该企业在农村还建有一仓库，房产原值 300 万元。当地规定计算房产余值的扣除比例为 30%。计算该企业全年应纳的房产税额。

解析：企业自办的学校、医院、幼儿园自用的房产以及设在农村的仓库，均可免征房产税。该企业全年应纳的房产税额=8 000×(1-30%)×1.2%=67.2(万元)

(2) 从租计征。按照房产租金收入计征的，称为从租计征，房产出租的，以房产租金收入为房产税的计税依据。从租计征是按房产的租金收入计征。

$$应纳税额=租金收入×12\%$$

案例：某市某居民自有楼房 1 栋共 8 间，其中家庭生活居住 2 间；出租给外地一企业作办事处使用 3 间，每月租金 1 500 元；另外 3 间开办一小卖部经营百货用品(经核定房屋原值 60 000 元)，当地规定计算房产余值的扣除比例为 20%。

解析：则该居民当年应纳房产税额=1 500×12×12%+60 000×(1-20%)×1.2%=2 736(元)。

(二) 契税

1. 契税的概念

契税是以所有权发生转移变动的不动产为征税对象，向产权承受人征收的一种财产税。契税是对契约征收的税，属于财产转移税，由财产承受人缴纳。

2. 契税的纳税人、征税对象和税率

契税的纳税人是在我国境内土地、房屋转移，承受产权的单位和个人。征收契税的情况包括土地使用权的出让、土地使用权的转让、房屋买卖、以房产抵债或实物交换房屋、房屋赠与、房屋交换等。契税在税率设计上采用幅度比例税率，目前我国采用 3%~5%的幅度比例。

3. 契税的计算

$$应纳税额=计税依据×税率$$

契税的计税依据有：①成交价格，主要适用于国有土地使用权出让、土地使用权出售、房屋买卖；②土地、房屋市场价格，土地使用权赠送、房屋赠送时；③土地、房屋的交换差价，如为等额交换，差额为零，交换双方均免缴契税。

二、行为税法

行为税法，是指以纳税人的某种行为为课税对象而征收的一种税。目前属于行为课税的税种有车船税、印花税、车辆购置税等。

(一) 车船税

车船税，是指对在我国境内应依法到公安、交通、农业、渔业、军事等管理部

门办理登记的车辆、船舶，根据其种类，按照规定的计税依据和年税额标准计算征收的一种税。

1. 车船税的纳税人和税目税率

(1) 纳税人。车船税由车船的所有人或者管理人缴纳。其中，所有人是指在我国境内拥有车船的单位和个人；管理人是指对车船具有管理使用权但不具有所有权的单位。

(2) 税目税率

税目税率如表9-3所示。

表9-3 税 目 税 率

税 目		计税标准	每年税额	税目注释
一、载客汽车	大型客车	每辆	480元～660元	包括电车
	中型客车		420元～660元	
	小型客车		360元～660元	
	微型客车		60元～480元	
二、载货汽车		自重每吨	16元～120元	包括半挂牵引车和挂车以及客货两用汽车
三、三轮汽车和低速货车		自重每吨	24元～120元	
四、摩托车		每辆	36元～180元	
五、船舶		净吨位每吨	3元～6元	拖船和非机动驳船分别按船舶税额的50%计算

2. 车船税的计算

(1) 载客汽车按车辆数与适用税额计算应纳税额。

$$年应纳税额 = 车辆数 \times 每辆车每年税额$$

案例：深圳某公司拥有大型客车(20～48座位)2辆、中型客车(4～12座位)3辆、小型客车(4～7座位)6辆，若大型客车税率为600元/辆，中型客车税率为480元/辆，小型客车税率为420元/辆。该公司一年应纳车船税为：

$$年应纳税额 = 2 \times 600 + 3 \times 480 + 6 \times 420 = 5\,160(元)$$

(2) 载货汽车、三轮汽车和低速货车按自重吨位计算应纳税额。

$$年应纳税额 = 自重吨位 \times 每吨每年税额$$

· 223 ·

案例： 深圳某公司拥有载货汽车(自重吨位 5 吨)3 辆、客货两用车(自重吨位 3 吨)2 辆，若税率为 96 元/吨。该公司一年应纳车船税为：

$$年应纳税额=3×5×96+2×3×96=2\ 016(元)$$

(3) 摩托车按每辆计算应纳税额。

$$年应纳税额=车辆数量×每年税额$$

(4) 船舶按净吨位与适用税额计算应纳税额。计算公式为：

$$年应纳税额=净吨位×每年税额$$

(二) 印花税

印花税，是指以经济活动中签立的各种合同、产权转移书据、营业账簿、权利许可证照等应税凭证文件为对象所征的税。

1. 印花税的纳税人、税目和税率

(1) 纳税人。凡在中华人民共和国境内书立、领受条例所列举凭证的国内各类企业、事业、机关、团体、部队以及中外合资企业、合作企业、外资企业、外国公司企业和其他经济组织及其在华机构等单位和个人都是印花税的纳税义务人。

(2) 税目、税率。印花税的征税对象是条例列举征税的凭证，未列举的不征税。列举征税的凭证共五大类：第一类，10 类合同，即购销合同、加工承揽合同、建设工程勘察设计合同、建筑安装工程承包合同、财产租赁合同、货物运输合同、仓储保管合同、借款合同、财产保险合同、技术合同；第二类，产权转移书据，包括财产所有权和版权、商标专用权、专利权、专有技术使用权等转移书据；第三类，营业账簿，包括单位和个人从事生产经营活动所设立的各种账册；第四类权利和许可证照，包括房屋产权证、工商营业执照、商标注册证、专利证、土地使用证(不包括农村集体土地承包经营权证)；第五类，经财政部确定征税的其他凭证。

2. 印花税的计算

(1) 按比例税率计税的凭证，其计税依据是合同中记载的金额。记载资金的账簿为实收资本与资本公积总额。

$$应纳税额=计税金额×比例税率$$

(2) 按定额税率计税的凭证，其计税依据为凭证的件数。

$$应纳税额=计税数量×比例税率$$

(三) 车辆购置税

车辆购置税,是以在中国境内购置规定的车辆为课税对象、在特定的环节向车辆购置者征收的一种税。车辆购置税于 2001 年 1 月 1 日在我国实施,是在原交通部门收取的车辆购置附加费的基础上,通过"费改税"方式演变而来,基本保留了原车辆购置附加费的特点。

1. 车辆购置税的纳税人、征税对象和税率

(1) 纳税人。车辆购置税的纳税义务人是指在中华人民共和国境内购置应税车辆的单位和个人。

(2) 征税对象。车辆购置税以列举产品(商品)为征税对象,征收范围包括汽车、摩托车、电车、挂车、农用运输车。

(3) 税率。我国车辆购置税实行统一比例税率(指一个税种只设计一个比例的税率),税率为 10%。

2. 车辆购置税的计算

车辆购置税以应税车辆为征税对象,实行从价定率、价外征收的方法计算应纳税额,应税车辆的价格即计税价格就成为车辆购置税的计税依据。

(1) 购买自用应税车辆。

$$应纳税额=购买价格×比例税率$$

(2) 进口自用应税车辆。

$$应纳税额=计税价格×比例税率=(关税完税价格+关税+消费税)×比例税率$$

(3) 其他自用应税车辆。

应纳税额=最低计税价格(最低计税价格是由国家税务总局制定的计税基础价格,是车辆购置税的计税依据之一)×比例税率

三、资源税法

(一) 资源税

资源税是以各种应税自然资源为课税对象、为了调节资源级差收入并体现国有资源有偿使用而征收的一种税。资源税是对在我国境内从事应税矿产品开采和生产盐的单位和个人课征的一种税,属于对自然资源占用课税的范畴。

1. 资源税的纳税人、征税对象和税率

(1) 纳税人。资源税的纳税人为在我国内开采应税矿产品和生产盐的单位和个人。

(2) 资源税征税对象限定为原油、天然气、煤炭、其他非金属矿原矿、黑色金属矿原矿、有色金属矿原矿、盐。

(3) 税率。资源税的税率为定额幅度税率，并根据税目不同分为 8 类。其中：原油为 8～30 元/吨，天然气为 2～15 元/千立方米，煤炭为 0.3～5 元/吨，其他非金属矿原矿为 0.5～20 元/吨或千立方米，黑色金属矿原矿为 2～30 元/吨，有色金属矿为 0.4～30 元/吨，固体盐为 10～60 元/吨，液体盐为 2～10 元/吨。

2. 资源税的计算

应交资源税税额，应按照应税资源的数量和适用税率计算。其中应税资源数量的确定分为以下两种情况：开采或生产应税产品用于销售的为销售数量，企业自用的为自用数量。

$$应交资源税=课税数量×适用定额税率$$

(二) 城镇土地使用税

城镇土地使用税，是国家在城市、县城、建制镇和工矿区范围内对拥有土地使用权的单位和个人以实际占用的土地单位面积为计税标准，按照规定税额征收的一种税。

1. 城镇土地使用税的纳税人、征税范围和税率

(1) 纳税人。在城市、县城、建制镇、工矿区范围内使用土地的单位和个人为城镇土地使用税的纳税义务人。

(2) 征税范围。城镇土地使用税的征税范围为城市、县城、建制镇和工矿区内的国家所有和集体所有的土地。建立在城市、县城、建制镇和工矿区以外的工矿企业则不需要缴纳城镇土地使用税。

(3) 税率。城镇土地使用税采用定额税率，即采用有幅度的差别税额，按大、中、小城市和县城、建制镇、工矿区分别规定每平方米土地使用税年应纳税额。

2. 城镇土地使用税的计算

城镇土地使用税以纳税人实际占用的土地面积为计税依据。纳税人实际占用的土地面积是指由省、自治区、直辖市人民政府确定的单位组织测定的土地面积。城镇土地使用税的应纳税额，按照纳税人实际占用的土地面积和规定的单位税额计算。

$$应纳税额=计税土地面积×适用税额$$

(三) 土地增值税

土地增值税，是对转让国有土地使用权、地上建筑物及其附着物并取得收入的单位和个人，就其转让房地产所取得的增值额征收的一种税。国务院于 1993 年 12 月 13 日颁布、1994 年 1 月 1 日起施行了《土地增值税暂行条例》，财政部发布了《中华人民共和国土地增值税暂行条例实施细则》并于 1995 年 1 月 27 日起施行。

1. 土地增值税的纳税人、征税范围、税率

(1) 纳税人。转让国有土地使用权、地上的建筑物及其附着物并取得收入的单位和个人，为土地增值税的纳税义务人。

(2) 征税范围。土地增值税的征税范围具体包括三层含义：①土地增值税只对转让国有土地使用权的行为征税，不包括转让非国有土地使用权和出让国有土地使用权的行为；②土地增值税只对转让房地产权属(包括土地使用权、地上的建筑物及其附着物的产权)的行为征税，不包括未转让房地产权属的行为；③土地增值税只对有偿转让房地产权属的行为征税，不包括以继承、赠与等方式无偿转让房地产权属的行为。

(3) 税率。土地增值税实行四级超率累进税率。具体规定为：①增值额未超过扣除项目金额 50%的部分，税率为 30%；②增值额超过扣除项目金额 50%、未超过扣除项目金额 100%的部分，税率为 40%；③增值额超过扣除项目金额 100%、未超过扣除项目金额 200%的部分，税率为 50%；④增值额超过扣除项目金额 200%的部分，税率为 60%。

2. 土地增值税的计算

土地增值税的计税依据是纳税人转让房地产所取得的增值额，即纳税人转让房地产所取得的收入额减除规定的扣除项目金额后的余额。土地增值税应纳税额有以下两种计算方法：

(1) 分步计算法，即按照每一级距的土地增值额乘以该级距相应的税率，分别计算各级次土地增值税税额，然后将其相加汇总，求得应纳税额。

$$应纳税额=\Sigma(每一级距的土地增值额\times适用税率)$$

(2) 速算扣除法，即按照增值额乘以适用的税率，减去扣除项目金额乘以速算扣除系数的简便方法计算应纳税额。

$$应纳税额=增值额\times适用税率-扣除项目金额\times速算扣除系数$$

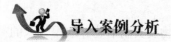导入案例分析

这是一起关于契税应纳税额计算的案例。

(1) 国有土地使用权出让，由受让方以成交价格为计税依据计算缴纳契税。出让方不缴纳契税。取得土地使用权应纳的契税税额：应纳税额=300×4%=12(万元)。

(2) 以房抵债的，视同房屋买卖，由产权承受人按房屋现值(即房产折价款)计算缴纳契税。接受乙企业抵债房产应纳的契税税额：应纳税额=280×4%=11.20(万元)。

(3) 土地使用权、房屋交换，交换价格不相等的，由多交付货币、实物、无形资产或其他经济利益的一方，以所交换的土地使用权、房屋的价格差额为计税依据计算缴纳契税。房屋交换应纳的契税税额：应纳税额=60×4%=2.40(万元)。

(4) 房屋买卖，由房屋产权承受方以成交价格为计税依据计算缴纳契税。购买房屋应纳的契税税额：应纳税额=800×4%=32(万元)。

(5) 以房产作投资，视同房屋买卖，由产权承受方按房产现值(国有企事业房产需经国有资产管理部门评估核价)计算缴纳契税。接受投资入股房产应纳的契税税额：应纳税额=550×4%=22(万元)；应纳契税税额合计=12+11.20+2.40+32+22=79.60(万元)。

第五节　税收征管法

我国于1992年9月4日第七届全国人大常委会第二十七次会议通过、2001年4月28日第九届全国人大常委会第二十一次会议修订并重新公布、2001年5月1日起施行了《中华人民共和国税收征收管理法》，该法是我国第一部以法律形式对国内税收和涉外税收的征收管理作出统一规定的法律规范。

一、税务管理

(一) 税务登记管理

税务登记也称纳税登记，是税务机关对纳税人的生产经营活动进行登记，并据此对纳税人实施税务管理的一系列法定制度的总称。税务登记是征纳双方税收法律关系成立的依据和证明。税务登记包括以下四种。

1. 开业税务登记

根据《税收征收管理法》有关规定，需要办理开业税务登记的对象主要有以下两类：①领取营业执照从事生产经营活动的纳税人；②不从事生产经营活动，但依

照法律、行政法规规定负有纳税义务的单位和个人，除临时取得应税收入或发生应税行为以及只缴纳个人所得税、车船使用税的外，也应按规定向税务机关办理税务登记。

2. 变更税务登记

纳税人在办理税务登记之后,其税务登记内容发生变化时应办理变更税务登记。纳税人在工商行政管理机关办理注册登记的，应当自工商行政管理机关办理变更登记之日起 30 日内，持有关证件向原税务登记机关申报办理变更税务登记。

3. 注销税务登记

纳税人发生解散、破产、撤销以及其他情形依法终止纳税义务的，应当在向工商行政管理机关办理注销登记前，持有关证件向原税务登记机关申报办理注销税务登记；按照规定不需要在工商行政管理机关办理注册登记的，应当自有关机关批准或者宣告终止之日起 15 日内，持有关证件向原税务登记机关申报办理注销税务登记；纳税人被工商行政管理机关吊销营业执照的，应当自营业执照被吊销之日起 15 日内，向原税务登记机关申报办理注销税务登记。

4. 停业、复业登记

实行定期定额征收方式的纳税人，在营业执照核准的经营期限内需要停业的，应当向税务机关提出停业登记，说明停业的理由、时间、停业前纳税情况和发票的领、用、存情况，并如实填写申请停业登记表。

纳税人应当于恢复生产、经营之前向税务机关提出复业登记申请，经确认后办理复业登记，领回或启用税务登记证件和发票领购簿及其领购的发票，纳入正常管理。

(二) 账簿、凭证管理

账簿、凭证是纳税人进行经济核算的主要依据。从事生产、经营的纳税人应当自领取税务登记证件之日起 15 日内，将其财务、会计制度或者财务、会计处理办法和会计核算软件报送税务机关备案。从事生产、经营的纳税人、扣缴义务人必须按照国务院财政、税务主管部门规定的保管期限保管账簿、记账凭证、完税凭证及其他有关资料，除法律、行政法规另有规定的外，账簿、会计凭证、报表、完税凭证及其他有关纳税资料应当保存 10 年。

(三) 纳税申报管理

纳税申报，是指纳税人在发生法定纳税义务后按照税法或税务机关规定的期限和内容向主管税务机关提交有关纳税书面报告的法律行为。

纳税申报期限有两种：①法律、行政法规明确规定的；②税务机关按照法律、行政法规的原则规定，结合纳税人生产经营的实际情况及其所应缴纳的税种等相关问题予以确定的。

纳税申报目前主要有以下三种方法：①自行申报。纳税人、扣缴义务人在法律、行政法规所确定的申报期限内，到主管税务机关办理纳税申报或者代扣代缴、代收代缴税款报告。②邮寄申报。纳税人到主管税务机关办理纳税申报有困难的，经税务机关批准，可以采取邮寄申报的方式，将纳税申报表及其有关的纳税资料通过邮局寄送主管税务机关。③代理申报。纳税人、扣缴义务人自行申报有困难，或因其他方面原因，可委托税务代理人办理纳税申报。

(四) 发票管理

发票是指在购销商品、提供或者接受劳务和其他经营活动中，开具、收取的收付款凭证。

发票的基本联次为三联，第一联为存根联，开票方留存备查；第二联为发票联，收执方作为付款或收款原始凭证；第三联为记账联，开票方作为记账原始凭证。增值税专用发票的基本联次还应包括抵扣联，收执方作为抵扣税款的凭证。

二、税款征收

税款征收，是税收征收管理的核心内容，是全部税收征管工作的目的和归宿，在整个税收工作中占据着极其重要的地位。税款征收主要内容包括：税款征收的方式、程序，减免税的核报，税收保全措施和税收强制执行措施的设置与运用以及欠缴、多缴税款的处理等。

1. 税款征收方式

税务机关可以采取查账征收、查定征收、查验征收、定期定额征收以及其他方式征收税款。

(1) 查账征收，是指税务机关按照纳税人提供的账表所反映的经营情况，依照适用税率计算缴纳税款的方式。此方式适用于财务会计制度较为健全，能够认真履行纳税义务的纳税单位。

(2) 查定征收，是由税务机关根据纳税人的从业人员、生产设备、耗用原材料等因素，在正常生产经营条件下，对纳税人生产的应税产品查实核定产量、销售额并据以计算征收税款的一种方式。

(3) 查验征收，是指税务机关对纳税人应税商品，通过查验数量，按市场一般销售单价计算其销售收入并据以征税的方式。

(4) 定期定额征收，是指税务机关通过典型调查，逐户确定营业额和所得额并据以征税的方式。

(5) 委托代征税款，是指税务机关委托代征人以税务机关的名义征收税款，并将税款缴入国库的方式。

2. 税款征收制度

税务机关应当依照法律、行政法规的规定征收税款，扣缴义务人依照法律、行政法规的规定履行代扣、代收税款的义务。税务机关征收税款时，必须给纳税人开具完税凭证。

(1) 加收滞纳金。纳税人、扣缴义务人未按规定期限缴纳税款或者解缴税款的，税务机关除责令限期缴纳外，应从滞纳税款之日起，按日加收滞纳税款万分之五的滞纳金。

(2) 税收保全措施。我国《税收征管法》明确规定了税收保全措施，税务机关可以采取下列税收保全措施：第一，书面通知纳税人开户银行或者其他金融机构冻结纳税人的金额相当于应纳税款的存款；第二，扣押、查封纳税人的价值相当于应纳税款的商品、货物或者其他财产。

(3) 税收强制执行措施。根据《税收征收管理法》规定，税务机关可以采取下列强制执行措施：第一，书面通知其开户银行或者其他金融机构从其存款中扣缴税款；第二，扣缴、查封、依法拍卖或者变卖起价值相当于应纳税款的商品、货物或者其他财产，以拍卖或者变卖所得抵缴税款。个人及其所抚养家属维持生活所必需的住房和用品，不在强制执行措施的范围内。

三、税务检查

税务检查制度是税务机关根据国家税法和财务会计制度的规定，对纳税人履行纳税义务的情况进行的监督、审查制度。

税务检查的内容主要包括四个方面：一是检查纳税人执行国家税收政策和税收法规的情况；二是检查纳税人遵守财经纪律和财会制度的情况；三是检查纳税人的生产经营管理和经济核算情况；四是检查纳税人遵守和执行税收征收管理制度的情况，查其有无不按纳税程序办事和违反征管制度的问题。

四、税收法律责任

税收法律责任，是指税收法律关系的主体因违反税收法律规范所应承担的法律后果。税收法律责任按照其性质和形式的不同，可分为经济责任、行政责任和刑事责任；按照承担法律责任主体的不同，可分为纳税人的责任、扣缴义务人的责任、税务机关及其工作人员的责任。

(一) 税收法律责任

1. 经济责任

是指对违反税法的行为人在强制其补偿国家经济损失的基础上给予的经济制裁。追究经济责任的主要形式有两种：罚款和加收滞纳金。

2. 行政责任

是指对违反税法的当事人，由税务机关或由税务机关提请有关部门依照行政程序所给予的一种税务行政制裁。追究行政责任方式具体有行政处罚和行政处分。

3. 刑事责任

刑事责任是税收法律责任中最严厉的一种制裁措施，是对违反税法行为情节严重，已构成犯罪的当事人或直接责任人所给予的刑事制裁。经济责任、行政责任通常由税务机关依法追究，而刑事责任则由司法机关追究。

(二) 税收法律责任的具体规定

1. 纳税人违反税法的行为及其法律责任

(1) 纳税人违反税收征收管理法规的行为及其法律责任。纳税人有下列行为之一的，由税务机关责令限期改正，逾期不改正的，可以处以 2 000 元以下的罚款；情节严重的，处以 2 000 元以上 1 万元以下的罚款：①未按照规定的期限申报办理税务登记、变更或者注销登记的；②未按照规定设置、保管账簿或者保管记账凭证和有关资料的；③未按照规定将财务、会计制度或者财务、会计处理办法报送税务机关备查的。

(2) 偷税行为及其法律责任。纳税人采取伪造、变造、隐匿、擅自销毁账簿、记账凭证，在账簿上多列支出或者不列、少列收入，或者进行虚假的纳税申报的手段，不缴或者少缴应纳税款的，偷税数额不满 1 万元或者偷税数额占应纳税额不到 10%的，由税务机关追缴其偷税款，处以偷税数额 5 倍以下的罚款；偷税数额占应纳税额的 10%以上并且偷税数额在 1 万元以上的，或者因偷税被税务机关给予 2 次行政处罚又偷税的，除由税务机关追缴其偷税款外，处 3 年以下有期徒刑或者拘役，并处偷税数额五倍以下的罚金；偷税数额占应纳税额的 30%以上并且偷税数额在 10 万元以上的，处 3 年以上 7 年以下有期徒刑，并处偷税数额 5 倍以下的罚金。

(3) 欠税行为及其法律责任。纳税人欠缴应纳税款，采取转移或者隐匿财产的手段，致使税务机关无法追缴欠缴的税款，数额在 1 万元以上不满 10 万元的，处 3 年以下有期徒刑或者拘役，并处欠缴税款 5 倍以下的罚金；数额在 10 万元以上的，处 3 年以上 7 年以下有期徒刑，并处欠缴税款 5 倍以下的罚金。

(4) 抗税行为及其法律责任。以暴力、威胁方法拒不缴纳税款的，除由税务机关追缴其拒缴的税款外，处 3 年以下有期徒刑或者拘役，并处拒缴税款 5 倍以下的罚金；情节严重的，处 3 年以上 7 年以下有期徒刑，并处拒缴税款 5 倍以下的罚金。以暴力方法抗税，致人重伤或者死亡的，按照伤害罪、杀人罪从重处罚，并依照前款规定处以罚金。

(5) 骗取出口退税行为及其法律责任。企业事业单位采取对所生产或者经营的商品假报出口等欺骗手段，骗取国家出口退税款，骗取的国家出口退税款数额不满 1 万元的，由税务机关追缴其骗取的退税款，处以骗取税款 5 倍以下的罚款；数额在 1 万元以上的，处骗取税款 5 倍以下的罚金，并对负有直接责任的主管人员和其他直接责任人员，处 3 年以下有期徒刑或者拘役。

2. 扣缴义务人的违法行为及其法律责任

根据《税收征管法》规定，扣缴义务人的违法行为及其法律责任具体包括：

(1) 扣缴义务人未按规定设置、保管代扣代缴、代收代缴税款帐簿或者保管代扣代缴、代收代缴税款计帐凭证及有关资料的，由税务机关责令限期改正，可处以 2 000 元以下的罚款；情节严重的，处以 2 000 元以上 5 000 元以下的罚款。

(2) 扣缴义务人未按规定的期限向税务机关报送代扣代缴、代收代缴税款报告表和有关资料的，由税务机关责令限期改正，可以处以 2 000 元以下的罚款；情节严重的，可以处以 2 000 元以上 1 万元以下的罚款。

(3) 扣缴义务人采取偷税手段，不缴或少缴已扣、已收税款，由税务机关追缴其不缴或者少缴的税款、滞纳金，并处不缴或者少缴的税款 50%以上 5 倍以下的罚款；构成犯罪的，依法追究刑事责任。

(4) 扣缴义务人在规定期限内不缴或者少缴应解税款，经税务机关责令限期缴纳，逾期仍未缴纳的，税务机关除依照《税收征管法》第四十条规定采取强制执行措施追缴其不缴或者少缴的税款外，可以处不缴或者少缴的税款 50%以上 5 倍以下的罚款。

(5) 扣缴义务人应扣未扣、应收而不收税款的，由税务机关向纳税人追缴税款，对扣缴义务人处应扣未扣、应收未收税款 50%以上 3 倍以下的罚款。

(6) 扣缴义务人逃避、拒绝或者以其他方式阻挠税务机关检查的，由税务机关责令改正，可以处 1 万元以下的罚款；情节严重的，处 1 万元以上 5 万元以下的罚款。

3. 税务人员的违法行为及其法律责任

我国《税收征管法》规定，税务人员必须秉公执法，忠于职守；不得索贿、徇私舞弊、玩忽职守、不征或少征应征税款；不得滥用职权多征税款或者故意刁难纳税人和扣缴义务人。《税收征管法》还专门规定了税务人员的违法行为及其法律责任。

实践思考题

(1) 简述税法的构成要素。

(2) 简述流转税法的基本内容。

(3) 试述企业所得税法的基本内容。

(4) 论述个人所得税法的基本内容。

(5) 论述税款征收的基本制度。

(6) 论述违反税收法律规度应承担的法律责任。

案例实务训练

(1) 某卷烟厂为增值税一般纳税人，2009年10月有关生产经营情况如下。①从某烟丝厂购进已税烟丝200吨，每吨不含税单价2万元，取得烟丝厂开具的增值税专用发票，注明货款400万元、增值税68万元，烟丝已验收入库。②向农业生产者收购烟叶30吨，收购凭证上注明支付收购货款42万元，另支付运输费用3万元，取得运输公司开具的普通发票；烟叶验收入库后，又将其运往烟丝厂加工成烟丝，取得烟丝厂开具的增值税专用发票，注明支付加工费8万元、增值税1.36万元，卷烟厂收回烟丝时烟丝厂未代收代缴消费税。③卷烟厂生产领用外购已税烟丝150吨，生产卷烟20 000标准箱(每箱50 000支，每条200支，每条调拨价在70元以上)，当月销售给卷烟专卖商18 000箱，取得不含税销售额36 000万元。(提示：烟丝消费税率30%；卷烟消费税比例税率56%，定额税率150元/箱。)

问题：①计算卷烟厂10月份应缴纳的增值税。②计算卷烟厂10月份应缴纳的消费税。

(2) 某公园本月取得营业收入16 000元，其中门票收入6 000元，附设卡拉OK舞厅收入10 000元(该地娱乐业营业税税率20%)。

问题：计算公园本月应纳营业税额。

(3) 2009年5月A煤矿与甲工厂签订一份易货合同，合同规定，由A煤矿向甲工厂提供选煤10 000吨，每吨选煤的价格为50元，共50 000元；甲工厂向A煤矿提供钢材300吨，每吨钢材的价格为2500元，共计750 000元，其差额部分由A煤矿付款补足。A煤矿当月共销售原煤80 000吨，另外用自产原煤加工成选煤13 500吨(无法确定移用原煤量，产品的综合回收率为90%，该煤矿原煤资源税单位税额为2元/吨)。A煤矿经营用房固定资产账面原值为3 000万元，当地政府规定房产的扣除率为30%，每月缴纳一次。

问题：①煤矿以上业务涉及那几个税种？②计算A煤矿应纳资源税？③易货合同应缴纳印花税税额是多少，应由谁缴纳(税率0.03%)？

第十章

金 融 法

教学目的及要求：通过学习，使学生了解金融法基本理论，掌握金融法体系和中央银行法、商业银行法、证券法、信托法、保险法等法律制度，能够较熟练地运用金融法知识分析案例，解决实际问题。

教学组织与设计：以课堂讲授、案例讨论和金融热点问题分析并重，采取引导式、分类式、案例式教学。可通过课堂讨论、自学与研讨相结合方式，突出学生对金融法律制度的应用性掌握。

学习重点和难点：我国金融机构体系，货币政策工具；信托与代理、行纪区别，信托设立、变更和终止；债券、股票发行条件和程序，证券交易禁止行为，证券违法行为及其责任；人身和财产保险合同，保险公司经营规则。

第一节　金融法概述

一、金融及金融法概念

(一) 金融的概念

金融，即货币资金的融通，是以银行等金融机构为中心的各种形式的信用活动以及在信用基础上组织起来的货币流通。金融业务范围主要包括银行业、信托业、证券业和保险业等部分的业务活动。

金融按不同标准可作多种分类，其最主要的分类是按是否有金融机构作为信用中介参与为标准，依此标准，金融可分为直接金融和间接金融两种形式。直接金融是指投资者在金融市场将资金直接转给证券发行人(企业、公司或政府)的资金融通行为，其资金供求通过双方直接交易，不通过金融机构作为信用中介；间接金融则是指金融机构以吸收存款和发行金融债券等方式筹集社会闲散资金，转而将资金贷给贷款人的资金融通行为。

(二) 金融法的概念

金融法，就是调整各种金融关系的法律规范的总称。金融法调整对象主要包括在金融活动中产生的金融业务关系、金融监管和调控关系。金融业务关系是指各类金融机构因存款、贷款、银行结算、票据贴现、证券买卖、金融信托、保险等业务活动而与其他金融主体之间发生的平等主体间的经济关系；金融监管和调控关系是指国家金融监管部门在组织和管理全国金融事业和对金融市场的监管、调控过程中形成的经济监督管理关系。

金融法因调整对象的非单一性决定了调整方法的多样性，既有民法规范、经济法规范也有行政法规范，其包括的法律规范与其他相关部门法法律规范存在着交叉和重合，既有民商法性质的规范、又有经济法性质的规范，由此调整着金融领域内有关经济主体之间发生的各种社会金融法律关系。

二、我国现行金融机构体系

(一) 中央银行体系

改革开放前我国只有中国人民银行，兼有中央银行和商业银行双重职能。1983年9月，国务院发布了《关于中国人民银行专门行使中央银行职能的决定》，规定中国人民银行是国务院领导和管理全国金融事业的国家机关，不对企业和个人办理信贷业务。同时成立了工商银行，承担了原来由人民银行办理的工商信贷和储蓄业务，并由此逐步建立起了中央银行体制。

(二) 商业银行及其他金融机构体系

我国目前的商业银行体系由三部分组成：一是现有的国有专业银行，如工行、建行、农行、中行及邮政储蓄银行等；二是重建和新建的一批股份制银行，如交通、中信、光大、华夏、招商、兴业、民生以及广东发展、深圳发展、上海浦东发展等银行；三是城市商业银行和农村合作银行，如北京银行、南京银行、兰州银行、浙江省农村合作银行等。我国在除商业银行外，还有主要进行直接融资业务并提供各种金融服务的非银行金融机构，如信托投资公司、信用合作社、保险公司、证券公司、风险投资公司、企业财务公司、融资租赁公司等。

(三) 政策性银行体系

为实现政策性金融和商业性金融的分离，国家于 1994 年起建立了国家开发银行、中国农业发展银行、中国进出口银行等三家具有独立法人资格的政策性银行，主要贯彻经济产业政策，不以营利为目的，其亏损由国家财政弥补。

第二节 银行法

 导入案例

　　某市商业银行拟投资房地产行业，在作市场调研时被法律顾问阻止了银行这一投资行为。次年，该商业银行股东会决定更换行长，并经选任确定甲为新行长，甲遂根据股东会的投票决定，担任了银行行长职务。

　　问题：(1)法律顾问是否应阻止银行向房地产业投资？为什么？(2)新行长上任是否符合法定程序？请说明理由。

一、银行法概述

银行及银行法

1. 银行的概念

　　一般而言，银行是指通过吸收公众存款、发放贷款、办理结算等为主要业务并承担信用中介的金融机构。具体而言，是指经中国人民银行批准在中华人民共和国境内设立的中资银行及其分支机构，包括政策性银行、国有独资商业银行、股份制商业银行和城市合作银行等银行及其分支机构。通常意义上的银行就是指商业银行。

2. 银行法的概念

　　银行法，是指调整在银行业务及其管理活动中所发生的经济关系和管理关系的法律规范的总称。银行法按调整关系划分，主要包括调整银行组织关系、银行管理关系和银行业务关系等不同的法律规范；按调整主体划分，主要包括中央银行法、商业银行法、政策性银行法及其非银行金融机构管理法等。

二、中央银行法

(一) 中央银行法概述

　　中央银行，是指在一国金融体制中居于核心地位，依法制定和执行国家货币金融政策，发行货币，实施金融调控与监管的特殊金融机关。中央银行具有发行的银行、银行的银行、政府的银行、金融调控与监管的银行等重要职能。

　　中央银行法是金融管理法、金融调控法与金融服务法的统一体，在整个法律体系中，属于经济法的二级子部门法。中国人民银行是我国的中央银行，我国于1995

年 3 月 18 日第八届全国人大第三次会议通过、2003 年 12 月 27 日第十届全国人大常委会第六次会议作出修改的《中华人民共和国中国人民银行法》是关于我国中央银行的专门立法，分别就人民银行的性质、法律地位、组织机构、基本职能与职责、人民币、人民银行的货币政策及操作、人民银行的业务、金融监管、财务会计及法律责任等作出明确规定。

(二) 中央银行的职能和职责

1. 中央银行的职能

中央银行的职能，是指中央银行作为特殊的国家金融监管机关应有的作用，是其性质的具体反映，在各国的中央银行立法中具体体现为中央银行的职责。按照中央银行性质来划分，中央银行的职能可分为调控职能、监管职能和服务职能；按照中央银行在国民经济中的地位来划分，中央银行的职能可分为发行的银行、银行的银行、政府的银行三大职能。

2. 中央银行的职责

中国人民银行依照《中国人民银行法》(修正，下同)的规定，履行下列 13 项职责：①发布与履行其职责有关的命令和规章；②依法制定和执行货币政策；③发行人民币，管理人民币流通；④监督管理银行间同业拆借市场和银行间债券市场；⑤实施外汇管理，监督管理银行间外汇市场；⑥监督管理黄金市场；⑦持有、管理、经营国家外汇储备、黄金储备；⑧经理国库；⑨维护支付、清算系统的正常运行；⑩指导、部署金融业反洗钱工作，负责反洗钱的资金监测；⑪负责金融业的统计、调查、分析和预测；⑫作为国家的中央银行，从事有关的国际金融活动；⑬国务院规定的其他职责。

(三) 中国人民银行的组织机构

1. 领导机构

人民银行领导机构是人民银行的决策机构和执行机构，根据《中国人民银行法》第十条、第十一条规定，中国人民银行设行长 1 人，副行长若干人。行长的人选，根据国务院总理的提名，由全国人大决定；全国人大闭会期间，由全国人大常委会决定，由国家主席任免；副行长由国务院总理任免。人民银行实行行长负责制，行长领导人民银行工作，副行长协助行长工作。

2. 分支机构

人民银行根据履行职责的需要设置分支机构，作为人民银行的派出机构。人民银行对分支机构实行集中统一领导和管理。分支机构根据中国人民银行的授权，维护本辖区的金融稳定，承办有关业务。

3. 咨询议事机构

根据《中国人民银行法》第十二条和 1997 年 4 月 15 日国务院发布的《中国人民银行货币政策委员会条例》的规定，人民银行还设立货币政策委员会，作为中国人民银行制定货币政策的咨询议事机构。

(四) 中央银行货币政策工具

1. 货币政策

货币政策，又称金融政策，是指主权国家为实现其特定的经济目标而采用的各种调节货币供应量或管制信用规模的方针、政策和措施的总称，是一个国家主要的宏观经济政策。《中国人民银行法》第三条规定："货币政策目标是保持货币币值的稳定，并以此促进经济增长。"

2. 货币政策工具

货币政策工具是中央银行实现其货币政策目标的政策手段。《中国人民银行法》第二十三条规定，人民银行可以运用六种货币政策工具：

(1) 存款准备金制度。主要内容有：规定存款准备金制度的实施对象、规定和调整存款准备金率、存款准备金的考核与计提、存款准备金违规行为的处罚。

(2) 中央银行基准利率。基准利率是指一国利率体系中起主导作用的基础利率。我国的基准利率包括：人民银行对金融机构存、贷款利率和再贴现利率，金融机构存、贷款利率，优惠贷款利率，罚息利率，同业存款利率，利率浮动幅度，其他利率等。

(3) 再贴现政策。该政策是指中央银行通过调整其对金融机构办理票据再贴现的再贴现率，来扩大或缩小金融机构的信贷量，从而促使信用扩张或收缩的政策措施。我国于 1994 年 7 月 7 日发布《再贴现办法》、1997 年 3 月 5 日发布《中国人民银行对国有独资商业银行总行开办再贴现业务暂行办法》、1997 年 5 月 22 日发布《商业汇票承兑、贴现与再贴现管理办法》，对票据再贴现的种类、再贴现对象和期限等作出规定。

(4) 再贷款政策。再贷款是指中央银行对商业银行等金融机构发放的贷款，再贷款主要以发行货币、财政性存款、存款准备金为资金来源。

(5) 公开市场业务。是指人民银行在公开市场上买卖国债、其他政府债券和金融债券及外汇等有价证券，从而控制和调节货币供应量的一种货币政策工具。公开市场业务由人民银行总行操作，操作工具只能是国债、政府债券、外汇和其他有价证券，公司债券、股票等不能用来操作。

(6) 其他货币政策工具。《中国人民银行法》第二十三条第一款第六项规定："国务院确定的其他货币政策工具。"此规定为有选择性、补充性货币政策工具的弹性条款。

(五) 人民币发行制度

1. 人民币的法律地位

《中国人民银行法》第十六条规定:"中华人民共和国的法定货币是人民币,以人民币支付中华人民共和国境内的一切公共的和私人的债务,任何单位和个人不得拒收。"此规定明确表明人民币是中华人民共和国的法定货币。一方面具有无限清偿能力,以人民币支付中国境内的一切公共的和私人的债务,任何单位和个人不得拒收;另一方面是我国唯一的合法货币,任何单位和个人不得印制、发售代币票券,以代替人民币在市场上流通。

2. 人民币的法律保护

人民币的法律保护主要体现在两个方面:一是对残损人民币的兑换、收回和销毁的法律作出规定,以维护人民币的信誉;二是对各种危害人民币的行为予以禁止和惩处。

(1) 残损人民币的收兑与销毁。《中国人民银行法》第二十一条规定:"残缺、污损的人民币,按照中国人民银行的规定兑换,并由中国人民银行负责收回、销毁。"

(2) 危害人民币行为的禁止与惩处。《中国人民银行法》第十九条规定:"禁止伪造、变造人民币。禁止出售、购买伪造、变造的人民币。禁止运输、持有、使用伪造、变造的人民币。禁止故意毁损人民币。禁止在宣传品、出版物或者其他商品上非法使用人民币图样。"《中国人民银行法》第四十二条至第四十五条及其 1997 年《刑法》也就有关危害人民币的行为法律责任作出进一步规定。

3. 人民币发行的原则及程序

我国人民币发行应遵循集中统一发行、计划发行和经济发行的原则。人民币的发行程序大致分为四步:①提出人民币的发行计划,确定年度货币供应量;②国务院批准人民银行报批的货币供应量计划;③进行发行基金的调拨;④普通银行业务库日常现金收付。

(六) 中央银行的业务

中央银行其业务可分为负债业务、资产业务和中间业务。资产业务包括贷款、再贴现、证券买卖、保管金银外汇储备等;负债业务包括货币发行、代理国库、集中存款准备金、占用清算资金、其他负债业务等;中央银行还有代理发行和兑付国债、清算业务、金银管理等业务。

《中国人民银行法》第四章专章规定了人民银行法定的限制或禁止的业务,主要包括:①不得向商业银行发放超过 1 年期的贷款;②不得对政府财政透支,不得直接认购、包销国债和其他政府债券;③不得向地方政府、各级政府部门提供贷款;④不得向非银行金融机构以及其他单位和个人提供贷款,但国务院决定人民银行可以向特定的非银行机构提供贷款的除外；⑤不得向任何单位和个人提供担保。

三、商业银行法

(一) 商业银行的概念和特性

纳入商业银行范围的各类银行并非要有商业银行的名称，商业银行只是对具有一定性质的银行机构的总称。商业银行具有与其他金融机构相区别的特性，可概括为以下几点：

(1) 商业银行是企业。商业银行是与一般工商企业相同的以营利为目的的法人企业，必须依法设立、依法经营、照章纳税、自担风险、自负盈亏。

(2) 商业银行是依照银行法成立的金融组织。商业银行特殊性表现为经营对象是特殊商业——货币和货币资本，是以各种金融资产和金融负债为经营对象的，其在名称中使用"银行"字样而区别于融资租赁公司、信托投资公司等非银行金融机构。

(3) 商业银行是一种特殊的金融企业。它主要以吸收存款、发放贷款、办理结算等金融业务为主体业务，这是与其他专业银行只经营指定范围业务所不同的，由此区别于主要从事投资业务的投资银行。

(二) 商业银行的职能

商业银行作为金融组织体系最主要、最基本的主体，主要体现在四个基本职能方面：

(1) 信用中介职能。信用中介职能是商业银行最本质、最基本的职能，商业银行是作为货币资本贷入者、贷出者的中介人，银行依此中介才实现了资本融通和从吸收资金、发放贷款的成本差额中获取利润。

(2) 支付中介职能。商业银行通过客户在银行开立的存款账户，代理客户办理货币兑换、结算、收付等业务，成为工商企业、团体和个人的货币保管者和收付代理人，通过提供这种高效的支付功能与服务，形成了经济活动中无始终的支付链条和债权债务关系。

(3) 信用创造职能。商业银行利用吸收的存款发放贷款和投资，在支付流通和转账结算的基础上，贷款又转化为存款，在存款不提现或不完全提现情况下增加了商业银行资金来源。商业银行的信用创造职能，即是能把负债作为货币来流通，但应以存款为基础且受制于贷款需求。

(4) 金融服务职能。商业银行不断拓展业务，提高其服务品质招徕客户，如提供投资理财服务、代发工资、代缴收费、提供银行保管业务等，这些金融服务已成为现代经济生活中商业银行的重要职能。

(三) 商业银行法概述

1. 商业银行法的概念

商业银行法，是指调整商业银行的组织和业务经营的法律规范的总称。广义的商业银行法是指一切关于商业银行的组织及业务经营的法律法规、行政规章的总称，如《中国人民银行法》、《银行业监督管理法》、《储蓄管理条例》等；狭义的商业银行法是指 1995 年 5 月 10 日第八届全国人大常委会第十三次会议通过、2003 年 12 月 27 日第十届全国人大常委会第六次会议修订的《中华人民共和国商业银行法》。

2. 商业银行法的性质

商业银行法性质上属于企业法，它所规范的对象是特殊的金融企业——商业银行，其所从事的货币金融业的行为是一种特殊的商事行为，从而使商业银行法具备了许多特质：

(1) 商业银行法为商事公法。商业银行法中有关银行的设立、变更、终止及各项罚则，以及与有关银行业务的各项规定都已形成公法化，具有了国家强制力参与的特性。

(2) 商业银行法为特别法。商业银行法是规范这种特殊金融企业的特殊商事行为的，应属于特别法而优先于民法和公司法适用，只有商业银行法未作规定时才可适用民法和公司法的相关规定。

(3) 商业银行法为国内法。该法是由国内立法机关制定且在本国范围内施行，外商独资银行、中外合作银行、外国银行分行都要受东道国约束，而我国驻外银行机构一般不受我国商业银行法的制约。

(4) 商业银行法为强制法。商业银行自有资本比重很小，主要靠负债经营，基本财产状况及组织、运转对社会公众利益影响极大，各国立法中多数都以法律作出强制性规定。

3. 商业银行法的立法模式

关于商业银行法的立法模式，英国等国家采取商业银行和中央银行综合立法，也有的国家将商业银行和中央银行分别立法。

我国于 1986 年发布了《银行管理暂行条例》即采用了合并立法形式，将中央银行、专业银行、信托投资公司、城乡信用合作社及其他非金融机构统加以规定，此种立法体制难以根据各类金融机构不同性质、业务范围和经营方式作出明确具体的规定。1994 年我国实行金融体制改革，在立法上对银行业、保险业、证券业、信托业实行了分别立法，而且对中央银行、政策性银行、商业银行也分别立法，并于 1995 年颁布专门的《商业银行法》，加强规范商业银行的组织及业务活动的开展。

(四) 商业银行的法定经营业务

商业银行的法定业务范围按照金融机构能否兼营各类经营业务为依据，可将金融体制大体划分为分业经营体制和混业经营体制。在分业经营体制下法律禁止或限制各类金融机构之间的业务交叉，商业银行不得从事证券、信托、保险和投资银行等业务；在混业经营体制下商业银行既可经营一般商业银行业务，也可经营证券、信托、保险和投资银行等业务。

我国改革开放后有一个时期实行混业经营政策，后在银行与所经营的信托机构、证券机构和经济实体脱钩的基础上，实行了分业经营体制，并通过《商业银行法》对商业银行的业务范围从两个方面进行了法律规制。

1. 商业银行可以经营的业务

根据《商业银行法》第三条规定，商业银行可以经营下列部分或者全部业务：①吸收公众存款；②发放短期、中期和长期贷款；③办理国内外结算；④办理票据承兑与贴现；⑤发行金融债券；⑥代理发行、代理兑付、承销政府债券；⑦买卖政府债券、金融债券；⑧从事同业拆借；⑨买卖、代理买卖外汇；⑩从事银行卡业务；⑪提供信用证服务及担保；⑫代理收付款项及代理保险业务；⑬提供保管箱服务；⑭经国务院银行业监督管理机构批准的其他业务。

2. 商业银行禁止经营的业务

商业银行在国内不得从事以下五类业务，但在国外可否从事这些经营，法律并未禁止。

(1) 商业银行不得从事信托投资业务。商业银行不得从事信托经营业务，就是不得作为受托人经营信托投资业务。

(2) 商业银行不得从事股票业务。商业银行不得承销股票发行，不能自营买卖股票，不得代理他人买卖股票，但不包括股份商业银行为了筹集资本而发行股票的行为。

(3) 商业银行不得投资于非自用不动产。自用不动产包括其经营业务所必须的房屋、场地等不动产，除自用目的外，商业银行不得以任何理由从事房地产开发或买卖业务。

(4) 商业银行不得向非银行金融机构投资。非银行金融机构是除银行以外的，由中国人民银行批准从事金融业务的企业。商业银行不得向这些企业投资，是为防止系统性风险在金融机构转移和扩散，避免商业银行变相从事混业经营。

(5) 商业银行不得向企业投资。商业银行不得向非金融企业投资入股、受让企业股份，这样可以有效控制银行投资规模，维护商业银行资产流动性安全，避免银行因企业经营不善而受到影响。

四、政策性银行法

(一) 政策性银行的概念及特征

政策性银行是由政府设立、参股或保证的,以贯彻政府经济和社会政策为目标,在特定领域内直接或间接地从事政策性融资业务的非营利性金融机构。政策性银行具有以下法律特征:

(1)政策性银行由政府投资创立,或由政府参股设立。(2)政策性银行不以营利为目的,而以贯彻和执行政府社会经济政策为宗旨。(3)政策性银行具有特定业务领域和经营范围。通常集中在以下领域:一是国民经济的基础和支柱产业,如交通、能源、农业等;二是对社会稳定、经济均衡协调发展有重要作用,需要政府给予特殊支持与保护的产业,如中小企业;三是对社会稳定和人民生活联系密切的领域,如住房建设、社会医疗保障、社会福利设施建设等。(4)政策性银行一般要实行单独立法,以确保设立政策性银行的特殊目标的实现。

(二) 政策性银行的资金来源与运用

政策性银行资金来源包括资本金和营运资金两部分。资本金多由政府财政全额划拨,也有由政府和商业性金融机构共同出资形成的;营运资金则主要来源于以下几方面:①政府提供一定的信贷资金;②向财政和中央银行借入资金;③通过在国内外发行债券筹集资金;④国际金融组织和外国政府贷款的转贷;⑤必要时按商业条件向国内外金融机构借款。

政策性银行资金运用主要有贷款和投资两种形式。贷款分为普通贷款和优惠贷款;投资业务包括直接的产业投资和间接的证券投资。政策性银行的资金运用,还包括对融资对象办理票据贴现业务,还可基于政策需要,在不运用或较少运用资金的情况下,办理还款担保、信息咨询、投资中介等业务。

五、非银行金融机构管理法

(一) 非银行金融机构的概念

非银行金融机构,又称其他金融机构,是指除银行以外的其他各种金融机构。非银行金融机构本质上仍为金融机构,但因各类非银行金融机构经营业务范围不同,成立条件和资格要求也有区别。

(二) 非银行金融机构的分类

从非银行金融机构与商业银行区别来看,可从以下标准进行判断:①非银行金融机构是经法定程序设立的经营金融业务的金融机构；②非银行金融机构的设立、组织、营运以及监管依照专门法律或行政法规而非商业银行法；③非银行金融机构不能冠以"银行"名称，除银行以外经营金融业务的金融机构都可归为非银行金融机构；④非银行金融机构不得吸收活期存款和办理转账业务。

据此判断，目前我国非银行金融机构主要有以下几类：①合作性质的非银行金融机构，如城市信用合作社、农村信用合作社；②保险类非银行金融机构，如保险公司、保险经纪人公司、保险代理人公司；③证券类非银行金融机构，如证券公司、证券登记公司、证券交易公司、投资基金管理公司；④金融信托与金融租赁类非银行金融机构，如信托投资公司、金融租赁公司；⑤其他非银行金融机构，如财务公司、融资公司、信用卡公司、典当行等。

 **导入案例分析**

这是一起考察商业银行经营业务和任职程序问题的案例。(1)法律顾问阻止银行向房地产行业投资行为正确。其理由在于：根据我国《商业银行法》规定，商业银行不得投资于非自用不动产，只能在法律允许的范围内开展经营业务。(2)根据我国法律规定，商业银行更换行长、总经理时，应当报经中国人民银行审查其任职条件。本案中，新行长由股东会选出后，未报经人民银行审批即任职，不符合法律要求。

第三节　信托法

导入案例

原告张某系南京 A 生化制药有限公司职工，被告为 A 生化制药有限公司职工持股会。该持股会由张某等 57 名内部职工组成，全体职工会员出资等额划为 97 份，其中，原告张某缴纳资金 35 280 元，认购股份数额为 3 份。被告该持股会用上述 97 份出资购买了 A 公司 21% 的股份。2003 年 11 月 13 日，原、被告共同签署退会登记表，该表载明：原告退会日期为 2003 年 11 月，退股 3 份，3 份股份转让价格为 158 007.02 元，扣除应缴纳的个人所得税 24 881.40 元，实发退股金额 133 125.62 元。备注栏中写明：按企业 2003 年 10 月末净资产的 50% 测算退股金额，增值部分交纳 20% 所得税。原告领取了上述退股款后，多次要求被告支付剩余的 50% 退股款，但被告均已其不能独立承担民事责任为由予以拒绝，原告遂诉至人民法院。

问题：(1)原告张某与被告该持股会存在何种法律关系？请具体分析。(2)原告要求被告支付剩余的 50%退股款是否合法？为什么？

一、信托法概述

(一) 信托的概念和法律性质

1. 信托的概念

信托，是指委托人基于对受托人的信任，将其财产委托给受托人，由受托人按委托人的意愿以自己的名义，为受益人的利益或者特定目的，进行管理或者处分的行为。

2. 信托的法律性质

(1) 信托是一种以信任为基础的法律关系。信托的建立是以相互信任为前提，并以委托财产为依据。

(2) 信托是一种以财产为中心的法律关系。委托人必须将财产所有权转移给受托人，受托人取得信托财产权，才构成为受益人利益进行管理或处分该信托财产的基础。

(3) 信托是一种涉及委托人、受托人、受益人三方当事人的法律关系。即委托人转移财产进行委托管理，受托人接受财产并以个人信用代为管理处分，受益人则因受托人的处分而享有信托财产的收益。

(4) 信托财产上的所有权与利益相分离。受托人对信托财产具有管理或者处分的权利，是信托财产名义上的所有人，受益人对信托财产具有利益上的请求权，是信托财产利益上的所有人。

(二) 信托与相关概念的比较

1. 信托与代理的区别

(1) 信托中的受托人是以自己名义对外从事活动并对执行信托事务中的行为对外承担责任；而代理中的代理人是以被代理人名义进行活动，代理人对被代理人在授权范围内的活动承担责任。

(2) 信托的委托人、受益人只能要求受托人按照信托文件实施信托，受托人享有依据信托文件管理、处分信托财产的充分自主权，委托人通常不得干预；而代理中的代理人只能在被代理人授权的范围内进行活动，不得超越代理权限。

(3) 信托财产的所有权与利益是相互分离的；代理关系中所涉及财产上的所有权与利益不发生分离，都归属于被代理人。

(4) 信托一经成立，除法定情形及委托人在信托文件中明确保留撤销权外，委托人不得解除和撤销信托；而代理关系取决于双方当事人意愿，被代理人可随时撤销代理，代理关系可因被代理人或代理人一方的死亡而消灭。

2. 信托与行纪的区别

(1) 行纪主要是代客买卖，而信托事务则涉及到财产管理、处分和利益分配等事务。

(2) 两者虽然都以自己名义进行委托事务处理，但行纪关系中的受托人必须服从委托人的指示，而信托关系中的受托人基本是以自己意志处理事务。

(3) 行纪是有偿的，而信托可以有偿也可以无偿。

(三) 信托法的概念

信托法是调整委托人、受托人和受益人之间因信托关系产生的权利义务的法律规范的总称。信托法是金融法的重要组成部分，是一种特别合同代理法。其基本特点是以受托人的身份为财产所有人经营管理财产，并将收益交付给委托人指定的人，从而达到间接理财的目的。

我国于 2001 年 4 月 28 日第九届全国人大常委会第二十一次会议通过了《中华人民共和国信托法》，该法共七章七十四条，规定了当事人在互相信任基础上委托他人管理和处分财产的一种法律制度，将信托法律关系从一般民事法律关系明确独立出来，成为调整财产信托民事活动中当事人权利义务的基本法律。

二、信托的设立、变更和终止

(一) 信托的设立

1. 信托设立的条件

(1) 必须有合法的信托目的。

(2) 必须有确定且合法的信托财产。

(3) 设立信托应当采取书面形式。

(4) 应当依法办理信托登记手续。

2. 信托设立的无效和可撤销

(1) 无效的信托行为。根据民事法律及信托法有关规定，当事人在信托合同中有下列行为之一的，订立的合同无效：①当事人设立信托的目的违反法律、行政法规或者损害社会公共利益。②信托财产不能确定，主要指委托人拟作信托财产的产权关系不明确；③委托人以非法财产或者法律规定不得设立信托的财产设立的信托；④当事人之间以诉讼或者讨债为目的设立的信托；⑤信托受益人或受益人范围不能确定；⑥法律规定的其他信托行为无效的情形。

(2) 可撤销的信托行为。①委托人设立信托明知危害其他债权人的利益，受损的债权人可以向委托人所在地人民法院申请撤销该信托。②明知危害债权人的利益，主要有两种情况：一是当委托人是企业，其经营状况持续不好或早有预谋准备利用破产逃避债务，委托人在信托设立后1年内宣告破产的，应视为明知危害其他债权人的利益；二是当委托人是共同财产所有人中的一个或部分人，其委托他人信托管理经营财产的事实损害了其他共同财产所有人的经营管理的利益的。③人民法院依照上述规定撤销信托的，不影响善意受益人已经取得的信托利益。

(二) 信托的变更

1. 变更受益人

当委托人不是唯一受益人时，委托人在信托生效后不得变更受益人或解除信托，也不得处分受益人的信托受益权，但有下列情况之一的，委托人可以变更受益人：①受益人对委托人有重大侵权行为；②受益人对其他共同受益人有重大侵权行为；③经受益人同意；④信托文件规定的其他情形。

2. 变更受托人

当受托人不履行信托职责或者有影响其执行职责的其他重大事由，不利于实现信托目的或者给委托人或者受益人造成损害的，委托人或者受益人可以变更受托人。

3. 变更信托管理方式

当信托财产的管理方式不利于实现信托目的的，经委托人、受托人及受益人协商一致的，可以变更信托管理方式。

(三) 信托的终止

1. 信托终止的条件

信托不因委托人或者受托人的死亡、丧失民事行为能力、依法解散、被依法撤销或者被宣告破产而终止，也不因受托人的辞任而终止。但有下列情况之一的，信托可以终止：①信托文件规定的终止事由发生；②信托的存续违反信托目的；③信托目的已经实现或者不能实现；④信托当事人协商同意；⑤信托被撤销；⑥信托被解除。

2. 信托终止的财产归属

信托终止后，信托财产归属于信托合同规定的人，一般是信托财产所有人；信托合同没有规定的，按下列顺序确定归属：①归属受益人或者其继承人。受益人可能不是信托财产的所有人，但是由于出现了信托合同没有规定的情况，受益人或其继承人就有可能获得信托财产的产权。②归属委托人或者其继承人。信托财产转移给上述人之前，信托视为继续存在，接受信托财产的权利归属人视为受益人。

3. 信托终止的债务处理

(1) 信托终止后，对可以被强制执行的信托财产，法院以权利归属人为被执行人。

(2) 信托终止后，受托人为了行使追偿手续费、佣金或为管理经营信托财产而作的支出，有权向新的权利归属人请求给付，如果不能得到给付的，可以留置信托财产，以此作为追偿债权的担保。

(3) 信托终止后，受托人应当在信托终止后作出处理信托事务的清算报告，受益人或者信托财产的权利归属人对清算报告没有异议的，受托人就清算报告所列的事项解除责任。

三、信托当事人权利义务关系

(一) 委托人的权利

(1) 委托人有权了解其信托财产的管理运用、处分及收支情况，并有权要求受托人作出说明。

(2) 委托人有权要求受托人调整该信托财产的管理方法。

(3) 委托人有权申请人民法院撤销受托人违反信托目的处分信托财产或者因违背管理职责、处理信托事务不当致使信托财产受到损失的行为。

(4) 委托人有权依照信托文件的规定解任受托人，或者申请人民法院解任受托人。

(二) 受托人的权利义务

1. 受托人的权利

(1) 受托人有权依照信托文件的约定取得报酬。

(2) 受托人因处理信托事务所支出的费用、对第三人所负债务，以信托财产承担。

(3) 设立信托后，经委托人和受益人同意，受托人可以辞任。

2. 受托人的义务

(1) 受托人应当遵守信托文件的规定，为受益人的最大利益处理信托事务。

(2) 受托人必须将信托财产与其固有财产分别管理、分别记账，并将不同委托人的信托财产分别管理、分别记账。

(3) 受托人应当自己处理信托事务，但信托文件另有规定或者有不得已事由的，可以委托他人代为处理。

(4) 共同受托人共同处理信托事务，意见不一致时按信托文件规定处理；信托文件未规定的，由委托人、受益人或者其利害关系人决定。

(5) 受托人必须保存处理信托事务的完整记录。

(三) 受益人的权利

(1) 受益人自信托生效之日起享有信托受益权。信托文件另有规定的，从其规定。共同受益人按照信托文件的规定享受信托利益。

(2) 受益人可以放弃信托受益权。

(3) 受益人的信托受益权可以依法转让和继承，但信托文件有限制性规定的除外。

(4) 受益人可以行使法律规定的委托人享有的权利。

 导入案例分析

这是一起考察信托法律关系及其信托收益问题的案例。(1)张某与持股会之间应为信托关系。本案中，张某既是 A 公司的劳动者，也是被告职工持股会的会员，更是 A 公司的实质股东，当持股会用会员出资购买 A 公司 21%的股份后，则成为 A 公司的名义股东。因此，在承认名义股东与实质股东资格相分离的基础上，应认定股东张某为信托法中的受益人，持股会为信托法中的受托人，并以此明确持股会在信托关系中的信托义务。(2)张某要求持股会支付剩余的 50%退股款合法。本案中，张某是委托人和受益人，持股会是受托人，张某是信托财产利益上的所有人，持股会应履行诚实勤勉义务，在张某退出职工持股会时，返还信托期间管理张某股份产生的利益。因此，持股会应根据张某退会时 A 公司的净资产以及持股数量变现原告的股权价值，支付剩余 50%的退股款。

第四节　证券法

导入案例

某上市公司准备上一条新的生产线，需要资金 6 000 万元。公司决定增发新股，全部向社会募集，股票交由某证券公司发行。

问题: (1)该上市公司股票发行计划有无问题? (2)股票发行结束后，董事会决定将募集资金用于一项新项目，该决定是否合法?

一、证券法概述

(一) 证券的概念与分类

1. 证券的概念

证券(security)是一个外延广泛的概念。广义的证券泛指以证明或设定权利为目的所做成的凭证，即各类记载持券人享有一定经济权益的法律凭证的统称；狭义的证券专指资本证券，即《证券法》所称证券，是指具有一定票面金额，证明持券人

享有一定所有权或债权的书面凭证。

2. 证券的分类

(1) 依照证券本身是否能够作为财产使用，可分为有价证券和无价证券。有价证券是指表示一定财产权利的证券；无价证券是指具有证券的某一特定功能，但不能作为财产使用的书面凭证。

(2) 依照证券形式与证券权利之间的关系，可分为设权证券和证权证券。设权证券是指证券权利(如票据面额，支付日期或期间等)是由证券签发人自行设定的，证券一经签发即产生证券权利；证权证券是指旨在证明证券权利的证券，即只对既存的财产关系或财产权利予以证明，不能创设证券权利。

(3) 依照证券的表现形式，可分为实物券式证券和簿记券式证券。实物券式证券是指由国家证券管理部门指定的印刷机构印制的具有实物形态、表现为特定纸张载体的证券；簿记券式证券是指由证券发行人按照法定格式制作的、记载证券权利人的书面名册，具有证券无纸化的特征。

(4) 依照证券是否记名，可分为记名证券和不记名证券。记名证券是指证券票面上记载权利人的姓名或名称的证券；不记名证券是指券面不记载权利人姓名或名称的证券。

(5) 依证券是否在证券交易所挂牌交易，可分为上市证券与非上市证券。此种分类一般只适用于资本证券。上市证券是指经证券主管机关或授权机关批准在证券交易所内挂牌交易的有价证券；非上市证券是指未向证券交易所登记注册的证券。

(二) 证券的法律特征

(1) 证券是一种投资凭证。证券作为投资者权利的载体，无论股票还是债券都是投资者投资权利的体现，如请求分配红利的权利、还本付息的权利、参加股东大会的权利等。

(2) 证券是一种收益凭证。证券在持有过程中基于投资行为都可获取相应收益，如股息分红、债息收入、基金分红、获得送股或转增股本等。

(3) 证券是一种可转让的权利凭证。证券的流通性是证券的本质属性。证券持有者可随时将证券出售转让，以实现自身权利。

(4) 证券是一种要式凭证。证券是具有一定形式要求的凭证，传统的凭证一般须采用书面形式，并对样式或格式、记载内容、以及签章有所规范。

(三) 证券法的概念

证券法是调整证券发行、交易和证券监管过程中发生的经济关系的法律规范的总称。狭义的证券法是 1998 年 12 月 29 日第九届全国人大常委会第六次会议通过，2004 年 8 月 28 日第十届全国人大常委会第十一次会议修正、2005 年 10 月 27 日第十届全国人大常委会第十八次会议修订，2006年1月1日实施的《中华人民共和国证券法》；广义的证券法除《证券法》外，还包括其他法律中有关证券管理的内容和《股票发行与交易管理暂行条例》(1993年4月)、《证券交易所管理暂行办法》(1993年7月)、《企业债券管理条例》(1993年8月)、《禁止证券欺诈行为暂行办法》(1993年8月)、《证券经营机构股票承销业务管理办法》(1996年6月)等国务院有关证券管理的行政法规、部门规章以及证券交易所等有关证券组织依法制定的业务规章和行业活动准则等。

(四) 我国证券法上的证券种类

根据《证券法》的规定，我国证券法上的证券主要是股票、公司债券以及国务院依法认定的其他证券。目前我国证券市场上发行和流通的证券主要有以下几种：股票、债券、基金、权证等证券衍生品种。

1. 股票

股票是股份有限公司发行的，用以证明投资者的股东身份和权益，并据以获得股息和红利的可转让书面凭证。股票按照不同标准可分为不同种类：普通股票和特别股票(优先股票)；记名股票和无记名股票；有面额股票和无面额股票；国家股、法人股、个人股及外资股；A股和B股等。

2. 债券

债券是表示债权债务关系的书面凭证。持券人有按约定的条件向发行人(借款人)取得利息和到期收回本金的权利。债券按照不同标准可分为不同种类：政府债券、公司债券、企业债券、金融债券；固定利率债券和浮动利率债券；抵押债券、担保债券和信用债券；短期债券、中期债券、长期债券；可转换公司债券、附新股认购权公司债券等。

3. 基金

基金又称为证券信托投资基金，是一种利益共享、风险共担的集合投资方式，即按照《证券投资基金法》及基金章程规定，通过公开发行受益凭证，募集社会公众投资者的资金，交由专门管理机构营运，用于证券投资并盈利的一种组织形式。基金按照不同标准可分为不同种类：开放型基金和封闭型基金；契约型基金和公司型基金；成长型投资基金、收入型投资基金和平衡型投资基金；股票基金、债券基金、货币基金、期货基金、期权基金、指数基金等。

4. 权证

权证是证明持有人拥有特定权利的契约，是标的证券发行人或其以外的第三人发行的，约定持有人在规定期间内或特定到期日，有权按约定价格向发行人购买或出售标的证券，或以现金结算方式收取结算差价的有价证券。权证按照不同标准可分为不同种类：认购权证和认沽权证；欧式权证和美式权证。

5. 证券衍生品种

证券衍生品种是指在证券基础上衍生出来的各种证券交易品种的总称。如股票指数、股票权证、股指期货等。

二、证券主体机构

在我国，证券主体机构包括证券交易所、证券公司、证券登记结算机构、证券业协会、证券监督管理机构。

(一) 证券交易所

1. 证券交易所的概念

证券交易所(Stock Exchange)是指为证券集中交易提供场所和设施，组织和监督证券交易，实行自律管理的法人。我国的证券交易所是不以营利为目的，仅为证券的集中和有组织的交易提供场所、设施，并履行国家有关法律、法规、规章、政策规定的职责，实行自律性管理的会员制的事业法人。我国有两家证券交易所，即1990年12月设立的上海证券交易所，1991年7月设立的深圳证券交易所。

2. 证券交易所的职能

证券交易所的地位和职责：即创造公开、公平、公正的市场环境，提供各种设施和便利条件，以保证证券活动的正常进行。具体可归纳如下：

(1) 对证券交易的监管和服务。①证券交易所有制定证券交易规则的权力。②证券交易所有实时监控权。③证券交易所有限制证券交易的权力。④证券交易所有技术性停牌和临时停市的权力。⑤证券交易所应当公开证券交易信息。

(2) 对证券公司和上市公司的监管和服务。这主要包括对证券公司市场准入和对上市公司信息披露的监管和服务。

3. 证券交易所的设立和解散

证券交易所的设立有三种类型：一是特许制，即证券交易所的设立须经证券主管部门的批准；二是登记制，即证券交易所的设立须向证券主管部门登记；三是承认制，即证券交易所的管理以自律为原则，政府主管部门予以承认。

我国证券交易所的设立属于特许制。根据我国《证券法》第一百零二条规定，证券交易所的设立，由国务院决定。《证券法》第一百零三条规定，设立证券交易所必须制定章程。证券交易所章程的制定和修改，必须经国务院证券监督管理机构批准。

证券交易所的解散有两种情形：一是自愿解散，即出现章程规定的解散事由，由会员大会决议解散，报经证券主管部门批准；二是强制解散，即因违法行为而被证券主管部门作出解散的决定。《证券法》第一百零二条规定，证券交易所的解散，由国务院决定。

(二) 证券公司

1. 证券公司的概念

证券公司，是指依照公司法的规定，经国务院证券监督管理机构审查批准的从事证券经营业务，具有独立法人地位的有限责任公司或者股份有限公司。

2. 证券公司的设立

证券公司的设立必须经中国证监会依照法定的程序审查批准，未经中国证监会批准，不得经营证券业务。设立证券公司，应当具备下列条件：①有符合法律、行政法规规定的公司章程；②主要股东具有持续盈利能力，信誉良好，最近3年无重大违法违规记录，净资产不低于人民币2亿元；③有符合证券法规定的注册资本；④董事、监事、高级管理人员具备任职资格，从业人员具有证券从业资格；⑤有完善的风险管理与内部控制制度；⑥有合格的经营场所和业务设施；⑦法律、行政法规规定的和经国务院批准的国务院证券监督管理机构规定的其他条件。

3. 证券公司的组织形式及业务范围

证券公司的组织形式为有限责任公司或者股份有限公司，证券公司必须在其名称中标明"证券有限责任公司"或者"证券股份有限公司"字样。

经国务院证券监督管理机构批准，证券公司可以经营下列部分或者全部业务：①证券经纪；②证券投资咨询；③与证券交易、证券投资活动有关的财务顾问；④证券承销与保荐；⑤证券自营；⑥证券资产管理；⑦其他证券业务。

(三) 证券登记结算机构

1. 证券登记结算机构的概念

证券登记结算机构，是为证券交易提供集中登记、存管与结算服务、不以营利为目的的法人。

2. 证券登记结算机构的设立

设立证券登记结算机构，必须经国务院证券监督管理机构批准，应当具备下列条件：①自有资金不少于人民币2亿元；②具有证券登记、托管和结算服务所必须的场所和设施；③主要管理人员和业务人员必须具有证券从业资格；④国务院证券监督管理机构规定的其他条件。证券登记结算机构的名称中应当标明证券登记结算字样。

(四) 证券业协会

我国于 1991 年 8 月 28 日成立了中国证券业协会,该协会是证券经营机构依法自行组织的自律性会员组织,具有独立的社团法人资格。根据《证券法》规定,证券公司应当加入证券业协会。证券业协会的权力机构是全体会员组成的会员大会,证券业协会章程由会员大会制定,并报国务院证券监督管理机构备案。证券业协会设理事会,理事会成员依章程的规定由选举产生。

(五) 证券监督管理机构

1. 证券监督管理机构的性质

根据《证券法》规定,国务院证券监督管理机构依法对我国证券市场实行监督管理。根据国务院 1998 年 9 月批准的《中国证券监督管理委员会职能配置、内设机构和人员编制规定》,中国证券监督管理委员会是全国证券期货市场的主管部门,它根据国务院的授权履行其行政监管职能,依法对全国证券业和期货业进行集中统一监管。

2. 证券监督管理机构的履职措施

国务院证券监督管理机构依法履行职责时,有权采取下列措施:①对证券发行人、上市公司、证券公司、证券投资基金管理公司、证券服务机构、证券交易所、证券登记结算机构进行现场检查;②进入涉嫌违法行为发生场所调查取证;③询问当事人和与被调查事件有关的单位和个人,要求其对与被调查事件有关的事项作出说明;④查阅、复制与被调查事件有关的财产权登记、通讯记录等资料;⑤查阅、复制当事人和与被调查事件有关的单位和个人的证券交易记录、登记过户记录、财务会计资料及其他相关文件和资料;对可能被转移、隐匿或者毁损的文件和资料,可以予以封存;⑥查询当事人和与被调查事件有关的单位和个人的资金账户、证券账户和银行账户;对有证据证明已经或者可能转移或者隐匿违法资金、证券等涉案财产或者隐匿、伪造、毁损重要证据的,经国务院证券监督管理机构主要负责人批准,可以冻结或者查封;⑦在调查操纵证券市场、内幕交易等重大证券违法行为时,经国务院证券监督管理机构主要负责人批准,可以限制被调查事件当事人的证券买卖,但限制的期限不得超过 15 个交易日;案情复杂的,可以延长 15 个交易日。

三、证券发行制度

(一) 证券发行的概念与分类

证券发行,是指符合发行条件的发行人以筹集资金为目的,依照法律规定的程序和条件,向社会公众或特定投资者销售股票或债券的行为。证券发行按照不同标准可作出不同的分类。

(1) 根据证券发行的种类不同，可分为股票发行、债券发行和基金证券发行。股票发行是指符合发行条件的股份有限公司以筹集资金为直接目的，依照法律规定的条件和程序，向投资人出售代表一定股东权利的股票行为；债券发行是指符合发行条件的政府组织、金融机构或者企业组织以筹集资金为目的，依照法律规定的条件和程序向投资人出售代表一定债权的债券的法律行为；基金证券发行是指符合条件的发行人以筹集受托资金为目的，依照法律规定的条件和程序向投资人发售代表信托受益权的证券的行为。

(2) 根据证券发行范围和对象不同，可分为公募发行和私募发行。公募发行又称公开发行，是指发行人向非特定的多数投资人公开发行证券的方式。一般采取间接发行方式，委托承销机构承销；私募发行又称非公开发行，是指发行人向特定的少数投资者发行证券的方式。一般包括专业投资公司、相关公司及金融机构、公司内部人员和与公司有业务联系的人员。

(3) 根据是否有中介机构参与，可分为直接发行和间接发行。直接发行是指发行人直接向投资者发售证券并承担证券发行的责任和风险；间接发行即承销发行，是指发行人委托证券承销商代其向投资人发售证券并由承销商承担相应的发行责任和风险。包括证券代销和证券包销两种方式。

(二) 证券发行审核制度

1. 注册制

也称申报制或登记制，是指发行人在公开发行前，按照法律规定向证券发行主管机关提交与发行有关的文件，发行主管机关在一定期限内未提出异议的，其证券发行注册即发生效力的一种证券发行审核制度。

2. 核准制

核准制与注册制不同之处在于，证券发行时不仅要公开真实情况，而且要求证券发行者将每笔证券发行报请主管机关批准。证券发行核准制实行实质管理原则，证券发行人不仅要以真实状况的充分公开为条件，而且必须符合证券监管机构制定的若干适合于发行的实质条件。

《证券法》确立了证券发行的核准制，并辅之以发行审核制度和保荐制度。《证券法》第十条规定："公开发行证券，必须符合法律、行政法规规定的条件，并依法报经国务院证券监督管理机构或者国务院授权的部门核准；未经依法核准，任何单位和个人不得公开发行证券。"

(三) 证券承销制度

证券承销(Underwriting of Securities)是间接发行证券的一种方式，是指证券发行人委托具有证券承销资格的证券承销商，按照承销协议帮助发行人向投资者募集资本并交付证券的行为和制度。

《证券法》第二十八条规定，发行人向不特定对象发行的证券，法律、行政法规规定应当由证券公司承销的，发行人应当同证券公司签订承销协议。我国《上市公司证券发行管理办法》规定，上市公司发行证券，应当由证券公司承销；非公开发行股票，发行对象均属于原前 10 名股东的，可以由上市公司自行销售。承销可分为代销和包销两种形式：

(1) 证券代销，又称代理发行，是指证券公司代发行人发售证券，在承销期结束时，将未售出的证券全部退还给发行人的承销方式。

(2) 证券包销，是指证券公司将发行人的证券按照协议全部购入或者在承销期结束时将售后剩余证券全部自行购入的承销方式。包销又可分为全额包销和余额包销两种，前者是指由承销商先全额购买发行人该次发行的证券，再向投资者发售，由承销商承担全部风险的承销方式；后者是指承销商在约定的期限内向投资者发售证券，到销售截止日，如投资者实际认购总额低于预定发行总额，未售出的证券由承销商负责认购，并按约定时间向发行人支付全部证券款项的承销方式。

(四) 证券发行条件

1. 新设发行条件

新设发行，是指经批准拟设立股份有限公司而发行股票的行为。股份公司新设发行时，除应符合《公司法》规定条件外，还要符合下列条件：①发行人应当是依法设立且合法存续的股份有限公司；②发行人自股份有限公司成立后，持续经营时间应当在 3 年以上，但经国务院批准的除外；③发行人的注册资本已足额缴纳，发起人或者股东用作出资的资产的财产权转移手续已办理完毕，发行人的主要资产不存在重大权属纠纷；④发行人的生产经营符合法律、行政法规和公司章程的规定，符合国家产业政策；⑤发行人最近 3 年内主营业务和董事、高级管理人员没有发生重大变化，实际控制人没有发生变更；⑥发行人的股权清晰，控股股东和受控股股东、实际控制人支配的股东持有的发行人股份不存在重大权属纠纷。

2. 新股发行条件

新股发行，也称增资发行，指已设立的股份公司为了增加资本或者调整股本结构而发行股票。根据《证券法》第十三条规定，公司公开发行新股，应当符合下列条件：①具备健全且运行良好的组织机构；②具有持续盈利能力，财务状况良好；③最近 3 年财务会计文件无虚假记载，无其他重大违法行为；④经国务院批准的国务院证券监督管理机构规定的其他条件。

3. 公司债券发行条件

根据《证券法》第十六条规定，公开发行公司债券，应当符合下列条件：①股份有限公司的净资产不低于人民币 3 000 万元，有限责任公司的净资产不低于人民币 6 000 万元；②累计债券余额不超过公司净资产的 40%；③最近 3 年平均可分配利润足以支付公司债券 1 年的利息；④筹集的资金投向符合国家产业政策；⑤债券的利率不超过国务院限定的利率水平；⑥国务院规定的其他条件。

(五) 证券发行程序

1. 股票发行程序

国务院证券监督管理机构设发行审核委员会，作为负责核准股票发行的专门机构，依法审核股票发行申请。发行审核委员会由国务院证券监督管理机构的专业人员和所聘请的该机构外的有关专家组成，以投票方式对股票发行申请进行表决，提出审核意见。发行审核委员会对股票发行申请经过审核，只是提出审核意见，并无最终决定权，申请是否被核准，最终须由中国证监会决定。国务院证券监督管理机构依照法定条件负责核准股票发行申请。核准程序应当公开，依法接受监督。

2. 公司债券发行程序

我国公司债券的发行实行核准制。按照《企业债券管理条例》第十一条规定，中央企业发行企业债券，由中国人民银行会同国家发改委审批；地方企业发行企业债券，由中国人民银行省、自治区、直辖市、计划单列市分行会同同级主管部门审批。

《证券法》第二十三条规定，国务院授权的部门依照法定条件负责核准公司债券发行申请。核准程序应当公开，依法接受监督。第十七条规定，申请公开发行公司债券，应当向国务院授权的部门或者国务院证券监督管理机构报送下列文件：①公司营业执照；②公司章程；③公司债券募集办法；④资产评估报告和验资报告；⑤国务院授权的部门或者国务院证券监督管理机构规定的其他文件。依照《证券法》规定聘请保荐人的，还应当报送保荐人出具的发行保荐书。

四、证券上市制度

证券上市，是指已公开发行证券的发行人，将其证券按照法定条件和程序在证券交易所通过公开集中交易方式或者有权机关批准的其他方式进行交易的法律行为。《证券法》第四十条规定，证券在证券交易所上市交易，应当采用公开的集中交易方式或者国务院证券监督管理机构批准的其他方式。

(一) 证券上市的条件

1. 股票上市条件

《证券法》第五十条规定，股份有限公司申请股票上市，应当符合下列条件：①股票经国务院证券监督管理机构核准已向社会公开发行；②公司股本总额不少于人民币 3 000 万元；③公开发行的股份达公司股份总数的 25% 以上；公司股本总额超过人民币 4 亿元的，公开发行股份的比例为 10% 以上；④公司在最近 3 年无重大违法行为，财务会计报告无虚假记载。

2. 公司债券上市条件

《证券法》第五十七条规定，公司申请公司债券上市交易，应当符合下列条件：①公司债券的期限为 1 年以上；②公司债券实际发行额不少于人民币 5 000 万元；③公司申请债券上市时仍符合法定的公司债券发行条件。

(二) 证券上市的程序

1. 股票上市交易程序

根据《证券法》、《公司法》和《股票发行与交易管理暂行条例》的规定，股票上市交易程序可以分为以下五个阶段。

(1) 上市申请。申请股票上市交易，应当向证券交易所提出申请，由证券交易所依法审核同意，并由双方签订上市协议。

(2) 证券交易所审核同意。股份有限公司申请股票上市交易，必须向证券交易所提出申请，由证券交易所依法审核。证券交易所在收到发行人上市申请后，应当依法作出是否同意上市的决定，并通知发行人。

(3) 签订上市协议。证券交易所同意发行人的申请后，应当自接到该股票发行人提交的规定文件之日起 6 个月内，安排该股票上市交易。证券交易所作出股票上市交易的安排后，应向申请人出具"上市通知书"，申请人在接到上市通知书后，应与证券交易所签订上市协议书。

(4) 上市公告。股票上市申请经证券交易所同意后，上市公司应当在上市交易的 5 日前公告经核准的股票上市的有关文件，并将其公告书和其他申请文件置备于公司所在地、拟挂牌交易的证券交易所、有关证券经营机构及其网点等指定场所供公众查阅。

(5) 挂牌交易。在公开上市公告书后，申请上市的股票将根据证券交易所安排和上市公告书披露的上市日期挂牌交易，直至该股票丧失上市条件。

2. 公司债券上市交易程序

根据《证券法》规定，公司债券上市交易的程序与股票上市交易的程序大致相同，只是证券交易所安排上市时间缩短为 3 个月，具体阶段如下：

(1) 上市申请。依法公开发行的公司债券需要上市交易的，应当首先向证券交易所提出申请。

(2) 证券交易所审核同意。证券交易所在收到发行人的上市申请后，应当依法进行审核，作出是否准予上市的决定，并通知发行人。

(3) 签订上市协议。证券交易所经审查认为发行人的申请符合本所上市标准的，即向申请人出具"上市通知书"，证券交易所和发行人双方应当签订上市协议，明确双方权利义务关系。

(4) 上市公告。公司债券上市交易申请经证券交易所审核同意后，签订上市协议的公司应当在上市交易的 5 日前公告公司债券上市文件及有关文件，并将其申请文件置备于指定场所供公众查阅。

(5) 挂牌交易。在上市报告书公告后的确定日期内，公司债券即可根据证券交易所的安排挂牌交易，直至该债券丧失上市条件。

(三) 证券上市的暂停与终止

证券上市的暂停，又称停牌或临时停牌，是指已经或批准上市的证券，当发行该证券的上市公司发生法定事由时，由证券交易所决定或自动暂时停止该证券进行交易的情形。证券上市的暂停只是上市公司证券上市交易资格的暂时停止，如果情况发生改变又符合上市交易条件时，其证券可在证券交易所继续进行交易；证券上市的终止，是由证券交易所决定终止其上市资格的情形，如果情况发生改变又符合上市交易条件时，必须重新提出上市申请。

1. 股票上市的暂停与终止

《证券法》第五十五条规定，上市公司有下列情形之一的，由证券交易所决定暂停其股票上市交易：①公司股本总额、股权分布等发生变化不再具备上市条件；②公司不按照规定公开其财务状况，或者对财务会计报告作虚假记载，可能误导投资者；③公司有重大违法行为；④公司最近三年连续亏损；⑤证券交易所上市规则规定的其他情形。

《证券法》第五十六条规定，上市公司有下列情形之一的，由证券交易所决定终止其股票上市交易：①公司股本总额、股权分布等发生变化不再具备上市条件，在证券交易所规定的期限内仍不能达到上市条件；②公司不按照规定公开其财务状况，或者对财务会计报告作虚假记载，且拒绝纠正；③公司最近 3 年连续亏损，在其后 1 个年度内未能恢复盈利；④公司解散或者被宣告破产；⑤证券交易所上市规则规定的其他情形。

2. 公司债券上市的暂停与终止

《证券法》第六十条规定，公司债券上市交易后，公司有下列情形之一的，由证券交易所决定暂停其公司债券上市交易：①公司有重大违法行为；②公司情况发生重大变化不符合公司债券上市条件；③发行公司债券所募集的资金不按照核准的用途使用；④未按照公司债券募集办法履行义务；⑤公司最近 2 年连续亏损。

公司债券上市的终止情形与暂停情形基本一样，只是在程度和要求方面有差异。公司有上述第①项、第④项所列情形之一经查实后果严重的，或者有第②项、第③项、第⑤项所列情形之一，在限期内未能消除的，由证券交易所决定终止其公司债券上市交易；公司解散或者被宣告破产的，由证券交易所终止其公司债券上市交易。

五、证券交易制度

(一) 证券交易的概念与特征

证券交易，是指证券持有人依照证券交易规则，在规定的场所将其证券转让给其他投资者的行为。当事人依法买卖的证券，必须是依法发行并交付的证券。证券交易具有以下特征：

(1) 证券交易是特殊的证券转让方式。证券交易是投资者进行证券投资的基本形式，必须是依法发行并经投资人认购的证券，必须在依法设立的场所进行交易，并且遵守相应的交易规则。

(2) 证券交易是一种具有财产价值的特定权利的买卖。证券交易的对象是依法发行的股票、债券等有价证券，其移转的是股票的股权、债券中的债权等财产权。

(3) 证券交易是一种标准化合同的买卖。由于每一种证券面值设计一致，其所代表的权利内容也一致，因此具有标准化合同的性质，当事人买卖证券时除了可以选择品种数量和价格以外，其他均须依统一的规则进行。

(二) 证券交易的规则

1. 交易的证券必须是依法发行并交付的证券

证券交易当事人依法买卖的证券必须是依法发行并交付的证券。非依法发行的证券不得买卖。

2. 遵守有关交易主体、转让期限的限制性规定

证券交易所、证券公司、证券登记结算机构从业人员及其证券监督管理机构工作人员和法律、行政法规禁止参与股票交易的其他人员，在任期或者法定限期内不得直接或者以化名、借他人名义持有、买卖股票，也不得收受他人赠送的股票。

3. 在合法的证券交易场所进行交易

《证券法》第三十九条规定，依法公开发行的股票、公司债券及其他证券，应当在依法设立的证券交易所上市交易或者在国务院批准的其他证券交易场所转让。

4. 采用集中竞价交易方式

集中竞价交易，是指多个买主与多个卖主之间，通过证券交易所的自动交易系统，由出价最低的卖主与进价最高的买主达成交易。我国目前两大证券交易所均采用电脑竞价方式，通过交易主机按照价格优先、时间优先的原则自动撮合并配对成交。

5. 以现货进行交易为原则

证券交易可以分为现货交易、期货交易和期权交易三种形式。现货交易是指证券买卖成交后按当时价格进行证券实物交割的交易方式；期货交易是指证券买卖成交后按合同规定的价格在将来某时进行证券交割的交易方式；期权交易的对象是一种权利，购买者有权在规定的期限内以规定的价格向出售方购买或者出售某种股票。

6. 融资融券交易必须经过批准

融资融券交易是指投资者在买卖证券时只向证券公司交付一定的保证金，由证券公司提供资金或者证券进行交易的方式，可分为融资交易和融券交易。融资交易称为保证金买空交易(简称"买空")，是指投资者在缴纳一定数额保证金后，由证券公司垫付余额经投资者买进证券的行为；融券交易称为保证金卖空交易(简称"卖空")，是指投资者在缴纳一定数额保证金后，由证券公司借给投资者证券并代投资者卖出的行为。

7. 大股东交易的特殊规则

通过证券交易所的证券交易，投资者持有或者通过协议、其他安排与他人共同持有某上市公司已发行的股份达到5%时，应当在该事实发生之日起3日内，向国务院证券监督管理机构、证券交易所作出书面报告，通知该上市公司并予公告；在上述期限内，不得再行买卖该上市公司的股票。投资者持有或者通过协议、其他安排与他人共同持有某上市公司已发行的股份达到5%后，其所持该上市公司已发行的股份比例每增加或者减少5%，应当依照前款规定进行报告和公告。在报告期限内和作出报告、公告后2日内，不得再行买卖该上市公司的股票。

(三) 证券交易的程序

1. 名册登记与开户

名册登记是委托人(投资者)在集中市场进行证券买卖的前提，名册登记分为个人和法人两种。个人名册登记应载明登记日期和委托人基本情况，并留存印鉴或签名样卡；法人名册登记应提供法人证明，并载明法定代表人及证券交易执行人的基本情况，留存法定代表人授权证券交易执行人的书面授权书；开户是证券投资者应当在从事证券经纪业务的证券公司办理开户手续，设立证券与资金两个账户。证券账户用于存储投资者已经购得的证券，资金账户主要用于存储投资者的存款和卖出股票时的价金。

2. 委托

通常称为委托指令，是指投资者向证券公司发出的表示其以某种价格购进或者卖出一定数量的某种证券的意思表示。

3. 成交

成交是指证券公司相互间通过交易内竞价，就买卖证券的价格和数量达成一致的行为。在我国沪市和深市两大证券交易所中，成交均是通过交易所的交易主机自动完成的。

4. 清算与交割

清算是指买卖双方通过证券公司在证券交易所进行的证券买卖成交后，通过交易清算系统进行交易资金支付与收讫的过程。我国证券市场(A股)采用 T+1 交割规则，即投资者在证券买卖成交后的下一个营业日，证券登记结算公司为其办理完毕过户登记手续，并应提供交割单。

(四) 证券交易禁止行为

证券交易的禁止行为，是指按照法律法规的规定，证券市场参与者在证券交易过程中不得从事的行为。我国于1993年8月15日发布了《禁止证券欺诈行为暂行办法》，1997年《中华人民共和国刑法》(修正)对证券市场上情节严重的内幕交易、虚假陈述、操纵市场等行为规定为犯罪，《证券法》专节规定了"禁止的交易行为"并明确了相应法律责任。证券交易的禁止行为大致可分为以下五类：

1. 内幕交易行为

是指证券交易内幕信息的知情人员利用内幕信息进行证券交易活动。根据《证券法》第七十五条规定，下列信息皆属内幕信息：①重大事件；②公司分配股利或者增资的计划；③公司股权结构的重大变化；④公司债务担保的重大变更；⑤公司营业用主要资产的抵押、出售或者报废一次超过该资产的30%；⑥公司的董事、监事、高级管理人员的行为可能依法承担重大损害赔偿责任；⑦上市公司收购的有关方案；⑧国务院证券监督管理机构认定的对证券交易价格有显著影响的其他重要信息。

内幕交易行为的具体表现：①知悉证券交易内幕信息的知情人员或者非法获取内幕信息的其他人员买入或者卖出所持有的该公司的证券；②上述人员泄露该信息；③上述人员建议他人买卖该证券。

2. 操纵市场行为

是指任何单位或者个人以获取利益或者减少损失为目的，利用其资金、信息等优势或者滥用职权操纵市场，诱导或者致使投资者在不了解事实真相的情况下作出证券投资决定，扰乱证券市场秩序的活动。

操纵市场行为的具体表现：任何人以下列手段获取不正当利益或者转嫁风险的，即为操纵市场行为：①单独或者通过合谋，集中资金优势、持股优势或者利用信息优势联合或者连续买卖，操纵证券交易价格或者证券交易量；②与他人串通，以事先约定的时间、价格和方式相互进行证券交易，影响证券交易价格或者证券交易量；③在自己实际控制的账户之间进行证券交易，影响证券交易价格或者证券交易量；④以其他手段操纵证券市场。

3. 虚假陈述行为

是指国家工作人员、新闻传播媒介从业人员和有关人员编造并传播虚假信息，以及证券交易所、证券经营机构、证券业协会、证券监管机构等机构及其从业人员在证券交易活动中作出虚假陈述或者信息误导，严重影响证券交易的活动。

虚假陈述行为的具体表现：①国家工作人员、传播媒介从业人员和有关人员编造、传播虚假信息，扰乱证券市场。②禁止证券交易所、证券公司、证券登记结算机构、证券服务机构及其从业人员，证券业协会、证券监督管理机构及其工作人员，在证券交易活动中作出虚假陈述或者信息误导。

4. 欺诈客户行为

是指证券公司及其从业人员在证券交易中违背客户的真实意愿，侵害客户利益的行为。

欺诈客户行为的具体表现：证券公司及其从业人员从事下列损害客户利益的行为，即为欺诈客户行为：①违背客户的委托为其买卖证券；②不在规定时间内向客户提供交易的书面确认文件；③挪用客户所委托买卖的证券或者客户账户上的资金；④未经客户的委托，擅自为客户买卖证券，或者假借客户的名义买卖证券；⑤为牟取佣金收入，诱使客户进行不必要的证券买卖；⑥利用传播媒介或者通过其他方式提供、传播虚假或者误导投资者的信息；⑦其他违背客户真实意思表示，损害客户利益的行为。

5. 其他禁止的行为

主要包括：禁止法人非法利用他人账户从事证券交易；禁止法人出借自己或者他人的证券账户；禁止资金违规流入股市；禁止任何人挪用公款买卖证券；国有企业和国有资产控股的企业买卖上市交易的股票不得违反有关规定等。

六、上市公司收购制度

(一) 上市公司收购的概念

上市公司收购，是指投资者通过证券交易所集中交易方式依法购买某上市公司股份，或者通过协议方式受让该公司一定比例的股份，从而获得该上市公司控制权或管理权的行为。上市公司收购本质上是一种证券买卖行为，具有证券交易的性质，是上市公司并购或公司控制权交易的一种形式。

(二) 上市公司收购的分类

1. 根据上市公司收购的不同方式，可分为要约收购、竞价收购与协议收购

要约收购，是指收购人向被收购上市公司的所有股东发出购买其所持该公司股票的书面意思表示，并按照其要约规定的收购价格、收购数量、收购期限等收购条件购买该种股票的收购方式。

竞价收购，又称公开市场上收购，是指收购人通过证券交易所以集中竞价交易方式依法连续收购上市公司股份并取得相对控股权的收购方式。通过连续集中竞价交易方式可以取得对目标公司的控制权，法律对这一收购方式的信息披露应作出严格规定。

协议收购，是指收购人通过与被收购的上市公司股东达成书面协议，并按照协议所规定的收购价格、收购数量、收购期限等收购条件购买该种股票的收购方式。协议收购本质上表现为特定当事人之间的股权转让。

2. 根据是否完全遵循收购人的自愿，可分为自愿要约收购与强制要约收购

自愿要约收购是由收购人依其自己的意愿，选定时间并按自己确定的收购计划依法进行的收购；强制要约收购是指投资人持有上市公司已发行的股份达到一定比例时，必须依法向该公司的所有股东发出收购要约购买该公司股票的收购方式。

3. 根据收购目标公司股份数量的不同，可分为部分收购和全面收购

部分收购，是指收购人收购上市公司已发行的一定比例的股份并获得该公司控制权的行为；全面收购，是指收购人收购上市公司已发行的全部股份，其结果是使收购人取得对上市公司的绝对控制权。

(三) 上市公司收购的程序

1. 竞价收购的程序

(1) 收购的开始。即收购人通过证券交易所的集中竞价交易购买目标公司股份达到5%。

(2) 按"权益公开规则"报告与公告。权益公开规则，是指投资者持有上市公

司股份达 5%时，为保护中小股东利益，法律要求这些"大股东"必须公开其持股情况。

(3) 继续购买目标公司股份，并按"台阶规则"报告与公告。台阶规则是指投资者通过证券交易所的证券交易持有一个上市公司已发行股份 5%后，每增加或者减少持有一定比例时，均需要暂停买卖该公司的股票，并依法定要求公开其持股变化的情况。

(4) 达到相对控股，向国务院证券监督管理机构和证券交易所报告持股情况及收购后的改组计划。

(5) 收购人请求召开临时股东大会、实施改组计划。

2. 要约收购的程序

(1) 置备上市公司收购要约书和收购报告书。收购报告书应载明相关事项。

(2) 报告。收购人发出收购要约，须事先向国务院证券监督管理机构报送上市公司收购报告书，同时应提交证券交易所。

(3) 公告收购要约。收购人在报送上市公司收购报告书之日起 15 日后，公告其收购要约。收购要约约定的收购期限不得少于 30 日，并不得超过 60 日。

(4) 收购。收购期限届满，被收购公司股权分布不符合上市条件的，应当由证券交易所依法终止上市交易；其余仍持有被收购公司股票的股东，有权向收购人以收购要约的同等条件出售其股票。

(5) 实施改组或合并计划。被收购的上市公司继续存在的，收购人依公司法规定行使股东权；如目标公司被合并撤销，其原有股票由收购人依法予以更换。

(6) 报告与公告。收购上市公司的行为结束后，收购人应当在 15 日内将收购情况报告国务院证券监督管理机构和证券交易所，并予以公告。

3. 协议收购的程序

(1) 协商。收购人与目标公司的主要股东就股权转让与收购进行磋商，双方拟定协议草案。

(2) 经协议双方有关机构批准。协议双方应各自取得股东大会或董事会批准。如涉及国家授权投资机构持有的股份，应按照国务院规定，取得有关主管部门批准。

(3) 正式签订收购协议。

(4) 报告与公告。以协议方式收购上市公司时，收购人须在协议达成后 3 日内将该收购协议向国务院证券监督管理机构及证券交易所作出书面报告，并予以公告。

(5) 履行收购协议。采取协议收购方式的，协议双方可以临时委托证券登记结算机构保管协议转让的股票，在履行收购协议的报告与公告义务后，由双方共同到证券登记结算机构办理过户手续。

(6) 实施改组或合并计划。

 **导入案例分析**

这是一例考察证券发行制度的案例。(1)《证券法》第三十二条规定，公司发行的证券票面总值超过 5 000 万元的应当组织承销团承销。本案中，公司决定增发新股票面总值为 6 000 万元，应当由承销团承销，而不能交由某证券公司发行。(2)改变招股说明书所列资金用途，必须经股东大会批准。擅自改变用途而未做纠正的，或者未经股东大会认可的，不得发行新股。本案中董事会的做法不符合法律规定。

第五节　保险法

 **导入案例**

2009 年 1 月，张甲与其父张某协商同意后为张某办理了期限为 3 年的人寿保险，保险合同约定：张某死亡后保险公司向受益人——其妻李某支付保险金 2 万元。2010年 4 月，张某身体不适且查实为肝癌晚期，两月后张某死亡。李某向其子张甲索要保险单时被告知，他将保险单质押给同事许某并向其借款 1 万元。李某找许某索要保险单时，许某以质押物为由拒绝返还。李某遂诉至人民法院请求许某归还保险单，法院受理后通知张甲参加诉讼，张甲提出：是他为其父张某投保并交的保险费，2 万元保险金应属张某遗产，他有权继承其中的 1 万元用于还债。

问题：(1)张甲与保险公司订立的保险合同效力如何？请说明理由。(2)李某能否要回保险单？为什么？(3)张甲的主张是否成立？为什么？

一、保险法概述

(一) 保险的概念与构成要件

对于保险的概念，应从两方面进行理解和把握：从经济学角度来看，保险是一种分散危险、分摊损失的社会经济制度；从法律角度来看，保险是一种契约，或是由契约行为而产生的一种权利义务关系。投保人根据合同约定向保险人支付保险费，保险人对于合同约定的可能发生的事故因其发生所造成的财产损失承担赔偿保险金的责任。投保人和保险人双方是基于双务有偿合同而产生的给付义务和承担给付责任的关系。

保险成立的构成条件：

(1) 保险以特定的危险为对象。只有可能发生这种特定事故的危险，才有必要建立补偿缺失的保险制度，危险的存在是构成保险的第一要件。保险上的危险判断标准是：①危险是否发生不能确定；②危险发生的时间不能确定；③危险所导致的后果不能确定；④危险的发生对于被保险人来说必须不是故意的。

(2) 必须以多数人的互助共济为基础。保险基本原理是集合危险、分散损失，保险的经营方式是通过集合多数人共同筹集资金，建立集中的保险基金来用以补偿少数人遭受的损失。

(3) 必须以对危险事故所产生的损失进行补偿为目的。无损失则无保险，保险的机能在于进行损失补偿。在财产保险中，危险事故所造成的损失可通过估价等办法确定；在人身保险中，由于保险标的是人的生命或身体，这种危险事故在人身上可能造成的损失应包括人身损失和经济损失。

(二) 保险的分类

1. 按照保险实施的方式不同，可分为自愿保险和强制保险

自愿保险是以当事人的自愿为基础办理的保险；强制保险又称法定保险，是国家法律法规强令当事人必须办理的保险，投保人有投保的义务，保险人也有承保的义务。

2. 按照保险标的不同，可分为财产保险和人身保险

财产保险是以各种财产及其有关利益为保险标的的一种保险，其标的一般是静态的、有形的财产，但也包括运动中的如车辆、船舶等财产；人身保险是以人的生命或身体健康为保险标的的保险，如人寿保险、健康保险和意外伤害保险等。

3. 按照业务承保方式的形式不同，可分为原保险、再保险、重复保险和共同保险

原保险是与再保险相对而言的，是指投保人和保险人最初订立的保险；再保险又称分保，是保险人将其承担的保险业务，以承保的方式部分或全部转移给其他保险人的保险形式，即对保险人的保险；重复保险是指投保人对同一保险标的、同一保险利益、同一保险事故，同时分别向两个以上保险人订立保险合同，其保险金额之和超过保险价值的保险；共同保险是指两个或两个以上保险人共同承保同一笔保险业务，在发生赔偿责任时，其赔款按各保险公司承担的份额比例承担，不足额部分由被保险人自负。

4. 按照保险政策的不同，可分为商业保险和社会保险

商业保险是以商业经营为前提的具有等价有偿性的保险合同关系，被保险人要获取保险保障的权利须履行缴纳保险费的义务；社会保险是对因年老、疾病、生育、伤残、死亡或失业导致其丧失劳动能力或提供基本生活扶助的一种社会福利保障制度，是国家向符合条件的社会成员提供经济帮助的制度形式。

5. 按照保障主体的不同，可分为团体保险和个人保险

团体保险是以集体名义使用一份总合同向其团体内成员所提供的保险，投保人为所在单位而不是个人；个人保险是公民个人作为投保人为自己或其他人投保的保险。

(三) 保险法的概念、内容与调整对象

1. 保险法的概念

保险法是调整保险活动中保险人与投保人、被保险人和受益人以及国家对保险企业、保险市场实施监管的法律规范的总称。我国于 1995 年 6 月 30 日第八届全国人大常委会第十四次会议通过、2002 年 10 月 28 日第九届全国人大常委会第三十次会议修正、2009 年 2 月 28 日第十一届全国人大常委会第七次会议修订实施了《中华人民共和国保险法》。

2. 保险法的内容

保险法一般由保险合同法律制度、保险业法律制度和保险监督管理制度三大部分构成：

(1) 保险合同法律制度。是调整保险合同双方当事人关系的法律制度，投保人和保险人之间权利义务关系即通过保险合同来确立，凡有关保险合同订立、变更、终止以及当事人之间的权利义务关系均属于保险合同法的调整范围。

(2) 保险业法律制度。是关于保险组织的法律规定，包括保险经营机构设立、变更、解散与清算以及保险业经营管理等方面的法律规范。同时还包括有关保险代理和保险经纪方面的法律规定。

(3) 保险监督管理法律制度。是有关国家对保险业的监管关系方面的法律制度。包括保险监管机关对保险条款、保险费率、保险公司、保险代理人、保险经纪人及其业务的经营管理等方面的监督管理。

3. 保险法的调整对象

关于保险法调整对象主要有两种观点，一是保险法调整对象为商业保险关系；二是保险法调整对象不仅限于商业保险关系，还包括社会保险关系。《保险法》第二条将保险明确界定为"商业保险行为"，并通过其他规定对商业保险和社会保险作了严格区分。因此，保险法的调整对象为商业保险关系。这种社会关系包括两个方面：①保险私法关系，即保险合同当事人之间形成的横向关系，如保险人与投保人之间关系，保险人或投保人与其代理人、经纪人之间的关系，投保人与被保险人、受益人之间的关系，保险企业之间的内部组织和外部关系等；②保险公法关系，即保险监督管理机关与保险业经营者之间的纵向监督管理关系，如保险业主管机构审批保险企业设立、监督和管理保险企业经营行为等。

(四) 保险法的基本原则

保险法基本原则，是指保险活动中双方当事人都应遵守的、贯穿于保险活动全过程并被保险法认可的根本法则或标准。根据保险法立法精神，我国保险法所确立的基本原则主要包括以下几个：

1. 最大诚信原则

诚实信用原则是指从事民商事活动的任何当事人都必须讲求信用，诚实不欺，善意地、全面地履行自己的义务。在保险活动中这一原则又称为最大诚信原则，也就是要最大程度地履行诚实守信的合同义务，此原则既适用于投保人，也适用于保险人。投保人遵守该原则体现在如实告知和履行保证上，保险人遵守该原则体现在弃权和禁止抗辩上。

2. 保险利益原则

保险利益是指投保人对保险标的所具有的法律上认可的利益，即保险事故发生时，可能遭受的损失或失去的利益。保险目的在于求得损失补偿，如法律允许投保人将与本人没有保险利益的财产或人身进行投保，一旦发生保险事故，投保人则可不受任何损失的获得保险赔偿，如投保人为达到获取保险金的目的则有可能放任或故意促使保险事故发生。因此，投保人必须对保险标的具有保险利益。

3. 损失补偿原则

损失补偿是指当保险合同生效后，当保险标的发生保险费责任范围内的损失时，被保险人有权依据合同的约定获得保险赔偿。损失补偿原则主要针对财产保险而言，具有两层含义：①投保人或被保险人只有受到约定的保险事故所造成的损失，才能得到补偿，如果保险事故发生没有造成损失，就无权要求保险人赔偿；②补偿的量必须等于损失的量，投保人不能获得多于或少于损失的补偿，而且补偿恰好能使保险标的恢复到保险事故发生前的状况。

4. 近因原则

保险人对损失负补偿责任，须是危险事故发生与损失结果之间有直接因果关系，我国保险法称为因果关系，英美法则称为近因原则。近因原则就是指在确定保险标的损失的因素时，应当以最直接的、起决定作用的因素作为判断风险事故与保险标的损失之间的依据，从而确定保险赔偿责任的一项原则。

我国一般把直接促成结果的原因称为直接原因，直接原因对结果有本质的、必然的联系，如保险事故发生为此原因所直接造成，保险公司即应负赔偿责任，否则可不予赔偿。判断直接原因要以有无中间环节为标准，只有对事故发生的结果不存在中间环节的原因才是直接原因。

二、保险合同

(一) 保险合同的概念和特征

保险合同又称保险契约,是投保人与保险人之间约定保险权利义务关系的协议。保险合同是一种特殊的合同,具有以下特征:

(1) 保险合同是射幸合同。射幸合同是与实定合同相对而言的。实定合同是在合同订立时当事人的给付义务即已确定的合同;保险合同作为射幸合同,合同订立时仅投保人承担缴纳保险费义务,而保险人是否承担赔偿或给付责任则取决于保险事故是否发生,在保险期间内如无保险事故发生,保险人则只收取保险费而不赔付保险金。

(2) 保险合同一般是附合合同。附合合同也称为定式合同、标准合同或格式合同,此合同条款是保险人单方事先拟定,投保人不能就合同条款进行充分协商和参与制订,投保人一方只有订立合同自由而无决定合同内容自由。

(3) 保险合同是双务有偿合同。保险合同当事人都负有一定的给付义务。首先,投保人应按合同约定缴纳保险费,保险人应在合同约定的保险事故发生或期限届满时赔偿或给付保险金,表现为双方义务的合同特征;其次,投保人通过交付保险费将合同约定范围内的可能发生的风险转嫁给保险人,而保险人因收取保险费而须承担危险可能发生的赔偿风险,表现为保险合同的有偿性。

(4) 保险合同是最大诚信合同。在保险合同中,保险人要根据投保人或被保险人对保险标的如实告知决定是否承保或以何种保险费率承保,如投保人故意隐瞒或欺诈投保则很可能导致保险人判断失误,由此则须要求投保人具有超过订立一般同关系的最大诚意。

(二) 保险合同的分类

1. 按照保险标的的不同性质为标准,可分为财产保险合同与人身保险合同

财产保险合同是以财产及其有关利益为保险标的的保险合同,如家庭财产损失保险合同、货物运输保险合同;人身保险合同是以人的寿命或身体为保险标的的保险合同,如寿险合同、意外伤害保险合同。

2. 按照保险标的的保险价值确定与否为标准,可分为定额保险合同和不定额保险合同

定额保险合同又称为定价保险合同,是当保险合同约定的事故发生时,保险人按照合同约定的保险金额承担给付责任的保险合同;不定额保险合同是保险人承担的保险责任就是补偿被保险人的实际损失,这种补偿不能超过保险金额的保险合同。

3. 按照设立保险合同的不同目的为标准，可分为补偿性保险合同与给付性保险合同

补偿性保险合同是在保险合同发生后，由保险人评估保险人的实际损失并进行赔偿的保险合同，大多数财产保险合同都属于补偿性保险合同；给付性保险合同是双方在保险合同中明确约定保险金额，保险事故发生后，由保险人按照事先约定承担保险金责任的保险合同。

4. 按照是否以同一保险标的、保险利益、保险事故，与数个保险人分别订立几个保险合同为标准，可分为单一保险合同和重复保险合同

单一保险合同是投保人就同一保险标的、同一保险利益、同一保险事故与同一个保险人订立的保险合同，一般保险合同都是单一合同；重复保险合同是指投保人就同一保险利益、同一保险利益、同一保险事故与数个保险人订立数个保险合同。

5. 按照保险人所负保险责任的次序为标准，可分为原保险合同和再保险合同

原保险合同也称直接保险合同，是指保险人对被保险人承担直接责任的原始保险合同；再保险合同也称分保合同，是指保险人(再保险分出人)分出一定的保费转移给另一个或几个保险人(再保险接受人)，再保险接受人对由原保险合同所引起的赔付及其他相关费用进行补偿的保险合同。

(三) 保险合同的主体和客体

保险合同的主体分为保险合同当事人、保险合同关系人和保险合同辅助人三类。

1. 保险合同当事人，包括保险人和投保人

保险人也称承保人，是与投保人订立保险合同并收取保险费，在保险事故发生时对被保险人承担赔偿损失责任的保险公司；投保人又称要保人，是与保险人订立保险合同并负有交付保险费义务的人。

2. 保险合同的关系人，包括被保险人和受益人

被保险人是指其财产或者人身受保险合同保护，并在财产或者人身受到损害时享有保险金请求权的人，是保险事故发生时遭受损失的人，也是享有赔偿请求权的人；受益人是指在人身保险合同中由被保险人或投保人指定的享有赔偿请求权的人，受益人可以是投保人、被保险人或除此之外的第三人。

3. 保险合同辅助人，包括保险代理人、保险经纪人和保险公估人

保险代理人是指依保险代理合同或授权书向保险人收取报酬，并在规定范围内以保险人名义代理经营保险业务的人。保险代理人既可以是单位也可以是个人，但须经国家主管机关核准具有代理人资格；保险经纪人是基于投保人利益为投保人和保险人订立合同提供中介服务并收取劳务报酬的人；保险公估人是指依照法律规定设立，受保险公司、投保人或被保险人委托办理保险标的的查勘、鉴定、估损以及赔款理算并向委托人收取酬金的公司。

保险合同的客体，是指保险合同当事人双方权利和义务所指向的对象，是财产及其相关利益或者人的生命或身体，即体现保险利益的保险标的。

(四) 保险合同的形式

保险合同是要式合同，通常由投保单、保险单(或暂保单、保险凭证)和其他有关证明文件共同组成，其中以投保单、暂保单、保险单、保险凭证最为重要。

1. 投保单

投保单又称要保书，是投保人向保险人递交的书面要约，投保单经保险人承诺即成为保险合同组成之一。投保单经投保人如实填写并交保险人，即成为投保人向保险人发出的要约，在保险人签字盖章后，其内容就成为保险合同。

2. 暂保单

暂保单是保险人在签发正式保险单之前的一种临时保险凭证。暂保单一般载明被保险人姓名、保险标的、保险责任范围、保险金额、保险费率、保险责任起讫时间等保险合同的主要内容。在交付正式保险单之前，暂保单与保险单具有同等法律效力。如保险单签发之前发生保险事故，暂保单所未载明事项应以事前当事人商定的某一保险单内容为准。

3. 保险单

保险单简称保单，是保险合同成立后由保险人向投保人签发的正式保险合同书面凭证，保险单是保险合同的法定形式。保险单并不等同于保险合同，仅为合同当事人经口头或书面协商一致而订立的保险合同正式凭证而已。保险单签发之前发生保险事故，保险人应承担保险给付义务。

4. 保险凭证

保险凭证是保险合同的一种证明，保险凭证与保险单具有同等法律效力。凡保险凭证中未列明的事项，则以同种类正式保险单所载内容为准。如正式保险单与保险凭证的内容有抵触或保险凭证另有特订条款时，则以保险凭证为准。

三、人身保险合同

(一) 人身保险合同的概念和特点

人身保险合同，是指以人的寿命或身体为保险标的的保险合同。依照人身保险合同，投保人向保险人支付保险费，保险人对被保险人在保险期间内因保险事故遭受人身伤亡或者在保险期届满时符合约定的给付保险金条件时，应当向被保险人或者受益人给付保险金。人身保险合同可分为人寿保险合同、伤害保险合同和健康保险合同。人身保险合同具有如下特点：

1. 保险标的的人格化

人身保险合同的保险标的是被保险人的寿命或者身体。该保险利益属于被保险人的人格利益或人身利益。

2. 保险金支付非定额化

人身保险标的不存在确定保险金额的实际价值标准，各类人身保险保险金额只能由投保人和保险人协商确定，在发生约定的保险事故时，保险人向被保险人或者受益人依照保险条款给付保险金。

3. 保险费不得强制请求

对于投保人而言，在应当支付保险费时可选择缴纳保险费以维持合同，也可以选择不缴纳保险费而终止合同。投保人不按照人身保险合同约定支付保险费时，保险人不得强制请求投保人支付保险费。

4. 人身保险不适用代位求偿权

被保险人因第三者的行为而发生死亡、伤残或者疾病等保险事故的，保险人向被保险人或者受益人给付保险金后，不享有向第三者追偿的权利，但被保险人或者受益人仍有权向第三者请求赔偿。

(二) 人身保险合同中保险利益范围

在人身保险中，每个人对自己生命健康拥有保险利益，基于亲属关系而产生的经济和精神损失都属于对他人人身的保险利益。《保险法》第三十一条规定，在人身保险合同中，投保人对下列人员有保险利益：①本人；②配偶、子女、父母；③有抚养、赡养或扶养关系的家庭其他成员、近亲属；④与投保人有劳动关系的劳动者。除上述范围外，被保险人同意投保人为其订立合同的，视为投保人对被保险人具有保险利益。

(三) 人身保险合同的特殊规则

1. 年龄误告规则

人身保险合同中，投保人如果申报的被保险人年龄不真实，将会产生相应的法律后果。①解除合同。《保险法》第三十二条规定，投保人申报的被保险人年龄不真实，并且其真实年龄不符合合同约定的年龄限制的，保险人可以解除合同，并按照合同约定退还保险单的现金价值。保险人行使合同解除权，适用保险法相关规定，即自保险人知道有解除事由之日起，超过30日不行使而消灭。自合同成立之日起超过 2 年的，保险人不得解除合同。②保险费的更正、补交或保险金的减少。投保人申报的被保险人年龄不真实，致使投保人支付的保险费少于应付保险费的，保险人有权更正并要求投保人补交保险费，或者在给付保险金时按照实付保险费与应付保险费的比例支付。③保险费的退还。投保人申报的被保险人年龄不真实，致使投保人支付的保险费多于应付保险费的，保险人应当将多收的保险费退还投保人。

2. 保险费及其缴纳

人身保险合同中的保险费可以在合同成立后向保险人一次支付，也可以按照合同约定分期支付。合同约定分期支付保险费的，投保人应当于合同成立时支付首期保险费，并按期支付其余各期的保险费。

3. 保险合同的中止与复效

(1) 人身保险合同的中止。人身保险合同约定分期支付保险费的，投保人支付首期保险费后，除合同另有约定外，投保人自保险人催告之日起超过 30 日未支付当期保险费，或者超过规定的期限 60 日未支付当期保险费的，合同效力中止，或者由保险人按照合同约定的条件减少保险金额。

(2) 人身保险合同的复效。人身保险合同因前述原因而致效力中止的，经保险人与投保人协商并达成协议，在投保人补交保险费后，合同效力恢复。保险合同中止效力后 2 年内投保人可以申请复效，除非保险合同另有约定，保险人不得解除合同。但自合同效力中止之日起满 2 年双方未达成协议的，保险人有权解除合同。

4. 保险金给付

保险人在保险合同约定的保险事故发生时，或者其他给付保险金的条件具备时，保险人应当向被保险人或者受益人给付保险金。保险合同约定或者投保人或被保险人指定有受益人的，在发生保险事故时，保险人应当依照约定向受益人支付保险金。

5. 人身保险合同的除外责任

人身保险合同除外责任范围包括：①投保人故意造成被保险人死亡、伤残或者疾病的，保险人不承担给付保险金的责任。投保人已交足 2 年以上保险费的，保险人应当按照合同约定向其他权利人退还保险单的现金价值。②受益人故意造成被保险人死亡、伤残、疾病的，或者故意杀害被保险人未遂的，该受益人丧失受益权。③被保险人自杀。以被保险人死亡为给付保险金条件的合同，自合同成立或者合同效力恢复之日起 2 年内，被保险人自杀的，保险人不承担给付保险金的责任，但被保险人自杀时为无民事行为能力人的除外。④因被保险人故意犯罪或者抗拒依法采取的刑事强制措施导致其伤残或者死亡的，保险人不承担给付保险金的责任。投保人已交足 2 年以上保险费的，保险人应当按照合同约定退还保险单的现金价值。

6. 保险金的继承

被保险人死亡后，有下列情形之一的，保险金作为被保险人的遗产，由保险人依照《中华人民共和国继承法》的规定履行给付保险金的义务：①没有指定受益人，或者受益人指定不明无法确定的；②受益人先于被保险人死亡，没有其他受益人的；③受益人依法丧失受益权或者放弃受益权，没有其他受益人的。受益人与被保险人在同一事件中死亡，且不能确定死亡先后顺序的，推定受益人死亡在先。

(四) 人寿保险合同

人寿保险合同是投保人和保险人约定，被保险人在合同规定的年限内死亡，或者在合同规定的年限届满时仍然生存，由保险人按照约定向被保防人或者受益人给付保险金的合同。按照人寿保险承保的保险事故为标准，可分为死亡保险、生存保险、生死两全保险。

1. 死亡保险

是指以被保险人在保险期限内的死亡为保险事故的保险。死亡保险依期限可分为终身保险和定期保险。终身保险是指以被保险人的终身为保险期限，不论被保险人何时死亡保险人均给付保险金的保险；定期保险是指投保人和保险人约定一定期限为保险期间，被保险人在保险期限内死亡时保险人给付保险金的保险。

2. 生存保险

是指以被保险人在保险期限内的生存为保险事故的保险。在保险人生存到保险期限届满时，保险人按照合同约定给付保险金。

3. 生死两全保险

是指以被保险人在保险期限内的死亡、伤残或者被保险人生存到保险期满为保险事故的保险。该保险或者以生存保险为基础而对保险金给付附以死亡条件，或者以死亡保险为基础而对保险金给付附以生存条件。

4. 简易人身保险

依照简易人身保险合同，被保险人生存至保险期满或者被保险人在保险期限内因保险事故死亡或者伤残，保险人向被保险人或者受益人给付约定的保险金。

5. 年金保险

是指在被保险人生存期间每年给付一定金额的生存保险，但年金保险并不以生存保险为限，可以加保死亡保险。

(五) 健康保险合同

健康保险又称为疾病保险，是指双方当事人约定，投保人向保险人交纳保险费，当被保险人由于疾病、分娩以及由于疾病、分娩致残或者失去劳动能力时，由保险人给付保险金的保险。健康保险包括医疗费给付保险、工资收入保险以及残疾或死亡保险等。

(六) 伤害保险合同

伤害保险合同又称意外事故保险合同，是指投保人和保险人约定，在被保险人遭受意外伤害或者因意外伤害而致残、死亡时，由保险人依照约定向被保险人或者受益人支付保险金的保险。伤害保险包括普通伤害保险、团体伤害保险、学生平安保险、旅游伤害保险、职业伤害保险等。

四、财产保险合同

(一) 财产保险合同的概念和特征

财产保险合同是以财产及其有关利益为保险标的的保险合同，是投保人与保险人约定财产保险权利义务的协议。投保人向保险人交纳保险费，在保险事故发生造成所保财产或利益损失时，保险人在保险责任范围内承担赔偿责任，或在约定期限届满时由保险人承担给付保险金的责任。财产保险合同具有以下特征：

1. 财产保险合同的保险人是特定的

根据机构改革需要，中国人民保险公司已分为若干家专业保险公司，在财产保险合同关系中，有权作为保险人开展财产保险业务的，只能是中保财产保险有限责任公司及其分支机构。

2. 财产保险合同是一种特殊的双务有偿合同

财产保险合同中，投保人负有按期向保险人交足保险费的义务，保险人负有在保险事故发生并造成所保财产或利益损失时向被保险人支付一定赔偿金的义务。但保险人只有在约定的保险事故发生并给所保财产或利益造成损失时才需履行赔偿义务。因此，财产保险合同是特殊的双务有偿合同。

3. 财产保险合同是附合合同

财产保险合同的条款及格式都是由保险人事先拟定的，投保人只有接受或不接受的自由，而不能修改、变更合同条款。

4. 财产保险合同是附条件的合同

财产保险合同生效后，只有在发生自然灾害或意外事故并导致财产损失时，保险人才负赔偿责任。即财产保险公司是以将来事故的发生为补偿条件的，所发生的事故必须是财产保险合同中约定事故范围以内的事故，且必须造成保险财产损失，否则，保险人不承担责任。

5. 财产保险合同是一种机会性合同

财产保险合同中，投保人获得保险金的前提是保险事故的发生，而保险事故是否发生、何时发生并非能事先确定，在合同有效期间内如发生保险标的损失，则投保人可获得的赔偿金额远超出其所支出的保险费。

(二) 财产保险合同的分类

1. 财产损失保险合同

是指以补偿财产的损失为目的的保险合同，其标的是除农作物、牲畜以外的一切动产和不动产，如房屋、船舶、车辆、货物等。根据投保标的不同，财产损失保险合同又可分为以下几种：①企业财产保险合同；②家庭财产保险合同；③运输工具保险合同；④运输货物保险合同。

2. 责任保险合同

是指投保人依法应对第三人负赔偿责任，当第三人向投保人提出赔偿请求时，投保人的赔偿责任转移给保险人，由保险人负赔偿责任的保险合同。即责任保险合同是以投保人对第三者所负的赔偿责任为保险标的的保险合同。责任保险合同的种类大体包括：①公众责任保险合同；②产品责任保险合同；③雇主责任保险合同；④职业责任保险合同。

3. 保证保险合同

是指由保险人为被保证人向权利人提供担保，如果被保证人作为或不作为致使权利人遭受经济损失，由保险人负责赔偿的保险合同。

4. 信用保险合同

是指保险人对投保人的信用放款或借贷赊欠而设立的一种保险合同。当债务人不能或不愿清偿而致债权人受损失时，由保险人负赔偿责任。信用保险投保人只能是权利人。信用保险合同主要包括出口信用保险合同、国外投资信用保险合同、国内商业信用保险合同。

(三) 财产保险合同当事人主要义务

1. 保险人的给付义务

给付保险赔偿金，是保险人在保险合同约定的保险事故发生时，依照保险法规定和财产保险合同的约定承担的基本义务。保险人履行给付义务，应当具备以下条件：①保险人和投保人之间已经成立有效的财产保险合同；②在发生保险事故时，财产保险合同的标的的确定或者可以确定；③保险危险的种类和范围已经确定；④在保险合同有效期内，保险事故已经发生。

2. 投保人交纳保险费的义务

投保人应当依照保险合同约定的时间、地点、数额和形式向保险人交纳保险费。《保险法》第十四条规定，保险合同成立后，投保人按照约定交付保险费，保险人按照约定的时间开始承担保险责任。在保险合同期限内，因保险标的的危险增加，保险人要求增加保险费的，投保人应当交纳增加的保险费。《保险法》第五十二条规定，在合同有效期内，保险标的的危险程度显著增加的，被保险人应当按照合同约定及时通知保险人，保险人可以按照合同约定增加保险费或者解除合同。

3. 危险程度增加的通知义务

在财产保险合同有效期内，保险标的危险程度增加的，被保险人按照合同约定应当及时通知保险人。《保险法》第四十九条规定，保险标的转让的，被保险人或者受让人应当及时通知保险人。因保险标的转让导致危险程度显著增加的，保险人自收到通知之日起30日内，可以按照合同约定增加保险费或者解除合同；《保险法》第五十二条规定，在合同有效期内，保险标的的危险程度显著增加的，被保险人应当按照合同约定及时通知保险人，保险人可以按照合同约定增加保险费或者解除合同。

4. 维护保险标的安全的义务

投保人或者被保险人或者其代表或代理人，应当以谨慎合理的注意，防止保险标的发生意外事故。投保人或者被保险人发现保险标的有危险情况，不采取措施消除，由此发生事故造成的损失自己负担，保险人不承担保险责任。

5. 不放弃对第三者主张赔偿请求权的义务

因第三者对保险标的的损害而造成保险事故的，保险人自向被保险人赔偿保险金之日起，在赔偿金额范围内代位行使被保险人对第三者请求赔偿的权利。保险事故发生后，保险人未赔偿保险金之前，被保险人放弃对第三者请求赔偿的权利的，保险人不承担赔偿保险金的责任。保险人向被保险人赔偿保险金后，被保险人未经保险人同意放弃对第三者请求赔偿的权利的，该行为无效。

五、保险公司与经营规则

(一) 保险公司的概念

保险公司，是指依法设立的专门从事保险业务的公司。对此概念可从三方面来理解：

(1) 保险公司是依法设立的。依法设立是指保险公司是按照《保险法》、《公司法》等有关规定设立的，只有依法设立的保险公司才能从事保险业经营活动，其经营活动才受法律保护。

(2) 保险公司是专门从事保险业务的公司。保险公司是惟一能够经营商业保险业务的一种特殊的公司，对保险公司的业务范围，《保险法》第九十五条有明确规定。

(3) 保险公司是按照公司业务范围的标准来划分的一种公司。公司形式多样，根据不同的标准可划分为不同的，而保险公司是一种业务范围特定的公司。

(二) 保险公司的组织形式与设立

我国 2009 年 2 月 28 日修订、2009 年 10 月 1 日起正式施行的《保险法》对保险公司组织形式的规定有所变化，保险公司的组织形式直接适用《公司法》规定，既可采取股份有限公司形式、也可采取有限责任公司形式。

我国保险公司的设立采取许可主义，设立保险公司应当经国务院保险监督管理机构批准。同时应当具备下列条件：①主要股东具有持续盈利能力，信誉良好，最近三年内无重大违法违规记录，净资产不低于人民币 2 亿元；②有符合本法和《中华人民共和国公司法》规定的章程；③有符合本法规定的注册资本；④有具备任职专业知识和业务工作经验的董事、监事和高级管理人员；⑤有健全的组织机构和管理制度；⑥有符合要求的营业场所和与经营业务有关的其他设施；⑦法律、行政法规和国务院保险监督管理机构规定的其他条件。

(三) 保险公司的变更、终止与清算

保险公司的变更，是指保险公司的名称、组织机构、业务范围等方面的变化。《保险法》第八十四条规定，保险公司有下列情形之一的，应当经保险监督管理机构批准：①变更名称；②变更注册资本；③变更公司或者分支机构的营业场所；④撤销分支机构；⑤公司分立或者合并；⑥修改公司章程；⑦变更出资额占有限责任公司资本总额百分之五以上的股东，或者变更持有股份有限公司股份百分之五以上的股东；⑧国务院保险监督管理机构规定的其他情形。

保险公司的终止，是指保险公司的消灭。《保险法》第九十三条规定，保险公司依法终止其业务活动，应当注销其经营保险业务许可证。根据保险法有关规定，保险公司终止的原因主要有以下几种：

(1) 解散。《保险法》第八十九条规定，保险公司因分立、合并需要解散，或者股东会、股东大会决议解散，或者公司章程规定的解散事由出现，经国务院保险监督管理机构批准后解散。

(2) 破产。根据《保险法》第九十条规定，保险公司不能清偿到期债务，并且资产不足以清偿全部债务或者明显缺乏清偿能力的，或者有明显丧失清偿能力可能的，可经国务院保险监督管理机构同意，保险公司或者其债权人可以依法向人民法院申请重整、和解或者破产清算；国务院保险监督管理机构也可以依法向人民法院申请对该保险公司进行重整或者破产清算。

(3) 撤销。《保险法》第一百五十条规定，保险公司因违法经营被依法吊销经营保险业务许可证的，或者偿付能力低于国务院保险监督管理机构规定标准，不予撤销将严重危害保险市场秩序、损害公共利益的，由国务院保险监督管理机构予以撤销并公告，依法及时组织清算组进行清算。

保险公司的清算，是指保险公司终止以后，依法清理其债权债务的非诉讼程序。保险公司解散，应当依法成立清算组进行清算。破产财产在优先清偿破产费用和共益债务后，按照下列顺序清偿：①所欠职工工资和医疗、伤残补助、抚恤费用，所欠应当划入职工个人账户的基本养老保险、基本医疗保险费用，以及法律、行政法规规定应当支付给职工的补偿金；②赔偿或者给付保险金；③保险公司欠缴的除上述规定以外的社会保险费用和所欠税款；④普通破产债权。破产财产不足以清偿同一顺序的清偿要求的，按照比例分配。破产保险公司的董事、监事和高级管理人员的工资，按照该公司职工的平均工资计算。

(四) 保险业经营规则

1. 保险公司业务范围和经营原则

《保险法》第九十五条规定，保险公司的业务范围主要有：①人身保险业务，包括人寿保险、健康保险、意外伤害保险等保险业务；②财产保险业务，包括财产损失保险、责任保险、信用保险、保证保险等保险业务；③国务院保险监督管理机构批准的与保险有关的其他业务。

保险经营原则主要包括以下几个：①分业经营原则。《保险法》第八条规定，保险业和银行业、证券业、信托业实行分业经营、分业管理，保险公司与银行、证券、信托业务机构分别设立。国家另有规定的除外。②禁止兼营原则。《保险法》第九十五条规定，保险人不得兼营人身保险业务和财产保险业务。但是，经营财产保险业务的保险公司经国务院保险监督管理机构批准，可以经营短期健康保险业务和意外伤害保险业务。保险公司应当在国务院保险监督管理机构依法批准的业务范围内从事保险经营活动。③保险专营原则。《保险法》第六条规定，保险业务由依照本法设立的保险公司以及法律、行政法规规定的其他保险组织经营，其他单位和个人不得经营保险业务。

2. 保险公司偿付能力的维持

保险公司的偿付能力，是指保险公司对承担的保险责任所具有的赔偿或者给付能力。根据《保险法》规定，保险公司应按规定提取保证金、责任准备金、公积金、保险保障基金。

(1) 保证金。保证金是法律规定由保险公司成立时向国家交纳的保证金额。《保险法》第九十七条规定，保险公司应当按照其注册资本总额的20%提取保证金，存入国务院保险监督管理机构指定的银行，除公司清算时用于清偿债务外，不得动用。

(2) 责任准备金。保险责任准备金是指保险公司为了承担未到期责任和处理未决赔款而从保险费收入中提存的准备基金，包括未到期责任准备金和未决赔款准备金。《保险法》第九十八条规定，保险公司应当根据保障被保险人利益、保证偿付能力的原则，提取各项责任准备金。保险公司提取和结转责任准备金的具体办法，由国务院保险监督管理机构制定。

(3) 公积金。保险公积金是保险公司的储备基金，是保险公司为增强自身资产实力、扩大经营规模以及预防亏损而从公司每年税后利润中提取的积累资金。《保险法》第九十九条规定，保险公司应当依法提取公积金。

(4) 保险保障基金。保险保障基金是保险公司为有足够的能力应付可能发生的巨额赔款，从年终结余中所专门提存的后备基金。《保险法》第一百条规定，保险公司应当缴纳保险保障基金。保险保障基金应当集中管理，并在下列情形下统筹使用：①在保险公司被撤销或者被宣告破产时，向投保人、被保险人或者受益人提供救济；②在保险公司被撤销或者被宣告破产时，向依法接受其人寿保险合同的保险公司提供救济；③国务院规定的其他情形。

3. 保险公司的资金营运限制

保险公司的资金运用必须稳健，遵循安全性原则。保险公司的资金运用限于下列形式：①银行存款；②买卖债券、股票、证券投资基金份额等有价证券；③投资不动产；④国务院规定的其他资金运用形式。保险公司资金运用的具体管理办法，由国务院保险监督管理机构依照前两款的规定制定。

4. 保险业务活动禁止行为

《保险法》第一百一十六条规定，保险公司及其工作人员在保险业务活动中不得有下列行为：

(1) 欺骗投保人、被保险人或者受益人。

(2) 对投保人隐瞒与保险合同有关的重要情况。

(3) 阻碍投保人履行本法规定的如实告知义务，或者诱导其不履行本法规定的如实告知义务。

(4) 给予或者承诺给予投保人、被保险人、受益人保险合同约定以外的保险费回扣或者其他利益。

(5) 拒不依法履行保险合同约定的赔偿或者给付保险金义务。

(6) 故意编造未曾发生的保险事故、虚构保险合同或者故意夸大已经发生的保险事故的损失程度进行虚假理赔，骗取保险金或者牟取其他不正当利益。

(7) 挪用、截留、侵占保险费。

(8) 委托未取得合法资格的机构或者个人从事保险销售活动。

(9) 利用开展保险业务为其他机构或者个人牟取不正当利益。

(10) 利用保险代理人、保险经纪人或者保险评估机构，从事以虚构保险中介业务或者编造退保等方式套取费用等违法活动。

(11) 以捏造、散布虚假事实等方式损害竞争对手的商业信誉，或者以其他不正当竞争行为扰乱保险市场秩序。

(12) 泄露在业务活动中知悉的投保人、被保险人的商业秘密。

(13) 违反法律、行政法规和国务院保险监督管理机构规定的其他行为。

六、保险业监督管理

(一) 保险业的监督管理机构

保险业的监督管理目标是确保保险公司的偿付能力、维护保险当事人的利益、维持保险市场的公平竞争。保险业的监督管理机关是国务院保险监督管理委员会，行使具体监督管理职责，对违反保险法或者其他法律、行政法规的行为可采取责令改正、罚款、限制营业范围、责令停业整顿、没收非法所得、吊销营业执照等行政强制措施。

(二) 保险业监督管理的内容

1. 一般监督管理

包括检查保险公司的业务状况、财务状况以及资金运用状况，查询保险公司在金融机构的存款等。

2. 保险条款和保险费率的审批和备案

关系社会公众利益的保险险种、依法实行强制保险的险种和新开发的人寿保险险种等的保险条款和保险费率，应当报国务院保险监督管理机构批准。国务院保险监督管理机构审批时，应当遵循保护社会公众利益和防止不正当竞争的原则。其他保险险种的保险条款和保险费率，应当报保险监督管理机构备案。

3. 保险公司偿付能力的监督管理

国务院保险监督管理机构应当建立健全保险公司偿付能力监管体系，对保险公司的偿付能力实施监控。对偿付能力不足的保险公司，国务院保险监督管理机构应当将其列为重点监管对象。

4. 保险公司的整顿

保险公司未依法提取或者结转各项责任准备金，或者未依法办理再保险，或者严重违反保险法关于资金运用的规定的，由保险监督管理机构责令限期改正，并可以责令调整负责人及有关管理人员。保险监督管理机构依法作出限期改正的决定后，保险公司逾期未改正的，国务院保险监督管理机构可以决定选派保险专业人员和指定该保险公司的有关人员组成整顿组，对公司进行整顿。

5. 保险公司的接管

保险公司的偿付能力严重不足的、或者损害社会公共利益，可能严重危及或者已经严重危及公司的偿付能力的，国务院保险监督管理机构可以对其实行接管。被接管的保险公司的债权债务关系不因接管而发生变化。接管期限届满，国务院保险监督管理机构可以决定延长接管期限，但接管期限最长不得超过 2 年。接管期限届满，被接管的保险公司已恢复正常经营能力的，由国务院保险监督管理机构决定终止接管，并予以公告。

导入案例分析

这是一起考察人身保险合同效力及保险金给付问题的案例。(1)张甲与保险公司订立的人身保险合同有效。首先，张甲与张某系父子关系，具有可保利益，张甲可以作为投保人为张某投保人寿保险；其次，以死亡为给付条件的人身保险合同已经作为被保险人的张某书面同意。以上两要件均符合保险法以及其他有关法律的规定，因此，保险合同有效。(2)李某可以要回保险单。作为该保险合同指定的受益人，在被保险人身故前拥有的是一种期待权，在被保险人身故后符合保险合同给付条件时，其已转化为可以实现的权利和利益，李某按保险法和保险合同规定可以享受保险金，其权利不受他人干涉和剥夺。(3)张某的主张不成立。李某作为张某指定的保险受益人，在张某身故后已经符合保险合同的给付条件，应当享有此保险金，指定了受益人的保险金不是遗产，因此，张甲无权要求继承。

实践思考题

(1) 论述我国中央银行货币政策工具。

(2) 简述商业银行经营业务的法律规制。

(3) 简述信托设立、终止的条件。

(4) 简述我国证券上市的条件和程序。

(5) 论述我国证券交易的禁止行为。

(6) 论述信息披露制度的基本内容和规则。

(7) 论述保险法的基本原则。

(8) 简述保险合同的形式。

(9) 论述人身保险合同的特殊规则。

案例实务训练

(1) 公司职员甲想买股票，便与股民乙协商达成协议，由乙向甲转让某股票500股；某日，甲从其在证券交易所工作的朋友丙处得知，A 公司刚完成企业并购交易，股价即将攀升，甲遂购买了 A 公司股票 1 000 股，价值 10 万元。

问题：在本案的股票交易中，有哪些行为不符合法律规定？应当如何处理？

(2) 甲与朋友创设的 A 公司多年经营有所获益，遂拿出 10 万元人民币以 B 信托投资公司为受托人，为其正在上小学的儿子乙设立大学教育经费信托。其子读高一时，因经营管理不善，A 公司宣告破产。此时，B 投资信托公司也因年检不合格被中国人民银行依法撤销。之后，C 信托投资公司受甲之托继续管理其教育经费信托事务。两年后，甲的儿子在一起意外交通事故中死亡。

问题：①A 公司的破产和 B 公司的被撤销是否会影响原信托关系的存在？②甲的儿子死亡后，其信托的效力如何？③甲的儿子死亡后，信托财产的归属如何确定？

(3) 2007 年 3 月 18 日，A 家具厂向新华保险公司投保企业财产险，双方约定保险期限自 2007 年 3 月 19 日至 2008 年 3 月 18 日止。A 家具厂遂填写了投保单，投保单上注明其投保的企业财产为固定资产保险金额人民币 600 万元，包括厂房、机器设备等；流动资产保险金额人民币 200 万元，包括原材料、低值易耗品。次日，保险公司经审查同意承保，其经办人杨某在该投保单上签字盖章，A 家具厂交纳保险费后，保险公司即开具了保险单。由于工作疏忽，保险单投保财产项目中，流动资产一栏未载明原材料和低值易耗品两项，A 家具厂也未提出异议。2007 年 12 月 15 日，A 家具厂发生火灾，后经审计确认：固定资产损失 60 万元、原材料损失 40 万元、家具成品损失 25 万元。事发后，A 家具厂向保险公司提出索赔，要求其支付 125 万元的全部财产损失。保险公司通过对火灾现场技术勘查论定：失火原因不明，造成损失确实。但保险公司以原材料、成品不属于保险范围为由，仅同意支付固定资产保险金 60 万元。A 家具厂遂诉至法院要求保险公司赔偿其全部损失。

问题：①本案中，如何判断保险合同的的形式及其效力？请具体分析。②本案应如何处理？保险公司应如何赔偿？

第十一章

会 计 法

教学目的及要求： 通过学习，使学生了解会计法律法规，掌握会计法律制度构成、会计核算、会计监督、会计机构等制度规范，为从事会计管理和实务工作奠定法律基础。

教学组织与设计： 以课堂讲授、新旧会计准则对比、案例讨论和会计热点分析并重，采取引导式、对比式、列举式教学。同时可通过课后练习、自学与研讨相结合方式，提高学生对现行会计法律制度的实践性理解和应用性掌握。

学习重点和难点： 会计法适用范围，会计法律体系，违反《会计法》法律责任。

导入案例

2010 年 6 月，某市财税部门对一家具公司进行例行检查时，发现该家具公司 5 月份发生以下事项：(1)公司因会计王某休产假一时无合适人选，决定由出纳李某兼任王某的收入、费用账目的登记工作；(2)处理剩余余料取得收入(含增值税)200 万元，公司授意出纳李某在公司会计账册之外另行登记保管该笔收入。

问题：(1)公司让出纳李某兼任收入、费用账目登记工作是否符合《会计法》规定？简要说明理由。(2)公司在会计账册之外另行登记收入的做法是否符合《会计法》规定？如不符合，根据法律规定，公司应承担什么法律责任？

第一节 会计法概述

一、会计和会计法概念

会计是以货币为主要计量单位，按照规定程序，对国家机关、企事业单位和非营利组织等社会经济组织的经济活动和财务开支，连续地、全面地、系统地、准确地进行核算和监督的一种经济管理工作。

会计法是调整和规范会计关系的法律规范的总称，通常简称会计法规。会计关系是会计机构、会计人员在办理会计事务过程中以及国家在管理会计工作过程中发生的经济关系。

二、会计法律制度的构成

我国会计法律制度包括会计法律、会计行政法规、会计规章、会计规范性文件和地方性会计法规。其基本构成如下所述：

(一) 会计法律

是由全国人大常委会制定的会计法律制度，我国现行的《中华人民共和国会计法》于 1985 年 1 月 21 日第六届全国人大常委会第九次会议通过，1993 年 12 月 29 日第八届全国人大常委会第五次会议修正，1999 年 10 月 31 日第九届全国人大常委会第十二次会议修订。

(二) 会计行政法规

是依据《会计法》规定，由国务院制定发布，或者由国务院有关部门拟定并经国务院批准发布的调整相应会计关系的法律法规。如《总会计师条例》、《企业财务会计报告条例》等。

(三) 会计规章

是根据我国立法规定的程序，由财政部制定发布的关于会计核算、会计监督、会计机构和会计人员以及会计工作管理的会计法律制度。如《财政部门实施会计监督办法》、《财政部国库制度改革试点会计核算办法》、《会计从业资格管理办法》、《企业会计准则——基本准则》等。

(四) 会计规范性文件

是由主管全国会计工作的国务院财政部门，对会计工作某些方面所制定的规范性制度。如《企业会计准则第 1 号——存货》等 38 项具体准则、《会计基础工作规范》、《民间非营利组织会计制度》等。

(五) 地方性会计法规

在与会计法律法规不相抵触前提下，由省(自治区、直辖市)级和经授权的经济特区人大常委会制定的地方性会计法律制度。

三、会计法的适用范围

会计法适用范围由其调整对象和社会功能所决定，其调整对象是会计机构、会计人员及其领导与会计主管机关及有关机关之间的监督管理关系，适用范围具体包括：

(一) 办理会计事务的单位

包括国家机关、社会团体、公司、企业、事业单位和其他组织。这里的其他组织，是指除上述单位以外的依法应当设置会计账簿和进行会计核算的社会组织，如农村村民委员会、常驻我国的外国机构等。

(二) 办理会计事务的个人

包括办理会计事务、进行会计核算、实行会计监督的会计机构、会计人员。

(三) 会计监督主管部门及有关机关

包括各级财政部门以及审计、税务、人民银行、证券监管、保险监管等部门。

第二节　会计核算

一、会计核算概念和内容

(一) 会计核算的概念

会计核算是会计工作的基本职能之一，是指以货币为计量单位，运用专门会计方法，对生产经营活动的财务收支实施连续、系统、全面的记录、计算和分析的全部会计活动。

(二) 会计核算内容

会计核算的内容是指应当进行会计核算的经济业务事项。根据《会计法》第十条规定，下列经济业务事项，应当办理会计手续，进行会计核算：①款项和有价证券的收付；②财物的收发、增减和使用；③债权债务的发生和结算；④资本、基金的增减；⑤收入、支出、费用、成本的计算；⑥财务成果的计算和处理；⑦需要办理会计手续、进行会计核算的其他事项。

二、会计年度和记账本位币

会计年度是反映单位财务状况、核算经营成果的时间界限，是指以年度为单位进行会计核算的时间区间。根据《会计法》第十一条规定，会计年度自公历 1 月 1 日起至 12 月 31 日止。每一个会计年度还可以按照公历日期具体划分为半年度、季度和月度。

记账本位币，也就是单位进行会计业务核算时所使用的货币。根据《会计法》第十二条规定，会计核算以人民币为记账本位币。业务收支以人民币以外的货币为主的单位，可以选定其中一种货币作为记账本位币，但是编报的财务会计报告应当折算为人民币。

三、会计凭证和会计账簿

会计凭证是会计核算的重要会计资料，是用以记录经济业务事项发生和完成情况并作为记账的书面证明。会计凭证按其来源和用途，可分为原始凭证和记账凭证两种。

会计账簿是编制财务会计报告的重要依据，是全面记录和反映一个单位经济业务事项，并将分散的数据或资料加工成有用会计信息的簿籍。会计账簿种类主要包括：总账、明细账、日记账、其他辅助账簿。

四、财务会计报告

财务会计报告，是单位对外发布的反映某特定日期财务状况和会计期间经营成果、现金流量等会计信息的文件。企业财务会计报告按编制时间分为年度、半年度、季度和月度财务会计报告。

财务会计报告包括会计报表及其附注和其他应当在财务会计报告中披露的相关信息和资料。①会计报表。会计报表是财务会计报告的重要组成内容，企业对外提供会计报表应包括资产负债表、利润表、现金流量表、所有者权益(或股东权益)变动表。②附注。附注是在对资产负债表、利润表、现金流量表、所有者权益(或股东权益)变动表等报表中所列项目的文字描述或明细资料，以及对未能在这些报表中列示项目的说明等。

五、账务核对及财产清查

账务核对又称对账，是保证会计账簿记录质量的重要程序。《会计法》第十七条规定，各单位应当定期将会计账簿记录与实物、款项及有关资料相互核对，保证会计账簿记录与实物及款项的实有数额相符、会计账簿记录与会计凭证的有关内容相符、会计账簿之间相对应的记录相符、会计账簿记录与会计报表的有关内容相符。

财产清查是会计核算工作的一项重要程序，特别是在编制年度财务会计报告之前，必须进行财产清查，并对账实不符等问题根据国家统一的会计制度规定进行会计处理，以保证财务会计报告反映的会计信息真实、完整。

第三节 会计监督

会计监督是会计的基本职能之一，是会计机构、会计人员和会计主管机关及有关机关对各单位会计事务、会计核算等经济活动的合法性、合理性和有效性进行检查监督的总称。会计监督分为单位内部监督、国家监督和社会监督，三者共同构成我国会计监督体系。

一、单位内部会计监督

单位内部会计监督，是指为保护单位资产安全完整和单位经营活动符合国家法律法规及内部管理规定，由各单位会计机构和会计人员对本单位实行的会计监督。根据《会计法》、《会计基础工作规范》和《内部会计控制规范(试行)》规定，各单位的会计机构、会计人员对本单位的经济活动进行会计监督，内部会计监督的对象是单位的经济活动。

二、国家会计监督

国家会计监督是一种外部监督，是指由会计主管机关及有关机关代表国家对各单位和单位相关人员会计行为实施监督检查或行政处罚的会计监督。根据《会计法》规定，县级以上人民政府财政部门为各单位会计工作的监督检查部门，对各单位会计工作行使监督权，对违法会计行为实施行政处罚。《会计法》规定，除财政部门外，审计、税务、人民银行、证券监管、保险监管等部门依照有关法律、行政法规规定的职责和权限，可以对有关单位的会计资料实施监督检查。

三、社会会计监督

社会会计监督，主要是指由注册会计师及其所在的会计师事务所等中介机构接受委托，依法对受托单位经济活动进行审计并出具审计报告的一种监督制度。根据

《会计法》规定，法律、行政法规规定须经注册会计师进行审计的单位，应当向接受委托的会计师事务所如实提供会计凭证、会计账簿、财务会计报告和其他会计资料以及有关情况。

第四节　会计机构和会计人员

会计机构是指各单位办理会计事务的职能部门，会计人员是指直接从事会计工作的人员。《会计法》、《会计基础工作规范》对会计机构设置和会计人员配备作出了具体规定。

一、会计机构的设置

《会计法》第三十六条规定，各单位应当根据会计业务的需要，设置会计机构，或者在有关机构中设置会计人员并指定会计主管人员；不具备设置条件的，应当委托经批准设立从事会计代理记账业务的中介机构代理记账。根据此要求，一般来说，大中型企业和具有一定规模的行政、事业单位以及财务收支数额较大、会计业务较多的社会团体和其他经济组织，应单独设置会计机构；对于财务收支数额不大、会计业务较简单的企业、机关、团体、事业单位等，可在有关机构中配备专职会计人员，也可依法委托中介机构代理记账。

二、代理记账

代理记账是指由社会中介机构(包括会计咨询机构、会计服务机构、会计师事务所等)代替独立核算单位办理记账、算账、报账业务。代理记账的业务范围包括：①根据委托人提供的原始凭证和其他资料，按照国家统一的会计制度的规定进行会计核算；②对外提供财务会计报告；③向税务机关提供税务资料；④委托人委托的其他会计业务。

三、会计机构负责人

会计机构负责人是一个单位内具体负责会计工作的中层领导人员。根据《会计法》规定，各单位应当根据单位业务的需要，设置会计机构或者在有关机构中设置会计人员并指定会计主管人员。担任单位会计机构负责人应取得会计从业资格证书、具备会计师以上专业技术职务资格或者从事会计工作 3 年以上经历等条件。

四、总会计师

总会计师是主管本单位财务会计工作的行政领导，直接对单位主要行政领导人负责。《会计法》、《总会计师条例》等法律法规对总会计师的设置范围、任职资格、职责权限等均作出规定。

五、会计从业资格

在国家机关、社会团体、公司、企业、事业单位和其他组织从事会计工作，必须取得会计从业资格并持有会计从业资格证书。会计从业资格证书的取得实行考试制度，考试科目、考试大纲由财政部统一制定公布，考试科目为财经法规与会计职业道德、会计基础、初级会计电算化。

六、会计专业职务与会计专业技术资格

会计专业职务和会计专业技术资格，都是用于考核评价会计人员专业知识和业务技能的制度。会计专业职务是区别会计人员业务技能的技术等级，分为高级会计师(高级职务)、会计师(中级职务)、助理会计师和会计员(初级职务)；会计专业技术资格是指担任会计专业职务的任职资格，分为高级资格(高级会计师)、中级资格(会计师)、初级资格(助理会计师)，现阶段对初级、中级会计资格实行全国统一考试制度，高级会计师资格实行全国统一考试与评审相结合制度。

第五节 会计法律责任

一、违反会计制度规定应承担的法律责任

根据《会计法》第四十二条规定，有下列行为之一的，由县级以上人民政府财政部门责令限期改正，可以对单位并处 3 000 元以上 5 万元以下的罚款；对其直接负责的主管人员和其他直接责任人员，可以处 2 000 元以上 2 万元以下的罚款；属于国家工作人员的，还应由其所在单位或者相关单位依法给予行政处分；构成犯罪的，依法追究刑事责任。这些行为包括：①不依法设置会计账簿的行为；②私设会计账簿的行为；③未按照规定填制、取得原始凭证或者填制、取得的原始凭证不符合规定的行为；④以未经审核的会计凭证为依据登记会计账簿或者登记会计账簿不符合规定的行为；⑤随意变更会计处理方法的行为；⑥向不同的会计资料使用者提

供的财务会计报告编制依据不一致的行为；⑦未按照规定使用会计记录文字或者记账本位币的行为；⑧未按照规定保管会计资料，致使会计资料毁损、灭失的行为；⑨未按照规定建立并实施单位内部会计监督制度，或者拒绝依法实施的监督，或者不如实提供有关会计资料及有关情况的行为；⑩任用会计人员不符合会计法规定的行为。

二、伪造、变造、编制虚假会计资料的法律责任

根据《会计法》第四十三条规定，伪造、变造会计凭证、会计账簿，编制虚假财务会计报告，构成犯罪的，依法追究刑事责任。尚不构成犯罪的，由县级以上人民政府财政部门予以通报，可以对单位并处 5 000 元以上 10 万元以下的罚款；对其直接负责的主管人员和其他直接责任人员，可以处 3 000 元以上 5 万元以下的罚款；属于国家工作人员的，还应由其所在单位或者有关单位依法给予撤职直至开除的行政处分；对其中的会计人员，并由县级以上人民政府财政部门吊销会计从业资格证书。

三、隐匿或者故意销毁依法应当保存的会计资料的法律责任

根据《会计法》第四十四条规定，隐匿或者故意销毁依法应当保存的会计凭证、会计账簿、财务会计报告，构成犯罪的，依法追究刑事责任。尚不构成犯罪的，由县级以上人民政府财政部门予以通报，可以对单位并处 5 000 元以上 10 万元以下的罚款；对其直接负责的主管人员和其他直接责任人员，可以处 3 000 元以上 5 万元以下的罚款；属于国家工作人员的，还应当由其所在单位或者有关单位依法给予撤职直至开除的行政处分；对其中的会计人员，并由县级以上人民政府部门吊销会计从业资格证。

四、授意、指使、强令会计机构、会计人员及其他人员伪造、变造、编制、隐匿、故意销毁会计资料的法律责任

根据《会计法》第四十五条规定，授意、指使、强令会计机构、会计人员及其他人员伪造、变造会计凭证、会计账簿，编制虚假财务会计报告或者隐匿、故意销毁依法应当保存的会计凭证、会计账簿、财务会计报告，构成犯罪的，依法追究刑事责任；尚不构成犯罪的，可以处 5 000 元以上 5 万元以下的罚款；属于国家工作人员的，还应当由其所在单位或者有关单位依法给予降级、撤职、开除的行政处分。

五、单位负责人对会计人员实行打击报复的法律责任

根据《会计法》第四十六条规定，单位负责人对依法履行职责、抵制违反本法规定行为的会计人员以降级、撤职、调离工作岗位、解聘或者开除等方式实行打击报复，构成犯罪的，依法追究刑事责任；尚不构成犯罪的，由其所在单位或者有关单位依法给予行政处分。对受打击报复会计人员，应当恢复其名誉和原有职务、级别。

六、违反企业财务会计报告条例规定的法律责任

根据《企业财务会计报告条例》第三十九条规定，对于违反企业财务会计报告条例规定的，由县级以上人民政府责令限期改正，对企业可以处 3 000 元以上 5 万元以下的罚款；属于国家工作人员的，并依法给予行政处分或者纪律处分；对会计人员违法情节严重的，由县级以上人民政府部门吊销会计人员从业资格证书；根据《企业财务会计报告条例》第四十条规定，企业编制、对外提供虚假的或隐瞒重要事实的财务会计报告，尚不构成犯罪的，由县级以上人民政府财政部门予以通报，对企业可以处 5 000 元以上 10 万元以下的罚款；对直接负责的主管人员和其他直接责任人员，可以处 3 000 元以上 5 万元以下的罚款；属于国家工作人员的，并依法给予撤职直至开除的行政处分或者纪律处分；对会计人员违法情节严重的，由县级以上人民政府财政部门吊销会计人员从业资格证书。

七、其他会计违法行为的法律责任

根据《会计法》第四十七条规定，财政部门及有关行政部门的工作人员在实施监督管理中滥用职权、玩忽职守、徇私舞弊或者泄露国家秘密，商业秘密，构成犯罪的，依法追究刑事责任；尚不构成犯罪的，依法给予行政处分；根据《会计法》第四十八条规定，违反法律规定，将检举人姓名和检举材料转给被检举单位和被检举人个人的，由所在单位或者有关单位依法给予行政处分。

导入案例分析

这是一起考察企业会计行为是否条例法律规定的案例。(1)公司出纳李某兼任收入、费用登记工作不符合我国会计法规定。根据《会计法》第三十七条规定，出纳人员不得兼任收入、支出、费用、债权债务账目的登记工作。(2)依据《会计法》规定，企业不得设账外账和小金库，因此该公司对处理边角余料的收入在公司会计账册外另行登记保管不符合我国会计法规定。对企业这种违法行为，由县级以上财政

部门责令限期改正，并处 3 000 元以上 5 万元以下的罚款。

实践思考题

(1) 简述我国现行会计法律制度的构成。

(2) 简述代理记账的业务范围，设立代理记账机构应当具备什么条件？

(3) 简述会计专业职务和会计专业技术资格的不同，如何取得会计专业职务和会计专业技术资格？

(4) 请论述违反我国会计法律制度的法律责任。

案例实务训练

(1) 2010 年 3 月 5 日，某化工厂厂长杨某召集了该厂经营副厂长、财务科长、副科长和出纳，指使上述人员共同对该厂上年度的财务支出流水账、凭证等会计资料进行审核，确认无误后由在场人签名。之后，杨某指示按以往做法将审核过的会计资料予以销毁；2011 年 4 月 5 日，杨某再次按上次做法将审核过的财务和分厂上年度的财务流水账、凭证等会计资料予以销毁。该厂两次被销毁的会计资料，涉及金额共计 100 万元。

问题：①该厂做法违反了哪些法律规定(请说明法律法规名称及对会计资料规定的相关内容)？②厂长杨某应当承担何种责任？③对化工厂和厂长应如何进行处罚？

(2) 某造纸厂于 2011 年 3 月发生如下事项：①2011 年 3 月 7 日，该厂会计王某脱产学习一星期，会计科长指定出纳李某临时兼管王某的债权债务账目登记工作，未办理会计工作交接手续；②2011 年 3 月 10 日，该厂档案科会同会计科销毁了一批保管期限已满的会计档案，未经厂领导批准，也未编造会计档案销毁清册，销毁后未履行任何手续；③该厂 2010 年度亏损 20 万元，2011 年 3 月 20 日，厂长授意会计人员采取伪造会计凭证等手段调整企业的财务会计报告，将本年利润调整为盈利 50 万元。

问题：①出纳李某临时兼管王某的债权债务账目登记工作是否符合规定？②会计人员王某脱产学习一星期是否需要办理会计工作交接手续？③该厂销毁保管期满的会计档案程序是否符合规定？④该厂伪造会计凭证等手段调整企业财务会计报告是否承担法律责任？

第十二章

知识产权法

教学目的及要求：通过学习，使学生了解知识产权法研究对象，掌握知识产权法基本内容和法律法规，培养学生运用所学知识分析、解决实践纠纷的能力。

教学组织与设计：以课堂讲授、案例讨论和知识产权纠纷分析并重，采取引导式、列举式教学，强化学生对专利、商标和著作权的法律保护和责任意识。同时可通过案例调查、课堂讨论、自学与研讨相结合方式，提高学生解决现实问题的能力和水平。

学习重点和难点：知识产权范围，专利权、商标权、著作权的主体与客体，专利权授予条件，著作权内容和取得、商标权、专利权和著作权的认定和保护期限。

第一节　知识产权法概述

一、知识产权的概念与范围

(一) 知识产权的概念

知识产权，是指人们对于智力创造活动中产生的智力劳动成果和生产经营活动中产生的标识类成果依法享有的专有权利。智力创造活动成果产生的知识产权主要是专利权、著作权等，生产经营活动中产生的标识类成果产生的知识产权主要是商标权、商号权等。

(二) 知识产权的范围

知识产权的范围主要涉及知识产权包含哪些权利类型、知识产权范围的划定和确定保护范围的依据等方面。广义的知识产权，从权利类型而言，包括著作权、专利权、商标权和其他知识产权。从保护对象来说，则包括作品、发明创造、商标等商业标识、未公开信息、植物新品种、集成电路等各类知识产品、信息产品。以

WTO《知识产权协议》为依据确定的广义知识产权范围包括：版权、工业产权、创造性成果权、著作权、邻接权(相关权利)、专利权、工业品外观设计权、集成电路布图设计权、商业秘密权、识别性标记权、商标权、地理标记权；狭义的知识产权，是指由著作权(含邻接权)、专利权、商标权三个主要部分组成的知识产权，涉及的对象包括作品、发明创造和商标。

二、知识产权的特性

知识产权是与财产所有权、债权和人身权并列的四大民事权利之一，作为法律所确认的知识产品所有人依法所享有的民事权利，知识产权具有以下特征：①无形性；②专有性；③地域性；④时间性；⑤可复制性。

三、知识产权法的概念与体系

(一) 知识产权法的概念

知识产权法，是调整在创造、利用智力成果过程中所产生的各种社会关系的法律规范的总称。

(二) 我国知识产权法律体系

我国知识产权法律体系主要由以下法律制度组成：

(1) 专利权法律制度。以保护发明创造专利权为宗旨，保护客体为发明、实用新型和外观设计。

(2) 商标权法律制度。保护客体为工商业活动中的商品商标和服务商标，以及注册商标所有人对标记的独占性权利。

(3) 著作权法律制度。以保护作者和传播者的专有权利为宗旨，保护客体范围除文学、艺术、科学作品外，还有计算机软件。

(4) 其他知识产权的保护。我国已制定了《植物新品种保护条例》、《集成电路布图设计保护条例》等，地理标记、商业秘密的保护则适用《反不正当竞争法》、《合同法》等法律。

第二节　专利法

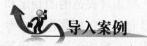 导入案例

2008 年，某研究院与 A 厂口头协商决定研制一种多功能家用炉具，为此，A 厂

专门派出两名代表协助研究院共同完成设计任务。在设计过程中，A厂代表主要负责整理图纸及维修设施等后勤工作，研究院主要负责技术开发与绘制图纸。2010年1月，经过双方共同努力完成了该炉具的设计工作。2010年6月，A厂单方向中国专利局提出申请实用新型专利，研究院认为：该项发明主要由本院设计人员完成，应由研究院为申请人，A厂无权申请专利。后A厂工程师赵某利用业余时间按照该炉具原样装了一个在家中使用，研究院得知后主张赵某侵犯了其专利权。

问题：(1)本案中的专利申请权应属于谁？(2)赵某的行为是否构成侵权？为什么？

一、专利权与专利法

(一) 专利权

"专利(Patent)"是一个法律名词，广义的专利，可以指专利技术，也可以指登载专利技术的专利文献，还可以指获得独占使用权的专利证书；狭义的专利，仅指法律授予的专利权，是指国家专利主管部门依法授予专利申请人及其权利继受人在法定期间内对某项发明创造所享有的独占权或专有权。专利权的内容主要有制造权、使用权、许诺销售权、销售权、进口权、转让权和许可使用权，还包括放弃权、标记权、署名权等。

(二) 专利法

专利法是用以调整由发明创造活动而产生的智力成果所引起的各种社会关系的法律规范的总称，即国家制定的解决有关发明创造的权利归属问题和发明创造的推广利用问题的法律规范。

专利法调整的特定的社会关系决定了专利法的调整对象，归纳起来有三种：①调整因确认发明创造所有权而产生的社会关系，这是专利法所调整的首要社会关系；②调整因专利申请审批过程中所发生的社会关系，主要是专利机关与专利申请人之间的法律关系；③调整因利用发明创造专利而发生的社会关系

二、专利权的主体与客体

(一) 专利权的主体

专利权的主体即专利权人，是指有权提出专利申请并取得专利以及承担相应义务的单位和个人。自然人和法人可以申请专利并获得专利权。

1. 发明人和设计人

发明人和设计人基于发明创造活动而取得专利申请人和专利权人的资格，是专

利权利最基本的主体。

2. 专利申请人和专利权人

发明人或设计人作为发明创造这一无形财产的创造者，理应有权申请专利并获得专利权，但因发明成本高昂，使单位法人成为许多发明创造开发者和专利权所有者。

3. 外国人、外国企业或者外国其他组织

外国人在我国可依法成为专利权的主体，主要包括以下四种情况：①在中国有经常居所或者营业所；②其所属国与中国签订有专利保护的双边协议；③其所属国与中国共同参加国际条约，即为巴黎公约成员国；④其所属国对中国国民的专利申请予以保护。

(二) 专利权利的客体

专利权利客体，是指专利权所指向的对象，即依法可取得专利权并受专利法保护的发明创造。具体是指发明、实用新型和外观设计。这三种发明创造获得专利权保护后分别称为发明专利、实用新型专利和外观设计专利。

1. 发明

专利法意义上的发明，是指对产品、方法或者其改进所提出的技术方案。发明可以分为产品发明和方法发明两大类。

2. 实用新型

实用新型是指对产品的形状、构造或者其组合所提出的新的技术方案。实用新型与发明的主要区别在于：在种类和范围上比发明小得多且只限于有形体的产品，在技术水平上低于发明。

3. 外观设计

外观设计是指对产品的形状、图案、色彩或其组合作出的富有美感的并适用于工业上应用的新设计。是将美术设计与产品相结合的产物，不涉及产品的实用功能。

三、专利权人的权利与义务

(一) 专利权人的权利

1. 独占实施权

授予发明或实用新型专利权后，任何单位或个人未经专利权人许可，不得为生产经营目的制造、使用、许诺销售、销售、进口其专利产品，或者使用专利方法以及使用、许诺销售、销售、进口依照该专利方法直接获得的产品；授予外观设计专

利权后，任何单位和个人未经专利权人许可，不得为生产经营目的制造、销售、进口其外观设计专利产品。

2. 转让权

专利权人将其专利权转移给他人所有的方式有出卖、赠与、投资入股等。转让专利权当事人应订立书面合同，并向国务院专利行政部门登记，由国务院专利行政部门予以公告。

3. 实施许可权

实施许可是指专利权人许可他人实施专利并收取专利使用费。许可他人实施专利应订立书面合同。该合同为技术合同受合同法调整。

(二) 专利权人的义务

专利权人的主要义务是缴纳专利年费。专利年费是为了维持专利权的效力，由专利权人逐年向专利局缴纳的费用。专利权人应当自被授予专利权当年开始缴纳年费。专利权人不缴纳年费或者缴纳数额不足的，可能导致专利权终止。

四、专利权的授予条件

(一) 发明和实用新型专利授予条件

1. 新颖性

新颖性是指申请日以前没有同样的发明或实用新型在国内外出版物上公开发表过、在国内公开使用过或以其他方式为公众所知，也没有同样的发明或实用新型由他人向专利局提出过申请且记载在申请日以后公布的专利申请文件中。

2. 创造性

创造性是指申请专利的技术同申请日以前已有的技术相比，该发明有突出的实质性特点和显著的进步，该实用新型有实质性特点和进步。

3. 实用性

实用性是指该项发明或者实用新型能够被制造或者使用并能产生积极效果。如发明是一种产品则指其能在产业上重复制造或再现，如发明是一种方法则指其能在产业上重复使用。

(二) 外观设计专利授予条件

授予外观设计专利权，该外观设计同申请日以前在国内外出版物上公开发表过或者国内公开使用过的外观设计不相同和不相近似，并不得与他人在先取得的合法权利相冲突。即：书面公开并以世界新颖性为准；使用公开并以国内新颖性为准；

不相同或不相近并要求有创造性。

五、专利权的期限、终止和无效

(一) 专利权期限

专利权的保护期，是指专利权人享有权利的合法期限。《专利法》第四十二条规定，发明专利权的期限为二十年，实用新型专利权和外观设计专利权的期限为十年，均自向国务院专利行政部门提出专利申请之日起计算。

(二) 专利权的终止

专利权的终止，是指因专利权期满或由于某种原因使专利权失效。主要有以下几种情况：

(1) 没有按照规定缴纳年费的。不按规定缴纳年费即可认为专利权人从经济上考虑不愿再维持专利权，国家专利局应当终止该专利权。

(2) 专利权人以书面声明放弃专利权的。对于已经与他人订有专利实施许可合同的专利权人，在放弃专利权时要与被许可方协商。

(3) 专利权期满后专利权即行终止，专利技术即进入公有领域。许多发明创造因期满导致终止的情形并不多见，有些发明创造保护时间可一直到期满止，有些外观设计可能在专利权期满后仍需保护，便可通过其它法律再加以保护。

(三) 专利权的无效

1. 无效宣告的提出

《专利法》第四十五条规定，自国家专利局公告授予专利权之日起，任何单位或者个人认为该专利权的授予不符合本法有关规定的，可以请求专利复审委员会宣告该专利权无效。专利无效请求的受理机构是专利复审委员会。

2. 无效宣告的请求理由

请求宣告专利权无效的理由法律有所限定，在下列情况下才可以对专利权提出无效宣告请求：①不符合专利的实质条件的；②说明书公开不充分，权利要求书得不到说明书的支持；③权利要求书没有说明发明创造的技术特征，独立权利要求没有从整体上反映发明或者实用新型的技术方案，没有记在解决技术问题的必要技术特征；④申请文件的修改超出原说明书和权利要求书记载的范围或原图片、照片表示的范围；⑤不属于专利法所称的发明创造的，不符合在先申请原则的；⑥不符合单一性原则的；⑦属于专利法规定不授予专利权的范围的。

六、专利代理与专利权保护

(一) 专利代理

1. 专利代理的概念

专利代理，是指在专利申请、专利许可证贸易或专利纠纷解决过程中，代理人受专利申请人或专利权人委托，以申请人名义进行的民事法律行为。

2. 专利代理机构的设立与分类

专利代理机构的设立，必须符合下列条件：①有自己的名称、章程、固定办公场所；②有必要的资金和工作设施；③财务独立，能够独立承担民事责任；④有三名以上具有专利代理人资格的专职人员和符合国家专利局规定比例的具有专利代理人资格的兼职人员。

我国目前的专利代理机构有三类：①办理涉外专利事务的专利代理机构，这类机构的成立需经中国国家专利局批准；②办理国内专利事务的专利代理机构，这类机构的成立应报请有关管理专利工作的部门审查并经中国国家专利局审批；③办理国内专利事务的律师事务所，这类机构办理国内专利事务也应报有关部门批准。

(二) 专利权保护

1. 专利权的保护范围

(1) 发明专利和实用新型专利的保护范围。我国《专利法》规定，发明专利和实用新型专利授权后，受法律保护的权利范围以专利申请人向中国国家专利局提交的权利要求书中的权利要求为准，说明书和附图可以用于解释权利要求。

(2) 外观设计专利的保护范围。外观设计专利申请文件没有权利要求书和说明书，只有表明该外观设计的图片和照片。《专利法》第五十六条第二款规定，外观设计专利权的保护范围以表示在图片或者照片中的该外观设计专利产品为准。

2. 专利侵权行为及法律责任

专利侵权行为，是指在专利权的有效期内，未经专利权人许可，以生产经营为目的实施专利的行为。当侵权行为给专利权人造成实际损失时，侵权人应当向专利权人赔偿损失。赔偿数额可按以下方式计算：①按照专利权人因被侵权所受到的损失作为赔偿额；②按照侵权人因侵权行为获得的利益作为赔偿额；③参照该专利许可使用费的倍数合理确定。以上三种计算方法，由人民法院根据案情或专利权人的意愿，选择适用其一。

 **导入案例分析**

这是一起考察合作开发的专利申请权归属纠纷的案例。(1)本案中专利申请权应属于研究院，因为本专利不属于共同发明创造。确定为共同发明人，必须对完成的设计共同做出了创造性的贡献。A 厂派出的代表在设计过程中只负责整理图纸及维修设施等后勤工作，只起了辅助性作用，未参与具体的创造性活动。因此，A 厂不能作为共同发明人申请专利，更不是单独设计人。(2)赵某的行为不构成侵权。根据《专利法》规定，专利侵权有以下特征：①未经专利权人许可；②以生产经营为目的；③实施了受法律保护的专利。而本案中，赵某的行为不是以营利为目的使用专利方法，而是一般的家庭使用，因此不构成侵权。如果赵某运用此种专利大批量生产牟利，则构成侵权。

第三节　商标法

 **导入案例**

A、B 两家企业系某省化妆品生产厂家。2005 年 8 月，A 厂研制出一种新型美白产品，投放市场后深受消费者青睐。2006 年 5 月，A 厂向商标局提出"美净"商标注册申请，但被告知 10 日前 B 厂已为其所生产的美白润肤露提出了注册"美净"商标申请。A 厂称：B 厂是于 2006 年 1 月才开始生产销售该产品的，应把"美净"商标专用权授予 A 厂。

问题：(1)商标局应将商标专用权授予哪家企业？(2)如果两家企业同一天提出商标注册申请，商标局应授予 A 厂还是 B 厂？

一、商标权与商标法

(一) 商标的概念和种类

商标，是指能够将不同经营者所提供的商品或者服务区别开，并可为视觉所感知的标记。根据不同划分标准，商标可分为以下几类。

(1) 按商标的用途和作用分类，可分为商品商标、服务商标、集体商标和证明商标。

(2) 按商标的构成要素分类，可分为文字商标、图形商标、记号商标、组合商标、立体商标、非形象商标。

(3) 按商标的使用者分类，可分为制造商标、销售商标。

(4) 按商标的特殊性质分类，可分为等级商标、营业商标、联合商标、防御商标、驰名商标。

(二) 商标权

商标权的概念和特征

商标权，是指商标所有人对法律确认并给予保护的商标所享有的权利。商标权的内容包括商标专用权、商标续展权、商标许可使用权、商标转让权等。商标专用权是商标权中最主要的内容，一般认为，商标专用权即简称为商标权。

商标权除具有知识产权一般特征外，还具有其自身特征：(1)商标权不包括商标设计人的权利，更注重商标所有人的权利。(2)商标权时效具有永久性。而专利权和著作权保护期限是法定且不能再续展，其时效具有绝对性。

(三) 商标法

商标法，是指调整因商标注册、使用、管理和保护商标专用权而产生的各种社会关系的法律规范的总称。商标法具体规定了商标注册的原则和条件，商标注册的申请、审查和核准，注册商标的续展、转让和使用许可，商标的异议与争议，商标使用的管理、商标权的保护，商标侵权的认定等内容。

二、商标权的主体与客体

(一) 商标权的主体

商标权的主体是指依法享有商标所有权的人。《商标法》第四条规定，我国商标专用权人包括自然人、法人或者其他组织。《商标法》第五条还明确规定了商标共有，两个以上的自然人、法人或者其他组织可以共同向商标局申请注册同一商标，共同享有和行使该商标专用权。外国人和外国企业同样可以在我国申请商标注册并获得商标专有权。

(二) 商标权的客体

商标权的客体是指商标权所指向的具体对象，一般是指注册商标。我国现行商标法经修订扩大了对驰名商标的保护，因而未注册的驰名商标也可以受到我国商标法的保护。

商标法的客体必须具备法定条件，否则不得注册。《商标法》第八条至第十三条、第二十八条都对申请注册商标的条件作了明确规定。《商标法》第九条、第三十条规定，申请注册的商标，应当有显著特征，便于识别，并不得与他人在先取得的合法权利相冲突；申请商标注册不得损害他人现有的在先权利。

三、商标注册的原则与程序

(一) 商标注册的原则

1. 申请在先为主，使用在先原则为辅

《商标法》第二十九条规定：两个或者两个以上的商标注册申请人，在同一种商品或者类似商品上，以相同或者近似的商标申请注册的，初步审定并公告申请在先的商标；同一天申请的，初步审定并公告使用在先的商标，驳回其他人的申请，不予公告。

2. 自愿注册原则为主，强制注册为补充

《商标法》第四条规定体现了自愿注册原则，该原则是指商标使用人对其使用的商标注册与否采取自愿。对于注册商标法律给予商标专有权保护，不注册商标可以使用但不享有专用权保护，也不得与他人的注册商标相冲突。

(二) 商标注册的程序

申请商标注册的本国申请人可以直接办理，也可以委托商标代理组织办理。外国人或者外国企业在中国申请商标注册或办理其他商标事宜，应当委托国家工商局指定的商标代理组织办理。申请商标注册应向商标局提交申请书、商标图样，附送有关证明文件并交纳申请费用。商标局收到申请书件后便开始进行商标审查工作，整个审核程序包括审查，公告异议、核准等阶段。

四、商标权人的权利与义务

(一) 商标权人的权利

1. 独占使用权，即商标专用权

首先是商标一经核准注册，商标权人即独占地享有在核定使用的商品上使用核准注册商标的权利；其次是他人未经许可不得在同一种商品或类似商品上使用该注册商标或相近似的商标。

2. 许可使用权

商标权人可将其注册商标许可他人使用，商标权人可保留使用权也可放弃使用权，由被许可方独占使用或多家使用。

3. 商标转让权

转让注册商标是商标注册人依照商标法规定的程序将商标所有权转让给他人的法律行为。商标权转让后，原商标注册人的一切权利丧失并转移给新的商标权人。

4. 续展权

商标续展权是指注册商标所有人向商标局申请延长商标保护期限的权利。《商标法》规定注册商标权的有效期是十年。商标权人如希望继续维持商标权，可以在期满前申请续展。

(二) 商标权人的义务

(1) 按规定使用注册商标的义务。商标的使用包括将商标用于商品、商品包装或者容器以及商品交易文书上，或者将商标用于广告宣传、展览以及其他业务活动上。

(2) 保证使用注册商标商品质量的义务。使用注册商标的商品在消费者心理中具有可信任度，商标权人以及商标使用者有义务保证所销售商品的质量。

(3) 缴纳各项费用的义务。

五、注册商标的期限、续展和终止

(一) 注册商标的保护期限

注册商标的保护期限，也称商标权期限，是指商标所有人在一定的时间内对注册的商标享有专用权。我国《商标法》规定注册商标的有效期为十年。注册商标有效期的计算应自商标核准注册之日起计算。如有提出异议，但经裁定异议不能成立而核准注册的，商标注册申请人取得商标专用权的时间自初审公告三个月期满之日起计算。

(二) 商标权的续展

商标权可以续展，在期满前六个月内申请续展注册即可继续使用原注册商标，每次续展有效期为十年，续展次数不受限制；如在续展期间未能及时提出申请，可以给予六个月的宽展期，但须按规定缴纳迟延费；宽展期满后仍未提出申请的，注销其注册商标。

(三) 商标权的终止

商标权终止，也称注册商标终止或注册商标失效。注册商标终止的原因主要有注销和撤销。

1. 商标权因注销而终止

注销的方式有：自动办理放弃商标权的登记手续而终止商标权、商标有效期和宽限期内未提出续展申请的或其他原因。

2. 商标权因撤销而终止

撤销是指注册商标所有人违反商标法的有关规定而受到的行政处理，是采取强制手段终止其商标权。商标权撤销的理由：①自行改变注册商标的；②自行改变注册商标的注册人名义、地址或者其他注册事项的；③自行转让注册商标的；④连续三年停止使用注册商标的；⑤使用注册商标，其商品粗制滥造，以次充好，欺骗消费者的。

六、注册商标的撤销

商标的撤销，是指对有问题的已注册商标通过一定程序使其商标权归于消灭的法律行为。

(一) 注册不当商标的撤销

注册不当商标可分为两种情况：①商标本身不具备注册条件，违反商标构成的绝对条件；②因商标注册而侵犯他人合法权益，此种有问题商标违反商标注册的相对条件。

注册不当商标的撤销区分不同情况有两种途径：对于违反绝对条件的不当注册，可由国家商标局依职权撤销，也可因任何人请求由商标评审委员会撤销；对于侵犯他人在先权利的不当注册，应由利害关系人自商标注册之日起五年内请求商标评审委员会裁定撤销。恶意注册的，驰名商标所有人不受五年的时间限制。

(二) 争议商标的撤销

注册商标的争议，是指在后注册的商标与在先注册的商标相同或近似，注册在先的商标所有人对注册在后的商标提出反对意见。请求撤销相同或近似商标的时间为争议商标注册之日起 5 年内。

被撤销的注册不当商标和争议商标，其商标权视为自始即不存在。撤销注册商标的决定或者裁定，对在撤销前人民法院作出并已执行的商标侵权案件的判决或裁定，工商行政管理机关作出并已执行的商标侵权案件的处理决定，以及已经履行的商标转让或者使用许可合同，不具有追溯力。但因商标注册人的恶意给他人造成损失的，应当予以赔偿。

七、商标权的法律保护

(一) 商标权的保护范围

对于普通商标保护范围,《商标法》第五十一条对商标权保护范围作出如下规定,注册商标的专用权,以核准注册的商标和核定使用的商品为限。即是说,注册商标的保护,仅限制在核准注册的商标和核定使用的商品范围之内,不得任意改变或扩大保护范围。

1. 必须使用核准注册的商标

注册商标所有人不能擅自改变注册商标的各种要素,而必须使用核准注册时的商标图案。如果在商标注册后需要局部修改,不论变化大小均应另行提出申请,否则,商标局将责令限期改正或撤销其注册商标。

2. 注册商标必须使用于核定类别的商品上

某一注册商标只能使用于核定使用的商品上,如商标注册后,又需要将注册商标扩大使用于同类商品的其他商品上,应按商标注册程序另行提出注册申请;如商标注册后,需要在不同类别的商品上使用同一商标,也可以再提出该商标的注册申请。但如已有人在新申请的商品类别注册使用该商标,商标局则不会核准。对于驰名商标,法律提供了更为广泛的保护范围。

(二) 驰名商标的保护

国家工商行政管理局商标局是我国驰名商标的认定机构。驰名商标的保护强度,相对于普通商标保护而言,主要体现在扩大保护范围:

(1) 在禁止注册上,如果将与他人驰名商标相同或相似的商标在非类似商品上申请注册,且造成驰名商标注册人权益损害的,商标局驳回申请或商标评审委员会撤销注册商标。

(2) 在禁止使用商品类别上,如果将与他人驰名商标相同或相似的商标使用在非类似商品上,且会暗示该商品与驰名商标注册人有某种联系,从而可能造成驰名商标注册人权益损害的,工商行政管理局予以制止。

(3) 驰名商标的保护还延伸到其他商业标志上,如商号、商品名称、企业名称或者域名等。

 导入案例分析

这是一起考察商标申请在先原则和使用在先原则的案例。(1)商标局应将商标专

用权授予 B 厂。因为《商标法》对商标注册采用的是"申请在先"原则，即在同一种商品或类似商品上，以相同或相近似的商标申请注册的，初步审定并公告申请在先的商标。谁最先提出申请，商标权就授予谁，而不论使用先后。(2)如果 B 厂与 A 厂同一天提出商标注册申请，则商标局应将商标权授予 A 厂。根据《商标法》规定的"使用在先"的原则，如果两个或两个以上的当事人就相同的商标在同一天向商标局提出注册申请的，核定使用在先者。本案中，A 厂于 2005 年 8 月开始生产、销售该产品，而 B 厂于 2006 年才开始生产、销售，故应授予使用在先的 A 厂商标专用权。

第四节　著作权法

 导入案例

　　2009 年 5 月，某画店与著名画家李某签订了一份委托作品创作合同。合同规定：2010 年 10 月前李某应交付该画店 10 幅山水画新作，报酬为 3 万元。2010 年 9 月，李某将其所画作品交付画店，并领取报酬 3 万元。2011 年 1 月，该画店举办了一次大规模画展，将李某的 10 幅作品全部展出，画展获得巨大成功。李某得知后提出异议，认为画店未经他同意擅自展出他的作品，侵犯了他的著作权。与此同时，画店又将该 10 幅画连同其他作品结集出版。

　　问题：(1)画店擅自展出李某作品的行为是否侵犯了李某权利？为什么？(2)画店将该 10 幅画连同其他作品结集出版的行为有无法律依据？

一、著作权与著作权法

(一) 著作权

　　著作权，又称版权，它是指文学、艺术、科学和工程技术作品的作者就其创作的作品在法定期限内依法享有的专有权利。

　　我国著作权适用的是自动产生原则，即著作权的获得是依法自动产生而无需办理任何登记和注册手续，目前实施作品自愿登记制度。著作权属于知识产权，具有以下特征：

　　(1) 权利自动产生。著作权基于作品的创作而产生不须经任何部门审批，作品一经完成就自动产生权利。而商标权和专利权的取得，都须经申请、审批和主管部门授权后才能享有权利。

(2) 突出对人身权的保护。著作权中的署名权、修改权、保护作品完整权永远归作者享有，这些人身权不能随作品进入公有领域而丧失，也不能被继承，且署名权、保护作品完整权也不能被转让。

(二) 著作权法

著作权法，是指调整文学、艺术和科学技术领域因创作作品而产生的各种社会关系的法律规范的总和。

我国于 1990 第七届全国人大常委会第十五次会议通过，并于 1991 年 6 月 1 日起施行了《中华人民共和国著作权法》。该法调整的法律关系因作品创作而产生，表现为作者与传播者、作者与读者、传播者与读者、作者与社会之间的相互关系。

二、著作权的主体与客体

(一) 著作权的主体

著作权的主体，指的是依法对文学、艺术和科学作品享有著作权的人。根据《著作权法》规定，著作权的主体可以分为三种：(1)作者，即创作作品的自然人。(2)依法律规定被推定为"准作者"的法人或其他组织。(3)非经创作而取得权利的主体。

(二) 著作权的客体

著作权的客体，是指受著作权法保护的文学、艺术和科学作品。这种作品是指文学、艺术和科学领域具有独创性并能以某种有形形式复制的智力创作成果。

1. 受保护的客体

《著作权法》第三条、第六条规定的作品类型如下：①文字作品；②口述作品；③音乐、戏剧、曲艺、舞蹈、杂技艺术作品；④美术、建筑作品；⑤摄影作品；⑥电影作品和以类似摄制电影的方法创作的作品；⑦工程设计、产品设计图纸、地图、示意图等图形作品和模型作品；⑧计算机软件；⑨法律、行政法规规定的其他作品；⑩民间文学艺术作品。

2. 不予保护的客体

(1) 依法禁止出版、传播的作品。《著作权法》规定，著作权人行使著作权，不得违犯宪法和法律，不得损害公共利益和有伤风化，如具有宣扬封建迷信、宣传邪教、鼓动叛乱等内容的作品，则不在保护之列。

(2) 不适于著作权法保护的对象。《著作权法》第五条列举了 3 类不适于著作权法保护的对象：①法律、法规、国家机关决议、决定、命令和其他具有立法、行政、司法性质的文件及其官方正式译文；②时事新闻；③历法、数表、通用表格和公式。

(3) 已过保护期的作品。我国对于著作权的保护规定了期限，公民的作品的保护期为作者有生之年及其死亡后50年；法人或其他组织的作品的保护期为50年，但作品完成后50年内未发表的，不再受保护；电影作品和以类似摄制电影的方法创作的作品的保护期也同法人作品一样，享有50年的保护期。

三、著作权的归属

著作权归属，指的是著作权的诸项权利该归谁享有，即是著作权的权利主体的确认。《著作权法》第十一条对著作权权利归属作出了总的原则规定，即：著作权属于作者，本法另有规定的除外。创作作品的公民是作者。法人或其他组织主持，代表法人或者其他组织意志创作，并由法人或者其他组织承担责任的作品，法人或者其他组织视为作者。如无相反证明，在作品上署名的公民、法人或者其他组织为作者。

(一) 演绎作品的著作权归属

我国著作权法规定，演绎作品行使著作权时，不得侵犯原作品的著作权。如果原作品仍在法律保护期限内，须征得原作者的同意并向其支付报酬。

(二) 合作作品著作权的归属

《著作权法》规定，两人以上合作创作的作品属合作作品，著作权由合作者共同享有。合作作品的确定应考虑两方面：①必须有共同的创作意图；②具有共同的创作行为。

(三) 汇编作品的著作权归属

汇编作品其著作权由汇编人享有，汇编作品人行使其著作权时，不得侵犯原作品的著作权。汇编人应当取得原作品著作权人同意并支付相应报酬，为实施义务教育和国家教育规划而编写教科书则可不经过著作权人同意，但应支付报酬，指明作者姓名、作品名称且不侵犯著作权人其他权利。

(四) 委托作品的著作权归属

委托作品是指一方接受另一方的委托，按照委托合同规定的有关事项进行创作的作品。《著作权法》第十七条规定，受委托创作的作品，著作权的归属由委托人和受托人通过合同约定。合同未作明确约定或者没有订立合同的，著作权属于受托人。

(五) 职务作品的著作权归属

职务作品是指公民为完成法人或者其他组织的任务所创作的作品。判别职务作品，可从以下三方面考虑：①作者与本单位具有劳动法律关系；②作品创作在本职工作范围之内；③所创作的作品与本单位的工作性质相符合，能为本单位的业务所使用。

(六) 美术作品的著作权归属

美术作品不仅指绘画作品，还包括书法、雕塑等。美术作品转移时，著作权的所有权利中只有展览权随之转移，其他权利仍归作者所有。美术作品新的所有人如擅自行使其他权利则被视为对作者权利的侵害。

(七) 电影作品和以类似摄制电影的方法创作的作品著作权归属

《著作权法》第十五条规定，电影作品和以类似摄制电影的方法创作的作品的著作权由制片者享有，但编剧、导演、摄影、作词、作曲等作者享有署名权，并有权按照与制片者签订的合同获得报酬。电影作品和以类似摄制电影的方法创作的作品中的剧本、音乐等可以单独使用的作品的作者有权单独行使其著作权。

(八) 原件所有权转移的作品的著作权归属

绘画、书法、雕塑等美术作品原件的转移并不意味着作品的著作权的转移，作品原件所有人只取得原件物的所有权和作品原件的展览权。除美术作品之外，对任何原件所有权可能转移的作品，都要注意区分作品物质载体的财产权和作品的著作权这两种不同的权利。

四、著作权的内容、取得和期间

(一) 著作权的内容

著作权的内容，是指著作权具体包括哪些权利。《著作权法》规定，著作权包括人身权和财产权两大类。

1. 人身权

又称精神权利，是指作者享有的与其作品有关的以人格利益为内容的权利。主要包括：发表权；署名权；修改权；保护作品完整权。

2. 财产权

也称经济权利，是指作者对于自己所创作的作品享有使用和获得报酬的权利。《著作权法》第十条第五项至第十六项对财产权进行了列举性规定，具体包括：复制权；发行权；出租权；展览权；表演权；放映权；广播权；信息网络传播权；摄制权；改编权；翻译权；汇编权。

(二) 著作权的取得

著作权基于作品的创作而产生，著作权依不同国家著作权法的授权方式有不同的获得原则：

(1) 自动获得原则。是指作品创作完毕，不需要履行任何手续，便自动地无条件地享有著作权。《著作权法》实行的是自动保护原则。

(2) 注册登记原则。著作权既可以放弃也可以转让，而著作权登记则表明作者对于自己权利的主张，如不进行登记就意味着放弃权利。

(3) 作品加注版权标记的原则。在作品上印有某一标记并由此获得版权法保护，此原则实质上也属于自动保护原则的一种，不需要履行任何登记手续，只要在作品载体上印有规定的标记，便可享有版权。

(三) 著作权的期间

作者的署名权、修改权、保护作品完整权的保护期不受限制。公民的作品，其发表权和财产权的保护期限为作者终生及其死亡后 50 年，截止于作者死亡后第 50 年的 12 月 31 日；如果是合作作品，截止于最后一位死亡的作者死亡后第 50 年的 12 月 31 日。法人或者其他组织的作品、著作权(署名权除外)由法人或者其他组织享有的职务作品，其发表权和财产权的保护期限为 50 年，截止于作品首次发表后第 50 年的 12 月 31 日，但作品自创作完成后 50 年内未发表的，不再保护。电影类作品和摄影作品的保护期与法人作品相同。

五、著作权的合理使用

著作权的合理使用是指在法律明文规定的范围内使用作品可以不经著作权人许可，也不必向其支付报酬。合理使用的作品应当是已经发表的且使用目的一般限于非商业性。

《著作权法》第二十二条规定，下列行为属于合理使用：①为个人学习、研究或欣赏，使用他人已经发表的作品；②为介绍、评论某一作品或者说明某一问题，在作品中适当引用他人已经发表的作品；③为报道时事新闻，在报纸、期刊、广播电台、电视台等媒体不可避免地再现或者引用已经发表的作品；④报纸、期刊、电台、电视台等媒体刊登或者播放其他报纸、期刊、广播电台、电视台等媒体已经发表的关于政治、经济、宗教问题的时事性文章，但作者声明不许刊登、播放的除外；⑤报纸、期刊、广播电台、电视台媒体刊登或者播放在公众集会上发表的讲话，但作者声明不许刊登、播放的除外；⑥为学校课堂教学或者科学研究，翻译或者少量复制已经发表的作品，供教学或者科研人员使用，但不得出版发行；⑦国家机关为执行公务在合理范围内使用已经发表的作品；⑧图书馆、档案馆、纪念馆、博物馆、美术馆等为陈列或者保存版本的需要，复制本馆收藏的作品；⑨免费表演已经发表的作品，该表演未向公众收取费用，也未向表演者支付报酬；⑩对设置或者陈列在室外公共场所的艺术作品进行临摹、绘画、摄影、录像；⑪将中国公民、法人或者其他组织已经发表的以汉语言文字创作的作品翻译成少数民族语言文字在国内出版发行；⑫将已经发表的作品改成盲文出版。

导入案例分析

　　这是一起考察美术作品的著作权归属纠纷的案例。(1)画店未经李某同意擅自展出李某作品的行为并未侵犯李某的权利。因为，本案中画店委托李某作画，并由画店支付报酬，所以，李某交付画作时所有权应归属于画店。根据《著作权法》第十八条规定，美术作品原件所有权的转移，不视为著作权的转移，但美术作品的展览权由原件所有人享有。因此，作为所有人的画店有权决定是否展出作品。(2)画店将该10幅画连同其他作品结集出版的行为没有法律依据,属于侵权行为。《著作权法》第十七条规定，受委托创作的作品，著作权的归属由委托人和受托人通过合同约定。合同未作明确约定或者没有订立合同的，著作权属于受托人。本案中，画店与李某签订合同时未约定著作权归属，因此画作的著作权应归于李某所有，而画店结集出版的行为并未征得李某同意，应视为侵犯了李某的著作权。

实践思考题

(1) 简述知识产权的概念与范围。
(2) 论述我国专利法规定的发明创造。
(3) 论述专利权授予条件及其期限。
(4) 简述商标注册的原则与程序。
(5) 论述注册商标的期限及其法律保护。
(6) 简述作品受著作权保护的条件。
(7) 论述著作权的归属及其内容。
(8) 联系实际，谈谈如何知识产权的保护。

案例实务训练

(1) A技术开发公司研制了一种"双向折叠变式窗"，此产品技术方案已于2006年2月12日向中国专利局申请了发明专利。现A公司想把此产品推向市场，国内一些厂家以及周边国家厂商也看好这种产品，意欲洽谈有关技术转让事宜。现聘你为A技术开发公司法律顾问，并解决以下问题。

问题：①专利申请阶段的技术成果能否转让或许可他人使用？②A公司如向韩国申请专利，应准备哪些申请文件？可以享有什么权利？③2006年底，市场上出现了一种在构思和功能方面与A公司产品十分相似的门窗，A公司有权阻止这种产品的生产销售吗？为什么？

(2) 甲公司使用并向商标局申请注册 AIKEFA 文字商标。法国爱克发文化发展公司(以下简称"法国公司")向商标局提出异议，并向甲公司所在地人民法院提起诉讼，控告甲公司侵权并请求颁发诉前禁令。经查：法国公司在我国注册了 AIKEFA 文字商标，核定使用在影像器材类商品和文化项目服务上，在国际上具有一定知名度，属于驰名商标。

问题：①法国公司控告甲公司使用 AIKEFA 商标侵犯其商标权是否成立？为什么？②法国公司请求人民法院颁发诉前禁令，其条件是什么？③商标局对甲公司申请注册 AIKEFA 文字商标应如何处理？为什么？

(3) 王某创作的绘画《飞天》曾被收入一大型画册。某饭店未经王某许可，以画册中《飞天》为摹本制作了一大型壁画放在饭店大堂中。王某得知自己作品被擅自使用，在与饭店交涉未果的情况下诉至法院，请求判定该饭店赔礼道歉并赔偿经济损失若干。饭店辩称：其采用的并非王某绘画的原件而是复制品，并且是经过将绘画放大的再创作，因此并不构成侵犯著作权。

问题：①饭店擅自使用王某作品的复制件是否构成侵权？为什么？②饭店将绘画放大使用是否为再创作？为什么？③饭店行为的实质是什么？是否构成侵权？如构成，具体侵犯了作者王某的什么权利？

第十三章

劳动合同法

教学目的及要求：通过学习，使学生了解我国劳动合同法基本制度，掌握劳动合同的订立、履行和变更，劳动合同解除和终止，劳动争议解决等法律内容，能够拟定劳动合同书和调解申请书，提高学生解决劳动纠纷和争议的能力。

教学组织与设计：以课堂讲授、案例讨论、法庭实践和视频案例并重，采取引导式、案例式、模拟式教学。可通过社会调查、法庭记录、案例分析、自学与研讨相结合方式，提高学生劳动实务专业技能和职业素质。

学习重点和难点：劳动合同种类，劳动合同法适用范围，劳动合同订立程序，劳动合同内容和效力，劳动合同解除，劳务派遣法律关系和运作，劳动争议处理方式和程序。

导入案例

罗某于 2005 年 2 月与某医院签订了卫生保洁合同，协议期限约定为 1 年，协议要求罗某每日早晚各打扫卫生 1 次，每月由医院支付罗某报酬 800 元，以后卫生保洁协议一年一签。罗某与医院均按保洁合同履行了相应义务，在此期间，罗某从未参加过医院组织的任何活动，2010 年 2 月，医院通知罗某不再使用她了。罗某即向当地劳动争议仲裁委员会申请仲裁，要求医院支付解除劳动合同的经济补偿金。劳动争议仲裁委员会以不属于受理范围驳回罗某申请。罗某不服，又于 2010 年 12 月初以该医院为被告诉至法院，要求被告支付经济补偿金 9 800 元及额外经济补偿金 1 500 元。

问题：罗某于该医院签订的合同属于什么性质？该案应如何处理？

第一节 劳动合同法概述

一、劳动合同概述

(一) 劳动合同的概念和特征

劳动合同又称劳动协议，是劳动者与用人单位确立劳动关系、明确双方权利和义务的书面协议。劳动合同的主体包括劳动者、用人单位。签订劳动合同的目的是为了确定合同双方之间的劳动关系，劳动合同的内容在于明确双方在劳动关系中的权利和义务和违反合同的责任。

劳动合同作为一种独立的合同形式，除具有合同的一般特征外，还有其自身的基本特征：

1. 劳动合同的主体是特定的

劳动合同主体必须一方是具有法人资格的用人单位或能独立承担民事责任的经济组织和个人，另一方是具有劳动权利能力和劳动行为能力的劳动者，双方在实现劳动过程中具有支配与被支配、领导与服从的从属关系。

2. 劳动合同内容具有权利义务的统一性和对应性

用人单位和劳动者在履行劳动合同过程中，存在着管理与被管理的关系。即劳动者一方必须加入到用人单位一方中去，成为该单位的职工，接受用人单位的管理并依法取得劳动报酬。

3. 劳动合同具有双务、诺成、有偿的特性

劳动合同的性质决定了劳动合同是双方当事人互负义务的合同，是法定与协商相结合的协议。合同内容在法定条款基础上经协商确定，即劳动合同中关于工资、保险、保护、劳动安全等内容都必须遵守国家的法律规定，劳动合同是有偿性的合同。

4. 劳动合同往往涉及第三人的物质利益

劳动合同内容往往不仅限于当事人的权利和义务，有时还涉及劳动者直系亲属在一定条件下享受的物质帮助权。如社会保险受益人可以是劳动者本人或其生前供养的(直系)亲属；劳动者最低工资标准包括满足其法定赡养的亲属基本生活需要；劳动者死亡后的遗属待遇等。

(二) 劳动合同的种类

劳动合同按照合同期限、劳动者对象、用工形式、用人方式、劳动者人数、生产资料所有制形式不同等标准可作出不同分类。我国《劳动合同法》明确规定以劳动合同期限作为劳动合同的分类标准,可分为固定期限劳动合同、无固定期限劳动合同和以完成一定工作任务为期限的劳动合同。

(1) 有固定期限的劳动合同,是指用人单位与劳动者约定合同终止时间的劳动合同。合同期限届满,合同即告终止。如双方同意还可以续订合同。

(2) 无固定期限的劳动合同,是指用人单位与劳动者约定无确定终止时间的劳动合同。对于无固定期限的劳动合同只要不出现法律、法规或合同约定的可以变更、解除、终止劳动合同的情况,双方当事人就不得擅自变更、解除、终止劳动关系。用人单位自用工之日起满 1 年不与劳动者订立书面劳动合同的,视为用人单位与劳动者已订立无固定期限劳动合同。

(3) 以完成一定工作任务为期限的劳动合同,是指用人单位与劳动者约定以某项工作的完成为合同期限的劳动合同。如以完成某项科研工作以及带有临时性、季节性工作任务为期限的劳动合同。

(三) 劳动合同与就业协议的区别

劳动合同与就业协议都是用人单位与劳动者确立劳动关系的协议,但两者属于不同类型的协议,其主要区别在于:

(1) 两者的主体不同。就业协议专指高等院校应届毕业生与用人单位签订的就业工作协议;而劳动合同是指劳动者与用人单位确立劳动关系、明确双方权利与义务的协议,劳动者既可以是高校毕业生,也可以是其他社会就业人员。

(2) 两者的内容不同。就业协议是高校毕业生与用人单位签订的初次工作协议,主要在于确定毕业生与用人单位双向选择的关系,一般并未详细规定双方具体的权利与义务;而劳动合向则是用人单位与劳动者确定工作关系之后签订的规范双方权利义务的协议。

二、劳动合同法的概念和适用范围

(一) 劳动合同法的概念

劳动合同法,是调整劳动者与用人单位之间因签订劳动合同而产生的权利义务关系的法律规范的总称。

劳动合同法的法律规范形式包括《宪法》中有关公民劳动权和劳动者权利的原则规定,1994 年 7 月 5 日第八届全国人大常委会第八次会议通过、1995 年 1 月 1 日施行的《中华人民共和国劳动法》中的相关规定,2007 年 6 月 29 日第十届全国人大常委会第二十八次会议通过、2008 年 1 月 1 日施行的《中华人民共和国劳动合同法》的规定，也包括 2008 年 9 月 3 日国务院第 25 次常务会议通过、2008 年 9 月 18 日发布施行的《中华人民共和国劳动合同法实施条例》等有关劳动合同的行政法规和地方性法规的规定。

(二) 劳动合同法的适用范围

(1) 中华人民共和国境内的企业、个体经济组织、民办非企业单位等组织与劳动者建立劳动关系，订立、履行、变更、解除或者终止劳动合同，适用劳动合同法。

(2) 国家机关、事业单位、社会团体和与其建立劳动关系的劳动者，订立、履行、变更、解除或者终止劳动合同，依照劳动合同法执行。

(3) 事业单位与实行聘用制的工作人员订立、履行、变更、解除或者终止劳动合同，法律、行政法规或者国务院另有规定的，依照其规定；未作规定的，依照劳动合同法有关规定执行。

三、劳动合同法与劳动法适用关系

《劳动法》是 1994 年 7 月 5 日第八届全国人大常委会第八次会议通过的劳动专门立法，我国《劳动合同法》也是全国人大常委会通过的法律。从立法主体来看，两者属于同一法律位阶，具有相同的法律效力。但《劳动合同法》的通过晚于《劳动法》，根据民事法律"新法优于旧法"的原则，在同一法律问题上，如《劳动法》和《劳动合同法》的规定不相一致时，应优先适用《劳动合同法》。

第二节　劳动合同的订立

一、劳动合同的形式

劳动合同的形式是指订立劳动合同的方式。劳动合同的形式一般有书面形式和口头形式两种。书面合同是由双方当事人达成协议后，将协议内容以文字方式记载并经双方签字的合同；口头合同是双方当事人口头承诺即告成立而不必用文字记载成书面形式的合同。

《劳动合同法》第十条规定，建立劳动关系，应当订立书面劳动合同。劳动合同以书面形式订立，其目的在于用固定形式明确劳动合同当事人双方的权利与义务，以及对有关劳动条件、工资福利待遇等事项督促履行和进行监督检查，双方发生劳动争议时利于于当事人举证和有关部门处理。对从事非全日制工作的人员，劳动合同期限在 1 个月以下的，经双方协商同意，可以订立口头劳动合同。但劳动者提出订立书面劳动合同的，应当以书面形式订立。

二、劳动合同的订立原则

(一) 合法原则

劳动合同的形式和内容必须符合法律、法规的规定。劳动合同的形式要合法。劳动合同需以书面形式订立，如发生争议时，用人单位须承担不订立书面合同的法律后果；劳动合同内容要合法，用人单位和劳动者须在法律规定限度内对合同内容作出具体规定，如劳动合同内容违法，当事人则要承担相应的法律责任。

(二) 公平原则

就是在符合法律规定前提下，劳动合同双方当事人应公正、合理地确立双方的权利和义务。将公平原则作为劳动合同订立原则，可以防止劳动合同当事人尤其是用人单位滥用优势地位，迫使劳动者订立不公平的合同，损害劳动者的权利，有利于平衡劳动合同双方当事人利益并建立和谐稳定的劳动关系。

(三) 平等自愿原则

平等原则就是劳动者和用人单位在订立劳动合同时在法律地位是平等的，不存在命令和服从、管理和被管理的关系；自愿原则是指订立劳动合同完全是出于劳动者和用人单位双方协商一致达成的真实意愿，任何一方不得把自己的意志强加给另一方。

(四) 诚实信用原则

诚实信用是劳动合同法的一项基本原则，要求在订立劳动合同时要诚实守信，双方都不得有隐瞒或欺诈行为。用人单位招用劳动者时应如实告知劳动者应知悉的工作情况，用人单位也有权了解劳动者与劳动合同直接相关的基本情况。

三、劳动合同的订立程序

劳动者与用人单位建立劳动关系，应当订立书面劳动合同，订立劳动合同的程序一般分为招收录用和签订劳动合同两个阶段。

(一) 招收录用阶段

招收录用阶段，是用人单位通过招收录用确定劳动合同双方当事人的程序，此阶段一般包括下述主要环节：①公布招聘简章并发布广告；②自愿报名；③全面考核；④择优录用。

(二) 签订劳动合同阶段

签订劳动合同阶段，是劳动合同的主体双方对劳动合同的具体内容通过平等协商达成一致意见的程序。此阶段一般包括下述主要环节。

1. 用人单位向劳动者履行告知义务

《劳动合同法》第八条规定，用人单位招用劳动者时，应当如实告知劳动者工作内容、工作条件、工作地点、职业危害、安全生产状况、劳动报酬，以及劳动者要求了解的其他情况；告知方式应尽量采用书面形式，并经劳动者签字确认。其中，劳动报酬应是重点告知内容，具体包括：①工资分配制度、工资标准和分配形式；②工资支付办法；③加班加点工资支付及津贴、补贴标准和奖金分配办法；④工资调整办法；⑤试用期及病、事假等期间的工资待遇；⑥特殊情况下劳动者工资(生活费)支付办法；⑦其他劳动报酬的分配办法。

2. 查验劳动者相关证明

用人单位有权了解劳动者与劳动合同直接相关的基本情况，查验内容主要包括：①身份证；确认劳动者出生日期以及安排未成年工从事禁忌的劳动；②解除或终止劳动关系证明(初次就业者免)，防止招用与其他单位有劳动关系(非全日制工除外)的劳动者，以免承担因此给原企业造成损失的连带赔偿责任；③身体健康检查证明，确认劳动者身体状况符合录用条件，且没有影响工作的传染病或职业病；④相关的职业资格证明。确认劳动者职业能力，特别是特殊工种和工作岗位是否具备上岗资格。

3. 提出劳动合同文本

建立劳动关系必须订立书面劳动合同，用人单位须提前10日向劳动者提供拟订立的劳动合同文本，并说明各条款的具体内容和依据。

4. 商定劳动合同内容

用人单位与劳动者就劳动合同内容，尤其是对劳动合同期限、工作时间、劳动报酬等条款内容进行协商，协商一致后以书面形式确定具体内容。双方可以在劳动合同中作出不同于内部劳动规则某项内容或者指明不受内部劳动规则某项内容约束的对劳动者更有利的约定，但不得违背劳动者真实意愿和平等自愿签约原则，侵害劳动者人身自由、择业自由以及财产权。

5. 签字盖章

劳动合同内容经双方协商一致，用人单位与劳动者在劳动合同文本上签字或者盖章生效。劳动合同文本由用人单位和劳动者各执一份。

四、劳动合同的内容和效力

(一) 劳动合同的内容

劳动合同的内容，是反映劳动者与用人单位依照法律规定和双方协商约定的关于劳动者权利义务的条款。劳动合同条款是双方合意协商的结果，《劳动合同法》第十七条规定，劳动合同的内容条款包括法定条款和补充条款。

1. 法定条款

又称必备条款，是指由法律明文规定劳动者和用人单位必须遵守的合同条款。劳动合同应当具备以下条款：①用人单位的名称、住所和法定代表人或者主要负责人；②劳动者的姓名、住址和居民身份证或者其他有效身份证件号码；③劳动合同期限；④工作内容和工作地点；⑤工作时间和休息休假；⑥劳动报酬；⑦社会保险；⑧劳动保护、劳动条件和职业危害防护；⑨法律、法规规定应当纳入劳动合同的其他事项。

2. 补充条款

又称协议条款，是指劳动者与用人单位在法定必备条款之外协商约定的其他权利义务条款。它是法定条款的必要补充，劳动合同除上述规定的必备条款外，用人单位与劳动者可以约定试用期、培训、保守秘密、补充保险和福利待遇等其他事项。

(二) 劳动合同的效力

劳动合同依法成立，即双方当事人意思表示一致，即产生法律效力，双方必须履行劳动合同中规定的义务。双方当事人约定须鉴证或公证方可生效的劳动合同，其生效时间始于鉴证或公证之日。因劳动合同的鉴证和公证采取自愿原则，其并非法律规定的劳动合同生效的必经程序。

劳动合同的无效，是指当事人违反法律、法规订立的不具有法律效力的劳动合同。《劳动合同法》第二十六条规定，下列劳动合同无效或者部分无效：①以欺诈、胁迫的手段或者乘人之危，使对方在违背真实意思的情况下订立或者变更劳动合同的；②用人单位免除自己的法定责任、排除劳动者权利的；③违反法律、行政法规强制性规定的。

对劳动合同的无效或者部分无效有争议的，由劳动争议仲裁机构或者人民法院确认。无效的劳动合同自始即没有法律效力。劳动合同部分无效，不影响其他部分效力的，其他部分仍然有效。劳动合同被确认无效，劳动者已付出劳动的，用人单位应当向劳动者支付劳动报酬。

五、劳动合同订立的注意事项

(一) 劳动合同订立的程序必须合法

劳动者与用人单位签订劳动合同时，必须严格履行法定订立程序，在招收录用阶段和签订劳动合同阶段须遵循上述订约程序。同时，劳动者应注意用人单位是否依法建立了劳动报酬、工作时间、休息休假、劳动安全卫生、保险福利、职工培训、劳动纪律以及劳动定额管理等企业劳动规章制度，是否建立职工名册备查，签订劳动合同后是否在 30 个工作日内向劳动保障部门进行用工备案等。

(二) 正确行使知情权

劳动合同签订之前，为实现劳动者和用人单位的平等协商，法律赋予双方当事人了解对方相关信息的权利，用人单位应当告知劳动者本单位工作方面相关内容和劳动者想了解的情况。

(三) 禁止设定担保和收取抵押金

《劳动合同法》第九条规定，用人单位招用劳动者，不得扣押劳动者的居民身份证和其他证件，不得要求劳动者提供担保或者以其他名义向劳动者收取财物。此条款可理解为：①禁止用人单位扣押劳动者居民身份证和其他证件。其他证件是指学生证、毕业证、学位证、律师资格证、教师资格证、护照、暂住证等；②禁止让劳动者提供担保或者缴纳抵押金，保障劳动者自主择业和行使法律赋予的辞职权；③禁止用人单位以其他名义向劳动者收取财物，包括报名费、培训费、押金费、服装费、电脑费、住宿费、集资款(股金)等。

(四) 签订专项培训协议的内容

用人单位与劳动者订立的专项培训协议，应包括以下内容：①专项培训的名称、承办培训的机构、内容、时间等；②对终止培训的处理措施；③劳动者在培训期间的待遇；④培训结束后岗位(工作地点)是否变动；⑤服务期限的起止日期(要与劳动合同期限结合)；⑥违约责任；⑦其他需要约定的事项。

(五) 时限要求和证据保留

无论是订立、续签、变更、终止和解除劳动合同，均要注意法律规定的时限要求，用人单位应提前通知劳动者并做好相关准备工作；用人单位对劳动者作出的任何涉及劳动合同履行的事项，均应使用书面文本并保留备查。

(六) 用人单位不得违背以下禁止性行为

(1) 用人单位与劳动者订立以完成一定工作任务为期限的劳动合同或者劳动合

同限期不满 3 个月的，以及非全日制用工，不得约定试用期。劳动合同期限 3 个月以上不满 1 年的，试用期不得超过 1 个月；劳动合同期限 1 年以上不满 3 年的，试用期不得超过 2 个月；3 年以上固定期限和无固定期限的劳动合同，试用期不得超过 6 个月。

(2) 劳动者在试用期的工资不得低于本单位相同岗位最低档工资或者劳动合同约定工资的百分之 80%，并不得低于用人单位所在地的最低工资标准。

(3) 在试用期中，除劳动者有以下情形外，用人单位不得解除劳动合同：①在试用期间被证明不符合录用条件的；②严重违反用人单位的规章制度的；③严重失职，营私舞弊，给用人单位造成重大损害的；④同时与其他用人单位建立劳动关系，对完成本单位的工作任务造成严重影响，或者经用人单位提出，拒不改正的；⑤以欺诈、胁迫的手段或者乘人之危，使对方在违背真实意思的情况下或者变更劳动合同，致使劳动合同无效的；⑥被依法追究刑事责任的；⑦患病或者非因工负伤，在规定的医疗期满后不能从事原工作，也不能从事由用人单位另行安排的工作的；⑧不能胜任工作，经过培训或者调整工作岗位，仍不能胜任工作的。

(4) 除劳动者违反约定服务期、竞业限制外，用人单位不得与劳动者约定由劳动者承担违约金。

第三节 劳动合同的履行和变更

一、劳动合同的履行

劳动合同的履行，是指劳动合同依法生效后，双方当事人按照劳动合同规定，各自承担合同规定的义务和享受合同规定的权利的法律行为。劳动合同的履行应当遵循以下原则。

(一) 全面履行原则

劳动合同生效后，当事人双方除按照劳动合同规定的义务履行外，还要按照劳动合同规定的时间、地点和方式，全面履行各自的义务。

(二) 实际履行原则

除了法律和劳动合同另有规定，或者客观上已不能履行的以外，当事人要按照劳动合同规定完成义务，不能用完成其他义务来代替劳动合同约定的义务。

(三) 亲自履行原则

劳动合同是用人单位与劳动者之间签订的合同，必须由劳动合同明确规定的当事人来履行，双方当事人也有责任履行劳动合同规定的义务，不允许当事人以外的其他人代替履行。

(四) 协作履行原则

劳动合同双方当事人在合同履行过程中，有互相协作、共同完成劳动合同的义务，任何一方当事人对他方履行劳动合同遇到时困难，都应在法律允许的范围内给予帮助。

二、劳动合同的变更

劳动合同的变更，是指在劳动合同履行过程中，双方当事人依照法律规定或双方约定，对原劳动合同条款或内容进行修改、补充或者删减的法律行为。劳动合同依法订立后，双方当事人必须全面履行合同规定的义务，任何一方不得擅自变更劳动合同。根据《劳动合同法》相关规定，在下列情况下可以变更劳动合同：

(1) 用人单位与劳动者协商一致，可以变更劳动合同约定的内容。劳动合同是双方当事人协商达成的，也可经双方协商一致而予以变更。用人单位和劳动者之间应当采取自愿协商的方式变更劳动合同，不允许一方当事人未经协商单方变更劳动合同。

(2) 劳动合同订立时所依据的客观情况发生重大变化，经用人单位与劳动者协商，可以变更劳动合同约定的内容。主要包括：①订立劳动合同所依据的法律、法规已经修改或者废止；②用人单位经上级主管部门批准或根据市场变化，其生产经营方式、经营项目或内部岗位结构等发生变更；③劳动力价值发生变化。如劳动者身体健康状况、劳动能力部分丧失或劳动力职业技能提升等；④劳动合同订立时的客观情况发生重大变化，致使原劳动合同约定的权利义务的履行成为不必要或者不可能。一是因自然灾害、意外事故、战争等不可抗力使得原合同履行成为不可能或者失去意义。二是因经济等客观经济情况变化，致使劳动合同履行代价远超出相应的经济价值。

第四节　劳动合同的解除和终止

一、劳动合同的解除

劳动合同的解除，是劳动合同当事人在劳动合同期限届满之前，依双方协议或一方意思表示而提前终止劳动合同关系的法律行为。劳动合同的解除分为：用人单位与劳动者协商解除、劳动者单方解除、用人单位单方解除等。

(一) 用人单位与劳动者协商解除

《劳动合同法》第三十六条规定，用人单位与劳动者协商一致，可以解除劳动合同。按照契约自由原则，劳动合同是当事人双方达成的合意，在用人单位与劳动者协商一致且不违背国家利益和社会公共利益情况下，可以解除劳动合同。

在协商解除劳动合同时须注意以下几点：①签订书面的解除劳动合同协议，以免在劳动合同解除后产生申请仲裁或提起诉讼的法律风险；②在解除劳动合同协议中，须写明劳动合同的解除是经用人单位与劳动者在平等自愿、协商一致的基础上达成的合意；③劳动合同解除协议中应明确是当事人双方哪一方提出的，提出方不同所产生的法律后果也不同。④用人单位须向劳动者出具解除劳动合同证明。《劳动合同法》第八十九条规定，用人单位违反本法规定未向劳动者出具解除或者终止劳动合同的书面证明，由劳动行政部门责令改正；给劳动者造成损害的，应当承担赔偿责任。"

(二) 劳动者单方解除

1. 即时解除

根据《劳动合同法》相关规定，有下列情况者，劳动可以立即解除劳动合同，不需事先告知用人单位，还可就用人单位的违约行为和侵权行为请求损害赔偿：①用人单位以暴力、威胁或者限制人身自由等非法手段强迫劳动的；②用人单位违章指挥、强令冒险作业危及劳动者人身安全的。

2. 预告解除

根据《劳动合同法》相关规定，有下列情况之一者，劳动可以解除劳动合同：①劳动者提前30日以书面形式通知用人单位的；②劳动者在试用期内提前3日通知用人单位的；③用人单位未按照劳动合同约定提供劳动保护或者劳动条件的；④用人单位未及时足额支付劳动报酬的；⑤用人单位未依法为劳动者缴纳社会保险费的；⑥用人单位的规章制度违反法律、法规的规定，损害劳动者权益的；⑦以欺诈、胁迫的手段或者乘人之危，使对方在违背真实意思的情况下订立或者变更劳动合同的；⑧用人单位免除自己的法定责任、排除劳动者权利的；⑨劳动合同违反法律、行政法规强制性规定的；⑩法律、行政法规规定劳动者可以解除劳动合同的其他情形。

(三) 用人单位单方解除

1. 过错性解除

《劳动合同法》第三十九条规定，劳动者有下列情形之一的，用人单位可以解除劳动合同：①在试用期间被证明不符合录用条件的；②严重违反用人单位的规章制度的；③严重失职，营私舞弊，给用人单位造成重大损害的；④劳动者同时与其他用人单位建立劳动关系，对完成本单位的工作任务造成严重影响，或者经用人单位提出，拒不改正的；⑤以欺诈、胁迫的手段或者乘人之危，使对方在违背真实意思的情况下订立或者变更劳动合同的；⑥被依法追究刑事责任的。

2. 预告或额外支付工资解除

《劳动合同法》第四十条规定，有下列情形之一的，用人单位提前 30 日以书面形式通知劳动者本人或者额外支付劳动者 1 个月工资后，可以解除劳动合同：①劳动者患病或者非因工负伤，在规定的医疗期[1]满后不能从事原工作，也不能从事由用人单位另行安排的工作的；②劳动者不能胜任工作，经过培训或者调整工作岗位，仍不能胜任工作的；③劳动合同订立时所依据的客观情况发生重大变化，致使劳动合同无法履行，经用人单位与劳动者协商，未能就变更劳动合同内容达成协议的。当出现以上情形时，用人单位可选择两种方式解除劳动合同：①提前 30 天以书面形式通知劳动者；②额外支付劳动者 1 个月工资。不符合法定的通知期限、通知形式和额外支付工资的情形，均不受法律保护。

3. 经济性裁员

《劳动合同法》第四十一条规定，有下列情形之一，需要裁减人员 20 人以上或者裁减不足 20 人但占企业职工总数 10%以上的，用人单位提前 30 日向工会或者全体职工说明情况，听取工会或者职工的意见后，裁减人员方案经向劳动行政部门报告，可以裁减人员：①依照企业破产法规定进行重整的；②生产经营发生严重困难的；③企业转产、重大技术革新或者经营方式调整，经变更劳动合同后，仍需裁减人员的；④其他因劳动合同订立时所依据的客观经济情况发生重大变化，致使劳动合同无法履行的。

经济性裁员时应注意事项：

(1) 裁减人员时，应当优先留用下列人员：①与本单位订立较长期限的固定期限劳动合同的；②与本单位订立无固定期限劳动合同的；③家庭无其他就业人员，有需要抚养的老人或者未成年人的。

(2) 用人单位裁减人员，在 6 个月内重新招用人员的，应当通知被裁减的人员，并在同等条件下优先招用被裁减人员。

4. 用人单位单方解除劳动合同的限制

《劳动合同法》第四十二条规定，劳动者有下列情形之一的，用人单位不得依照预告或额外支付工资、经济性裁员的规定解除劳动合同：①从事接触职业病危害

---

1. 医疗期是指企业职工因患病或非因工负伤停止工作治病休息不得解除劳动合同的时限。医疗期并非劳动者病伤治愈所实际需要的期限，医疗期限和累计病休时间的计算，请具体参见《关于发布〈企业职工患病或非因工负伤医疗期规定〉的通知》规定。

作业的劳动者未进行离岗前职业健康检查，或者疑似职业病病人在诊断或者医学观察期间的；②在本单位患职业病或者因工负伤并被确认丧失或者部分丧失劳动能力的；③患病或者非因工负伤，在规定的医疗期内的；④女职工在孕期、产期、哺乳期的；⑤在本单位连续工作满 15 年，且距法定退休年龄不足 5 年的；⑥法律、行政法规规定的其他情形。

二、劳动合同的终止

劳动合同的终止，是指劳动合同期限届满或者有其他符合法律规定的情形出现，导致劳动合同关系的法律效力归于消灭。

(一) 劳动合同终止的情形

劳动合同终止只有法定情形的终止，而不能有约定条件下的终止。《劳动合同法》第四十四条规定，有下列情形之一的，劳动合同终止：①劳动合同期满的；②劳动者开始依法享受基本养老保险待遇的；③劳动者死亡，或者被人民法院宣告死亡或者宣告失踪的；④用人单位被依法宣告破产的；⑤用人单位被吊销营业执照、责令关闭、撤销或者用人单位决定提前解散的；⑥法律、行政法规规定的其他情形。

(二) 劳动合同终止的保护

1. 经济补偿金的支付

符合上述劳动合同终止情形第①项、第④项、第⑤项的，《劳动合同法》第四十七条规定，经济补偿按劳动者在本单位工作的年限，每满 1 年支付 1 个月工资的标准向劳动者支付。6 个月以上不满 1 年的，按 1 年计算；不满 6 个月的，向劳动者支付半个月工资的经济补偿。劳动者月工资高于用人单位所在直辖市、设区的市级人民政府公布的本地区上年度职工月平均工资 3 倍的，向其支付经济补偿的标准按职工月平均工资 3 倍的数额支付，向其支付经济补偿的年限最高不超过 12 年。

2. 延长劳动合同期限

《劳动合同法》第四十五条规定，劳动合同期满，有用人单位不得依照预告或额外支付工资、经济性裁员的规定解除劳动合同的情形之一者，劳动合同应当续延至相应的情形消失时终止。但因"在本单位患职业病或者因工负伤并被确认丧失或者部分丧失劳动能力的"劳动者合同的终止，按照国家有关工伤保险的规定执行。

第五节 劳动合同法特别规定

一、集体合同

(一) 集体合同的概念

集体合同，是指由工会代表企业职工一方或者由上级工会指导劳动者推举的代表就劳动报酬、工作时间、休息休假、劳动安全卫生、保险福利等事项，与用人单位在通过平等协商一致的基础上订立的劳动协议。

集体合同的突出特点是主体一方是劳动者的团体组织——工会或是职工推荐的代表。企业建立有工会的，由工会代表企业职工一方与用人单位订立；尚未建立工会的用人单位，由上级工会指导劳动者推举的代表与用人单位订立。集体合同必须采用书面形式。依法订立的集体合同对用人单位和劳动者具有约束力。行业性、区域性集体合同对当地本行业、本区域的用人单位和劳动者具有约束力。

(二) 集体合同与劳动合同的区别

1. 双方当事人不同

劳动合同当事人是由单一的劳动者和用人单位组成的，而集体合同当事人是由全体职工和用人单位组成的，是由工会或职工推荐的代表与用人单位协商签订劳动合同。

2. 合同内容不同

劳动合同主要约定的是用人单位和劳动者之间的权利和义务，而集体合同主要约定的是劳动者权利与用人单位义务，强调的是用人单位里全体劳动者的最低劳动条件、劳动标准、福利待遇和权利保障，反映的是共性而非个性问题。

3. 合同作用不同

劳动合同的作用是建立起用人单位与劳动者的劳动关系，约定双方当事人在履行劳动合同过程中各自的权利与义务，以及合同解除与终止的时间和条件。而集体合同的作用则是约束用人单位给予劳动者最基本待遇。对于约定的用人单位的义务，用人单位必须执行；对于约定的劳动者的义务，劳动者或者职工代表不履行则是非可诉的。

4. 合同产生的方式不同

劳动合同是双方当事人建立劳动关系必须签署的，而集体合同是双方当事人在平等自愿基础上达成共识，须先制定集体合同文本，提交职工代表大会讨论，双方当事人才可签署劳动协议。

5. 合同发生法律效力时间不同

劳动合同是一经双方当事人签署即产生法律效力。而工会或者职工代表和用人单位签署集体合同后不能立即产生法律效力，应报送劳动行政部门并在劳动行政部门自收到集体合同文本之日起 15 日内未提出异议的，集体合同才具有法律效力。

6. 合同期限不同

劳动合同分为有固定期限、无固定期限和以完成一定工作任务为期限的三种合同，而集体合同只有固定期限一种，且时间只能是 1 年～3 年。

(三) 集体合同其他规定

1. 劳动合同中约定的劳动报酬和劳动条件等不得低于集体合同

《劳动合同法》第五十五条规定，集体合同中劳动报酬和劳动条件等标准不得低于当地人民政府规定的最低标准，用人单位与劳动者订立的劳动合同中，劳动报酬和劳动条件等不得低于集体合同规定的标准。

2. 集体合同发生争议的解决

《劳动合同法》第五十六条规定，用人单位违反集体合同，侵犯职工劳动权益的，工会可以依法要求用人单位承担责任；因履行集体合同发生争议，经协商解决不成的，工会可以依法申请仲裁、提起诉讼。

二、劳务派遣

(一) 劳务派遣的概念和特征

劳务派遣，是指劳务派遣单位与要派单位(即实际用人单位)签订派遣协议，将与其订立劳动合同关系的劳动者派往要派单位，受派遣劳动者在要派单位的管理和指挥下提供劳务，劳务派遣单位从要派单位获取派遣费并向派遣劳动者支付劳动报酬的一种特殊劳动关系。简单而言，劳动者与其工作单位不具有劳动关系，而是与另一派遣中介单位形成劳动关系，再由该派遣中介单位派到实际用人单位劳动，派遣中介单位与用人单位签订派遣协议。

劳务派遣的特征：①劳动派遣最显著即是劳动力雇用和使用相分离，劳动派遣单位不同于职业介绍机构，其成为与劳动者签订劳动合同的一方当事人；②劳务派遣法律关系要比劳动合同法律关系复杂，劳动合同是两方当事人之间的关系，而劳务派遣则为三方当事人的劳动关系，解决劳务派遣的争议则更为复杂。

(二) 劳务派遣的法律关系和运作方式

1. 劳务派遣的法律关系

劳务派遣是我国建立劳动力市场机制和发展劳务经济过程中出现的新型劳务形式，这种用工方式是由一个劳动者、两个用人单位(即劳务派遣单位、实际用工单位)和三方当事人组成的劳动法律关系。这种法律关系通过两个合同形成法律架构，即劳务派遣单位和劳动者订立的劳动合同、劳务派遣单位和实际用工单位签订的派遣协议。劳务派遣的劳动合同关系存在于劳务派遣并与受派遣劳动者之间，而实际劳动力给付则发生于受派遣劳动者和要派单位之间。

2. 劳务派遣的运作方式

劳务派遣单位和劳动者签订劳动合同后，依据和实际用工单位签订的派遣合同或派遣协议，将劳动者派遣到实际用工单位工作，劳动者在为实际用工单位给付劳务期间，实际用工单位将应为劳动者支付的工资和各种保险费用转交给劳务派遣单位，由劳务派遣单位支付给与其签订劳动合同的劳动者，此即为较为典型的劳务派遣运作方式。

(三) 劳务派遣的法律规定

1. 对劳务派遣单位基本要求

(1) 劳务派遣单位应当依照公司法的有关规定设立,注册资本不得少于50万元。

(2) 劳务派遣单位是本法所称用人单位，应当履行用人单位对劳动者的义务；劳务派遣单位与被派遣劳动者订立的劳动合同，除应当载明必备条款外，还应当载明被派遣劳动者的用工单位以及派遣期限、工作岗位等情况。

(3) 劳务派遣单位应当与被派遣劳动者订立 2 年以上的固定期限劳动合同，按月支付劳动报酬；被派遣劳动者在无工作期间，劳务派遣单位应当按照所在地人民政府规定的最低工资标准，向其按月支付报酬。

2. 劳务派遣单位对劳动者的义务

(1) 劳务派遣单位派遣劳动者应当与接受以劳务派遣形式用工的单位订立劳务派遣协议，应当约定派遣岗位和人员数量、派遣期限、劳动报酬和社会保险费的数额与支付方式以及违反协议的责任。

(2) 劳务派遣单位应当将劳务派遣协议的内容告知被派遣劳动者，劳务派遣单位不得克扣用工单位按照劳务派遣协议支付给被派遣劳动者的劳动报酬。

(3) 劳务派遣单位跨地区派遣劳动者的，被派遣劳动者享有的劳动报酬和劳动条件，按照用工单位所在地的标准执行。

3. 用人单位使用劳务派遣者的要求

(1) 劳务派遣一般在临时性、辅助性或者替代性的工作岗位上实施。

(2) 用工单位应当根据工作岗位的实际需要与劳务派遣单位确定派遣期限，不得将连续用工期限分割订立数个短期劳务派遣协议。

(3) 被派遣劳动者享有与用工单位的劳动者同工同酬的权利。用工单位无同类岗位劳动者的，参照用工单位所在地相同或者相近岗位劳动者的劳动报酬确定。

(4) 被派遣劳动者有权在劳务派遣单位或者用工单位依法参加或者组织工会，维护自身的合法权益。

(5) 用人单位不得设立劳务派遣单位向本单位或者所属单位派遣劳动者。

三、非全日制用工

(一) 非全日制用工的概念

非全日制用工，是指以小时计酬为主，劳动者在同一用人单位一般平均每日工作时间不超过 4 小时，每周工作时间累计不超过 24 小时的用工形式。从事非全日制用工的劳动者，可与一个或者一个以上的用人单位签订劳动合同，但是后订立的劳动合同，不得影响先前订立的劳动合同的履行。非全日制用工双方当事人，可以订立口头协议。

(二) 非全日制用工相关规定

(1) 非全日制用工的双方当事人不得约定试用期。

(2) 非全日制用工小时计酬标准不得低于用人单位所在地人民政府规定的最低小时工资标准。非全日制用工劳动报酬结算支付周期最长不得超过 15 日。

(3) 非全日制用工双方当事人任何一方都可以随时通知对方终止用工。终止用工，用人单位不向劳动者支付经济补偿。

(三) 非全日制用工的利弊

非全日制用工优点在于：①用人单位对于非全日制用工的劳动者只需工缴纳工伤保险费用，其用工成本比全日制用工低廉，可为企业节约一部分人力成本；②非全日制用工按小时计酬，其精确用工方式可降低企业人力成本；③用人单位可随时终止非全日制用工且不用支付补偿金。虽非全日制用工具有成本低廉和用工灵活性高的优点，但劳动者的工作稳定性较差。

第六节 劳动争议与解决

一、劳动争议概述

(一) 劳动争议的概念和分类

劳动争议，又称劳动纠纷，是指劳动法律关系双方当事人在执行劳动法律、法规或者履行劳动合同过程中，就劳动权利和劳动义务关系所产生的争议。

劳动争议按照不同的标准，可分为以下几种：

(1) 按照劳动争议当事人人数不同，可分为个人劳动争议和集体劳动争议。个人劳动争议是劳动者个人与用人单位发生的劳动争议；集体劳动争议是指劳动者一方当事人在 3 人以上且有共同理由的劳动争议。

(2) 按照劳动争议内容的不同，可分为因履行劳动合同发生的争议，因履行集体合同发生的争议，因企业开除、除名、辞退职工和职工辞职、自动离职发生的争议，因执行国家有关工作时间、休息休假、工资、社会保险与福利、劳动安全卫生、女职工和未成年职工特殊保护、职业培训等的规定而发生的争议，因经济补偿、赔偿而发生的争议等。

(3) 按照当事人国籍的不同，可分为国内劳动争议与涉外劳动争议。国内劳动争议是指我国的用人单位与具有我国国籍的劳动者之间发生的劳动争议；涉外劳动争议是指具有涉外因素的劳动争议，包括我国在国(境)外设立的机构与我国派往该机构工作的人员之间发生的劳动争议、外商投资企业用人单位与劳动者之间发生的劳动争议等。

(二) 劳动争议处理原则

1. 合法公正原则

处理劳动争议，必须在查清事实的基础上依法协商，按照法律规定的程序和权利义务要求解决劳动争议。劳动争议双方当事人无论社会地位强弱、是否劳动关系存在隶属性，在适用法律上一律平等，不得因适用法律的不平等出现不公正的处理结果。

2. 着重调解原则

处理劳动争议应当重视调解方式，实行着重调解原则必须遵守当事人自愿，不得对争议案件强行调解，也不得采取强迫等其他方式进行调解。必须坚持合法公正调节原则，使当事人在法律许可的范围内达成和解协议。

3. 及时处理原则

劳动争议发生后，当事人应当及时协商或及时申请调解和仲裁，劳动争议处理机构受理案件后，应当在法定期限内尽快处理完毕，对处理结果当事人不履行协议或决定的，要及时采取申请强制执行等措施，以保证争议案件顺利处理和处理结果的最终落实。

二、劳动争议处理机构

(一) 劳动争议调解委员会

劳动争议调解委员会，是用人单位根据法律规定，在本单位内部设立的专门处理劳动争议的群众性组织。劳动争议调解委员会由职工代表、用人单位代表和工会代表组成，调解委员会主任由工会代表担任。未成立工会组织的用人单位，调解委员会的设立及其组成由职工代表与用人单位代表协商确定。劳动争议发生后，当事人可以向劳动争议调解委员会申请调解，也可以不经调解而直接申请仲裁。

(二) 劳动争议仲裁委员会

劳动争议仲裁委员会，是国家授权、依法独立处理劳动争议案件的专门仲裁机构。劳动争议仲裁委员会由劳动行政部门代表、同级工会代表、用人单位方面的代表组成，劳动争议仲裁委员会主任由劳动行政部门代表担任。劳动争议仲裁委员由专职和兼职两部分构成。专职仲裁员由仲裁委员会从劳动行政主管部门专门从事劳动争议处理工作的人员中聘任，兼职仲裁员由仲裁委员会从劳动主管部门或其他行政部门的人员、工会工作者、专家、学者和律师中聘任。专职和兼职仲裁员在执行仲裁事务时享有同等权利。

(三) 地方人民法院

地方人民法院对劳动争议案件依法享有审判权。凡不服劳动争议仲裁机关对劳动争议裁决的双方当事人，自收到裁决书之日起 15 日内，可以向人民法院起诉。地方人民法院对劳动争议案件的审理是劳动争议处理的最终程序。

三、劳动争议处理的方式和程序

(一) 劳动争议处理的方式

根据我国法律规定，用人单位与劳动者发生劳动争议，当事人可以依法申请调解、仲裁、提起诉讼，也可以协商解决。调解原则适用于仲裁和诉讼程序。

1. 协商

劳动争议发生后，当事人可以协商解决。协商不成或不愿意协商的，可以申请调解或提起劳动仲裁。协商并非解决劳动争议的必经程序，经协商达成的和解协议，不具有必须履行的法律效力。

2. 调解

当事人不愿意协商或协商不成时，可以向本单位调解委员会申请调解。调解委员会调解劳动争议，应当自当事人申请调解之日起 30 日内结束；到期未结束的，视为调解不成。经调解达成协议的，双方当事人应当自觉履行。调解也并非解决劳动争议的必经程序。

3. 仲裁

协商或调解不成的，可以向劳动争议仲裁委员会申请仲裁。当事人也可以直接向劳动争议仲裁委员会申请仲裁。提出仲裁请求的一方应当自劳动争议发生之日起 60 日内，向劳动争议仲裁委员会提出书面申请。对仲裁裁决无异议的，当事人必须履行。仲裁是处理劳动争议的必经程序。

4. 诉讼

劳动争议当事人对仲裁裁决不服的，可以自收到仲裁裁决书之日起 15 日内向人民法院提起诉讼。一方当事人在法定期限内不起诉也不履行仲裁裁决的，另一方当事人可以申请人民法院强制执行。劳动争议解决实行先裁后审、不裁不审的原则，未经仲裁的劳动争议案件，当事人不得向人民法院起诉。

(二) 劳动争议处理程序

劳动争议处理程序，是指法律规定的处理劳动争议的步骤和规则。《劳动法》第七十九条规定："劳动争议发生后，当事人可以向本单位劳动争议调解委员会申请调解；调解不成，当事人一方要求仲裁的，可以向劳动争议仲裁委员会申请仲裁。当事人一方也可以直接向劳动争议仲裁委员会申请仲裁。对仲裁裁决不服的，可以向人民法院提起诉讼。"由此确立了调解、仲裁和诉讼三个处理劳动争议的法定程序。

1. 协商程序

根据《劳动法》及有关法规规定，劳动合同双方当事人在发生劳动争议后，应就争议事项进行协商解决，但协商不是双方当事人处理劳动争议的必经程序。当事人可以自愿协商，不愿协商或者协商不成的，应向本企业劳动争议调解委员会申请调解。

2. 调解程序

这里的调解是企业劳动争议调解委员会对劳动争议进行的调解，而非劳动争议仲裁或诉讼程序上的调解。当事人在协商不成或不愿协商时，可以申请本企业劳动争议调解委员会调解也可以不申请；调解不成的，可向劳动争议仲裁委员会申请仲裁。当事人也可不经过调解程序而直接向劳动争议仲裁委员会申请仲裁。调解达成协议后当事人反悔的，仍可向仲裁委员会申请仲裁。

3. 仲裁程序

仲裁是处理劳动争议最重要的、法定的必经程序。仲裁程序介于调解与法院判决之间，具有法院审判的权威性和法律效力的强制性。不经过仲裁的劳动争议，当事人不能直接向人民法院提起诉讼。劳动争议当事人只有在仲裁委员会裁决后，对裁决不服时才能向人民法院起诉，否则法院不予受理。

4. 诉讼程序

依照《劳动法》、《民事诉讼法》及有关法规规定，劳动争议当事人对仲裁裁决不服的，可以向人民法院提起劳动争议诉讼。人民法院审理劳动争议案件适用于民事诉讼程序，我国劳动争议的处理实行的是"一裁二审制"。即劳动争议当事人向人民法院起诉后，对第一审判决不服的，可以在法定期间内向上一级人民法院提起上诉。二审判决为终审判决，当事人对第二审人民法院审理作出的判决不能再上诉，即劳动争议处理程序至此终结。

导入案例分析

这是一起考察劳务合同和劳动合同区别的案例。本案中，罗某与医院签订的卫生保洁协议仅规定罗某为医院提供一定的保洁活动，医院从未将罗某录用为职工，也未与其建立严密、稳定的组织管理关系。因此，双方之间建立的是劳务关系而不是劳动合同关系，罗某要求医院支付解除劳动合同的经济补偿金并无法律依据，法院可判决驳回罗某的诉讼请求。本案实质反映了如何确认劳动合同法律性质问题。现实生活中，出现了如小时工、非全时工、劳务派遣工、承包承揽工等多种用工形式，使劳务合同与劳动合同难以区别，两者区别主要在于：合同双方当事人关系不同、劳动支配权和劳动风险责任承担不同、报酬性质和支付方式不同、劳务合同关系可多重建立、法律调整不同等。

实践思考题

(1) 简述劳动合同的概念和种类。

(2) 试述劳动合同的订立程序。

(3) 结合实际，谈谈劳动合同订立应注意的事项。

(4) 论述劳动合同的解除。

(5) 试述劳务派遣的法律关系和运作方式。

(6) 论述劳动争议的处理方式和程序。

案例实务训练

(1) 2009 年 7 月，小李托找朋友好不容易进了 A 公司，当时没有签合同，进入公司后工作岗位不固定，干的活很杂，每月工资也不一样。2010 年 8 月，他多次与公司协商签订劳动合同，想把工作岗位、内容、工资等各方面固定下来，而公司总以"我们需要的就是一个能干杂活的人"、"公司效益不固定工资也不能固定"、"如不想干就另谋高就"等各种理由予以推托。结果，小李干了一年多，合同也没签成，后被公司新老板辞退。

问题：①A 公司与小李是否构成劳动合同关系？小李能否要求 A 公司给予工资补偿？为什么？②A 公司能否辞退小李？有无法律依据？

(2) 2008 年 11 月 1 日，钱某与某公司签订了一份 4 年期劳动合同。双方约定：任何一方违约应支付对方违约金 10 万元；钱某在劳动合同期满 5 年内，不得参与同行业的商业竞争或服务于他人，否则给公司造成的一切损失由其承担。钱某在 2008 年 11 月 16 日开始担任该公司生产技术副经理。2010 年 3 月 26 日，钱某因家中有事向公司请假 3 天，此后一去不返。公司多次发函让其上班未见回音。同年，该公司因不能按期交货被客户索赔经济损失 11 万元(并未给付，客户通知该公司继续履行合同，并保留追究违约金及经济损失的权利)。为此，该公司申请仲裁并将钱某告上法庭，要求钱某继续履行劳动合同，承担违约责任 10 万元，赔偿经济损失 11 万元。

问题：①双方合同中约定的违约金条款是否具有法律效力？为什么？②钱某擅自离开公司的行为是否构成违约？③法院能否支持该公司的诉讼请求？请说明理由。

(3) 2008 年，张某与 A 劳务派遣公司签订了一份劳动合同。合同约定：A 公司将胡某派至 B 建筑公司工作，由 A 公司每月支付工资 2 000 元，派遣期限 2 年。后A 公司又与 B 公司签订劳务派遣协议，约定 B 公司每月 10 日前按照 2 000 元/人。月向 A 公司支付劳务派遣人员工资，A 公司收到款项于每月 10 日向被派遣劳动者支付工资，A 公司不得克扣 B 公司支付给劳动者的报酬。2008 年 3 月，B 公司未按期向 A 公司支付劳动者工资，A 公司也就一直拖欠被派遣劳动者工资。张某等劳动者遂与 A 公司交涉未果，B 公司同样拒绝了张某等人要求，张某等便向劳动争议仲裁委员会申诉，要求 A 公司支付工资。

问题：本案应如何处理？请运用所学知识进行综合分析。

第十四章

经济仲裁与诉讼法

教学目的及要求：通过学习，使学生理解经济仲裁的概念、类型和适用范围，掌握仲裁协议内容、仲裁程序、经济诉讼收案范围、经济诉讼程序等基本内容。能够拟定仲裁协议、仲裁申请书及和解协议，培养学生分析和处理经济纠纷案件的能力。

教学组织与设计：以课堂讲授、案例分析和法庭旁听并重，采取引导式、案例式、模拟式教学。可通过课后调查、自学与研讨相结合方式，提高解决经济纠纷的实践能力。

学习重点和难点：经济仲裁基本制度和内容，仲裁程序，经济诉讼收案范围，经济诉讼管辖及其关系，经济诉讼一审普通程序与裁判。

导入案例

刘某承揽了某超市的运输业务，双方因结算运费发生争议，刘某便向仲裁委员会申请仲裁未被受理。刘某又与商场协商后双方达成仲裁协议，仲裁庭第 2 次开庭时，刘某以仲裁员张某是超市经理的表弟为由要求其回避，最后一次开庭时因超市经理不同意仲裁庭对事实的认定，宣布退出仲裁并自行离去，仲裁庭依法做出裁决，超市经理接到裁决书认为："自己不在场，没签字，裁决无效"。

问题：(1)当事人申请仲裁必须具备哪些条件？(2)刘某能否在第 2 次开庭时提出回避申请？(3)裁决时超市经理不在场未签字，裁决是否有效？(4)如果超市经理拒不执行裁决，张某应该怎么办？

第一节　经济仲裁法

一、经济仲裁法概述

(一) 经济仲裁的概念和特点

1. 经济仲裁的概念

仲裁又称公断，是指有关当事人自愿达成协议，将双方争议或纠纷交由非司法机构的第三方，由第三方居中评判并依法作出对争议双方都有法律约束力的裁决。

按照仲裁所解决的争议的性质，仲裁大致可分为国际仲裁、劳动仲裁、国内商事仲裁、海事仲裁和国际商事仲裁。上述各类仲裁解决的争议虽不尽相同，但其共同点都在于解决各种法律主体之间在经济往来或者经济活动中发生的争议，因此被统称为经济仲裁。经济仲裁是指经济纠纷的当事人达成协议将有关争议或纠纷提交选定的第三者(仲裁机构)作出裁决，双方互有义务履行裁决的一种法律制度。

我国先后在中国国际贸易促进委员会内设立了对外经济贸易仲裁委员会、海事仲裁委员会；我国第八届全国人大常委会第九次会议于1994年8月31日通过、1995年9月1日施行了《中华人民共和国仲裁法》，为保护当事人合法利益，保障社会主义市场经济健康稳定发展发挥了重要作用。

2. 经济仲裁的特点

与其他诸如协商、调解、诉讼等解决争议的方式不同，经济仲裁具有以下特点：

(1) 体现双方当事人的自愿性。当事人之间的纠纷是否提交仲裁、提交哪个仲裁机构、仲裁庭的产生与组成、适用何种仲裁程序等，都是在当事人自愿基础上协商确定的。如无法达成协议则不能提交仲裁，当事人可以申请和解、请求仲裁机构根据和解协议作出裁决或者申请撤回仲裁申请，任何一方不得采取胁迫手段订立仲裁协议。

(2) 具有专业性和权威性。经济仲裁大多涉及民商事纠纷、经济贸易技术等法律问题，仲裁员一般都是能提供专业服务的各行各业的专家、学者。在不设仲裁员名册的仲裁机构或进行临时仲裁时，当事人也会从所涉行业的专家中指定仲裁员，以保证仲裁的权威性。

(3) 具有灵活性和快捷性。由于仲裁充分体现当事人的意思自治，仲裁中诸多具体程序都可由当事人协商确定与选择；仲裁实行一裁终局制，仲裁裁决一经仲裁庭作出即发生法律效力，有利于当事人纠纷的迅速解决。

(4) 具有独立性和较强的保密性。仲裁机构审理案件不受任何机关、社会团体和个人干涉，具有独立性和公正性；仲裁一般以不公开审理为原则，仲裁法律法规都规定仲裁员负有保密义务，有利于维护当事人正当的权益。

(5) 具有经济性。主要表现在：①时间上的快捷性使得仲裁所需费用相对减少；②仲裁无需多审级收费使得费用往往低于诉讼费；③仲裁的自愿性、保密性使当事人之间更易解决争议，商业秘密也不必公开，对当事人之间的商业机会影响较小。

(二) 经济仲裁的类型

(1) 根据提交仲裁的纠纷是否有涉外因素，仲裁可分为国内仲裁和涉外仲裁。国内仲裁是指本国当事人之间为解决没有涉外因素的国内民商事纠纷的仲裁；涉外仲裁则是指含有涉外因素的国际民商事仲裁，在我国专指当事人一方或双方为外国的公民、其他组织、法人发生在涉外经济领域的贸易、运输和海事纠纷的仲裁。

(2) 根据是否在常设的专门仲裁机构进行仲裁，仲裁可以分为临时仲裁和机构仲裁。临时仲裁是指当事人根据仲裁协议，将纠纷提交给由双方当事人选择的仲裁员临时组成的仲裁庭所进行的仲裁。机构仲裁是指当事人根据仲裁协议，将纠纷提交给约定的某一常设仲裁机构进行的仲裁；《仲裁法》所指仲裁为机构仲裁。

(3) 根据仲裁裁决所依据实体规范的不同，仲裁可分为依法仲裁和友好仲裁。依法仲裁是指仲裁庭依据一定的法律规定对纠纷进行裁决；友好仲裁是指依据当事人的授权，仲裁庭以公平的标准作出对当事人都有约束力的裁决。

(三) 仲裁法

1. 仲裁法概念及特点

仲裁法是指由国家制定或认可，规范仲裁法律关系主体行为和调整仲裁法律关系的法律规范的总称。狭义的仲裁法是指国家最高权力机关制定颁行的专门法律规范，即我国 1994 年 8 月 31 日第八届全国人大常委会第九次会议通过的《仲裁法》；广义的仲裁法除指《仲裁法》外，还包括所有涉及仲裁制度的相关法律、法规。

我国仲裁法特点体现在以下几个方面：①机构仲裁。在我国只能采取机构仲裁方式，而不能进行临时仲裁。②涉外仲裁的特别规定。《仲裁法》以专章对涉外仲裁特定事项作出了有别于国内仲裁的特别规定。包括涉外仲裁机构设立、仲裁员资格、采取保全措施的法院、涉外仲裁裁决的撤销和不予执行等。③仲裁和调解相结合。仲裁庭在作出裁决前可以先行调解，调解不成的仲裁庭应及时作出裁决。由此表明，仲裁和调解程序的有机结合是我国仲裁法的显著特点。

2. 仲裁法的适用范围

《仲裁法》仅在中华人民共和国领域内有效，港澳台地区适用本地区仲裁法律制度。《仲裁法》自 1995 年 9 月 1 日起生效，对此前发生的仲裁关系无溯及力。作为平等主体的公民、法人和其他组织，不分国籍，只要在中国领域内进行仲裁活动均适用《仲裁法》。

根据《仲裁法》第三条规定，平等主体的公民、法人和其他组织之间发生的合同纠纷和其他财产权益纠纷，可以仲裁。具体从两方面来理解：①合同纠纷是仲裁的主要内容。凡平等主体之间的合同纠纷都可以申请仲裁，除《合同法》列举的合同纠纷外，如土地经营权和使用权的变更、拍卖、有偿转让所产生的纠纷，融资租赁纠纷，股份纠纷等都属于仲裁范围；在涉外仲裁中主要解决涉外经济贸易、涉外运输和海事合同发生的纠纷。②其他财产权益纠纷的仲裁。平等主体之间发生的合同以外的其他财产权益纠纷也可以仲裁，如拆借、寄存物品、临时保存物品等产生的纠纷。

《仲裁法》第三条规定，下列纠纷不能仲裁：婚姻、收养、监护、扶养、继承纠纷；依法应当由行政机关处理的行政争议。上述纠纷之所以不属于仲裁范围的原因：①有些纠纷并非直接经济纠纷，如婚姻纠纷属于人身关系纠纷；②有些纠纷不是平等主体之间的纠纷，如因收养、监护、扶养、继承发生纠纷的主体并非平等主体；③依法应由行政机关处理的行政争议，如各级环境保护机关行政执法争议、交通违章罚款争议、税收争议等都应依法由行政机关处理。

(四) 仲裁法的原则和制度

1. 协议仲裁原则

《仲裁法》规定，当事人采用仲裁方式解决纠纷，应当双方自愿，达成仲裁协议。没有仲裁协议，一方申请仲裁的，仲裁委员会不予受理。当事人达成仲裁协议，一方向人民法院起诉的，人民法院不予受理。仲裁法同时规定，我国合同仲裁机关无权主动提起案件，要由一方当事人向仲裁机构书面提出仲裁申请，仲裁机构方可依法予以受理。

2. 当事人权利平等原则

这一原则包括实体权利平等和仲裁程序中地位平等两个方面。纠纷双方当事人法律地位完全平等，在仲裁过程中平等地行使权利，均有权提供证据、进行辩论、委托代理人等。而仲裁机构对法律赋予当事人各项实体权利和义务都应公正地给予保护。

3. 以事实为根据、以法律为准绳原则

《仲裁法》第七条规定，仲裁应当根据事实，符合法律规定，公平合理地解决纠纷。在仲裁的过程中，必须弄清事实真相、分清责任是非，依法对合同纠纷和其他财产权益纠纷公正地进行仲裁。

4. 先行调解原则

《仲裁法》第五十一条规定，仲裁庭在作出裁决前，可以先行调解。当事人自愿调解的，仲裁庭应当调解。调解不成的，应当及时作出裁决。调解制度是仲裁过程的必经程序，如果当事人拒绝调解应及时裁决。仲裁机构进行调解时应坚持当事人自愿原则，不得强迫当事人接受调解。

5. 依法独立仲裁原则

《仲裁法》规定，仲裁机构独立进行仲裁工作。仲裁不实行级别管辖和地域管辖，仲裁委员会之间，没有隶属关系且独立于行政机关之外，仲裁依法独立进行，不受行政机关、社会团体和个人的干涉，从仲裁机构设置到仲裁纠纷整个过程都具有法定的独立性。

6. 回避制度

仲裁委员会的仲裁员与案件有相关性或者有违纪违法行为的，当事人有权提出回避申请。当事人提出回避申请应当说明理由，在首次开庭前提出。回避事由在首次开庭后知晓的，可以在最后一次开庭终结前提出。仲裁庭组成人员如认为不适宜经办本案，当事人虽未申请回避的，也应当自行申请回避。

7. 一裁终局制度

《仲裁法》规定，仲裁实行一裁终局的制度。合同纠纷和其他财产权益纠纷案件经仲裁作出裁决后，双方当事人不能就此纠纷案件向本案仲裁委员会以外的其他仲裁委员会申请再次仲裁或者向人民法院起诉。如就同一纠纷案件再申请仲裁或者向人民法院起诉的，仲裁委员会或者人民法院不予受理。

二、仲裁机构和仲裁协议

(一) 仲裁委员会和仲裁员

1. 仲裁委员会

《仲裁法》规定，我国合同纠纷和财产权益纠纷仲裁机构是仲裁委员会。仲裁委员会应当具备下列条件：①有自己的名称、住所和章程；②有必要的财产；③有该委贺会的组成人员；④有聘任的仲裁员。仲裁委员会由主任 1 人，副主任 2 人至 4 人和委员 7 人至 11 人组成；仲裁委员会的主任、副主任和委员由法律专家、经济贸易专家和有实际工作经验的人员担任。仲裁委员会的组成人员中，法律、经济贸易专家不得少于 2/3。

2. 仲裁员

仲裁委员会应当从公道正派的人员中聘任仲裁员。仲裁员应当符合下列条件之一：①从事仲裁工作满 8 年的；②从事律师工作满 8 年的；③曾任审判员满 8 年的；④从事法律研究、教学工作并具有高级职称的；⑤具有法律知识，从事经济贸易等专业工作并具有高级职称或者具有同等专业水平的。仲裁委员会按照不同专业设置仲裁员名册。

(二) 仲裁协议

1. 仲裁协议的概念和分类

仲裁协议，是指双方当事人在自愿协商、平等互利基础上将他们之间已经发生或者可能发生的争议提交仲裁机构裁决的协议，是申请仲裁的必备文件。这一概念可从以下三方面来理解：

(1) 从性质上看，仲裁协议是一种合同，是当事人同意将争议提交仲裁的共同意思表示，须建立在自愿、平等和协商一致的基础上。

(2) 从形式上看，仲裁协议是一种书面协议，我国只承认书面仲裁协议的法律效力，当事人以口头仲裁协议为依据申请仲裁的，仲裁机构不予受理。

(3) 从内容上看，仲裁协议是当事人约定将争议提交仲裁解决的协议，其争议可以是已发生的，也可以是将来可能发生的。

按照法律规定和形式为标准，仲裁协议可分为以下类型：

(1) 仲裁条款。是指双方当事人在合同中订立的，将今后可能因该合同所发生的争议提交仲裁的条款。合同中的仲裁条款效力具有独立性，合同的变更、解除、终止或者无效不影响仲裁条款的效力。

(2) 纠纷发生前后达成的仲裁协议。当事人应尽量在纠纷发生前订立仲裁协议，仲裁条款是争议发生之前当事人事先设定的，且仲裁条款形式省时简便，当事人只要在合同中做出约定即可，避免事后再另行约定。

2. 仲裁协议的内容

(1) 请求仲裁的意思表示。当事人在请求仲裁时应做到以下几方面：①请求仲裁的意思表示要明确，意思表示不明确的仲裁协议无法判断当事人真实意思，仲裁机构也无法受理仲裁申请。②请求仲裁的意思表示必须是双方当事人共同意思表示而非一方当事人意思表示，非双方当事人意思表示的仲裁协议是无效的。③请求仲裁的意思表示不存在当事人被胁迫、欺诈等而订立仲裁协议的情况，否则仲裁协议无效。

(2) 仲裁事项。即当事人提交仲裁的具体争议事项，仲裁事项应符合两个条件。①争议事项具有可仲裁性。双方当事人约定提交仲裁争议事项，须是法律允许采用仲裁方式解决的争议事项，否则仲裁协议无效。②仲裁事项具有明确性。提交仲裁解决的争议应该明确，仲裁机构只解决仲裁事项范围内的争议。

(3) 选定的仲裁委员会。仲裁协议应明确将争议提交哪个仲裁委员会仲裁。我国的仲裁委员会不按行政区划层层设立，也不实行级别管辖和地域管辖，当事人可选择本地仲裁机构，也可选择双方共同信任的其他地方的仲裁机构。仲裁协议在选定仲裁委员会时应注意名称的规范性和准确性，避免出现指定不存在的仲裁机构的仲裁协议，同时应考虑仲裁地点和仲裁员等因素。

3. 仲裁协议的无效与失效

根据《仲裁法》规定，仲裁协议在下列情形下无效：①以口头方式订立的仲裁协议；②约定的仲裁事项超出法律规定的仲裁范围的；③无民事行为能力人或者限制民事行为能力人订立的仲裁协议；④一方采取胁迫手段，迫使对方订立仲裁协议的；⑤仲裁协议对仲裁事项没有约定或约定不明确，或者仲裁协议对仲裁委员会没有约定或者约定不明确，当事人对此又达不成补充协议的，仲裁协议无效。

仲裁协议失效，是指一项有效的仲裁协议因特定事由的发生而丧失其原有的法律效力。根据《仲裁法》相关规定，仲裁协议在下列情形下失效：

(1) 仲裁庭作出的仲裁裁决被当事人自觉履行或者被人民法院强制执行。

(2) 因当事人协议放弃已签订的仲裁协议，而使该仲裁协议失效。具体表现为：①双方当事人通过达成书面协议，明示放弃了原有的仲裁协议；②双方当事人通过达成书面协议，变更纠纷解决方式；③ 当事人通过默示行为变更纠纷解决方式，致使仲裁协议失效。

(3) 附期限的仲裁协议因期限届满而失效。

(4) 仲裁庭作出的仲裁裁决被人民法院裁定撤销或不予执行，该仲裁协议失效。

三、仲裁程序

(一) 申请和受理

我国《仲裁法》规定，当事人采用仲裁方式解决纠纷，应当双方自愿，达成仲裁协议。没有仲裁协议，一方申请仲裁的，仲裁委员会不予受理。当事人申请仲裁，应当向仲裁委员会递交仲裁协议、仲裁申请书及副本。仲裁申请书应当载明下列事项：①当事人的姓名、性别、年龄、职业、工作单位和住所，法人或者其他组织的名称、住所和法定代表人或者主要负责人的姓名、职务；②仲裁请求和所根据的事实、理由；③证据和证据来源、证人姓名和住所。

仲裁委员会收到仲裁申请书之日起 5 日内，认为符合受理条件的，应当受理，并通知当事人；认为不符合受理条件的，应当书面通知当事人不予受理，并说明理由。

(二) 仲裁准备

1. 组成仲裁庭

《仲裁法》规定，仲裁庭可以由 3 名仲裁员或者 1 名仲裁员组成，由 3 名仲裁员组成的仲裁庭设首席仲裁员。当事人约定由 3 名仲裁员组成仲裁庭的，应当各自选定或者各自委托仲裁委员会主任指定一名仲裁员，第 3 名仲裁员由当事人共同选定或者共同委托仲裁委员会主任指定。当事人约定由 1 名仲裁员成立仲裁庭的，应当由当事人共同选定或者共同委托仲裁委员会主任指定仲裁员。当事人没有在仲裁规则规定的期限内约定仲裁庭的组成方式或者选定仲裁员的，由仲裁委员会主任指定。

2. 开庭前的准备工作

仲裁庭组成后，仲裁委员会应当将仲裁庭的组成情况书面通知当事人；仲裁员应认真审阅案件材料，进行必要询问和收集证据；采取必要的保全措施以避免损失加重；对双方签订的合同进行实质性审核，如为无效合同，仲裁庭则可在无效合司基础上继续行使仲裁权。

(三) 开庭和裁决

1. 开庭

仲裁委员会应当在仲裁规则规定的期限内将开庭日期通知双方当事人。仲裁应当开庭进行，当事人协议不开庭的，仲裁庭可以根据仲裁申请书、答辩书以及其他材料作出裁决。仲裁不公开进行，当事人协议公开的可以公开进行，但涉及国家秘密的除外。当事人有正当理由的，可以在仲裁规则规定的期限内请求延期开庭。

2. 举证

当事人应当对自己的主张提供证据。仲裁庭认为有必要收集的证据，可以自行收集。证据应当在开庭时出示，当事人可以质证。在证据可能灭失或者以后难以取得的情况下，当事人可以申请证据保全。

3. 和解与调解

当事人申请仲裁后可以自行和解，达成和解协议的，可以请求仲裁庭根据和解协议作出裁决书，也可撤回仲裁申请。当事人达成和解协议、撤回仲裁申请后反悔的，可根据仲裁协议申请仲裁。仲裁庭作出裁决前可先行调解，当事人自愿调解的应当调解。

4. 裁决

当事人双方如果没有自行和解，仲裁庭主持调解不成的，或者在调解书签收前当事人反悔的，仲裁庭应当及时作出裁决。裁决应当按照多数仲裁员的意见作出，仲裁庭不能形成多数意见时，裁决应当按照首席仲裁员的意见作出。裁决书由仲裁员签名，加盖仲裁委员会印章，裁决书自作出之日起发生法律效力。

第二节　经济诉讼法

一、经济诉讼概述

(一) 经济诉讼的概念

经济诉讼，是指人民法院在各方当事人和其他诉讼参与人的参加下，依照法定程序和以审理、判决、执行等方式解决具体经济纠纷的全部活动。我国目前尚未出台调整经济诉讼的专门法律，经济诉讼法所依据的程序法是我国《民事诉讼法》中的相关规定。

(二) 经济诉讼与经济仲裁的关系

经济诉讼和经济仲裁的共同之处表现在：①处理争议的主体都是依照国家法律规定设立的专门机构，即人民法院或仲裁机构；②经济诉讼和经济仲裁都必按照一定的程序和规则进行；③经济诉讼和经济仲裁的某些规则和制度相一致，如都包含保全措施、调解、回避和时效等制度；④诉讼判决和仲裁裁决都具有相同的法律效力，双方当事人必须全面履行，任何一方不履行，另一方可以申请强制执行。

经济诉讼和经济仲裁的区别主要表现在以下几个方面。

(1) 管辖的依据不同。诉讼实行地域管辖和级别管辖，具有强制性；而仲裁实行协议管辖，由双方当事人自愿约定，具有自主性，且这种自主性有排斥法院管辖的效力，须明确约定仲裁事项和仲裁机构。

(2) 受理范围不同。仲裁委员会只受理平等主体之间发生的合同纠纷和其他财产权益纠纷，对于婚姻、收养、监护、扶养、继承和行政纠纷案件不能仲裁。

(3) 审理适用的程序不同。经济诉讼须严格按照民事诉讼法规定程序进行，当事人不得约定；而经济仲裁适用仲裁机构的仲裁规则，由当事人选择仲裁员办理案件，当事人可以就具体程序进行约定。

(4) 开庭审理的原则不同。经济诉讼开庭审理实行公开原则；而仲裁则实行不公开原则，案情、开庭和裁决均不公开，除非当事人协议公开。

(5) 审级不同。经济诉讼实行二审终审制；而仲裁实行一裁终局制，仲裁裁决一经作出即具有法律效力，任何一方不能就同一纠纷再申请仲裁。

二、经济诉讼的收案范围

(一) 人民法院的收案范围

1. 经济合同纠纷案件

人民法院受理的经济争议案件主要是经济合同纠纷，人民法院审理好经济合同纠纷案件，能够直接起到运用法律手段调节经济的重要作用。

2. 技术合同纠纷案件

此类纠纷案件包括：我国法人之间、法人与公民之间、公民相互之间订立的技术开发合同(委托开发合同、合作开发合同)、技术转让合同(专利权转让合同、专利申请权转让合同、专利实施许可合同、非专利技术转让合同)、技术咨询和技术服务合同纠纷案件。

3. 涉外经济纠纷案件

此类纠纷案件包括：①国内一方同外商在经济、贸易、运输和海事中发生纠纷，向人民法院起诉的案件；②外国企业、组织之间在我国领域内发生的经济、贸易、运输和海事纠纷，向人民法院起诉的案件；③外国企业、组织之间在我国领域以外发生的经济、贸易、运输和海事纠纷，当事人按照书面协议向我国人民法院起诉的案件；④涉及港、澳、台的上述经济纠纷案件。

4. 农村承包合同纠纷案件

主要包括：农村承包经营户与农村集体经济组织之间的土地承包、牧林副渔业承包等合同纠纷。此类纠纷经有关部门调处不成起诉到人民法院的，法院应予受理。

5. 经济损害赔偿纠纷案件

此类纠纷案件是法人之间或以法人为一方当事人，在生产、流通中因侵权行为发生的损害赔偿纠纷。如因违反我国《环境保护法》、《专利法》、《商标法》等侵权行为赔偿损失的纠纷。

6. 其他经济纠纷案件

上述纠纷案件以外的经济争议案件，经济法律和法规规定可以向人民法院起诉的，人民法院也应受理。此类纠纷案件主要包括：工业产权纠纷案件，企业承包、租赁经营及联营合同纠纷案件，票据纠纷案件，企业破产、清偿债务案件等。

(二) 专门法院的收案范围

1. 海事法院的收案范围

海事法院受理我国法人、公民之间，我国法人、公民同外国或地区法人、公民之间，外国或者地区法人、公民之间的纠纷案件。主要包括海事侵权纠纷案件、海商合同纠纷案件、其他海事海商案件、海事执行案件和海事请求保全案件。

2. 铁路运输法院的收案范围

铁路运输法院受理的经济纠纷案件有：铁路货物运输合同纠纷案件，铁路旅客和行李、包裹运输合同纠纷案件，由铁路处理的多式联运合同纠纷案件，国际铁路联运合同纠纷案件，铁路货物运输保险合同纠纷案件，代办托运、包裹整理、仓储保管、接取送达等铁路运输延伸服务合同纠纷案件，国家铁路与地方铁路、专用铁路、专用线在修建、管理和运输方面发生的委托劳务合同纠纷案件，铁路在装卸作业、线路维修等方面发生的委托劳务合同纠纷案件，铁路系统内部的经济纠纷案件，违反铁路安全保护法律、法规，对铁路造成损害的侵权纠纷案件，铁路行车、调车作业造成人身、财产损害起诉的侵权纠纷案件，上级人民法院指定铁路运输法院受理的其他经济纠纷案件等。

三、经济诉讼案件的管辖

经济诉讼案件的管辖，是指各级人民法院之间和同级人民法院之间，在受理第一审经济纠纷案件上的分工和权限的范围。对经济纠纷案件起诉时，应向法律规定的管辖法院起诉。

1. 一般管辖的规定

(1) 级别管辖。级别管辖，是指人民法院内部上下级法院受理第一审经济纠纷案件的分工和权限。我国人民法院实行四级两审制。基层人民法院管辖一般经济纠纷的第一审案件；中级人民法院管辖重大的涉外经济案件、在本辖区内有重大影响的经济案件、最高人民法院确定由中级人民法院管辖的经济案件；高级人民法院管辖本辖区标的额较大、有重大影响的第一审经济案件；最高人民法院管辖全国范围内有重大影响和最高人民法院认为应当由其审理的经济案件。

(2) 地域管辖。地域管辖，是指不同地区的同级人民法院之间管辖第一审经济案件的权限划分。经济纠纷案件的地域管辖可分为一般地域管辖和特殊地域管辖两种。一般地域管辖，是指依当事人所在地确定管辖法院，即原告应到被告住所地人民法院起诉；特殊地域管辖，是指以诉讼标的所在地、法律事实所在地以及被告住所地为标准确定管辖法院。

(3) 移送管辖。是指人民法院对受理的经济案件不具有管辖权时，应当移送至有管辖权的人民法院。受移送的人民法院不得再自行移送。但受移送的人民法院认为对案件确无管辖权时，可以报告上级人民法院，由上级人民法院指定管辖。

(4) 指定管辖。是指有管辖权的人民法院因特殊原因不能行使管辖权时，可由上级人民法院指定管辖。管辖权发生时由争议双方协商解决，协商不能解决的，报请共同的上级人民法院指定管辖。上级人民法院有权审判下级人民法院管辖的第一审案件，也可把自己管辖的第一审案件交下级人民法院审理；下级人民法院对所管辖的第一审案件也可报请上级人民法院审理。

2. 特殊管辖的规定

(1) 海事管辖。我国目前所设的海事法院与中级人民法院同级，受理所有海事、海商第一审经济案件，各海事法院所在地的高级人民法院为海事、海商经济案件的第二审法院。

(2) 专利管辖。专利纠纷包括以下几种：①是否应当授予发明专利权纠纷；②宣告授予的发明专利权无效或者维护发明专利权纠纷；③实施强制许可纠纷；④实施强制许可费纠纷；⑤专利申请公布后，专利权授予前使用发明、实用新型、外观设计的费用纠纷；⑥专利侵权纠纷；⑦转让专利申请权或专利权的合同纠纷。

四、经济诉讼程序

经济诉讼程序，又称经济纠纷案件的审判程序，是人民法院在审理、判决经济纠纷案件过程中所应遵循的规则和程序。我国实行两审终审制，经济审判程序分为第一审程序和第二审程序。

(一) 第一审程序

1. 起诉审查和受理

人民法院审查原告递交的诉状材料是否符合起诉条件，认为符合起诉条件的，人民法院应在 7 日内立案并通知当事人；认为不符合起诉条件的，应在 7 日内裁定不予受理。

2. 审理前准备

人民法院受理立案后，应在 5 日内将起诉书副本发送被告。被告应在收到后 15 日内提出答辩书，被告不提出答辩书的不影响法院对案件的审理。

3. 进行调解

人民法院审理经济纠纷案件，须在查明事实、分清是非责任基础上依法进行调解。经法院调解达成协议的应制作调解书，调解书送达后即具有法律效力，当事人应当自动履行。

4. 审判与判决

凡决定开庭审判的经济案件，应在开庭 3 日前通知当事人和其他诉讼参加人。人民法院经过两次合法传唤无正当理由拒不到庭的被告，经院长批准可以拘传也可作缺席判决；原告经两次合法传唤无正当理由拒不到庭的或未经许可中途退庭的，可按撤诉处理。

开庭审理，一是宣布开庭和法庭纪律、核对当事人、宣布案由、宣布合议庭成员名单、告知当事人的诉讼权利和义务、当事人依法有申请回避的权利；二是进行法庭调查；三是法庭辩论；四是法庭调解；五是合议庭评议并判决。判决书送达后，在法定期限内当事人不上诉的，一审判决即发生法律效力。

(二) 第二审程序(上诉程序)

1. 提起上诉

当事人不服第一审判决,有权通过原审人民法院或直接向上一级人民法院上诉，原审人民法院应将全部案卷材料移送上级人民法院。上诉必须在法定期限内提起，不服一审判决上诉期为判决书送达之日起 15 日内、不服一审裁定上诉期为裁定书送达之日起 10 日内。

2. 审理上诉案件

第二审人民法院对上诉案件审理分为间接审理和直接审理两种。在案情简单、事实明确情况下采取间接审理的办法，审理时不直接传唤当事人到庭，而根据审阅全部案卷和上诉书，经合议庭评议作出决定；直接审理则须传唤与案件有关的全部人员到庭，当庭调查与辩论，审判步骤与第一审相同。对发回原审人民法院作出的案件判决，当事人可以上诉；第二审人民法院作出的判决和裁定，是终审判决和裁定，一经送达，立即发生法律效力，当事人不得再提起上诉。

(三) 审判监督程序

审判监督程序，又称再审程序，是对已经发生法律效力的判决或裁定，发现确有错误的，依法对案件进行再审的程序。经再审后，原来是第一审程序审判所作的判决和裁定，当事人仍可上诉；原来是第二审程序审判或是上级人民法院提审所作的判决和裁定，当事人不得提起上诉。

(四) 执行程序

经济诉讼执行程序，是指负有义务的一方拒绝履行法律文书确定的义务，人民法院根据另一方当事人的申请，依照和运用国家司法执行权，按照执行程序强制被执行人履行义务所适用的程序。

导入案例分析

这是一起考察经济仲裁制度和仲裁效力的案例。(1)当事人申请仲裁必须具备以下条件：有仲裁协议，有具体的仲裁请求，有明确的仲裁事项和理由，应将仲裁争议提交双方选定的仲裁委员会。(2)当事人申请回避，应当在首次开庭前提出。回避事由在首次开庭后知晓的，可以在最后一次开庭终结前提出。本案中，如果仲裁员张某和超市经理的关系，是刘某在首次开庭之后才知道的，其有权在第 2 次审理时提出回避申请。(3)超市经理未经许可中途退庭的，仲裁庭可以缺席裁决。裁决由仲裁庭依法做出，无须经过当事人的同意，裁决一经做出立即生效，当事人签字与否并不影响其效力。(4)超市经理如果拒绝执行裁决，刘某可以向人民法院申请强制执行。

实践思考题

(1) 简述仲裁法的特点和适用范围。

(2) 论述仲裁协议的分类和内容。

(3) 结合案例，论述经济仲裁的程序。

(4) 论述经济诉讼和经济仲裁的联系与区别。

(5) 论述经济诉讼的收案范围。

(6) 试述经济诉讼案件的普通程序和上诉程序。

(7) 列举一经济纠纷案例，分别拟写一份仲裁协议、仲裁申请书及和解协议。

案例实务训练

(1) A 公司与 B 公司因购销合同发生争议，A 公司根据合同仲裁条款向某仲裁委员会申请仲裁。仲裁庭由 A 公司选出的独任仲裁员组成，经仲裁庭裁决 B 公司违约，向 A 公司支付违约金 20 万元。B 公司拒绝执行裁决并提出仲裁庭组成违反法定程序，且 A 公司隐瞒了足以影响公正裁决的证据。A 公司向人民法院申请执行裁决，同时 B 公司也向人民法院申请撤销裁决。

问题：①本案中的仲裁庭组成是否合法？请说明理由。②在 A 公司和 B 公司同时向人民法院提出申请时，法院应如何处理？

(2) A 市某钢铁公司与 B 地一安装公司签订钢材买卖合同，货款 500 万元，合同履行地为 A 市。在合同履行过程中，安装公司发现钢铁公司公司提供的钢铁质量不合格导致工程需要返工，便要求退货并让钢铁公司赔偿损失 280 万元，钢铁公司不同意，安装公司诉至 B 地中级人民法院，法院因业务量大，便由法官李某担任审判员使用简易程序进行了审理。

问题：①乙地中级人民法院有无管辖权？其审理案件能否使用简易程序？②如果一审判决钢铁公司败诉，该公司能否上诉？

参 考 文 献

1. 杨紫烜主编. 经济法. 北京：北京大学出版社，高等教育出版社，1999

2. 杨紫烜、徐杰主编. 经济法学. 北京：北京大学出版社，2001

3. 李昌麒主编. 经济法学. 修订版. 北京：中国政法大学出版社，2002

4. 江平、方流芳主编. 新编公司法教程. 北京：法律出版社，2004

5. 甘培忠. 公司与公司法学. 第3版. 北京：北京大学出版社，2004

6. 赵旭东. 新公司讲义. 北京：人民法院出版社 2005

7. 覃有土主编. 商法学. 北京：中国政法大学出版社，2006

8. 李国光主编. 新破产企业法理解与适用. 北京：人民法院出版社，2006

9. 孔祥俊. 反不正当竞争法的适用与完善. 北京：法律出版社，1998

10. 史际春、邓峰. 经济法总论. 北京：法律出版社，2008

11. 王东敏. 新破产法疑难解读与实务操作. 北京：法律出版社，2007

12. 全国企业法律顾问执业资格考试用书编委会编审. 2010 年全国企业法律顾问执业资格考试复习指南. 北京：经济科学出版社，2010

13. 中华会计网校编著. 2010 年全国注册税务师执业资格考试. 北京：人民出版社，2010

14. 全国注册税务师职业资格考试教材编写组编. 2010 年全国注册税务师执业资格考试(税法一、二). 北京：中国税务出版社，2010

15. 全国注册会计师协会编. 2010 年全国注册会计师执业资格考试(经济法). 北京：中国财政经济出版社，2010